KB164175

톨스토이 명언과 함께 하는

# 톨스토이

## 단편선

사람이 살아가는 의미는 무엇일까요?
행복이란 무엇이며, 사랑이란 어떤 것일까요?
이 책이 당신에게 지혜와 감동이 되기 바라며...


소중한 마음을 담아 (                    )님께 드립니다.

국립중앙도서관 출판시도서목록(CIP)

(톨스토이 명언과 함께 하는) 톨스토이 단편선＝Tolstoy
/ 지은이: N.L. 톨스토이 ; 엮은이: 정다문 ; 그린이: 김윤경.
－－ 서울 : 풀잎, 2013
  p. ;  cm
원표제 : T'olsŭt'oi tanp'yŏnsŏn
영어번역표제 : Tolstoy's short stories
원저자명 : Leo Nikolaevich Tolstoy
영어로 번역된 러시아어 원작을 한국어로 중역
ISBN 979-11-85186-04-7 03800 : \11000
러시아 소설[－－小說]
892.83-KDC5
891.733-DDC21          CIP2013023371

톨스토이 명언과 함께 하는
# 톨스토이 단편선

2013년 11월 10일 초판 발행
**지은이** 톨스토이 ❍ **엮은이** 정다문 **그린이** 김윤경 ❍ **펴낸이** 안대현
❍ **펴낸곳** 풀잎 **등록** 제2-4858호 ❍ **주소** 서울특별시 중구 필동로8길 61-16 (예장동)
❍ **전화** 02_2274_5445/6 ❍ **팩스** 02_2268_3773
**디자인** 디자인스튜디오 203 대전

※ 잘못된 책은 바꾸어 드립니다
ISBN 979-11-85186-04-7 03800

톨스토이 명언과 함께 하는

# 톨스토이 단편선

엮은이 | 정다문

도서출판
예울

# 이 책을 출간하며

톨스토이 단편을 기획할 때, 제일 먼저 생각한 것이 어떻게 하면 다양한 톨스토이의 작품을 좀 더 자연스럽게 독자들에게 많이 전해줄 수 있을까, 하는 것이었다. 그런 생각 끝에 떠오른 것이 톨스토이 단편에 톨스토이 명언을 함께 곁들여 싣는 것이었다. 톨스토이 단편이나 명언 모두 독자들에게 많이 읽히는 책이지만, 톨스토이 명언만을 따로 구입하게는 잘 안 되더라는 주변 사람들이 하는 말도 이 책을 기획하는데 많은 도움이 되었다. 이렇듯 이 책은 톨스토이 명언을 읽고 싶어 하는 사람은 많지만, 명언만을 따로 구입하는 사람은 적다는 것에 착안하여 기

획된 책이다. 그리고 단편과 단편 사이에 명언을 주제별로 묶어, 독자들이 책을 편하게 읽을 수 있도록 해놓았다. 톨스토이 단편이 신과 사랑, 노동과 무욕에 관한 것을 다루고 있듯이 명언 역시 그 범위를 크게 벗어나지 않고 있어, 함께 실어놓고 보니 조화가 참으로 잘 된다는 생각이 든다.

모쪼록 이 책이 독자들의 책읽기에 조금이나마 도움과 만족을 주었으면 하는 바램을 가져보며, 앞으로 출판기획자로서 독자들이 필요로 하는 더 좋은 책들을 기획해 출간할 것을 약속드리며 이만 서문에 갈음한다.

엮은이 정다문

# CONTENT

# L O V E

## 사랑

사랑은 희생이다 —

♥ 사랑은 한 남자나 여자를 많은 사람 중에서 선택하고 그 이외의 사람을 절대로 돌아보지 않는 것이다.

♥ 죽음의 공포보다 강한 것은 사랑의 감정이다. 수영을 못하는 아버지가 물에 빠진 자식을 건지기 위해서 물 속에 뛰어드는 것은 사랑의 감정이 시킨 것이다. 사랑은 나 이외의 사람에 대한 행복을 위해서 발이 되는 것이다. 인생에는 수많은 모습이 있지만 그것을 해결할 길은 오직 사랑뿐이다. 사랑은 나 자신을 위해서는 약하고 남을 위해서는 강한 것이다.

♥ 다른 사람을 위하여 희생을 하는 것이야말로 진정한 사랑이다. 다른 사람과 살아 있는 모든 것들을 위하여 나를 버리는 사랑이야말로 진정한 사랑이고, 이런 사랑에서 우리는 복된 삶과 더불어 세상에 나온 보답을 얻으며 세상의 머릿돌이 되는 것이다.

♥ 다만 사랑하는 자만이 살아 있는 것이다.

♥ 진정한 사랑은 말에 있지 않고 행동에 있으며 그런 사랑만이 우리에게 진정한 지혜를 준다.

♥ 사랑은 인생의 최초가 되는 근본은 아니다. 그것은 우리 마음 속에 있는 신성하고도 영적인 존재를 깨달음으로써 생기는 마음이다.

♥ 사랑을 함으로써 사람들은 단결하고 하나가 된다. 또한 사람 각자에게 있는 보편적인 지성이 연합을 뒷받침해줄 것이다.

♥ 사랑! 그것은 신의 본질의 발현이다. 사랑에는 시간이 없다. 사랑은 오직 현재, 바로 지금, 시시각각으로 나타나고 있을 따름이다.

♥ 사랑으로 주어진 선물인 마음의 평화, 안정, 기쁨, 그리고 대담무쌍함은 이 세상에 비교할 것이 없을 정도로 거룩한 것이며, 사랑의 진정한 축복을 아는 사람에게는 더욱 그렇다.

♥ 사랑이란 자기희생이다. 그것은 우연에 의지하지 않는 유일한 행복이다.

♥ 사랑은 사람을 행복하게 한다. 왜냐하면 사랑은 인간과 신을 맺어주기 때문이다.

♥ 한 사람의 상대자를 평생 동안 사랑할 수 있다고 단언하는 것은 한 자루의 초가 평생 동안 탈 수 있다고 단언하는 것과 마찬가지이다.

♥ 호감이 가지 않거나 심지어 미워하는 사람일지라도 사랑으로 대해야 한다. 진정으로 사람을 사랑하는가 하는 것은 미워하는 사람을 사랑하는 것으로 알 수 있기 때문이다.

# 사람은 무엇으로 사는가

사람들은 사랑에 의하여 살고 있다.

그러나 자기에 대한 사랑은 죽음의 시초이며, 신과 만인에 대한 사랑은

삶의 시초이다.

♥ 우리는 우리의 형제들을 사랑하기 때문에 이미 죽음의 나라에서 벗어나 생명의 나라로 옮겨간 것을 압니다. 사랑하지 않는 사람은 죽음의 나라에 그대로 있습니다.    (요한서, 제 3장 14절)

♥ 누구든지 세상의 재물을 가지고 있으면서 형제가 궁핍한 것을 보고도 마음의 문을 닫고 그를 동정하지 않는다면 어떻게 하느님의 사랑이 그 사람 안에 있겠습니까?    (요한서, 제 3장 17절)

♥ 자녀들이여! 우리는 말로나 혀끝으로 사랑하지 말고 행동으로 진실하게 사랑합시다.    (요한서, 제 3장 18절)

♥ 사랑하는 이들이여, 서로 사랑합시다! 사랑은 하느님께로부터 온 것입니다. 사랑하는 사람은 누구나 하느님께로부터 났으며 하느님을 압니다.
(요한서, 제 4장 7절)

♥ 사랑하지 않는 사람은 하느님을 알지 못합니다. 하느님은 사랑이시기 때문입니다.    (요한서, 제 4장 8절)

♥ 지금까지 하느님을 본 사람은 없습니다. 그러나 우리가 서로 사랑한다면 하느님께서는 우리 안에 계시고 또 하느님의 사랑이 우리 안에서 완성되는 것입니다.
(요한서, 제 4장 12절)

♥ 하느님은 사랑이십니다. 사랑 안에 있는 사람은 하느님 안에 있으며 하느

님께서는 그 사람 안에 계십니다.　(요한서, 제 4장 17절)

♥ 하느님을 사랑한다고 하면서 자기 형제를 미워하는 사람은 거짓말쟁이
입니다. 보이는 자기 형제를 사랑하지 않는 사람이 어떻게 보이지 않는 하느님을 사랑할
수 있겠습니까?　(요한서, 제 4장 20절)

1

어느 농가에 가난한 구두수선공 세몬이 세 들어 살고 있었다.
그는 집도 땅도 없이 구두를 만들고 고치는 일을 해서 아내와
아이들을 겨우 먹여 살리고 있었다. 곡물 가격은 비싸고 구두
삯은 쌌기 때문에 버는 족족 식비로 들어가고 나면 남는 돈은
거의 없었다.

세몬에게는 아내와 번갈아 가며 입는 양가죽으로 만든 누더
기 외투가 있었다. 그래서 그는 새 외투를 장만하려고 2년째 돈
을 모으고 있었다. 현재까지 3루블을 모았지만 모피를 사기에
는 턱없이 부족한 돈이었다.

하지만 그에게는 마을의 농부에게 빌려 준 5루블 20코페이

카가 더 있었다.

어느 날 그는 집에 있는 돈과 빌려준 돈을 합하면 모피를 살수 있을 거라고 생각하고는 아침부터 모피를 사려고 마을에 갈채비를 하였다. 그는 내복 위에 솜을 넣고 누빈 아내의 재킷을 입고 그 위에 자신의 양복저고리를 겹쳐 입었다. 3루블의 지폐는 호주머니에 넣고 나뭇가지를 한 가지 꺾어서 지팡이 삼아 집을 나섰다.

마을에 도착한 세몬은 돈을 빌려 간 농부의 집을 찾아갔지만, 그는 집을 비우고 없었다. 농부의 아내는 지금은 돈이 없다며 다음주 안으로 갚겠다고 약속만 할 뿐 돈을 갚지는 않았다. 그는 어쩔 수 없이 다른 농부에게로 발걸음을 돌렸다.

하지만 그 농부 역시 돈이 한 푼도 없다고 딱 잡아떼면서 세몬이 수선해준 구두 고친 값으로 20코페이카만을 줄 뿐이었다. 그리고 미안한 마음이 들었던지 수선해 달라며 구두 한 켤레를 주었다.

하는 수 없이 외상으로라도 모피를 사보려고 모피상인을 찾아갔지만, 모피상인은 일언지하에 거절을 하였다.

"돈을 가지고 와요. 그러면 마음에 드는 걸로 줄 테니까. 당신도 외상값을 받아내기가 얼마나 어려운지 잘 알고 있지 않소?"

결국 20코페이카 외엔 받을 돈을 받지 못한 세몬은 허탈하고 화가 나 구두 고친 값으로 받은 20코페이카를 보드카 먹는 일에 몽땅 써버리고는 집을 향해 터벅터벅 걷기 시작했다. 추운 날씨였지만 술이 들어가서 그런지 생각만큼 춥지는 않았다. 그는 한쪽 손에 수선해 달라고 맡긴 농부의 구두를 흔들면서 혼자 중얼거렸다.

"한잔 마셨더니 외투를 입지 않았는데도 따뜻하기만 하군. 보드카를 마셨더니 온몸의 피가 혈관을 달음박질치듯 흐르는군. 그래 모피 외투 따위는 필요 없어. 그까짓 외투가 뭐 그리 중요해? 외투 없이도 얼마든지 살아갈 수 있어. 나는 그런 사람이야. 그런 건 한평생 없어도 돼. 물론 마누라는 상심이 클 거야. 마누라는 분명 가만있지 않고 안달을 할 거야. 맞아 하루 종일 돌아다니고도 돈을 받지 못한 건 한심한 일이야. 에이 나쁜 놈들, 남의 돈을 갚지 않는 놈들은 뭐야? 만약 이번에도 돈을 가지고 오지 않으면 정말이지 빼앗아 버리고 말겠어. 암, 내 그렇게 하고말고. 정말 이건 말이 안 돼. 20코페이카로 대체 뭘 할 수 있단 말이야. 이렇게 술이나 마시면 그만 아닌가? 뭐, 형편이 어렵다고? 네 놈들만 형편이 어렵냐? 네 놈들은 집도 있고 가축도 있고 빵을 만들 곡식도 있지만 나는 빈털터리란 말이다.

네놈들은 너희들이 재배한 곡식을 먹지만 우리 가족은 돈이 없으면 빵도 살 수 없단 말이야. 영락없이 쫄쫄 굶어야 한단 말이야. 매주 빵을 사는 데만도 꼬박 3루블씩을 써야 한단 말이야. 그러니까 이번엔 변명 같은 건 하지 말고 반드시 내 돈을 값아 줘야겠어."

취기가 오른 세몬은 이렇게 돈을 값지 않은 농부를 향해 투덜거리며 집을 향해 걸어가고 있었다. 그리고 그 길을 따라 땅거미도 서서히 지기 시작했다. 길모퉁이에 있는 교회 앞을 지나려는 순간 교회 뒤편에 있는 흰 물체가 세몬의 눈에 들어왔다. 세몬은 찬찬히 그 물체를 살펴보았지만 땅거미가 진 데다가 거리까지 멀어 무엇인지 분간하기가 어려웠다.

'저기에 흰 돌 같은 건 없었는데. 그럼 소인가? 헌데 소처럼 보이지는 않아. 머리는 사람 같은데, 사람치고는 머리가 너무 하얗군. 게다가 사람이 이런 데 있을 리가 있겠어.'

세몬은 이상한 물체를 향해 좀더 가까이 다가갔다. 그러자 물체가 똑똑하게 눈 속으로 들어왔다. 그것은 놀랍게도 사람이었다. 죽었는지 살았는지 사람 하나가 벌거벗겨진 채 교회 벽에 기대어 꼼짝도 하지 않고 있었다. 그는 순간 두려운 생각이 들었다.

'누군가 이 사람을 죽인 뒤 발가벗긴 후 저곳에 버렸을 거야.

모든 인간은 자신들의 행복을 위한 생각으로 살아가는 것이 아니라 그들 속에 존재하고 있는 사랑으로 살아가는 것이다.

아니야, 죽지 않았을지도 몰라. 한번 가까이 다가가볼까? 아니야, 살아 있다 하더라도 문제야. 괜히 쓸데없이 참견했다가 나중에 무슨 봉변을 당할지도 몰라. 멀쩡한 사람이 저러고 있지는 않을 테니 말이야. 저 사람이 나를 어찌지는 못한다하더라도 일이 복잡하게 꼬일 수도 있어. 옷도 벗어 주어야 할 것 같고, 게다가 갈 곳도 없어 보이는데.'

세몬은 생각이 여기에 미치자 그 자리를 그냥 지나쳐 가던 길을 계속 걸었다. 남자가 보이지 않게끔 교회 앞으로 지나갔다. 그렇게 얼마간 걸어가다가 뒤를 돌아보았을 때 벌거숭이 남자는 기대어 있던 벽에서 떨어져 움직이고 있었다. 그러자 세몬은 갑자기 죄의식이 느껴졌다. 그는 발걸음을 멈추고는 자신에게 속으로 말했다.

'세몬, 사람이 추위에 죽어 가고 있는데 너는 네가 번거로워지는 것이 귀찮아서 그를 그냥 버려두려는 것이냐? 네가 더 이상 손해 볼 것이 무엇이 있느냐? 네가 강도를 두려워할 만큼 큰

부자라도 된단 말이냐? 세몬, 그건 좋지 않은 일이다. 부끄러운 일이다.'

세몬은 곧장 돌아서서 그 남자에게로 성큼성큼 걸어갔다.

세몬은 그에게로 다가가 자세히 살펴보았다. 그는 몸에 아무 상처도 입지 않은 젊은 사람이었다. 다만 추운 날씨와 두려움에 몸을 떨고 있다는 것을 느낄 수 있었다. 그는 눈을 치켜 뜰 힘도 없는 듯 몸을 뒤로 젖힌 채 세몬을 보려고도 하지 않았다. 세몬은 머뭇거림 없이 그에게로 다가갔다. 그러자 그제서야 정신이 든 듯 남자는 세몬을 바라보았다. 세몬은 남자와 눈이 마주치자 그에게 호감이 생겼다. 세몬은 들고 있던 구두를 바닥에 놓은 뒤 자신이 입고 있던 외투를 벗었다.

"이러고 있을 때가 아니오. 자, 어서 이걸 입으시오."

세몬은 남자를 부축하여 일으켜 세웠다. 남자가 힘겹게 일어나자 세몬은 그를 바라보았다. 깨끗한 몸에 손도 발도 거칠지 않고 아주 귀여운 얼굴을 하고 있었다. 세몬은 그 남자에게 외투를 입혀주려 했으나 팔이 소매 속으로 잘 들어가지를 않았다. 세몬은 그의 팔을 소매 속에 넣어주고 옷자락을 잡아당겨 앞을 여민 다음 허리띠를 매어 주었다. 그리고는 헌 모자를 벗어 남자에게 씌워 주려고 하다가 그만두었다.

'나는 민머리지만 이 자는 긴 고수머리가 덥수룩하게 자라 있어.'

그는 벗었던 모자를 썰렁해진 자신의 머리에다 다시 얹었다.

'그보다도 이 남자에게 신을 신겨줘야지.'

세몬은 남자를 앉게 하고는 구두를 신겨주었다.

"자, 이젠 몸을 좀 움직여서 언 몸을 녹이도록 해요. 뒷일은 나중에 걱정하기로 하고. 어때, 걸을 수 있겠소?"

남자는 일어서서 세몬을 고마운 듯이 바라보았으나, 말은 한마디도 하지 않았다.

"왜 말을 하지 않는 거요? 이곳은 너무 춥소. 집으로 가야 합니다. 자, 여기 지팡이가 있으니 짚고, 그래도 몸이 말을 듣지 않으면 내게 기대도록 하시오. 자, 그럼 어디 한번 걸어보시오."

남자는 한 걸음 발을 내딛었고, 이내 쉽게 걷기 시작했다. 그는 전혀 지쳐서 쓰러져 있던 사람 같지 않게 세몬을 곧잘 따라 걸었다. 두 사람이 나란히 걷기 시작했을 때 세몬이 물었다.

"그래, 어디에서 오셨소?"

"저는 이 마을 사람이 아닙니다."

"나도 그럴 거라 짐작하고 있었소. 이 마을 사람은 한 사람도 빠짐없이 다 알고 있으니 말이오. 그런데 어쩌다가 이곳 교회 근처까지 오게 된 것이오?"

"죄송합니다만, 그건 말씀드릴 수 없습니다."

"어떤 나쁜 놈들이 당신에게 못된 짓이라도 했나요?"

"아닙니다. 어느 누구도 저를 이렇게 만든 사람은 없습니다. 신이 벌을 내리셨을 뿐입니다."

"그야 물론 만사를 신이 다스리는 것은 틀림없지요. 그렇더라도 당신은 먹을 것과 들어가 쉬어야 할 곳을 찾아야 하오. 그래 어디 갈 데라도 있소?"

"저는 아무 데도 갈 곳이 없습니다."

이 말을 들은 세몬은 놀라는 표정을 지었다. 그는 불한당처럼 보이지 않았고 말씨 역시 부드러웠지만, 신상에 대해서만은 말을 하려 하지 않았다. 세몬은 생각에 잠겼다.

'그야 세상에는 말 못할 일도 많은 법이지.'

이렇게 생각한 세몬은 남자에게 말했다.

"갈 곳이 없다면 우선 우리 집으로 갑시다. 지금은 언 몸을 녹이는 게 급하니까."

세몬이 집을 향해 앞장을 섰고, 남자가 그런 세몬의 뒤를 따랐다. 찬바람이 세몬의 재킷 밑으로 스며 들어왔다. 차차 술이 깨면서 그만큼 몸도 춥게 느껴졌다. 세몬은 코를 훌쩍거리면서 몸에 걸친 아내의 재킷 앞섶을 더욱 꼭 여미고는 종종 걸음을 쳤다. 그러면서 생각했다.

'아, 모피 외투! 모피 외투를 마련하러 갔다가 입고 있던 외투마저 벌거숭이 남자에게 벗어주고, 그것도 모자라 남자를 데리고 집으로 가고 있으니. 아내는 반기지 않을 텐데. 한바탕 난리를 치겠군.'

아내 마뜨료나를 생각하자 세몬은 우울해졌다. 그러나 옆의 낯선 남자를 쳐다보고 그가 교회에서 자신을 바라보던 시선을 생각해 내자 다시 기분이 좋아졌다.

3

세몬의 아내는 얼른 일을 마쳤다. 장작을 패고 물을 길어다 놓고 아이들과 식사를 마친 다음 생각에 잠겨 있었다. 마뜨료나는 언제 빵을 만들까를 생각하고 있었다. '오늘 빵을 구울까? 내일로 미룰까?' 아직 큰 빵 한 조각이 남아 있는 상태였다.

'남편이 마을에서 점심을 해결하고 온다면 저녁을 많이 먹지는 않을 거야. 그러면 내일 먹을 빵은 이것으로도 충분할 거야.'

마뜨료나는 빵 조각을 손으로 만지작거리며 생각했다.

'오늘은 빵을 굽지 말아야겠어. 밀가루도 한번 빵을 구울 것밖에는 남지 않았으니, 아껴서 먹으면 금요일까지는 먹을 수 있을 거야.'

마뜨료나는 빵을 치우고 탁자에 앉아 남편의 낡은 웃옷을 깁기 시작했다. 바느질을 하면서도 마뜨료나는 남편이 어떤 모피 외투를 사올까만을 생각하고 있었다.

'모피장수에게 속지 말아야 할 텐데. 사람이 워낙 좋아 조금도 남을 속이지 못하지만 어린아이도 남편을 속이는 것쯤은 문제없으니. 8루블이면 큰 돈이니까 좋은 모피 외투를 살 수 있을 거야. 가장 좋은 무두질한 가죽은 아니더라도 적당한 모피로 된 외투는 살 수가 있을 거야. 작년 겨울에는 따뜻한 모피 외투가 없어서 정말이지 고생이 심했어. 강엘 갈 수가 있나, 산엘 갈 수가 있었나, 어디에도 외출할 수 없었지. 지금만 해도 그래, 옷이란 옷은 모조리 입고 나가 버리니까 난 걸칠 옷도 없잖아. 아침 일찍 출발하지는 않았지만 이제는 돌아올 시간이 되었는데, 왜

여직 오지 않고 있는 거지. 설마, 술타령을 하고 있는 것은 아니 겠지?

마뜨료나가 이런 생각을 하고 있을 때 문간에서 발소리가 났고, 누군가 들어오는 소리가 들렸다. 마뜨료나는 바늘을 바늘꽂이에 꽂고 문간으로 나갔다. 그러자 남자 둘이 들어오는 것이 보였다. 남편 옆에는 낯선 남자가 모자도 쓰지 않고 맨발에 구두만을 신은 채 서 있었다. 마뜨료나는 남편에게서 풍기는 알코올 냄새를 놓치지 않았다.

'역시 술을 마셨구나.'

남편은 외투도 입지 않고 자신의 재킷만을 입은 채, 꾸러미도 들지 않은 빈손으로 면목이 없다는 듯 서 있었다. 마뜨료나는 그 모습을 보자 화가 치밀어 올랐다.

'그 돈으로 몽땅 술을 마셔버리고 아무 짝에도 쓸모없는 술집에서 만난 남자를 데리고 온 것이 분명해.'

마뜨료나는 생각했다. 마뜨료나는 두 사람을 앞세우고 집안으로 들어가다가 젊고 빼빼마른 남자가 남편의 외투를 입고 있음을 알게 되었다. 외투 안으로는 어떤 옷도 보이지 않았고 모자도 쓰지 않은 맨머리였다. 집안으로 들어온 젊은 남자는 자리에 선 채 움직이지도 않고 눈을 쳐들지도 않았다. 마뜨료나는 남자의 그런 모습을 보고 생각했다.

'틀림없이 나쁜 사람일 거야. 두려워하는 모습을 보면 알 수 있어.'

마뜨료나는 미간을 찌푸렸다. 그리고 난로 옆에 서서 그들이 하는 행동을 지켜보았다. 남편은 마치 아무 일도 없었다는 듯이 모자를 벗고 의자에 앉았다.

"여보 마뜨료나, 뭐해요, 어서 저녁을 내오지 않고."

마뜨료나는 입속으로 무엇이라고 중얼거릴 뿐 난로 옆에 서서 여전히 움직이지 않았다. 그리고는 두 사람을 번갈아 쳐다보며 고개를 갸웃거렸다. 세몬은 아내가 화가 난 것을 알았지만 모르는 척하고, 남자의 손을 잡아당겼다.

"자, 앉으시오. 저녁을 먹읍시다."

낯선 남자가 의자에 앉았다.

"그래 우리를 위해 아무것도 준비하지 않았단 말이오?"

남편이 물었다. 마뜨료나가 화난 목소리로 대꾸했다.

"왜 안 해요. 하긴 했지만 당신 같은 주정뱅이에게 줄 것은 없어요. 보아하니 당신은 술만 마신 것이 아니라 염치마저 마셔 버렸군요. 모피 외투를 마련한다고 간 양반이 모피 외투는커녕 입고 나간 외투까지 벗어버리고, 게다가 건달까지 데리고 오다니. 당신네들 주정뱅이에게 줄 저녁은 없어요."

"마뜨료나, 사정도 모르면서 그렇게 함부로 말해도 되는 거요. 먼저 어떻게 된 일인지 자초지종부터 물어보는 것이 순리 아니오?"

"그런 건 나중이고, 그래 돈은 어디 있어요. 말해 봐요."

세묜은 웃옷주머니를 더듬어 3루블의 돈을 꺼내들었다.

"여기 돈 있잖소. 뜨리포노프가 주질 않았지만 곧 갚겠다고 약속을 했소."

마뜨료나는 더욱 더 화가 치밀었다.

"모피도 사지 않고 단 하나밖에 없는 우리의 외투를 낯선 벌 거숭이 남자에게 입혀서 집으로 데리고 오다니."

마뜨료나는 이렇게 말하며 탁자 위의 돈을 집어 장롱 속에 안전하게 넣었다. 세몬은 아내에게 자기가 쓴 돈은 20코페이카 뿐이며, 남자를 데려오게 된 경위도 밝히려 했지만, 아내는 말할 기회를 주지 않았다. 아내는 쉴 새 없이 퍼부어대고서도 부족했는지 10년 전의 일까지 들춰내 한바탕을 더 해댔다. 그리고 급기야는 세몬에게 달려들어 옷소매를 부여잡았다.

　　"이리 내요. 내 옷을 돌려줘요. 하나밖에 없는 내 옷을 뺏어 입고 염치도 좋지. 빨리 벗어 줘요. 못난 인간 같으니! 차라리 나가서 죽어버려요."

　　세몬이 아내의 무명 재킷을 벗으려 하는데, 소매가 뒤집어져 벗겨졌다.

　　그때 아내가 그것을 잡아 당겼으므로 옷솔이 부드득 하고 뜯겨나갔다. 마뜨료나는 재킷을 빼앗아 입고 문께로 걸어갔다. 그리고 나가 버리려고 하다가 멈춰 섰다. 화가 나긴 했지만 낯선 남자가 누구인지 알고 싶어졌다.

4

마뜨료나가 멈춰 서서 말했다.

"온전한 사람이라면 벌거숭이로 있을 리가 없지요. 게다가 이 남자는 셔츠도 입고 있지 않아요. 어떻게 상의 하나 걸치지 않고 있을 수 있죠? 만약 나쁜 사람이 아니라면, 왜 저 사람에 대해서 말을 하지 못하는 거지요?"

"내가 말하려고 하는 게 바로 그거요. 집으로 돌아오는 길에 이 사람이 교회 담 밑에 알몸으로 기대있는 것을 보았소. 글쎄, 이 추위에 벌거숭이로 있는 게 아니겠소. 마침 하늘이 도와 내가 그리로 지나왔으니 망정이지, 그렇지 않았더라면 이 남자는 필시 얼어 죽었을 거요. 그럼 내가 어떻게 했어야 했겠소? 저 남자에게 무슨 일이 일어났었는지 우리는 모르잖소. 그래 외투를 입혀서 데려 온 거요. 그러니 마뜨료나, 당신도 이제 화를 풀고 마음 좀 가라앉히구려. 그건 죄를 짓는 것이오. 인간은 누구나 한번은 죽는다는 걸 잊지 말아요."

마뜨료나는 격한 말이 목구멍까지 솟아올랐지만 낯선 남자를 쳐다보고는 더 이상 말문을 열지 않았다. 남자는 죽은 듯이 의자 끝에 앉은 채 꼼짝도 하지 않았다. 두 손은 무릎 위에 포개고 머리는 가슴에 떨어뜨리고 있었다. 눈을 감은 채 괴로운 듯 얼굴을 일그러뜨리고 있었다. 마뜨료나가 입을 다물고 있자 세몬이 말했다.

"마뜨료나, 당신에겐 신의 사랑이 없소?"

이 말을 듣고 마뜨료나는 다시 한번 낯선 남자를 쳐다보았다. 그러자 갑자기 그를 향한 마음이 가라앉았다. 그녀는 문 앞에서 발길을 돌려 난로가 있는 쪽으로 갔고, 이어 저녁을 내왔다.

탁자 위에 컵을 올려놓고 크바이스(귀리와 엿기름으로 만든 맥주의 일종)를 따랐다. 그리고 빵을 꺼내고 칼과 숟가락을 놓았다.

"차린 것은 없지만 어서 드세요."

마뜨료나가 말했고, 세몬은 낯선 남자를 식탁으로 끌었다.

"자, 자리에 앉으시오."

세몬은 빵을 잘게 자르고 스프를 섞은 다음, 남자와 함께 먹기 시작했다. 마뜨료나는 탁자 한쪽 끝에 앉아서 턱을 고인 채 낯선 남자를 바라보았다.

낯선 남자가 가여워 보였고, 돌봐주고 싶은 생각까지 들었다. 그러자 갑자기 남자의 얼굴이 밝아졌다. 낯선 남자는 찡그리고 있던 미간을 펴고 마뜨료나를 바라보며 싱긋 웃었다. 식사가 끝나자 마뜨료나는 테이블을 치운 뒤 낯선 남자에게 물었다.

"어디 사는 사람이지요?"

"이 마을 사람은 아닙니다."

"그런데 왜 그곳에 있었지요?"

"그건 말씀드릴 수가 없습니다."

"노상강도라도 만났나요?"

"저는 신의 벌을 받았습니다."

"그래서 벌거숭이가 되어 누워 있었단 말이에요?"

"네, 알몸으로 있다가 얼어 죽을 뻔했지요. 그것을 댁의 남편이 보고 가엾게 여겨 외투를 벗어 입혀주었지요. 그리고 이렇게 집으로까지 오게 된 것입니다. 또 이곳에 오자 아주머님께서도 저를 불쌍히 여기고는 먹을 것과 마실 것을 주었습니다. 당신들에게는 신의 은총이 내릴 것입니다."

마뜨료나는 자리에서 일어났고 금방 기워 놓았던 세몬의 낡은 웃옷을 가져와 낯선 남자에게 건넸다. 그리고 바지도 찾아서 내주었다.

"속에 아무것도 입지 않은 것 같은데, 자, 이걸 입고 어디든 마음에 드는 자리에 누워요. 침대 위나 난로 옆이나."

낯선 남자는 외투를 벗고 웃옷을 입은 다음 침대 위에 몸을 뉘었다. 마뜨료나는 등불을 들고 외투를 집어 남편 있는 데로 갔다. 마뜨료나는 외투 자락을 덮고 누웠으나 통 잠을 이룰 수가 없었다. 자꾸만 낯선 남자의 일이 머릿속에 떠올랐다. 그가 조금 남아 있던 빵을 먹었고, 그래서 내일 먹을 것이 아무것도 없으며, 자신이 내어준 웃옷과 바지를 생각하자 마뜨료나는 아쉬워졌다. 하지만 자신을 바라보며 싱긋 웃던 남자의 모습을 떠올리자 이내 기분이 좋아졌다.

마뜨료나는 오래도록 잠을 이루지 못했고, 세몬도 잠을 이루지 못하고 있다는 것을 알게 되었다. 그녀는 자신 쪽으로 남편의 외투 자락을 잡아당겼다.

"여보, 자요?"

"아니, 그런데 왜 그러오?"

"저녁에 먹은 게 마지막 빵이었어요. 빵을 만들 반죽도 해두지 않았으니 내일은 어떻게 하지요? 이웃 마사한테 좀 얻을 수 있을지 모르겠네요."

"산 입에 거미줄이야 치겠소."

마뜨료나는 잠시 동안 가만히 드러누워 있다가 물었다.

"그런데 나쁜 사람 같아 보이지는 않는데, 어째서 자신에 관한 말은 일절 하지 않는 것일까요?"

"말 못할 무슨 사정이 있지 않겠소."

"세묜!"

"응?"

"우리는 남을 도와주는데 왜 우리에게 도움을 주는 사람은 없는 것이지요?"

세묜은 뭐라고 대답해야 좋을지 몰랐다. 그래서 "그만하고 잡시다."라고 말한 뒤, 돌아누워 잠을 청했다.

날이 밝자 세몬이 일어났다. 아이들은 아직 깨어나기 전이었고, 아내는 빵을 구하기 위해 이웃집에 가고 없었다. 낯선 남자는 낡은 웃옷과 바지를 입고 의자에 앉아 멍하니 위를 올려다보고 있었다. 얼굴은 어제보다 더 밝았다.

"배는 빵을 필요로 하고 알몸뚱이는 몸을 가려줄 옷을 필요로 하지요. 사람은 누구나 먹고 살기 위해 일을 해야 하는 것이니, 그래 당신은 잘 하는 일이 뭐요?"

"저는 할 줄 아는 게 아무것도 없습니다."

세몬은 남자의 말을 듣고선 놀라움을 감추지 못하면서도 이렇게 말해주었다.

"마음이 중요한 것이지, 배우려고 드는 사람에게 배울 수 없는 것은 없다오."

"사람이 일을 해야 한다면, 저도 해야지요."

"그런데 이름이 뭐요?"

"미하일입니다."

"이 봐요, 미하일. 당신 자신에 관해서 말하고 싶지 않다면 그만이지만 밥벌이만은 그렇지 않다오. 당신은 생계를 위해서 스스로 일을 해야 하오. 달리 갈 데가 없다면 내가 하는 일을 함께 하면 어떻겠소? 그러면 내 당신에게 먹을 것과 잠자리는 제공해 주리다."

"고맙습니다. 무엇이든지 가르쳐 주세요. 열심히 배우고 익히겠습니다."

세몬은 구두 짓는 실을 집어 손가락에 감고 꼬기 시작했다.

"어려운 일은 아니니, 잘 보시오."

미하일은 그것을 들여다보더니 금방 배워서는 손가락에 실을 감고 꼬았다. 세몬은 이번에는 그 실에 밀을 바르는 법을 가르쳐줬는데 미하일은 그 일도 역시 능숙하게 해냈다. 이어 세몬은 뻣뻣한 실을 어떻게 꼬아서 어떻게 꿰매는지 가르쳐 주었고, 미하일은 이것도 금방 배웠다.

미하일은 세몬이 어떤 일을 가르쳐도 금방 이해했고, 사흘이 지났을 때에는 마치 평생 구두를 꿰매 온 사람처럼 익숙하게 일을 했다. 미하일은 허리를 펼 사이도 없이 일을 했으며 밥은 조금밖에 먹지 않았다. 일이 끝나면 잠자코 앉아 천장만 바라보았다. 그는 밖에 나가지도 않았고 말도 꼭 필요한 말 외에는 하지 않았다. 미하일이 웃음을 보인 것은 처음 왔던 날 마뜨료나가 저녁 식사를 차려줄 때뿐이었다.

6

하루하루가 가고 주일들이 지나갔으며 어느새 해가 바뀌었다. 미하일은 여전히 세몬의 집에 살면서 일을 했다. 세몬의 보조공인 미하일만큼 모양 좋고 튼튼한 구두를 만드는 사람도 없다는 소문이 퍼져 이제 이웃 마을에서까지 주문이 밀려들어오고 있었다. 세몬의 형편은 그만큼 넉넉해져만 갔다.

그런 어느 겨울날, 세몬과 미하일이 일을 하고 있는데 요란한 삼두마차 소리가 들려왔다. 가게 앞으로 삼두마차가 달려오더니 멈춰 서는 것이었다. 세련된 하인 한 명이 마부석에서 뛰어내리더니 마차의 문을 열었다. 마차 안에서는 좋은 털가죽으로 만든 외투를 입은 신사가 내려 세몬의 가게를 향해 걸어왔다. 마뜨료나가 뛰어나가 문을 활짝 열었다. 신사가 몸을 굽히고 안으로 들어와 다시 허리를 폈다. 그러자 그의 머리는 천정에 닿았고, 몸집은 가게 안을 채울 정도였다. 세몬은 일어서서 인사를 하면서도 신사의 우람한 체구에 벌린 입을 다물지 못했다. 그는 일찍이 그런 사람을 한번도 본적이 없었다. 세몬은 살이 없었고 미하일은 야위었으며 마뜨료나는 마른 나뭇가지처럼 뼈가 앙상했는데, 이 신사는 다른 세상에서 온 것 같았다. 그의 얼굴은 불그스

레하니 윤기가 흘렀고, 목은 황소처럼 굵어서 마치 몸 전체가 무쇠로 만들어진 것처럼 보였다. 하지만 그 부유한 신사는 숨을 헐떡이고 있었다. 그는 털가죽 외투를 벗은 놓은 다음, 의자에 앉으며 말했다.

"주인이 누군가?"

세몬이 앞으로 나서며 대답했다.

"제가 주인입니다, 나리."

그러자 신사는 하인을 향해 큰 소리로 말했다.

"페드카, 그걸 이리 가져 와."

하인이 꾸러미를 가지고 달려왔다. 신사가 꾸러미를 받아 탁자 위에 올려놓았다.

"열어보아라."

하인이 꾸러미를 풀자, 훌륭한 가죽이 나왔다. 신사가 손가락으로 그 가죽을 가리키며 세몬에게 말했다.

"주인, 이 가죽이 보이지?"

"네, 나리."

"그럼, 이 가죽이 무슨 가죽인지 아나?"

세몬은 가죽을 만져 보고나서 대답했다.

"참 좋은 가죽입니다."

"그야, 두 말하면 잔소리지. 자네는 이런 가죽은 구경조차 못했을 것일세. 이건 독일산인데다가 20루블이나 준 것이니까."

세몬은 소스라치게 놀라며 말했다.

"저 같은 사람이 이런 훌륭한 가죽을 어디에서 볼 수 있었겠습니까?"

"그렇지, 그럴 거야. 어디 이걸로 내 발에 꼭 맞는 장화를 만들 수 있겠나?"

"네, 만들 수 있고말굽쇼."

그러자 신사가 느닷없이 세몬에게 소리를 질렀다.

"만들 수 있고말굽쇼라구? 그럼 너는 누구의 장화를 만드는지와 그 가죽이 어떤 가죽인지를 잊지 말아야 할 거야. 내가 원하는 장화는 1년을 신어도 뜯어지지 않고 모양도 변하지 않는 그런 장화야. 그렇게 만들 자신이 있으면 저 가죽을 자르되, 만약 자신이 없다면 지금 말을 하게. 미리 경고해 두지만 장화가 1년도 안 돼서 뜯어지거나 모양이 변하기라도 하는 날엔 자네는 감옥에 갈 생각을 해야 할 거야. 하지만 만일 1년이 넘도록 모양이 변하거나 뜯어지지 않으면 수고비로 10루블을 주도록 하지."

세몬은 겁이 더럭 나서 말을 못하고 미하일 쪽을 바라보았다. 그리고는 팔꿈치로 미하일을 쿡 찌르고는 속삭였다.

"어떻게 하지?"

미하일은 '일을 맡으세요.' 라는 뜻으로 고개를 약간 끄덕였다. 세몬은 미하일의 고갯짓에 따랐고, 1년 내내 모양이 변하거나 뜯어지지 않는 장화를 만들어주겠다고 약속했다. 신사는 하인에게 왼쪽 장화를 벗기게 한 뒤, 다리를 쭉 폈다.

"치수를 재라!"

세몬은 종이 자를 17인치 길이로 이어 붙여서 평평하게 편 다음, 무릎을 꿇고서 신사의 양말을 더럽히지 않기 위해 앞치마를 깨끗이 닦았다. 그리고 치수를 재기 시작했다. 발바닥을 재고 발등 높이를 잰 뒤, 장딴지를 잴 차례가 되었는데, 종이 자가 너무 짧았다. 그의 장딴지는 통나무만큼이나 굵었다.

"다리가 너무 꽉 조이지 않게 만들어야 해."

세몬은 종이 자를 더 이어 붙였다. 신사는 양말속의 발가락을 꼼질꼼질 놀리면서 방안을 둘러보다가 미하일을 발견했다.

"저 사람은 누구지?"

"제 직공인데 장화를 잘 만듭니다."

그러자 신사가 미하일에게 말했다.

"똑똑히 알아둬라. 1년간은 끄떡도 하지 않을 장화를 만들어야 한다는 것을."

세몬도 미하일을 바라보았다. 그런데 미하일은 신사를 바라보지 않고, 신사의 뒤쪽을 응시하고 있었다. 마치 누군가가 있는 것처럼.

미하일은 그곳을 계속 응시했고, 별안간 싱긋 미소를 짓더니 얼굴이 더 밝아졌다.

"넌 뭘 보고 싱글거리고 있는 거야? 바보처럼."

그것을 보고 신사가 호통을 쳤다.

"정신 차려서 기한내에 만들어 낼 생각이나 하는 게 좋을 거야."

"네, 기한내로 만들어 놓겠습니다."

미하일이 대답했다.

"명심해."

치수를 다 잰 신사는 장화를 신고 모피 외투를 걸친 다음, 문 쪽으로 걸음을 옮겼다. 하지만 허리를 숙이는 것을 잊어버려 그만 문틀에다 이마를 들이박고 말았다. 신사는 욕설을 해대며 이마를 문질렀다. 그리고 마차를 타고 가 버렸다. 신사가 떠나자 세몬이 말했다.

"정말이지, 어마어마한 사람이군. 저 사람은 큰 망치로 내리쳐도 죽지 않을 거야. 방이 흔들릴 정도로 이마를 부딪쳤는데도 별로 아픈 기색을 보이지 않는 걸 보면."

그러자 마뜨료나가 대꾸를 했다.

"저렇게 부유한 생활을 하고 있는데 어떻게 튼튼하지 않을 수 있겠어요? 저런 튼튼한 사람에게는 염라대왕도 감히 접근하지 못할 거예요."

세몬이 미하일에게 말했다.

"일을 맡긴 했지만 이거 까닥 잘못하는 날엔 감옥살이야. 가죽도 비싼데다, 저 신사 성깔도 불 같으니 실수를 해서는 안 될 걸세. 이것은 자네가 하게. 자네는 솜씨도 좋고 눈도 밝으니. 여기 있는 치수 견본을 보고서 자네가 재단을 하게. 나는 겉가죽을 꿰맬 테니까."

미하일은 세몬이 시키는 대로 신사의 가죽을 탁자 위에 펼쳐

놓고 반으로 접었다. 그런 다음 칼을 들고 마름질을 시작했다. 마뜨료나가 다가가 미하일이 마름질하는 것을 보더니 깜짝 놀랐다. 마뜨료나도 장화 만드는 일을 수없이 보아왔던 터라, 장화 만드는 법을 어느 정도는 알고 있었다. 그런데 지금 미하일은 장화를 만들 때처럼 가죽을 재단하지 않고 둥글게 잘라내고 있었다. 마뜨료나는 무슨 말을 하려고 하다가 그만두고는 생각을 했다.

'그 신사가 장화를 어떻게 지으라고 했는지 내가 못 알아들었을 수도 있어. 장화 만드는 것은 미하일이 더 잘 알고 있을 테니 참견하지 않는 게 좋을 거야.'

미하일은 가죽을 다 자른 뒤 실을 바늘에 꿰어 가죽을 꿰매기 시작했다. 그런데 그것은 장화를 꿰매는 두 겹 실이 아니라 슬리퍼를 꿰매는 한 겹 실이었다. 그것을 보고 마뜨료나는 여전히 이상하다는 생각이 들었지만 참견하지는 않았다. 미하일은 한낮이 될 때까지 신을 꿰매는 일에만 열중했다.

점심때가 되어 세몬이 식사를 하려고 일어나 미하일이 꿰매는 것을 보고는 소스라치게 놀랐다. 그는 미하일이 장화가 아니라 슬리퍼를 만들고 있음을 보게 되었다.

'아아, 이게 대체 어떻게 된 일이란 말이냐? 미하일은 나와 함께 지내는 동안 한번도 실수를 저지르지 않았는데, 하필 이때에 이런 큰 실수를 저지르다니. 그 신사는 분명 장화를 주문했는데 미하일은 평평한 슬리퍼를 만들고 있으니, 대체 이를 어쩐다 말인가? 게다가 가죽을 몽땅 낭비하고 말았으니, 그 신사에게 이제 뭐라고 말을 하지? 또 가죽은 어디서 구한단 말인가? 난 죽었다 깨어나도 이런 가죽은 구할 수도 없는데.'

세몬이 미하일을 향해 말했다.

"아니, 여보게. 지금 무슨 짓을 하고 있는 것인가? 이젠 난 망하고 말았네. 그 신사는 목이 긴 장화를 주문했는데, 자넨 대체 지금 무엇을 만들고 있는 건가?"

세몬이 미하일에게 잘못을 탓하고 있는데, 누군가가 문을 두드렸다. 창문으로 내다보니 어떤 사람이 자신이 타고 온 말의 밧줄을 매고 있었다. 세몬이 급히 문을 여니 아까 왔던 신사의 하인이 들어왔다.

"안녕하십니까?"

"어서오세요. 그런데 무슨 일이라도?"

세몬이 물었다.

"장화 일로 마님의 심부름을 왔어요."

"장화일로요?"

"장화는 이제 필요 없게 됐습니다. 나리는 돌아가셨으니까요."

"예? 뭐라구요?"

"여기서 자택으로 돌아가시는 길에 돌아가셨어요. 마차가 집에 당도해 내리는 걸 도와드리려고 보니까 나리는 짐짝처럼 뒹굴고 있었습니다. 돌아가셨던 거지요. 간신히 마차에서 끌어내렸지요. 그래서 마님께서 그 가죽으로 장화대신 죽은 사람에게 신기는 슬리퍼를 만들어달라고 말하라고 하셔서 이리 오게 된 것입니다. 그리고 슬리퍼가 다 완성되면 가지고 오라고 하셨어요."

미하일은 탁자 위에서 마름질하고 남은 가죽을 집어 둘둘 말았다. 그리고 완성된 슬리퍼를 탁탁 소리 나게  털고는 앞치마로 깨끗하게 닦은 뒤 하인에게 주었다. 슬리퍼를 받아든 하인은 인사를 하고는 돌아갔다.

# 8

세월은 유수같이 흘러 미하일이 세몬의 집으로 온지도 벌써 6
년째로 접어들었다. 미하일은 여전히 전과 다름없는 생활을 하
고 있었다. 아무데도 가지 않고 필요 없는 말은 한 마디도 하지
않았다. 그 동안 웃는 모습을 보인 것도 단 두 번뿐이었다. 한번
은 마뜨료나가 저녁식사 준비를 할 때였고, 다른 한번은 장화를
맞추러 온 신사를 보았을 때였다. 세몬은 미하일이 시간이 흐를
수록 마음에 들었다. 이제는 미하일이 어디서 왔는지 절대 묻지
않았고, 다만 미하일이 떠나면 어쩌나 하는 것만을 걱정하고 있
었다.

하루는 온 식구가 모여 앉아 있었다. 마뜨료나는 화덕에 냄
비를 올려놓고 있었고, 아이들은 의자 사이를 뛰어다니며 창밖
을 내다보고 있었다. 세몬은 창가에서 구두를 꿰매고 미하일은
다른 창가에서 구두 뒤꿈치를 붙이고 있었다. 그때 아이들 중
하나가 미하일에게로 달려오더니 그의 어깨를 흔들었다. 그리
고 창밖을 가리키며 말했다.

"미하일 아저씨, 저것 좀 봐요. 귀부인하고 작은 여자애 둘이
있어요. 어쩐지 우리 집을 향해 오는 것 같아요. 그런데 여자애

하나는 발을 절고 있어요."

아이가 그렇게 말하자, 미하일은 하던 일을 멈추고 창문으로 고개를 돌려 밖을 내다보았다. 세몬은 놀랐다. 이제까지 미하일이 밖을 내다본다든지 하는 일은 한번도 없었는데 지금은 아예 얼굴을 창에 대고 무엇엔가 열심히 눈길을 주고 있었다.

그래서 세몬도 일을 멈추고 창밖을 내다보았다. 깨끗하게 옷을 차려 입은 한 부인이 모피 외투를 걸치고 긴 목도리를 두른 두 여자애의 손을 잡고 자기 집으로 오고 있는 것이 보였다. 여자애들은 얼굴이 똑같아서 구분을 할 수 없을 정도였다. 다만 한 아이가 다리를 가볍게 절룩거렸다. 부인은 바깥 층계를 올라 입구로 들어와 문을 열고는 먼저 두 여자아이를 안으로 들여보냈다. 그런 다음 자기도 방안으로 들어섰다.

"안녕하세요."

"어서 오십시오. 무슨 일로 오셨는지요?"

부인은 탁자 옆에 앉았다. 두 여자아이는 낯을 가리는지 부인 곁에 꼭 붙어 앉았다.

"저, 이 아이들이 봄에 신을 가죽 구두를 맞출까 해서요."

"아, 그러세요. 우리는 그런 작은 구두를 만들어 본 적은 없지만, 할 수는 있습니다. 가장자리엔 장식이 달려있고 리넨으로 안감을 댄 구두 말이지요? 여기 있는 미하일이 솜씨가 여간 좋은 게 아닙니다."

세몬이 미하일을 돌아다보았다. 미하일은 작은 두 여자아이에게서 눈길을 떼지 않은 채 바라보고 있었다. 그 모습은 세몬을 놀라게 했다. 두 여자아이는 눈이 까맣고 뺨이 통통하며 발그레한 것이 예쁘장했다. 게다가 모피 외투와 목도리도 질이 좋은 것이었다. 하지만 무슨 이유로 미하일이 두 여자아이에게 눈길을 쏟고 있는지 세몬은 도무지 납득이 가지 않았다. 마치 두 아이를 오래전부터 잘 알고 있는 것처럼 보였다. 세몬은 매우 의아하게 생각하면서도 부인과 이야기를 하며 값을 흥정했다. 가격이 정해지고 치수를 잴 차례가 되자, 부인은 절름발이 여자애를 무릎에 안아 올리며 말했다.

"이 아이는 두 다리를 다 재어주세요. 불편한 발에 신길 신발하나와 나머지 발에 신길 신발 세 개를 만들어 주시면 돼요. 이애들은 발 크기가 같아요. 쌍둥이거든요."

세몬은 치수를 쟀고 절름발이 아이를 가리키며 물었다.

"어쩌다가 이렇게 되었지요? 볼수록 귀여운 아이인데 날 때부터 이랬나요?"

그러자 부인이 대답했다.

"아니에요. 그 애 어머니가 그렇게 했어요."

그때 마뜨료나가 다가왔다. 마뜨료나는 이 여자가 누구이고 어디에 사는지 알고 싶었다.

"그럼, 부인께서는 이 아이들의 엄마가 아니신가요?"

"예, 저는 이 아이들의 어머니도 아니고, 친척도 아니랍니다. 이 아이들과는 피 한 방울 섞이지 않은 남이랍니다. 양딸로 삼아 기르고 있는 것이지요."

"자기가 낳은 아이도 아닌데, 아주 정이 많이 드셨나 봐요?"

"그걸 말해 무엇 하겠습니까? 정이 듬뿍 들었지요. 둘 다 제 젖으로 키웠어요. 제 아이도 있었지만 하느님께서 데려가셨지요. 제가 낳은 아이였지만 지금 이 아이들만큼은 정이 들지 않았어요."

"그럼, 이 애들의 부모는 누구인가요?"

9

부인은 다음과 같은 이야기를 들려주었다.

"벌써 6년 전의 일입니다. 이 아이들은 태어난 지 일주일도 안 돼 천애고아가 되었답니다. 이 아이들이 태어나기 사흘 전에 아버지는 죽고 어머니 역시 하루도 안돼 죽었으니까요. 저는 그 당시 남편과 농사를 짓고 살았는데, 애들 부모와 이웃하여 살고 있었지요. 애들 아버지는 혼자 숲에서 일을 하고 있었는데, 그만 부러지는 큰 나무에 허리를 강하게 얻어맞고는 쓰러지고 말았지요. 사람들이 집에다 옮겨놓았지만 곧 죽고 말았어요. 그리고 3일 후 그의 아내는 쌍둥이를 낳았지요. 바로 이 애들이지요. 가난한데다가 돌보아 줄 일가친척이나 사람이 한명도 없었어요. 그야말로 혼자 해산을 하고 홀로 죽음을 맞이한 것이지요. 이튿날 아침에 궁금해서 그 집에 찾아가 보았더니 가엾게도 벌써 숨이 끊어져 있었어요. 게다가 숨이 넘어가면서 이 아이에게로 넘어지는 바람에, 엄마의 무게를 이기지 못해 다리가 이렇게 된 것이지요. 마을 사람들이 시신을 수습해 장례식을 치러주었지요. 친절한 사람들이었어요. 이제 문제는 갓난아이들 뿐이었지요. 그런데 그때 젖먹이를 가진 사람은 저뿐이었어요. 저에게는 낳은 지 8주 된 아들이 있었으니까요. 그래서 제가 잠시 두 아이를 돌봐 주기로 했지요. 마을 사람들은 제가 조금만 돌보고 있으면 다른 방법을 찾아보겠다고 했어요. 처음엔 다리가 온전한 아이에게만 젖을 주었지요. 다리를 다친 아이는 살 것같아 보이지 않았거든요. 하지만 곧 아이가 불쌍하다는 생각이 들더군요. 그래서 이 아이에게도 똑같이 젖을 물렸지요. 제가

"안녕히 계십시오.
이제 가봐야 할 때가 된 것 같습니다.
하느님께서 저를 용서해 주셨습니다."

젊고 건강한데다가 먹기도 잘해서 다행스럽게도 젖은 부족하지 않았어요. 두 아이에게 젖을 물리고 있으면 다음 애가 기다리고 있었어요. 그래서 하나가 젖꼭지를 놓는 대로 기다리던 아이에게 젖을 물리곤 했지요. 그런데 하느님의 뜻으로 두 아이는 잘 컸으나 제 아이는 2년째 되던 해에 죽고 말았어요. 그 후로 생활은 풍족했지만 저는 더 이상 아이를 낳지 못했지요. 지금 제 남편은 제분소에서 곡물상으로 일하고 있어요. 급료도 넉넉해서 생활은 그 어느 때보다 풍족하게 지내고 있지요. 하지만 제가 낳은 아이가 없어서, 이 아이들이 없었다면 정말이지 외로웠을 거예요. 그러니 제가 이 아이들을 귀여워하는 것은 당연한 것이지요. 쌍둥이는 제게 있어서 촛불과도 같아요."

부인은 절름발이 아이를 끌어당겨 한 손으로 꼭 껴안고 나머지 손으로는 볼에 흐르는 눈물을 닦았다. 마뜨료나도 길게 한숨을 내쉬며 말했다.

"'사람은 부모 없이는 살지는 몰라도 신 없이는 살 수 없다.'
고 흔히들 말하더니 정말로 그런 것 같아요."

세 사람이 말을 주거니 받거니 하고 있는데, 갑자기 미하일이
있는 쪽 구석에서 섬광이 비쳐와 온 방안이 환하게 밝아졌다. 모
두가 미하일이 앉아 있는 쪽을 바라보았다. 미하일은 두 손을 무
릎 위에 포개고 위를 올려다보며 빙그레 웃고 있었다.

 10

부인이 쌍둥이를 데리고 나가자 세몬이 미하일에게 물었다.

"아니, 이게 대체 어떻게 된 일인가?"

미하일은 의자에서 일어나 일감을 탁자 위에 올려놓고 앞치
마를 벗으며 세몬과 마뜨료나에게 허리를 굽혀 인사를 했다. 그
리고는 말했다.

"안녕히 계십시오. 이제 가봐야 할 때가 된 것 같습니다. 하
느님께서 저를 용서해 주셨습니다."

세몬과 마뜨료나가 그를 바라보니 미하일에게서는 여전히 후

광이 비치고 있었다. 세몬은 미하일에게 머리를 숙이며 말했다.

"미하일, 당신은 보통 사람이 아니며 붙잡을 수도 없고, 자세한 것을 물을 수도 없다는 것을 알겠습니다. 하지만 꼭 한 가지만 알고 싶은 것이 있습니다. 그것만은 말씀해 주십시오. 저는 당신과 함께 있으면서 딱 세 번 웃는 걸 보았습니다. 첫 번째는 우리 집에 오던 날 집사람이 음식을 차리는 것을 보았을 때이고, 두 번째는 장화를 맞추러 왔던 신사의 뒤쪽을 보았을 때이며, 그리고 세 번째는 오늘 부인의 아이들을 보았을 때입니다. 그러자 몸에서 광채가 났습니다. 당신의 얼굴이 어째서 그토록 환해졌으며, 왜 세 번 미소를 지었는지 말씀해 주셨으면 합니

다.”

그러자 미하일이 대답했다.

“제 몸에서 빛이 나는 것은 신의 벌을 받고 있는 중이었는데, 이제 용서를 받았기 때문입니다. 또 제가 세 번 웃은 것은 신의 세 가지 말씀을 알아냈기 때문입니다. 한 가지 말씀은 아주머니가 저를 가엾다고 생각하셨을 때에 깨달았습니다. 그래서 처음으로 웃었습니다. 또 한 가지 말씀은 부자 신사가 장화를 주문하러 왔을 때 알게 되었습니다. 그래서 두 번째로 웃었던 것입니다. 그리고 마지막 세 번째는 지금 두 아이를 보았을 때 알게 되었습니다. 그래서 세 번째 웃었던 것입니다.”

“그럼 왜 신이 당신을 벌하신 것이지요? 그리고 세 가지 말씀이란 또한 무엇인가요?”

그러자 미하일이 대답했다.

“제가 벌 받은 것은 신의 말씀을 따르지 않았기 때문입니다. 저는 하늘나라의 천사였는데 신의 말씀을 거역하고 말았습니다. 어느 날 신은 제게 한 여자의 영혼을 데려오도록 명령을 내리셨습니다. 제가 인간세계에 내려와 보니 그 여인은 몹시 아파하며 누워 있었습니다. 쌍둥이 딸을 낳았던 것입니다. 갓난아기는 어머니 곁에서 꼬무락거리고 있었으나 어머니는 젖을 줄 기운도 없어보였습니다. 여인은 제 모습을 보자 신이 보낸 것임을 짐작하고는 매우 슬프게 흐느끼며 말했습니다. '아아, 천사님. 남편은 숲에서 나무에 깔려 죽어 바로 며칠 전에 장례식을 치렀습니다. 제게는 이 아이들을 키워줄 형제자매도, 큰어머니나 작은 어머니, 할머니도 없습니다. 제발 제 영혼을 가져가지 마시고 이 아이들을 제 손으로 키우게 해주세요. 이 아이들은 제가 없으면 살 수가 없습니다.' 저는 그녀의 말을 듣고 한 아이를 안아 젖을 물려주고 다른 아이를 그녀의 품에 안겨준 다음에 하늘나라로 돌아갔습니다. 그리고 신께로 가서 말했습니다. '저는 산모의 영혼을 차마 가져올 수가 없었습니다. 남편은 나무에 깔려 죽고 부인은 방금 쌍둥이를 낳고 누워 있었는데, 제게 혼을 거두어 가지 말라고 애원을 하는 것이었습니다. 자기 손으로 아이들을 키우게 해달라면서 어린아이는 부모 없이는 살지 못한다는 것이었습니다. 그래서 저는 산모의 영혼을 빼앗아 올 수가 없었습니다.' 그러자 신께서는 제게 이렇게 말씀을 하셨습니다. '다시 지상으로 내려가 산모의 영혼을 거두거라. 그러면 세 가지 말뜻을 알게 되리라. 즉, 사람의 마음속에는 무엇이 있는가, 사람에게 허락되지 않은 것은 무엇인가, 사람은 무엇으로 사는가를. 그것을 모두 깨닫게 되는 날, 너는 다시 하늘나라로 돌아올 수 있을 것이다.' 그래서 저는 다시 지상으로 내려와 산모의 영혼을 빼앗았습니다. 두 아기는 그녀에게서 떨어져 있었으나 그녀가 침대 위로 쓰러지면서 한 아이를 덮쳐누르는 바람에 다리를 절게 된 것입니다. 저는 여자의 영혼을 데리고 신에게로 올라가려고 했습니다만 갑자기 거센 바람이 휘몰아치더니 제 날개를 부러뜨리고 말았습니다. 그러는 바람에 여자의 영혼은 신께로 갔지만 저는 지상으로 추락해 교회 뒤쪽에 쓰러져 있었던 것입니다."

## 11

세몬과 마뜨료나는 자기들과 함께 살아온 사람이, 자기들이 먹이고 입혔던 사람이 누구인지 알게 되었다. 두 사람은 경외(敬畏)와 기쁨으로 눈물을 흘렸다. 천사는 이야기를 계속했다.

"저는 알몸인 채로 들판에 버려졌습니다. 저는 인간의 부자유도, 추위도 배고픔도 모르고 살았는데 그런 제가 갑자기 인간이 돼 버린 것입니다. 배고픔은 극한에 달해 있었고 몸도 얼어붙어 어떻게 해야 할지 모르고 있었습니다. 그런데 문득 들 가운데에 신을 모시는 교회가 있는 것이 보였습니다. 그래서 몸을 의지하고픈 마음에 그곳으로 갔지만, 교회는 문이 잠겨 있어서 들어갈 수가 없었습니다. 저는 바람을 피하려고 교회 뒤로 가 앉았습니다. 그리고 날이 저물기 시작하자, 배고픔은 더욱 심해 졌고 몸은 이미 얼대로 얼어, 온 몸이 쑤셔왔습니다. 그때 어떤 사람이 구두를 들고 걸어오면서 혼잣말을 하는 소리가 들려왔 습니다. 저는 인간이 되어서 맨 처음, 언젠가는 죽을 인간의 얼 굴을 보았습니다. 저는 그 얼굴이 무서워서 돌아앉아 버렸습니 다. 그런데 자세히 들으니 그 사내는, 어떻게 이 추운 겨울에 몸 을 감쌀 옷을 마련해야 할 것인지, 어떻게 하면 처자를 굶기지 않고 먹여 살릴 수 있을 것인지에 대해 중얼거리고 있었습니다. 그때 저는 생각했습니다. '나는 추위와 배고픔에 거의 죽어가 고 있다. 그런데 여기 있는 남자는 오직 자신과 아내가 입을 옷, 그리고 자신들이 먹고 살 빵에 대해서만 골몰하고 있다. 그러니 까 저 사람은 나를 도와줄만한 사람이 아니야.' 남자는 저를 발 견하자 얼굴을 찡그리더니 좀 전보다 더 무서운 얼굴이 되어 터 덜터덜 제 곁을 지나갔습니다. 제가 한줄기 희망마저도 사라져 버린 느낌을 갖기 시작했을 때, 갑자기 그 남자가 되돌아오는 소리가 들렸습니다. 다시 그 남자의 얼굴을 보았을 때 저는 눈 을 의심해야 했습니다. 그 남자를 다시 보았을 때, 저는 그 남자 가 방금 지나간 사람이 아니구나 하는 생각이 들 정도였습니다.

그는 방금 전과는 달리 갑자기 생기가 돌고 그의 얼굴에는 신의 모습이 어려 있었습니다. 남자는 제게 옷을 입혀주고 저를 데리고 자신의 집으로 갔습니다. 집에 이르니 한 여자가 말을 하기 시작했는데 그 여자는 남자보다 더 무서웠습니다. 여자의 입에서는 죽음의 입김이 뿜어져 나왔기 때문에 저는 숨을 쉴 수가 없었습니다. 바로 여자의 입에서 뿜어져 나오는 독기 때문이었지요. 여자는 저를 추운 밖으로 내치려고 했습니다. 만약 그대로 저를 내쫓았더라면 여자는 죽고 말았을 것입니다. 그것을 저는 잘 알고 있었으니까요. 그러나 그때 남자가 갑자기 신의 얘기를 꺼내자 여자는 금방 태도가 누그러졌습니다. 여자가 저녁을 권하며 제 얼굴을 힐끗 보았을 때, 그 얼굴에서 죽음의 그림자는 이미 자취도 없이 사라졌고 대신에 생기가 넘쳐나고 있었습니다. 저는 거기서 신의 얼굴을 발견한 것입니다. 그때 저는 '인간의 안에는 무엇이 있는지 그것을 알게 되리라'고 하신 신의 첫 번째 말씀을 떠올리게 되었습니다. 저는 인간 안에 있는 것이 '사랑'이라는 것을 그때 깨닫게 된 것입니다. '신께서는 약속하신 말씀을 이렇게 내게 계시해 주시는구나' 하고 생각하니 너무 기뻐서 빙그레 웃었던 것입니다. 하지만 아직도 그 전부를 알 수는 없었습니다. 아직도 제게는 두 가지의 의문, 즉 사람에게는 무엇이 허락되어 있지 않은가와 사람은 무엇으로 사는가 하는 신의 말씀이 남아 있었기 때문입니다. 당신들과 같이 살기 시작한 지 1년이 지난 어느 날 한 부자 신사가 찾아와서 1년 동안 뜯어지지도 게다가 모양도 변하지 않는 장화를 만들어 달라고 했습니다. 제가 문득 그 사내를 쳐다보니 뜻밖에도 그 사내의 등에는 저의 동료였던 죽음의 천사가 서 있었습니다. 다른 사람은 그 천사를 볼 수 없었지만 저는 볼 수 있었지요. 그리고 채 날이 저물기도 전에 그의 영혼이 그에게서 떠날 거라는 걸 알게 되었지요. 저는 생각했습니다. '이 사내는 1년을 신어도 끄떡없는 장화를 만들어 달라고 하면서도 정작 자신이 오늘 저녁 안으로 죽는다는 것은 모르는구나.' 그래서 저는 그때 '인간에게 허락되지 않은 것이 무엇인가?' 라는 신의 두 번째 말씀을 깨닫게 된 것이었습니다. 인간에게는 자신에게 필요한 것을 아는 힘이 주어지지 않았던 것입니다. 그래서 저는 두 번째로 웃었던 것입니다. 친구였던 천사를 만난 일도 기뻤으며 신께서 두 번째의 말씀을 계시해 주신 것도 기뻤습니다. 그렇지만 저에게는 아직 깨닫지 못한 것이 하나 남아 있었습니다. 그것은 사람은 무엇으로 사는가, 하는 것이었습니다. 그래서 저는 언제까지나 여기에 있으면서 신께서 마지막 말씀을 계시해 주시기를 기다리고 있었습니다. 그리고 6년째 되는 오늘, 신은 그 마지막 말씀을 제게 계시해 주셨습니다. 부인이 쌍둥이 여자아이를 데려왔을 때 저는 엄마 없이도 쌍둥이가 잘 자라고 있는 것을 보게 되었습니다. '아이들의 어머니는 내게 자식들을 봐서 살려달라고 부탁을 했어. 그리고 나는 아이들은 부모 없이는 살아갈 수 없다는 말을 믿었지. 그런데 다른 사람이 두 아이를 잘 기르고 있지 않은가?' 그리고 그 부인이 남의 아이로 인해 눈물을 흘렸을 때, 그 모습에서 살아계신 신의 모습을 보았고, 사람은 무엇으로 사는지에 대해서도 깨닫게 되었습니다. 그리고 신께서 최후의 말씀을 계시하여 저를 용서해 주셨다는 것을 알게 되었습니다. 그래서 세 번째로 웃은 것입니다."

12

이렇게 이야기 하는 사이에 천사의 몸에서는 옷이 벗겨졌고, 전신이 빛으로 둘러싸여서 눈을 똑바로 뜰 수조차 없었다. 천사의 목소리는 점차 커지기 시작했다. 그것은 마치 그가 말하는 것이 아니라 하늘에서 들려오는 소리 같았다. 천사가 말

했다.

"저는 이제 깨달았습니다. 모든 사람은 자신을 위한 걱정에 의해서 살아가는 것이 아니라 사랑으로써 살아간다는 것을. 어머니는 자기 아이들이 살기 위해 무엇이 필요한지를 알지 못했습니다. 또 부자신사는 자기에게 필요한 것이 무엇인지를 알지 못했습니다. 사람들은 저녁때까지 무엇이 필요한지, 산자가 신는 장화가 필요한지, 아니면 죽은 자에게 신기는 슬리퍼가 필요한지를 알지 못합니다. 제가 인간이 되었을 때 제가 제 자신의 일을 여러 가지로 걱정했기 때문이 아니라 지나가던 사람이 저를 불쌍히 여겨 사랑해 주었기 때문에 저는 살 수 있었던 것입니다. 그리고 쌍둥이가 잘 자라고 있는 것은 그 아이들이 자신의 생계를 걱정했기 때문이 아니라 한 여인이 그들을 가엾게 여겨 사랑해 주었기 때문입니다. 모든 인간은 자신들의 행복을 위한 생각으로 살아가는 것이 아니라 그들 속에 존재하고 있는 사랑으로 살아가는 것입니다. 저는 신이 인간에게 생명을 내려주시고 모두가 함께 살아가기를 바라고 있다는 것을 알고 있었지만, 이제 그 이상의 것을 이해하게 되었습니다. 제가 깨달은 것은 신은 인간이 뿔뿔이 떨어져 사는 것을 원하지 않으시며, 그렇기 때문에 인간 각자에게 무엇이 필요한지를 드러내시지 않는다는 걸 알게 되었습니다. 신은 인간이 하나로 뭉쳐 사는 것을 원하시기 때문에 각각의 사람들에게 모두를 위해 무엇이 필요한지를 드러낸다는 것을 알게 되었습니다. 이제야말로 저는 깨달았습니다. 모두가 자신을 위한 걱정으로 사는 것처럼 보이지만 정말은 사랑에 의해 살아가고 있다는 것을 알게 되었습니다. 사랑이 있는 사람은 신 안에 있고, 신은 그 사람 안에 있습니다. 왜냐하면 신은 사랑이기 때문입니다."

그렇게 말한 천사가 신을 찬송하는 노래를 부르자, 온 집안이 천사의 목소리로 진동했다. 그러자 지붕이 두 쪽으로 쫙 갈리면서 불기둥이 땅에서 하늘로 솟아올랐다. 세묜 내외와 아이들은 모두 바닥에 엎드렸다. 천사의 어깨에서 날개가 펼쳐지더니 천사는 하늘로 올라갔다.

세묜이 정신을 차렸을 때 집은 이전 그대로였고, 방안에는 그의 가족 외엔 아무도 없었다.

〈1881년 · 53세〉

# L I F E

## 삶(인생) · 생활

인생은 강과 같다 —

♥ 어떤 것도 두려워하지 않고 대의(大義)를 위하여 기꺼이 목숨
을 버릴 준비가 된 사람은 다른 사람을 벌벌 떨게 하고 다른
사람의 목숨을 좌지우지하는 사람보다도 강하다.

♥ 행위가 인생이 되고 곧 운명이 되는 것이다. 이것이 바로 우리
인생을 지배하고 다스리는 법칙이다.

♥ 혼자 생활을 하거나 다른 사람들과 관계를 맺으며 생활을 하
거나 단 한 가지 지켜야 할 원칙이 있다. 곧 인생을 가치 있게
살고자 원한다면 기꺼이 자신을 희생할 준비가 되어 있어야
한다는 것이다.

♥ 나이가 어리고 생각이 짧을수록 물질적이고 육체적인 삶이 최고라고 여기는 법이며, 나이가 들고 지혜가 자랄수록 정신적인 삶을 최고로 여기는 법이다.

♥ 나 자신의 삶은 물론 다른 사람의 삶을 삶답게 만들기 위해 끊임없이 정성을 다하고 마음을 다하는 것처럼 아름다운 것은 없다.

♥ 이 세계, 오직 이 세계만이 우리가 일할 곳이다. 따라서 우리는 모든 힘을 이 삶을 위하여 경주해야 할 것이다.

♥ 자신을 자유롭게 하려면 물질적인 생활에 머물지 않고 정신적인 생활을 해야만 한다.

♥ 자기 자신을 위해서 무엇이든 탐내지 말라. 구하지 말고, 마음이 움직이지 말고, 부러워하지 말라. 네 운명과 장래는 항상 미지의 것이어야 한다.

♥ 인류의 존속을 위하여 결혼은 당사자에게는 물론 인류 전체에게도 의미심장하고 중요한 일이다. 결혼생활은 자기 마음대로, 그리고 쾌락에 따라 영위해서는 안 되고 우리보다 전에 살았던 현명하고 거룩한 사람들이 행하고 주장했던 방식으로 해야 한다.

♥ 인간이 적응할 수 없는 환경이란 없다.

♥ 인간은 자기가 옳다고 생각하는 일, 될 수 있으면 많은 것을 자기의 것으로 삼기를 인생의 목표로 삼고 있다.

♥ 인간은 강과 같다. 물은 어느 강에서나 마찬가지며 어디를 가도 변함없다. 그러나 강은 큰 강이 있는가 하면 좁은 강도 있으며, 고여 있는 물이 있는가 하면 급류도 있고, 맑은 물과 흐린 물, 차가운 물과 따뜻한 물도 있다. 인간도 바로 이와 같은 것이다.

♥ 우리의 삶의 모습은 우리 의식과 이성의 요구와 반드시 일치하지 않는다.

♥ 삶의 기본 원칙은 악한 행위를 금하고 믿고 따를 인생의 길을 보여준다. 하지만 쓸데없는 수많은 지식은 얄량한 자존심만 키우게 할뿐만 아니라 삶의 기본 원칙을 깨닫지 못하게 할 것이다.

002

사람은 얼마나

많은 땅이

필요한가

부단한 노력 끝에 감각적이고 물질적인 삶에서

자유로운 사람만이 진정한 인생의 목적을 알게 되는 것이다.

# 1

도시에 사는 언니가 시골에 사는 여동생을 찾아왔다. 언니는 상인에게 시집을 가서 도시에서 살고 있었고, 동생은 농부에게 시집을 가 시골에서 살고 있었다. 두 자매는 차를 마시며 이야기를 나누고 있었다. 그러다가 언니가 자신이 사는 도시 생활을 자랑하기 시작했다. 자신이 살고 있는 집이 얼마나 넓고 화려한지, 아이들은 얼마나 곱게 차려 입혀 놓았는지, 얼마나 맛좋은 음식을 먹고 음료를 마시는지, 얼마나 자주 마차를 타고 나들이를 하고 극장에 가는지 등을 침이 마르도록 늘어놓았다.

동생도 지지 않으려는 듯, 상인들의 생활을 깎아내리는 말을 한 뒤, 자기네 사는 자랑을 하기 시작했다.

"나는 어떤 일이 있어도 지금의 내 생활을 언니의 생활과 바꾸고 싶지는 않아. 언니 말대로 우리가 사는 생활은 화려함과는 거리가 있는 생활이야. 하지만 대신에 걱정할 게 없잖아. 언니네 생활이 호사스러운 것은 맞지만 그 생활은 그만큼 위험성이 크잖아. 돈을 많이 벌 때도 있지만 언제 모든 것을 잃을지도 모르는 생활이잖아. '오늘의 부자도 내일은 남의 집 처마에 서게 된다.'는 말이 있는 것처럼 말이야. 그거에 비하면 우리집 생활은 훨씬 안전하지. 농부의 생활은 풍족하지는 못해도 오래는 가거든. 우린 부자는 될 수 없더라도 밥 굶는 일은 없으니까."

언니가 코웃음을 치며 대꾸했다.

"밥만 굶지 않으면 뭐해. 돼지나 소처럼 살면서! 게다가 좋은 옷을 입을 수 있어, 교양 있는 사람들과 사귈 수를 있어. 네 남편이 아무리 악착 같이 벌어봐야 결국 거름 속에서 살다가 거름 속에서 죽는 거 아니겠어. 너와 네 자식들도 마찬가지고."

"그게 뭐 잘못됐나? 아무리 그래도 우리의 생활은 무엇보다도 안전하거든. 누구한테 굽신거릴 필요도 없고, 누굴 무서워할 필요도 없지. 하지만 언니가 사는 도시는 온통 유혹하는 거 천지잖아. 오늘은 평온하더라도 내일은 어떤 악마에게 홀릴지 누가 알아. 형부만 하더라도 언제 노름에 미칠지, 술독에 빠질지 어떻게 알아. 그러면 언니나 가족들 인생도 끝장나는 거 아니겠어. 안 그래?"

동생의 남편인 바흠은 벽난로 곁에서 자매가 주고받는 얘기를 듣고 있었다.

"옳은 말이야. 우리는 어릴 때부터 농사를 짓느라 바쁘게 살아와서 허튼 생각을 할 겨를이 없지. 곤란한 게 하나 있다면 그건 땅이 부족하다는 것이지. 나는 땅만 많다면 겁날 게 없어. 악마 따위도 두렵지 않아!"

그가 혼자 중얼거렸다. 자매는 차를 다 마신 뒤에도 한 동안 옷에 대한 이야기를 더 나누었다. 그리고나서 찻잔을 다 치운 뒤 잠자리에 들었다.

그런데 난로 뒤에 웅크리고 앉아 있던 악마가 이 말을 모두 엿들었다. 악마는 바흠이 아내의 말을 듣고 짐짓 거만해진 점과 땅만 있으면 악마도 두렵지 않다고 한 말을 듣고는 한껏 흡족해 했다.

'좋아! 어디 한번 승부를 겨뤄보자. 내가 너에게 땅을 듬뿍 안겨주지. 그 땅으로 너를 내 손아귀에 넣고 말겠다.'

악마는 생각했다.

## 2

마을에 그다지 많은 땅을 지니지 않은 여성 지주가 살고 있었다. 그녀가 소유한 땅은 3백 에이커 정도였다. 그녀는 농부들과 사이좋게 지내왔고, 그들을 학대하는 일도 없었다. 그런데 군 출신의 남자가 땅 관리인으로 고용된 후부터는, 걸핏하면 트집

을 잡아 농부들을 괴롭혔다. 바흠이 아무리 조심을 해도 말이
여지주의 귀리 밭으로 들어가거나 그의 암소가 그녀의 정원을
서성거리고, 그의 송아지가 그녀의 목초지로 뛰어들기 일쑤였
다. 그로서는 도저히 막아낼 재간이 없어서, 그럴 때마다 일일
이 벌금을 물어야 했다.

바흠은 벌금을 물 때마다 그 대가로 집안 식구들에게 욕을 하
거나 손을 대기도 했다. 그 관리인 때문에 바흠은 여름 내내 애
를 먹었다. 그래서 가축들을 우리에 들여놓을 계절이 되자, 오
히려 마음이 홀가분해짐을 느꼈다. 가축들이 목초지에서 풀을
뜯어먹지 못해 사료는 더 들었지만 걱정거리는 사라졌기 때문
이었다. 그런데 겨울이 되자 소문이 돌았다. 여지주가 땅을 팔
려고 내놓았고, 이를 큰 도로에 있는 여관 주인이 사려고 한다
는 소문이었다. 이 소문을 들은 농부들은 심하게 탄식을 했다.

'여관 주인이 땅을 사게 되면 그는 여지주보다 더 지독하게
벌금을 물릴 게 뻔해. 우리는 모두 여지주가 소유한 땅의 둘레
에 살고 있는 형편이니, 이를 어찌하면 좋지.'

농부들은 생각 끝에 여지주를 찾아갔다. 농부들은 한 덩어리
가 되어 땅을 여관집 주인에게 팔지 말고 자신들에게 팔라고 부
탁했다. 여관집 주인보다 땅값을 더 쳐주겠다는 말도 덧붙였다.
여지주는 '그렇게 하겠다.'고 승낙했다.

농부들은 마을 조합에서 땅을 모두 매입해 공동으로 소유하려는 계획을 세웠다. 그리고 이를 의논하려고 몇 번의 마을 회의를 소집했으나 번번이 실패하고 말았다. 악마가 훼방을 놓았기 때문에 의견의 일치가 이루어지지 않고 있었다.

결국 농부들은 각자 형편에 맞는 대로 땅을 사기로 결론을 냈다. 여지주도 이에 동의했다. 얼마 후 바흠은 이웃에 있는 사람이 여지주로부터 땅 50에이커를 샀는데, 여지주가 땅값의 반만을 받은 뒤 나머지 반은 내년까지 갚게 해주었다는 소문을 접했다. 바흠은 질투가 발동했다.

'다른 사람들이 이런 식으로 땅을 모조리 사들이면 내가 살 땅은 하나도 없잖아.'

그는 아내와 의논을 했다.

"모두들 땅을 사느라고 난린데, 우리도 가만 있을 수만은 없지 않겠소? 20 에이커 정도는 사야만 할 것 같아. 살기가 점점 힘들어져. 관리인이 매기는 벌금 때문에 숨통을 틔울 수가 없어."

부부는 어떻게 하면 땅을 살 수 있을까를 고민했다. 그들에게는 저축한 돈이 1백 루블 정도 있었다. 망아지 한 마리와 벌통을 반 정도 팔아 선금을 받고, 아들을 머슴살이로 보내며 받은 돈과 도시에 사는 언니에게 빚을 내어 겨우 땅값의 반을 마련했다. 그런 뒤 바흠은 숲이 있는 땅 40 에이커를 보아놓고 여지주를 찾아갔다. 그는 여지주와 합의를 이뤄낸 다음 계약금을 치렀다. 이어 읍으로 나가 매매계약서를 작성했는데, 땅값의 절반을 먼저 지불하고 나머지 반은 2년 안에 갚는다는 조건이었다.

드디어 바흠은 땅주인이 되었다. 그는 사들인 땅에 씨를 뿌리고 정성껏 농사를 지었다. 농사는 풍년이 들어 그해 여지주에게 절반 남았던 땅값을 치르고 땅을 사느라고 처형에게서 빌린 돈도 모두 갚을 수 있었다. 바흠은 이제 정말로 명실상부한 지주가 된 것이었다. 자기 명의의 경작지에서 농사를 짓고, 자기 명의의 목초지에서 풀을 베고, 자기 명의의 숲에서 땔감을 베어내고, 자기 명의의 땅에서 가축을 길렀다. 바흠은 자기 소유가 된 밭을 갈고, 농작물과 목초지의 상태를 둘러보러갈 때마다 가슴이 뿌듯해졌다. 그곳에 가면 꽃 한 송이, 풀 한 포기 하나도 다른 집 것하고는 다르게 느껴졌다. 이전에 그곳을 지날 때는 여느 땅이나 다 똑같아 보였지만 이제는 아주 특별하게 보이는 땅이 되었다.

3

바흠은 하루하루를 즐겁게 보내고 있었다. 마을 사람들이 자신의 농작물이나 목초지를 망치지 않는다면 모든 것이 좋을 터였다. 그는 진지하게 사람들에게 부탁해보았지만 효과가 전혀 없었다. 소에 꼴을 먹이러 온 사람이 그의 목초지에다 소를 몰아넣기도 했고, 말을 풀어 놓아 밭을 짓밟아놓기도 했다. 바흠은 그것을 너그럽게 쫓아내기만 할 뿐, 지금껏 한번도 법으로 해결하려 든 적은 없었다. 하지만 그도 참다못해 결국 재판소에 호소를 했다. 바흠도 사람들이 그러는 것은 땅이 없어서이지 마음이 나빠서가 아님을 잘 알고 있었다. 하지만 그도 어쩔 수가 없었다. 바흠은 생각했다.

'사정이야 딱하지만 그냥 넘어갈 수는 없어. 그냥 두었다가는 내가 망하겠는 걸. 이번엔 따끔한 맛을 보여줘야 해.'

바흠은 자신의 밭과 목초지를 침범한 가축의 주인들을 법정에 세웠고, 두서너 명의 농부는 벌금형을 선고받았다. 그러자 농부들은 바흠을 원망하며 일부러 가축을 들여보내 그의 밭과 목초지를 망가뜨리기도 했다. 또 어느 농부는 밤중에 숲 속으로 들어가 보리수나무 다섯 그루를 베어 넘어뜨린 뒤, 껍질을 벗겨

가기도 했다. 어느 날 숲을 지나던 바흠은 하얀 물체를 발견했다. 가까이 다가가서 보자 껍질이 벗겨진 줄기들이 여기저기 나뒹굴고 있었고, 그 옆에는 잘린 나무의 그루터기들이 눈에 들어왔다. 바흠은 화가 치밀어 올랐다.

'어떤 놈들이 이런 못된 짓을 해놨어. 게다가 한두 그루도 아니고, 이렇게 많은 나무를……. 어디 잡히기만 해 봐라. 내 가만두지 않을 테다.'

그는 누구의 소행인지를 곰곰이 생각해 보았다. 그는 셈까의 짓이 틀림없다고 단정을 하고는, 다짜고짜 찾아가서는 별 소득도 없이 말다툼을 벌였다. 돌아오는 길에 셈까가 범인이라고 확신을 한 바흠은 그를 재판소에 고발했다. 셈까는 재판소로 불려가 조사를 받았지만 혐의가 인정되지 않아 무혐의로 풀려났다. 증거가 불충분했기 때문이었다. 그러자 약이 바싹 오른 바흠은 촌장과 재판관들에게도 화풀이를 했다.

"이제 보니, 도둑에게 뒷돈을 받아 챙겼나 보군. 그렇지 않고 정직하게 재판을 했다면 도둑놈을 풀어주진 않았겠지?"

바흠은 재판관은 물론 이웃사람들과도 싸움을 했다. 마을 사람들은 바흠의 집에 불을 지르겠다며 그를 위협하기도 했다. 그래서 바흠은 가진 땅은 넓었으나 마을에서의 영향력은 크게 약화 되었다. 그때 많은 농부들이 마을을 떠나 다른 마을에 가 살

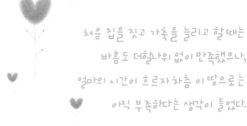

처음 집을 짓고 가축을 늘리고 할 때는
바흠도 더할나위 없이 만족했으나,
얼마의 시간이 흐르자 차츰 이 땅으로는
아직 부족하다는 생각이 들었다.

려고 한다는 소문이 돌았다. 바흠은 생각했다.

'나야, 내 땅을 떠나 다른 마을에 가 살 필요가 없지. 더구나 이 마을 사람들이 떠난다면, 그 땅을 사서 이 부근을 모두 내 땅으로 만들어야지. 그러면 좀더 살기가 낳아질 거야. 지금 있는 땅으로는 좀 좁게 느껴진단 말이야.'

어느 날 바흠이 집에 머무르고 있을 때, 지나가던 나그네가 들렀다. 그는 나그네에게 음식을 대접했다. 그리고 이런저런 얘기 끝에 바흠이 나그네에게 어디서 왔냐고 물었다. 나그네는 볼가강 너머에서 왔으며 그곳에서 일을 하고 있다고 대답했다. 한번 말문이 터진 나그네는 많은 사람들이 자기가 일하는 그 마을로 이주해오고 있다고 넌지시 밝혔다. 그 마을에선 사람들이 그 마을로 이주해 조합에 가입하면 한 사람당 25 에이커의 땅을 분할해 준다고도 했다. 그리고 나그네는 이렇게 덧붙였다.

"게다가 얼마나 땅이 비옥한지 밀농사를 지으면 말의 키처럼 키가 크게 자라고 밀은 얼마나 실하게 여무는지 낫으로 다섯 번 베면 한단이 될 정도지요. 빈손으로 그 마을에 온 가난한 농부가 있었는데, 지금은 말 여섯 필과 암소를 두 마리나 가지게 되었답니다."

바흠은 흥분했다.

'그렇게 잘 살 수 있는 곳이 있다면야 이렇게 좁은 땅에 살면서 고생할 필요가 어디 있어. 이 곳의 집과 땅을 팔아 그곳으로 가서 한 번 잘 살아보자. 이렇게 좁은 땅에서 살다가는 평생 사람들과 다투다가 볼일 다 볼 거야. 하여튼 그곳에 직접 가서 한 번 살펴보도록 하자.'

그는 여름이 되자 채비를 하여 길을 떠났다. 사마라까지는 볼가강을 오가는 배를 타고 갔고, 그 다음 3백 마일은 걸어서 갔다. 이윽고 그는 나그네가 말해준 마을에 다다랐다. 모든 것은 나그네가 말 한 그대로였다. 그 마을의 농부들은 조합 땅을 25 에이커씩 소유하며 여유롭게 생활하고 있었다. 그리고 누구든 의사만 있으면 조합에 기꺼이 가입시켜 주었으며, 돈이 있는 사람은 비옥한 땅을 1 에이커 당 3루블씩 주고 원하는 만큼 얼마든지 살 수 있었다.

알고 싶은 것을 모두 확인하고 가을이 되기 전에 집으로 돌아온 바흠은 소유물을 모두 처분하기 시작했다. 땅은 생각보다 비싸게 팔렸고, 집과 가축도 모두 괜찮은 가격에 팔렸다. 마을의 조합에서도 탈퇴한 그는 봄이 오기를 기다렸다가 가족을 데리고 새로운 마을로 옮겨갔다.

4

바흠은 가족을 데리고 새로운 정착지에 도착하자 곧 큰 마을의 조합에 가입하려고 했다. 마을의 촌장에게 한턱을 내고 필요한 서류를 모두 갖췄다. 바흠은 이주를 허락받았고, 다섯 명 가족의 몫에 해당하는 조합의 밭과 목초지가 주어졌다. 모두 합쳐 125 에이커의 땅이 배당된 것이었다. 그는 집을 짓고 가축을 사들였다. 그의 땅은 지금까지 가졌던 것의 세 배 크기나 되었다. 더구나 지금의 땅은 아주 비옥한 땅이었다. 생활도 전에 비해 열배나 좋아졌고, 밭과 목초지는 마음만 먹으면 얼마든지 구할 수 있었다. 땅이 그렇게 넓으니 자연스럽게 가축도 키울 수 있을 만큼 늘려서 키울 수 있게 되었다.

처음 집을 짓고 가축을 늘리고 할 때는 바흠도 더할나위 없이 만족했으나, 얼마의 시간이 흐르자 차츰 이 땅으로는 아직 부족하다는 생각을 하게 되었다. 첫해에 그는 자기 땅에다 밀을 심었는데, 그것이 풍작이 들었다. 그래서 그는 밀농사를 더 짓고 싶었으나 조합에서 배당된 땅이 부족했다. 그리고 남아 있는 땅은 밀농사엔 적합하지 않은 땅이었다. 그 마을에서는 처녀지나 묵힌 밭에만 밀농사를 짓기 때문이었다. 1,2년 밀농사를 짓고 나면 밭을 묵혀야 했는데, 그런 밭은 적고 원하는 사람은 많기 때문에, 어떤 땐 땅을 서로 차지하려고 다툼을 벌이기도 했다. 돈이 있는 사람은 농사를 짓기 위해, 가난한 사람들은 상인들에게 세를 주고 돈을 벌기 위해 그런 땅을 갖고 싶어 했다.

바흠은 좀더 많은 밀농사를 짓기를 원했다. 그래서 이듬해는 일년 기한으로 상인에게서 땅을 빌렸다. 빌린 땅까지 합해 작년보다 더 많은 밀을 심었는데, 이번에도 풍작이 들었다. 그러나 그곳은 마을과 너무 멀리 떨어져 있어서 짐수레로 10마일 이상이나 운반해야 하는 고통이 따랐다. 그런데 바흠은 농사일을 겸한 상인이 별도의 농장에서 별장을 짓고 살고 있으며, 많은 돈을 벌고 있다는 것을 알게 되었다. 바흠은 생각했다

'만약 자신의 사유지에서 별장을 갖고 살아갈 수 있다면 얼

마나 좋을까? 그럴 수만 있다면 모든 일은 만족스럽게 해결 될 수 있을 텐데.'

바흠의 머릿속에서는 사유지에 대한 생각이 떠나지 않고 있었다. 바흠은 땅을 빌려 밀농사를 지으면서 그곳에서 3년을 더 보냈다. 해마다 밀농사는 풍작이 들어 돈도 제법 많이 벌었다. 살아가기에는 부족함이 없을 정도로 생활은 많이 좋아졌다. 하지만 바흠은 농사를 짓기 위해 해마다 땅을 빌리려 안달을 해야 하는 것이 차츰 귀찮게 느껴졌다. 그 마을에서는 어디 좋은 땅이 낫다하면 사람들이 우르르 달려가 얻어버리므로, 어영부영 하다가는 농사를 못 짓게 되는 경우도 생겨났다.

3년 후 그는 어떤 상인과 함께 농부 몇 사람에게 목초지를 빌려 쟁기질을 다해놓았는데, 이때 예기치 못한 분쟁이 발생해 농부들이 그들을 고발하는 바람에 모든 것이 헛수고로 돌아가 버리고 말았다. 바흠은 생각했다.

'만약 이것이 내 땅이었다면 이런 일을 당할 필요도 없고, 누군가에게 굽신거릴 필요도 없을 텐데.'

그래서 바흠은 영원히 소유할 수 있는 땅이 없는지 물색하기에 이르렀다. 그러던 중 한 농부를 만났다. 그는 1천 3백 에이커의 땅을 가지고 있었는데, 문제가 생겨서 땅을 싸게 팔려고 내놓은 사람이었다. 바흠은 그 농부와 협상에 들어가, 여러 번 조율을 거듭한 끝에 1천 3백 루블에 매입을 하기로 결정을 보았다. 땅값의 일부는 우선 지급하고 나머지는 나중에 지급하기로 했다. 완전히 이야기가 끝났을 무렵 한 상인이 밥을 한술 얻어먹으려고 그의 집에 들렀다. 두 사람은 차를 마시면서 이런저런 얘기를 주고받았다. 상인은 멀리 바슈키르에서 왔다고 했다. 그는 바슈키르 사람에게서 1만 3천 에이커의 땅을 고작 1천 루블을 주고 사들였다는 자랑을 들었다. 귀가 번쩍 뜨인 바흠이 물었다.

"어떻게 그 많은 땅을 그렇게 싼 가격에 사들일 수 있었습니까?"

상인이 대답했다.

"그곳에선 다른 것은 필요 없습니다. 그저 촌장의 비위만 잘 맞춰주면 됩니다. 나는 양탄자와 옷가지 1백 루블 어치와 차 한 상자를 촌장에게 선물하였지요. 그리고 술을 좋아하는 사람에게는 맘껏 술을 먹게 해 주었지요. 그리고는 1에이커의 땅을 고작 20코페이카라는 헐값에 사들였어요."

그 증거로 상인은 땅을 매입한 등기증서를 보여주었다. 그리고는 덧붙였다.

"그런데다 땅이 전부 물을 끼고 있어서 억새풀이 무성하게 나 있는 평야지대랍니다."

바흠이 관심을 갖고 이것저것을 캐묻자, 상인이 이렇게 대답했다.

"그 땅은 1년을 걸어도 아마 다 못 돌 거예요. 그것이 모두 바슈키르 사람들의 땅이지요. 그 사람들은 양같이 순해서 거의 공짜나 다름없는 가격에 땅을 살 수가 있지요."

바흠은 생각에 잠겼다.

'가만 있자. 내게 1천 루블이 있는데, 그것으로 고작 1천 3백 에이커의 땅을 사려고 빚까지 질 필요가 어디 있어. 그것은 어리석은 짓이지. 바슈키르에 가면 1천 루블을 가지고도 땅을 얼마든지 제 것으로 만들 수 있다는데!'

5

바흠은 그곳으로 가는 길을 자세히 물었다. 그리고 상인이 가고 난 다음에 자신도 곧 길을 떠날 채비를 하였다. 그는 아내에게 집안일을 맡겨놓고, 하인을 데리고 길을 떠났다. 그는 가는 길에 읍에 들러 상인이 말한 대로 차 한 상자와 선물과 술을 샀다. 그리고 3백 마일을 7일동안 걸어 바슈키르 인의 유목지에 당도했다. 당도해보니 모두 상인이 말한 그대로였다. 사람들은 내를 끼고 펼쳐진 초원에서 펠트로 된 텐트를 치고 살아가고 있었다. 그들은 농사를 짓지도 곡식을 먹지도 않았다. 끝없이 펼쳐진 초원에는 가축과 말이 떼지어 돌아다니고 있었다. 망아지는 수레바퀴에 묶여 있고, 하루 두 번 어미 말을 데려다 주었다. 여자들은 암말의 젖을 짜서 그것으로 술을 만들기도 하고 치즈를 만들기도 했다. 하지만 남자들은 술이나 차를 마시고 양고기를 먹으면서 피리를 불고 있을 따름이었다. 모두들 살이 올라 있고 성격은 쾌활했으며, 여름동안은 내내 놀고만 있었다. 그들은 배움이 없어 러시아어는 할 줄 몰랐지만 사람들만은 너그럽고 친절했다. 바흠의 모습을 보자 바슈키르 사람들이 텐트에서 몰려나와 그를 에워쌌다. 통역이 나오자, 바흠은 이곳에 땅을 좀 사러왔다고 밝혔다. 바슈키르 사람들은 상당히 반가워하며 그를 제일 좋은 텐트로 안내했다. 그들은 바흠을 양탄자에 있는 방석에 앉게 한 다음, 그 주위에 빙 둘러앉았다. 그들은 차와 술, 그리고 양고기로 바흠을 대접했다. 바흠은 답례로 여행마차에서 선물을 내려 바슈키르 사람들에게 나누어 주었다. 이어서 가지고 온 차도 나누어 주었다. 바슈키르 사람들은 선물과 차를 받고 무척 기뻐하며, 자기들끼리 소곤거리더니 통역을 시켜 말을 하게 했다. 통역이 말했다.

"우리는 당신이 아주 마음에 듭니다. 우리에겐 선물을 받으면 무엇으로라도 답례를 하는 관습이 있는데, 그 관습대로 당신께 답례를 하고 싶습니다. 당신이 우리에게 여러 가지 선물을 주었으니 우리도 우리가 가진 것 중에 당신이 원하는 것을 드리겠습니다. 이것이 여기 있는 모든 사람들의 뜻이니 그리 아시고 말씀해 보십시오."

바흠이 기다렸다는 듯 말했다.

"당신네들의 땅입니다. 내가 살고 있는 마을의 땅은 비좁은 데다가 너무 오래 경작을 해 와서 토질도 나빠졌습니다. 이곳은 땅이 넓을뿐더러 모두 기름져 보이는군요. 나는 아직 이렇게 넓은 땅을 본 적이 없습니다."

통역이 그의 말을 전했다. 바슈키르 사람들은 다시 의논에 들어갔다. 바흠은 그들의 말을 알아듣지는 못했지만 눈치로 미루어보아 좋은 결과를 기대해도 될 듯했다. 그들은 의논을 하는 중에도 줄곧 유쾌하게 웃으며 말을 주고받았다. 이윽고 의논을 끝낸 바슈키르 인들이 바흠을 바라보았다. 그러자 통역이 말을 시작했다.

"당신의 친절에 대해 우리들은 얼마든지 필요한 땅을 드리겠습니다. 그러니까 손짓으로 원하는 만큼의 땅을 표시해 보세요. 그러면 그만큼의 땅을 당신에게 주기로 여기 있는 모든 사람들이 대부분 동의를 했습니다."

그때 몇몇 바슈키르 사람들이 말을 주고받더니 이내 옥신각신 논쟁을 벌이기 시작했다. 바흠은 무엇 때문에 다투는 것이냐고 물었다. 통역이 대답했다.

"실은 우리 중에 땅에 관한 문제라면 촌장에게 물어보고 결정을 해야 할 사항이니, 우리끼리 함부로 결정을 해서는 안 된다는 사람과 그럴 필요 없이 우리가 결정해도 된다는 사람이 의견 차이로 다투고 있는 것입니다."

6

바슈키르 인들이 옥신각신하며 한창 논쟁을 벌이고 있을 때, 별안간 여우 털모자를 쓴 남자가 나타났다. 사람들은 그를 보자 모두 입을 다물고 일어섰다. 통역이 말했다.

"이 분이 바로 우리의 촌장님이십니다."

바흠은 일어나 제일 좋은 옷 한 벌과 차 다섯 근을 가져와 촌장에게 선물했다. 촌장은 그것을 받아들고 맨 윗자리에 앉았다.

바슈키르 사람들이 그에게 무엇인가를 말했다. 촌장은 대충 듣고는 사람들의 말을 중지시킨 후, 러시아말로 바흠에게 말했다.

"좋습니다. 마음에 드는 땅을 갖도록 하시오. 땅은 얼마든지 있으니까요."

바흠은 생각했다.

'필요한 만큼 가지라고 하지만 이걸 어떻게 가져야 한담? 어쨌든 계약은 단단히 해둘 필요가 있어. 줬다가 나중에 도로 내놓으라고 할지도 모르니까.'

생각을 마친 바흠이 촌장에게 말했다.

"우선 친절하신 말씀에 고마움을 표합니다. 촌장님께서 말씀하신 대로 이곳에는 땅이 많습니다만, 저는 조금만 있으면 됩니다. 저는 다만 어느 지역에 어느 만큼이 제 땅인지만 알면 됩니다. 그래서 확실하게 측량을 해서 제 땅이라는 것을 분명히 해두고 싶습니다. 사람이란 언제 죽을지 모르고, 당신들이 친절해서 지금은 땅을 주었더라도 당신네 아들 때에는 다시 빼앗을지 모르는 것 아니겠습니까?"

촌장이 말했다.

"옳은 말이오. 규정대로 합시다."

바흠이 말했다.

"얼마 전에 이곳에 상인 한 사람이 들른 것으로 알고 있습니다. 당신네들은 그 상인에게 땅을 팔고 그 증거로 등기증서를 작성해 주셨더군요. 저에게도 그와 똑같이 해주셨으면 합니다."

촌장은 흔쾌히 승낙했다.

"그렇게 하지요. 그게 뭐 어렵겠습니까? 우리 마을에도 서기가 있으니, 함께 읍으로 나가 정식 수속을 밟으면 됩니다."

바흠이 말했다.

"그럼, 값은 얼마로 하면 좋을까요?"

"우리 마을의 땅 값은 고정되어 있는데, 하루치 1천 루블입니다."

바흠은 촌장의 말이 납득이 가지 않았다.

"그렇다면 하루치란 어떻게 재는 것인가요? 그리고 그건 몇 에이커쯤 되는 겁니까?"

"우리 마을에서는 그런 식으로 땅을 재지 않습니다. 항상 하루치 얼마로만 팔지요. 쉽게 말하자면 그 사람이 하루 종일 걸은 만큼의 땅을 주는 것이지요. 그래서 하루 1천 루블이라는 것입니다."

촌장의 말에 바흠은 놀랐다.

"하루 종일 걸으면 그 면적이 상당할 텐데요?"

촌장이 웃었다.

"그렇죠, 그것이 모두 당신 것이 되는 것입니다. 다만 한 가지 조건이 있습니다. 만약 당일에 출발점까지 돌아오지 못한다면 그것은 그 순간 무효가 되는 것입니다."

"그렇다면 제가 돌아다닌 곳을 어떻게 표시를 하지요?"

"우리가 어디든지 당신이 원하는 곳으로 함께 갑니다. 그리고 출발점에 서 있을 테니까, 당신은 그곳을 출발해서 한바퀴 빙 돌아오면 됩니다. 당신은 괭이를 들고 가 어디든 필요한 곳에 표시를 해두면 됩니다. 즉, 조그만 구덩이를 파서 그 속에 나무나 꽃을 꽂아 표시를 하면 되는 것입니다. 나중에 그 구덩이에서 구덩이로 쟁기로 갈아엎을 것이니까요. 어떻게 돌아오든 상관은 없지만 꼭 해가 떨어지기 전에 반드시 출발점으로 돌아와야만 합니다. 그러면 당신이 돌아온 땅은 모두 당신 것이 되는 것입니다."

바흠은 기뻤다. 그는 그들과 아침 일찍 출발하기로 약속을 했다. 그런 뒤, 그들은 차와 술을 마시고 양고기를 먹으며 밤이 으슥하도록 즐겼다. 그런 다음 그들은 바흠에게 깃털 이불을 덮고 자게하고는 각자의 천막으로 돌아갔다. 그들은 내일 아침 일찍 모여 해돋이까지 출발점으로 가기로 다시금 약속을 했다.

7

바흠은 깃털 이불을 덮고 누웠으나 통 잠을 이룰 수가 없었다. 줄곧 땅만 생각하고 있었다.

'어떻게 해야 최대한 넓게 땅을 차지할 수 있을까? 하루 온종일 걸으면 35 마일은 무난히 걸을 수 있을 거야. 그리고 지금은 일년 중 해가 가장 긴 때 아니야.'

그는 생각을 이어갔다.

'둘레가 35 마일이라면 어느 정도나 될까? 그 중에 나쁜 땅은 팔든가, 세를 주면 된다. 그리고 토질이 비옥한 땅만을 골라 농사를 지으면 돼. 암소 두 마리가 끌게 할 쟁기를 마련하고, 하인도 두 명을 더 고용해야지. 1백 50 에이커의 땅엔 농사를 짓고 나머지 땅에는 가축을 길러야지.'

바흠은 밤새 뜬눈으로 지내다가 새벽녘에야 잠시 눈을 붙였다. 그런데 눈을 감자마자 꿈에 시달려야 했다. 꿈속에서 그는 그가 자고 있는 텐트에서 귀를 기울이고 있는 중이었다. 밖에서 누군가가 소리 내어 웃고 있었다. 그는 누가 웃고 있나 해서 텐트 밖으로 나가보니 바슈키르의 촌장이 수레 앞에서 배를 움켜잡고 웃고 있었다. 그가 곁으로 다가가 물었다.

"왜 그렇게 웃고 계십니까?"

그런데 자세히 보니 그는 촌장이 아니라 그에게 땅 얘기를 해서 이곳으로 오게 한 상인이었다. 그래서 바흠이 "언제 여기에 오셨소?"하고 물으려는 순간 그는 상인이 아니라 이전 볼가강 너머에서 왔다던 나그네로 변해 있었다. 그런데 좀더 자세히 보니 그건 나그네도 아닌 뿔과 발굽이 달려 있는 악마가 배를 잡고 웃고 있는 것이었다. 그리고 그 앞엔 속옷 차림의 맨발인 남자가 나뒹굴어져 있었다.

'저 남자는 대체 누굴까?'

바흠은 가까이 가서 찬찬히 살펴보다가 깜짝 놀랐다. 그 남자는 자기 자신이었고, 이미 죽어 있었기 때문이었다. 바흠은 소스라치게 놀라 눈을 번쩍 떴다.

"꿈이었군!"

그는 안도의 한숨을 내쉬었다. 그리고는 주위를 두리번거리다가 밖을 내다보니 동이 터오고 있는 것이 보였다. 그는 생각했다.

'떠날 시간이 됐으니, 사람들을 깨워야겠어.'

바흠은 자리를 털고 일어나 여행마차에서 자고 있는 하인을 깨운 뒤 바슈키르 사람들을 깨우러 갔다.

"떠날 시간이 됐습니다. 어서 초원에 나가 땅을 재야지요."

바슈키르 사람들이 일어나 모였고 촌장도 나왔다. 그들은 말 젖으로 만든 술을 한잔씩 하면서 바흠에게 차를 권했지만 이미 마음이 콩밭에 가 있던 그는 사양하며 말했다.

"어서 서둘러 출발을 합시다. 시간이 다 되었으니 말입니다."

# 8

바슈키르 사람들은 준비를 마친 뒤, 일부는 말을 타고 일부는 마차에 몸을 싣고는 출발했다. 바흠은 하인과 함께 자기 마차를 타고 갔다. 그는 땅을 팔 농기구를 준비했다. 초원에 당도하자 날이 훤히 밝았다. 바슈키르 말로 '시한'이라는 언덕에 당도하자 그들은 말과 마차에서 내려 한곳으로 모였다. 촌장이 바흠에게로 와서 한손을 들어 가리키며 말했다.

"보시다시피 이 넓은 땅이 모두 다 우리의 땅입니다. 자, 마음에 드시는 곳을 선택하십시오."

바흠의 눈은 이글이글 타올랐다. 땅은 눈앞에 아득히 펼쳐져 있었으며, 억새풀 초원이었다. 땅은 손바닥 같이 평편하고 양귀

비 같이 검은빛을 띠었으며 조금 파인 곳에는 여러 잡초가 사람의 키만큼이나 무성히 자라있었다. 촌장은 여우 털 모자를 벗어 그것을 땅에 놓았다.

"그럼, 이것으로 출발점을 삼겠습니다. 여기에서 출발해서 이곳으로 다시 돌아오면 됩니다. 그러면 돌아서 온 만큼의 땅이 모두 당신의 것이 될 것입니다."

바흠은 돈을 꺼내어 모자 속에 집어넣고, 웃옷을 벗어 조끼 차림이 되게 한 뒤 가죽 띠를 조여 매었다. 그리고 가죽 띠에 물

병을 매 단 다음, 빵 주머니를 품속에 넣었다. 이어 장화를 단단히 신고 하인이 들고 있던 괭이를 넘겨받았다. 출발 준비를 마친 그는 잠시 생각했다. 어디를 둘러보아도 모두 훌륭한 땅이었기 때문에 생각 끝에 그는 해 돋는 쪽을 향해서 걷기로 했다. 그렇게 마음을 먹은 그는 해 돋는 쪽을 향해 서서 제자리걸음을 하며 해가 떠오르기만을 기다리고 있었다.

'단 1분의 시간도 허비해서는 안 돼. 조금이라도 날씨가 시원할 때 될 수 있는 한 많이 걸어두는 게 좋아.'

하늘 끝에서 해가 얼굴을 내밀기가 무섭게 바흠은 괭이를 어깨에 메고 초원을 향해 걷기 시작했다. 바흠은 느리지도 빠르지도 않게 걸었다. 1천 야드 정도 갔을 때 걸음을 멈춘 뒤 구덩이를 파고는 그곳에서 눈에 잘 띄도록 잔디를 몇 덩이 묻어놓았다. 그리고는 다시 걸음을 걷기 시작했다. 걷다 보니 절로 빨라지는 게 걸음이었다. 얼마를 더 걸은 바흠은 다시 구덩이를 판 뒤 잔디 몇 덩이를 묻었다.

바흠은 뒤를 돌아다보았다. 햇빛을 받은 언덕은 물론 그 위의 사람들까지 선명하게 눈으로 들어왔으며, 여행마차의 쇠바퀴가 눈부시게 반짝이고 있었다. 그는 눈대중으로 3마일 정도는 걸었을 거라고 짐작했다. 차츰 날씨가 더워지자, 그는 조끼를 벗어 어깨에 걸치고는 걸었다. 날은 점점 더 더워졌다. 해를 보니 벌써 아침나절이었다.

'이제 한 면이 만들어졌구나. 하루에 네 면을 만들어야 하니까 아직은 방향을 틀기에는 너무 이른 시간이지. 하지만 장화는 벗어야겠어.'

그는 앉아서 장화를 벗어 띠에다 차고 다시 걸음을 옮기기 시작했다. 걷기가 한결 수월해졌다. 그는 생각했다.

'3마일만 더 걸은 뒤 왼쪽으로 구부려 걷도록 하자. 땅이 너무 좋아서 단념하기가 아까운 걸. 가면 갈수록 땅이 점점 좋아지니.'

그는 계속해 곧바로 걸어갔다. 뒤를 돌아보자, 언덕은 아득히 보였고 사람들은 개미처럼 아물아물했으며 무언가 반짝이는 것도 겨우 짐작으로 그렇게 보이는 것일 뿐이었다.

'이만하면 이쪽은 충분히 잡았어. 이제는 구부러져야겠군. 땀을 많이 흘렸더니 갈증도 심하고.'

이렇게 생각한 그는 그곳에다 될 수 있는 한 크게 구덩이를 파고 잔디를 묻었다. 그런 뒤 물통을 집어 들고 듬뿍 물을 마셨다. 그리고는 그곳을 기점으로 왼쪽으로 구부려져 또 다시 걷기 시작했다. 하지만 갈수록 풀의 키가 커져서 걸음을 옮기기 힘들 정도였다. 그는 피로가 몰려옴을 짐작했다. 하늘을 올려다보니 한낮이었다.

'아, 이를 어쩐담. 내가 너무 욕심이 지나쳤어. 이제 모든 게 끝나버렸어. 해가 떨어지기 전까지 출발점에 닿는다는 것은 아무래도 무리일 것 같아.'

'이쯤에서 한숨 돌리고 가야겠군.'

바흠은 걸음을 멈추고는 자리를 잡고 앉았다. 물을 마셔가며 빵을 먹었지만 드러눕지는 않았다. 누웠다가 잠이라도 드는 날엔 큰일이라는 생각이 들었기 때문이었다. 그는 그렇게 잠시 앉아서 쉬다가 다시 일어나 걷기 시작했다. 걸음걸이가 가뿐 했다. 금방 빵을 먹은 데다 쉬기까지 해서 기운이 났던 것이었다. 하지만 더위는 더욱 더 심해지고 식곤증까지 밀려왔다. 그래도 그는 '지금 잠시의 고생이 인생을 바꾼다.' 며 꾹 참고 걸었다. 그는 처음 구부러진 곳에서도 상당히 멀리까지 걸었다. 그래서 그는 다시 왼쪽으로 방향을 틀 생각을 하고 있는데, 앞 가까운 곳에 촉촉한 분지가 있었다. 그는 생각했다.

'이걸 그대로 버리고 가기에는 참으로 아까운데, 저곳이라면 아마(亞麻)가 아주 잘 될 거야.'

그래서 다시 곧장 걸었다. 분지를 조금 더 지나쳐서 구덩이를 판 뒤, 그곳에다 두 번째 모퉁이를 만들었다. 바흠은 언덕 쪽을 돌아다보았다. 더위 때문에 모든 것이 아른거려 보이는 대기 현상 속에서, 언덕 위의 사람들이 아련하게 보였다.

'자, 두 면은 이렇게 길게 잡았으니 이번 모퉁이는 좀 짧게 잡아야겠는 걸.'

세 번째로 접어들자 그는 걸음을 빨리 했다. 해를 보니 이미 오후도 한나절이 지나 있었는데, 사각형의 세 번째 모퉁이가 될 부분까지는 아직 2마일 밖에 걷지 못했고, 목적지까지는 10마일이나 더 남아 있었다.

'이러다간 아무것도 안 되겠어. 땅이 조금 비뚤어지기는 하겠지만 이젠 출발지로 돌아가야 해. 더 이상 땅을 탐내서는 안 돼. 땅은 이만하면 충분해.'

바흠은 급히 구덩이를 파고는 거기서 곧장 언덕 쪽을 향했다.

바흠은 곧장 언덕 쪽을 향해 걸었으나 이제 걷는 것이 괴로웠다. 몸은 땀투성이였고 장화를 벗은 발은 찢기고 상처가 나 있어서 제대로 걸을 수도 없었다. 좀 쉬고 싶었으나 그럴 수 있는 형편이 아니었다. 그랬다가는 해지기 전에 도착할 수 없을 것처럼 느껴졌기 때문이었다. 해는 사정없이 기울고 있었다.

'아아, 실패하는 게 아닌지 모르겠어. 너무 욕심을 부린 것 같아. 만약 제 시간에 도착하지 못하면 어떻게 하지?'

그는 언덕과 해를 번갈아가며 쳐다보았다. 출발점까지는 아직도 멀었지만 해는 막 지려고 하고 있었다. 바흠은 더욱 더 걸음을 빠르게 재촉했다. 그는 몹시도 괴로웠으나 쉬지 않고 걸었다. 하지만 길은 가도 가도 멀게만 보였다. 마침내 그는 뛰기 시작했다. 조끼도 장화도 물통도 모자도 내팽개치고 오직 괭이만을 들고는 그것을 지팡이 삼아 뛰었다.

'아, 이를 어쩐담. 내가 너무 욕심이 지나쳤어. 이제 모든 게 끝나버렸어. 해가 떨어지기 전까지 출발점에 닿는다는 것은 아무래도 무리일 것 같아.'

그는 두려운 마음이 들기 시작했다. 게다가 숨까지 막혀왔다. 바흠은 앞뒤 가릴 것 없이 무작정 달렸다. 땀에 젖은 속옷은 몸에 찰싹 달라붙었고, 입은 바싹 타들어 갔다. 가슴은 대장간 풀무처럼 펄럭거렸고, 심장은 망치질 하듯이 쿵쾅거렸다. 다리마저도 남의 다리처럼 휘청거렸다. 바흠은 이러다가 죽는 게 아닐까하는 무서운 생각이 들었다. 그는 죽는 것이 두려웠지만 멈추어 설 수는 없었다.

'여기서 멈춰 선다면 사람들이 날 바보라고 놀릴 거야. 그럴
수는 없어 얼마나 고생스럽게 여기까지 왔는데.'

바흠은 계속해 달리고 달려서 겨우 언덕 가까이까지 오게 되
었다. 그때 바슈키르 사람들이 자신을 향해 질러대는 날카로운
고함소리가 들려왔다. 그 고함소리 때문에 그의 심장은 더 한층
열이 올랐다. 바흠은 젖 먹던 힘까지 다해 달리고 달렸는데도
해는 어느새 빨간 빛을 머금은 큰 공처럼 되어 있었다. 서녘으
로 떨어지고 있는 것이었다.

바흠 역시 출발점까지는 얼마 남겨놓지 않고 있었다. 바흠은
언덕에서 손을 흔들며 그를 재촉하고 있는 사람들을 보았다. 땅
에 놓인 여우 털 모자 속의 돈까지 보였다. 촌장은 땅바닥에 앉
아 배를 움켜잡고 있었다. 바흠은 자신이 꾸었던 꿈이 생각났다.

'땅은 많이 차지했지만, 하느님이 과연 나를 여기에서 살게
해 주실까? 아, 난 스스로를 망쳤어. 도저히 출발지까지 갈 수
없을 거야.'

바흠은 해를 보았다. 해는 이미 서녘에 걸려 아치형이 되어
있었다. 바흠은 사력을 다해 몸을 앞으로 기울이고 발을 이끌며
겨우 넘어지려는 몸을 지탱하고 있었다. 바흠은 가까스로 언덕
아래까지 이르렀다. 그때 갑자기 주위가 어두워졌다. 보니 해가

지고 없었다. 바흠은 깜짝 놀라며 생각했다.

'애쓴 보람도 없이 허사가 되었구나. 말짱 도루묵이 되었어.'

그래서 발을 멈추려고 하는데, 바슈키르 사람들이 쉴 새 없이 뭐라고 고함을 질러대고 있었다. 그러자 그의 머리를 퍼뜩 스쳐지나가는 것이 있었다. 언덕 아래에서는 해가 진 것처럼 보이지만 언덕 위에는 해가 아직 지지 않고 있을지도 모른다는 생각이었다. 바흠은 용기를 내어 언덕을 향해 달려 올라갔다. 생각처럼 언덕은 해가 지지 않아 아직 밝은 상태였다. 바흠은 달려 올라가자마자 모자를 보았다. 모자 앞에는 촌장이 앉아서 두 손으로 배를 움켜잡고 큰 소리로 웃고 있었다. 바흠은 꿈 생각이 나서 깜짝 놀랐다. 그는 오금이 떨어지지 않아 앞으로 쓰러졌다. 그는 그러면서도 두 손으로 모자를 움켜잡았다.

"축하합니다. 당신은 이제 완전히 땅을 잡으셨소. 당신이 돌아온 모든 땅은 이제 당신의 것이 되었습니다. 정말로 축하합니다."

바흠의 하인이 달려가서 그를 일으켜 세우려 했지만, 그의 입에서는 피가 쏟아져 나왔다. 그는 쓰러져 죽고 말았다. 하인은 괭이를 집어들고 머리에서 발끝까지의 치수대로 정확하게 6 피트를 팠다. 그가 묻힌 두 평 남짓이 그가 차지할 수 있었던 땅의 전부였다. 〈1886년 · 58세〉

# TIME

## 시간 · 죽음 · 평등

시간은 금이다 —

♥ 시간은 금이다. 그러나 한 푼의 가치도 없는 일년이 있는가 하면, 수만금을 쌓아도 마음대로 할 수 없는 반시간이 있다. 시간에도 여러 가지 시간이 있다.

♥ 능력이나 체력의 차이가 각기 다르기 때문에 평등이란 있을 수 없다는 말이 있다. 그러나 리히텐베르그는 바로 그런 이유 때문에, 곧 능력이 각기 다르기 때문에 권리의 평등이 더욱 필요하다고 했다. 지혜와 힘이 불평등한데 거기다 권리마저 불평등하다면 약한 자가 강한 자에게 받는 폭압은 더욱 커질 것이기 때문이다.

♥ 시간은 흘러가 버리지만, 한 번 입 밖에 낸 말은 그대로 남는다.

♥ 시간은 한 순간도 쉬는 일이 없는 무한한 움직임이다.

♥ 시간이란 없다. 있는 것은 일순간 뿐이다. 그리고 그곳, 즉 일순간에 우리의 전 생활이 있다. 그러므로 이 순간에 있어서 우리는 모든 힘을 발휘해야 한다.

♥ 전력을 다해서 시간에 대항하라.

♥ 죽음 뒤에 무슨 일이 일어나는가, 굳이 생각해서는 안 된다. 이 세상에 우리를 보내준 존재의 의지에 순순히 따라야만 한다.

♥ 죽음을 두려워하는 이유는 죄를 헤아리는 데서 비롯된다.

♥ 정신을 단련시키고 노력하면 할수록 죽음을 두려워하지 않게 된다. 그런 사람에게 죽음이란 단지 육체에서 영혼을 떼어놓는 행위에 불과하다. 정신을 살찌운 사람은 자기가 살고 있는 세계가 죽음으로써 결코 없어지지 않는다는 것을 알고 있다.

♥ 이 세상에 죽음만큼 확실한 것은 없다. 그런데 사람들은 겨우살이는 준비하면서도 죽음은 준비하지 않는다.

♥ 인간에게 죽음은 피할 수 없는 것이다. 그러나 우리는 죽음 따위는 아랑곳하지 않고 살아간다.

♥ 죽음이 조만간 닥칠 것이기 때문에 인간은 죽음을 준비해야만 한다. 그것을 준비하는 최고의 방법은 착하고 올바르게 살아가는 것이다. 착하고 올바르게 살아간다면 굳이 죽음을 두려워할 이유가 없다.

♥ 우리의 생각과 달리 제도로 인간이 평등해질 수는 없다. 평등은 신을 사랑하며 인간을 사랑할 때만 가능한 법이기 때문이다. 그리고 이 사랑은 제도로서가 아니라 영혼을 살찌움으로써 얻어질 수 있는 것이다.

003

\* \* \*

# 회개한 죄인

신의 나라는 눈으로 볼 것이 아니고 또 말할 것도 아니다.
신의 나라는 때가도 없고 거기도 없고, 그렇기 때문에 신의 나라는 우리를
마음 속에 있다.

♥ 그러고 나서 말했다. "예수님, 예수님께서 당신의 나라에 들어가실 때에 저를 기억해 주십시오." 예수께서 대답하셨다. "내가 진정으로 네게 말한다. 너는 오늘 나와 함께 낙원에 있게 될 것이다." (누가복음, 제 23장 42~43절)

어느 마을에 70세의 노인이 살고 있었다. 그는 평생을 온갖 죄악 속에서 살아왔다.

그 노인이 어느 날 병을 얻어 자리에 눕게 되었다. 그는 병으로 누운 그 순간에도 자신의 죄를 뉘우치지 않았다. 하지만 그런 노인도 임종의 순간이 다가오자 비로소 울음을 터트리며 자신의 죄를 빌었다.

"주여! 당신의 십자가로 도둑을 용서하셨듯이 저도 용서하여 주옵소서."

그가 뉘우침의 말을 끝내자마자 그의 영혼은 육신을 떠났다. 신에 대한 사랑을 느끼고, 그 분의 자애를 믿은 이 죄인의 영혼은 천국의 문에 도착했다. 그는 문을 힘껏 두드리며 천국으로 들어가게 해달라고 간청을 하였다. 그러자 문 안쪽에서 어떤 목소리가 들렸다.

"지금, 천국의 문을 두드리고 있는 사람은 어떤 사람인가? 그 사람은 살아생전에 어떤 일을 하였는가?"

그러자 이 목소리를 들은 천국의 고발인이 대답을 하였다. 천국의 고발인은 이 사람이 저지른 온갖 죄업을 하나도 남김없이 소상히 말했다. 아무리 들어봐도 착한 일은 하나도 없었다. 잠시 후 문 안쪽에서 이런 목소리가 들려왔다.

"너는 죄를 너무 많이 졌구나. 죄인은 천국에 발을 들여놓을 수 없느니라. 그러니 썩 물러가도록 하여라."

그가 다급히 물었다.

"당신의 목소리는 들리오나, 얼굴은 보이지 않습니다. 당신의 존함은 어떻게 되는지요?"

그러자 목소리가 대답했다.

"나는 사도 베드로이니라."

이 말을 들은 그가 말했다.

"아, 사도 베드로님이시군요. 베드로님, 저를 가엾이 여겨 주십시오. 인간은 약하고 신은 자비롭다는 걸 상기해 주십시오. 당신은 그리스도의 제자 아니십니까? 당신은 그리스도에게서 직접 가르침을 받고, 그 분의 언행을 직접 보시지 않았습니까?

그 분 생활의 귀감을 두 눈으로 똑똑히 보시지 않았습니까? 그런 일들을 상기해보십시오. 언젠가 그 분이 괴로운 마음으로 슬픔에 잠겨 있을 때, 당신에게 잠을 자지 말고 기도를 올려달라고 세 번이나 간청하신 적이 있었지요. 그런데 당신은 무거워진 눈꺼풀을 어쩌지 못해 잠을 자게 되었고, 그 분은 세 차례나 그 모습을 보았던 것입니다. 저도 그와 다르지 않습니다. 그리고 이런 일도 있었지요. 당신은 죽는 한이 있더라도 그 분을 버리지 않겠다고 굳게 약속해 놓고도, 그 분이 가야바의 집으로 끌려가자 세 번이나 그 분을 부인하지 않으셨습니까? 저도 그와 마찬가지입니다. 그리고 또 이것을 상기해보십시오. 그때 당신은 수탉이 울자 밖으로 나와 비통하게 울음을 터트리고 말았지요. 저도 그와 마찬가지입니다. 그러니 저를 천국에 못 들어가게 하실 수는 없을 것입니다."

문 안쪽의 목소리는 잠잠해졌다.


얼마간 침묵의 시간만이 흐르고 있자, 그는 다시 문을 두드리며 천국으로 들어가게 해달라고 간청을 하였다. 그러자 문 안쪽에서 다른 목소리가 들렸다.

"저건 누군가? 그리고 저 사람은 세상에서 어떻게 살았었는가?"

이번에도 고발인이 대답을 했다. 역시 온갖 못된 짓을 한 기록만이 줄줄이 흘러나왔다. 착한 일은 하나도 없었다. 잠시 후 문 안쪽에서 목소리가 들려왔다.

　"어여, 썩 물러가도록 하거라. 너희 같은 죄인은 천국에서 우리와 함께 살 수가 없느니라."

　그가 다급히 물었다.

　"당신의 목소리를 들었습니다. 그러나 당신의 얼굴도 보지 못했고, 존함도 듣지 못했습니다."

　"나는 제왕이자 예언자인 다윗이노라."

　이 말을 들은 그가 말했다.

　"제왕 다윗님, 저를 가엾게 여겨 주십시오. 그리고 인간의 허약함과 신의 대자대비를 생각해 주십시오. 신은 당신을 사랑하셨고, 사람들 앞에서 높이 끌어올려 주셨습니다. 당신은 모든 것을 가지고 계셨습니다. 나라도 영예도 부도 처자도. 그런데도 당신은 지붕에서 가난한 우리아의 아내를 보고 마음속에서 죄가 싹터, 그의 아내를 취하시고 암몬 자손의 칼로 그를 찔러 죽이셨습니다. 당신은 부유하면서도 가난한 자에게서 가장 소중한 것을 빼앗고 그를 죽이셨던 것입니다. 저도 그와 같은 짓을 해왔던 것입니다. 그리고 당신이 '저는

제 죄를 알고 있고 제 죄를 더할 나위 없이 슬퍼하고 있습니다.'
라며 회개하신 일을 기억하고 계신지요. 저도 그와 다르지 않습
니다. 저를 천국에 들여놓아 주지 못할 까닭이 없다고 생각됩니
다."

문 안쪽의 목소리는 또다시 잠잠해졌다.


얼마간의 침묵의 시간만이 흐르고 있자, 그는 또다시 문을
두드리며 천국으로 들어갈 수 있게 해달라고 간청을 했다. 그러
자 문 안쪽에서는 또 다른 목소리가 들렸다.

"저 사람은 누구인가? 그리고 저 사람의 세상에서의 생활은
어떠했는가?"

고발인이 즉각 대답했다. 고발인은 그의 나쁜 행적만을 침이
마르게 말했다. 착한 일은 한 가지도 없었다. 잠시 후 문 안쪽에
서 목소리가 들려왔다.

"어서 이곳에서 썩 떠나지 못할까! 너 같은 죄인들은 천국에
들어올 수 없다는 것을 모르느냐?"

그가 다급히 물었다.

"당신의 목소리는 들었지만, 당신의 얼굴과 존함은 보지도
듣지도 못했습니다."

목소리가 대답했다.

"나는 그리스도의 사랑을 받은 제자인 예언자 요한이로다."

이 말을 들은 그가 미소를 띠며 말했다.

"아, 이제야말로 저를 천국에 들여보내주실 때가 되었군요. 베드로와 다윗님은 저를 들여보내 주실 것입니다. 그 분들은 인간의 허약함과 신의 자비를 알고 계시기 때문입니다. 그리고 당신도 저를 들여보내 주실 것입니다. 당신은 당신 속에 많은 사랑을 가지고 있기 때문입니다. 예언자 요한님, 당신은 당신이 쓰신 책에서 신은 사랑이며, 사랑하지 않는 사람은 신을 모르는 자라고 말씀하셨습니다. 그리고 노년에 '형제들이여, 서로 사랑하라!' 고 말씀하셨던 분도 당신이었습니다. 그런 당신이 지금에 와서 어떻게 저를 미워하고 저를 쫓아내실 수 있겠습니까? 당신이 말씀하셨던 말을 부인하든가 아니면 저를 사랑하여 천국으로 들어가게 해주십시오!"

그러자 천국의 문이 열리고 요한이 나와서 회개한 죄인을 끌어안았다. 그리고는 천국 안으로 그를 데리고 들어갔다.

〈1886년 · 58세〉

# T A L K

## 말(언어)

남을 꾸중하지 말라 —

♥ 두 사람이 격렬하게 논쟁하는 경우, 그 논쟁의 책임은 한 사람에게만 있지 않고 양자에게 있다. 따라서 적어도 한 사람이 자신에게 잘못이 있다고 말하면 논쟁은 곧바로 그치게 된다.

♥ 사람은 때때로 남의 결점을 파헤침으로써 자신의 존재를 돋보이려고 한다. 그러나 그렇게 함으로써 자신의 결점을 드러내는 것이다. 사람은 총명하고 선량하면 할수록 남의 좋은 점을 발견한다. 그러나 어리석고 짓궂으면 그럴수록 남의 결점을 찾는다.

♥ 한 마디의 말로 사람들의 연합을 깨뜨릴까 항상 주의해야 한다.

♥ 남을 정면으로 비난하는 것은 좋지 않다. 그를 망신시키기 때문이다. 보이지 않는 곳에
서 비난하는 것은 불성실하다. 덕을 기만하는 것이 되기 때문이다.

♥ 다른 사람을 책망하는 것은 무조건 잘못된 것이다. 다른 사람의 영혼에 무슨 일이 일
어났는가, 또는 무슨 일이 일어나는가 알 수 없기 때문이다.

♥ 다른 사람이 자신에 대해 어떤 말을 할까 항상 귀 기울이는 사람은 결코 마음의 평안
을 얻지 못하는 법이다.

♥ 자기를 칭찬하지 말라. 남을 꾸중하지 말라. 남을 꾸중하는 일은 항상 바르지 않다. 왜
냐하면 비난받는 사람의 마음속에 일어난 일, 또는 일어나고 있는 일은 결코 아무도
모르기 때문이다.

♥ 이제껏 나에게 최대의 손실을 준 것은 공연한 참견이다.

♥ 우리는 다른 사람을 판단하곤 한다. 누구는 마음이 착하고 누구는 멍청하며 누구는
사악하고 누구는 총명하다고 한다. 하지만 그렇게 해서는 안 된다. 사람은 항상 변하
기 때문이다. 다시 말해 사람이란 흐르는 강물 같아 하루하루가 다르고 새롭다. 어리
석었던 사람이 현명하게 되기도 하고 악했던 사람이 진실로 착하게 되기도 한다. 다
른 사람을 판단하지 마라. 그 사람을 책망하는 순간 그 사람은 다르게 변할 것이기 때
문이다.

♥ 아름답게 말을 꾸미는 사람은 거짓말을 하거나 자신을 드높이려는 사람이다. 이런 사
람의 말을 절대로 믿어서는 안 된다. 참된 말은 언제나 명확하여 모든 사람이 헤아릴
수 있는 것이다.

♥ 세상 사람들이 경멸하고 비방하는 사람 가운데도 착한 사람을 찾아보아야 한다.

004

대자(代子)

어려운 일에 직면할 때마다 나는 신께 도와달라고 간청했다.

하지만 신을 섬기는 것이 나의 의무이자 나를 섬기는 것이 신의 의무는

아니라는데 생각이 미쳤고, 곧 마음이 가벼워졌다.

♥ '눈은 눈으로, 이는 이로 갚으라.'고 하신 말씀을 너희는 들었다. 그러나 나는 너희들에게 말한다. '너희에게 악을 행하는 사람에게 보복하지 말라.' (마태복음, 제 5장 38~39절)

♥ '원수 갚는 일은 내가 할 일이니 내가 보상하겠다.' (로마서, 제 12장 19절)

# 1

어느 가난한 농부가 아들을 낳았다. 농부는 기뻐서 이웃집에 가서 아들의 이름을 지어 달라고 부탁을 했다. 하지만 가난한 농부 아들의 대부(代父)나 대모(代母)가 되는 것이 달갑지 않았던 이웃집은 모두 이를 거절했다. 농부는 다른 집에 가서 청해 보았지만 그 집도 마찬가지였다. 농부는 마을의 모든 집을 찾아다녔지만 대답은 모두 한결 같았다. 어느 누구도 새로 태어난 아이의 대부나 대모가 되어 이름을 지어주려고 하지 않았다. 그래서 농부는 하는 수 없이 이웃 마을로 발걸음을 옮겼다. 이웃 마을을 향해 한창 발걸음을 옮기고 있는데, 맞은편에서 한 나그네가 오는 것이 보였다. 나그네는 그를 보더니 인사를 건넸다.

"안녕하시오? 그래 어딜 그렇게 바삐 가시오?"

"네, 사실은 하느님께서 제게 보배를 주셨지요. 젊을 땐 즐거움을 주고 늙어서는 의지가 되어주며 죽고 나면 제 영혼을 위해 기도를 해줄 아들을 말입니다. 헌데, 가난하다 보니까 제 아들 놈에게 어느 누구도 이름을 지어주려 하지를 않는군요. 그래서 이렇게 이름을 지어 줄 사람을 찾아가는 길이지요."

그러자 나그네가 말했다.

"제가 그 대부가 되어 주면 어떻겠소?"

농부는 크게 기뻐하며 고맙다고 인사한 다음, 물었다.

"그러면 대모는 누구를 하면 좋을까요?"

"대모는 상인의 딸에게 부탁해 보시오. 시내에 나가면 광장에 가게를 몇 채 가진 돌집이 있을 게요. 그 가게 입구에서 상인을 불러 딸을 대모로 삼게 해달라고 부탁을 해보시오."

농부가 머뭇거렸다.

"어찌 저 같은 농군이 부자 상인을 불러낼 수 있겠습니까? 저 같은 건 우습게보고 딸을 보내주지 않을 것입니다."

"그런 걱정은 하시지 않아도 좋습니다. 가서 부탁만 하면 될 터이니 걱정 마시고 내일 아침나절에 세례 받을 준비를 모두 해

두시오. 제가 가서 세례를 해 주리다."

가난한 농부는 집으로 돌아갔다가 나그네가 말한 상인을 찾아갔다. 안마당으로 들어가 말을 매고 있는데 가게 주인이 나오더니 물었다.

"무슨 일이오?"

"실은 다름이 아니오라 하느님께서 이 사람에게 아들 하나를 점지해 주셨습니다. 아들이란 젊어서는 즐거움이 되어주고 나이 들어서는 의지가 되어주며 죽어서는 영혼을 위해 기도를 올려주는 존재지요. 제발 댁의 따님을 대모로 삼게 해주십시오."

"그래, 세례 날은 언제요?"

"내일 아침입니다."

"알았으니, 돌아가 있으시오. 내일 미사가 올려 지기 전에 딸을 보내 줄 테니."

이튿날 대부가 될 사람도, 대모가 될 사람도 모두 와서는 아들이 세례를 마칠 수 있게끔 도와주었다. 그런데 세례를 마치자마자 대부는 곧 가버려서 어디 사는 누구인지도 알 수 없게 되었다. 이후로는 아무도 그 사람을 보지 못했다.

아기는 커감에 따라 어머니 아버지의 즐거움이 되었다. 힘이 세고 부지런하고 영리했으며, 게다가 온순하기까지 했다. 어느덧 아들은 열한 살이 되었다. 부모가 아이를 학교에 보내자 아이는 다른 아이들이 5년에 걸쳐서 배울 것을 1년 만에 깨우쳤다. 그래서 아이는 학교에서 더 이상 배울 것이 없게 되었다.

부활절이 다가오자 아들은 대모를 찾아가 부활절 인사를 한다음 집으로 돌아와서 물었다.

"아버지, 어머니. 제 대부님은 누구십니까? 찾아가서 부활절인사를 드려야 할 텐데요."

아버지가 대답했다.

"그렇구나. 그런데 네 대부님이 어디 계신지는 우리도 잘 모른단다. 그래서 우리도 늘 그 일을 걱정하고 있었단다. 너에게세례를 해주고는 곧 사라지고 마는 바람에."

아들이 아버지에게 절을 하며 말했다.

"아버지, 어머니. 저에게 기회를 주세요. 제가 대부님을 찾을수 있게 허락해 주세요. 대부님을 꼭 찾아뵙고 부활절 인사를드리고 싶어요."

양친은 아들이 대부를 찾아 길을 떠나는 것을 허락하였다.
아들은 곧 짐을 챙겨 길을 떠났다.

3

아들은 정처 없이 길을 걸었다. 그렇게 반나절쯤 걸었을 때,
아들은 어떤 나그네를 만났다. 나그네는 발을 멈추고 사내아이
에게 물었다.

"어디를 가는 길이냐?"

사내아이가 대답했다.

"저는 제 대모님께 부활절 인사를 드리고 집으로 돌아와서
는, 부모님께 대부님에 대해서 물어 보았습니다. 그러자 부모님
께서는 대부님이 어디에 계신지 모른다고 하셨습니다. 저의 세
례를 끝내고 가신 뒤에는 도통 연락할 길이 없어, 살아 계신지
어떠신지조차 모르고 계신다고 하셨습니다. 저는 정말이지 대
부님이 어떤 분이신지 만나 뵙고 싶어 이렇게 길을 떠난 것입니
다."

나그네가 대답했다.

"그럼, 다행이구나. 내가 네 대부란다."

사내아이는 기뻐하며 대부에게 다가가 부활절 인사를 했다.

"대부님, 대부님께서는 지금 어디로 가시는 길이신가요? 혹시 저희 마을 쪽으로 가시는 거라면 저희 집에 좀 들러 주셔요. 그렇지 않고 댁으로 가시는 길이라면 저도 따라가겠어요."

대부가 대답했다.

"미안하지만, 나는 지금 너의 집에 들를 시간이 없단다. 여기저기에 볼일이 많아서 말이다. 집으로는 내일 돌아올 작정이니,

내일 우리 집으로 오도록 하거라."

"대부님 댁은 어떻게 찾아가야 하나요?"

"우선 태양이 떠오르는 쪽을 향해서 똑바로 걷거라. 그러면
숲이 나올 것이다. 그 숲 한 가운데에 널찍한 초원이 눈에 들어
올 것이다. 그러면 그 초원에 앉아서 그 근처의 풍경을 잘 살펴
보고 있거라. 네가 그 초원에 도착하면 어떤 사건이 일어날 것
이다. 그걸 잘 보도록 하거라. 그런 다음 숲을 나서면 그곳에 뜰
이 있고, 그 뜰에는 금빛지붕의 집이 있을 것이다. 그것이 내 집
이다. 그 문 앞까지 오면 내가 마중을 나가마."

대부는 이렇게 말하고는 사내아이 앞에서 사라졌다.

# 4

다음날 사내아이는 대부가 가르쳐 준대로 길을 따라 갔다. 한
참을 걸어가니 대부의 말대로 숲이 나왔다. 숲 속의 넓은 초원
에 다다른 사내아이는 대부가 일러준 대로 쉬면서 주위를 둘러
보았다. 그러자 초원 한 가운데에 소나무가 한 그루 서 있었고,

그 소나무에는 통나무가 하나 밧줄에 매어져 있었다. 통나무 밑에는 벌꿀이 든 통이 놓여 있었다. 사내아이가 '도대체 왜 이런 곳에 벌꿀을 놓아두고 통나무를 매달아 둔 것일까?' 하고 생각을 하는 순간, 숲 속에서 버스럭거리는 소리가 들려왔다. 소리가 나는 쪽을 바라보니 몇 마리의 곰이 꿀통이 있는 곳을 향해 오고 있었다. 어미 곰이 제일 앞장을 섰고, 그 뒤로는 두 살짜리 곰이, 그리고 이어서 세 마리의 새끼 곰이 따르고 있었다. 어미 곰은 코를 벌름거리더니 꿀통으로 다가갔다. 그리고는 꿀통에 코를 처박더니 새끼들을 불렀다. 그러자 새끼 곰들이 달려가 꿀통에 매달렸다. 그러자 통나무가 조금 뒤로 밀리는가 싶더니 금방 원래의 자리로 돌아오면서 새끼 곰을 툭 쳤다. 어미 곰은 그것을 보고는 앞발로 통나무를 뒤로 밀어젖혔다. 통나무는 뒤로 밀렸다가 돌아오면서 새끼 곰들을 몹시 아프게 쳤다. 등을 얻어맞은 놈도 있고 머리를 얻어맞은 놈도 있었다. 새끼 곰들은 비명을 지르며 흩어졌다.

어미 곰은 으르렁거리며 두 발로 통나무를 머리 위로 들어올린 후 있는 힘껏 밀어젖혔다. 통나무가 공중으로 높이 솟구쳐 오르자 두 살짜리 곰이 재빨리 달려와서는 코를 쳐 박고 꿀을 할짝할짝 핥아먹기 시작했다. 그러자 뒤질세라 다른 곰들도 달려들었다. 하지만 공중으로 치솟았던 통나무가 제자리로 돌아오면서 두 살짜리 곰의 머리를 세게 내리쳤다. 두 살짜리 곰은 그 자리에서 즉사하고 말았다. 이것을 본 어미 곰은 아까보다 더 무서운 소리로 으르렁거리며 통나무를 움켜잡자 하늘로 던져 올릴 듯이 집어 던졌다. 그리고는 어미 곰 자신이 재빠르게 꿀통으로 달려들었다. 역시 새끼 곰들도 꿀통으로 달려들었다. 그런데 하늘 높이 치솟았던 통나무가 더욱 세차게 아래를 향해 내려오더니 무서운 기세로 어미 곰의 머리통을 때렸다. 어미 곰은 벌렁 자빠지더니, 이내 죽고 말았다. 새끼 곰들은 모두 걸음아 나 살려라 하고 줄행랑을 놓고 말았다.

이 광경을 목격한 사내아이는 놀라서 앞을 향해 마구 뛰었다. 그러자 얼마 안 가 뜰이 나오고 그 뜰 가운데에 금빛 지붕을 이은 커다란 궁전 같은 집이 자리를 잡고 있었다. 그리고 집 앞에는 대부가 나와 웃으며 사내아이를 맞아주었다. 그는 아이를 반갑게 맞은 뒤, 뜰을 구경시켜 주었다. 정원의 아름다움과 그 속에 깃들어 있는 평화로움은 이제껏 한번도 느껴보지 못한 황홀경 그 자체였다. 대부는 이어 사내아이, 즉 대자를 집안으로 데리고 들어가서는 그 곳을 구경시켜 주었다. 그곳은 정원보다 더욱 훌륭했다. 대부는 이 방 저 방을 빠짐없이 보여 주었다. 보면 볼수록 너무 황홀하여 아이는 점점 더 깊은 즐거움 속으로 빠져들어 갔다. 그러던 중 문이 닫혀 있는 방문 앞에 이르게 되었다. 대부가 말했다.

"이 문이 보이지? 여기엔 자물쇠가 없단다. 그냥 닫아 놓았을 뿐이다. 그러니까 열수는 있지만 열어서는 안 되는 그런 곳이란다. 이 집 어디든 네 맘대로 뛰어다니며 놀아도 좋다. 하지만 이 방에는 절대 들어가서는 안 된다, 알겠느냐? 만약에 안으로 들어가는 날에는 여기에 오기 전 숲 속에서 본 일을 너는 생각하게 될 것이다."

그렇게 말하고 대부는 그곳을 떠났고, 대자는 홀로 남아 그 곳에서 살았다. 그곳은 정말 즐겁고 기뻤다. 그곳에서는 겨우 두 시간 정도 있었던 것으로 여겨졌지만 사실은 30년 동안을 그곳에서 산 것이었다. 그곳에서 30년이 지났을 때 대자는 닫혀 있는 방문 앞에 가서 생각했다.

'대부님께서는 어째서 이 방에는 들어가면 안 된다고 하신 걸까? 어디 한번 들어가서 뭐가 있나 봐야지.'

문고리를 잡고 힘껏 잡아당기니 문은 쉽게 열렸다. 대자가 안으로 들어가 보니 방은 이 집에 있는 어느 방보다 크고 훌륭했으며, 방 한 가운데에는 금으로 꾸민 옥좌가 놓여 있었다. 대자는 방안을 이리저리 실컷 돌아다니다가 옥좌에 다가가 층계를 밟고 올라갔다. 자리에 앉아서 내려다보니 옥좌 옆에는 홀(笏)이 놓여 있었다. 대자가 홀을 손에 잡자마자 갑자기 벽이 사방으로 쫙 열리며 온 세계가 한 눈에 들어와, 세상 사람들이 하고 있는 일들을 모두 다 볼 수가 있었다. 정면을 보니 바다가 있고 배가 왕래하는 모습이 보였다. 오른쪽을 보니 그리스도교인이 아닌 다른 나라의 사람들이 살고 있었다. 왼쪽에는 그리스도교인은 맞지만 러시아 사람은 아닌 사람들이 살고 있었다. 마지막으로 뒤쪽을 보자 그곳에 러시아인들이 살고 있었다.

'어디 한번 우리 집을 볼까나. 아버지, 어머니는 무슨 일을 하고 계실까? 밭에 곡식은 잘 영글었을까?

자기 집 밭을 보니 보릿단이 잔뜩 싸여 있었다. 얼마나 되나 하고 다발을 세기 시작했는데, 얼핏 보니 그 밭을 향해 짐수레가 오고 있는 것이 보였다. 수레 위에는 농부가 하나 앉아 있었다. 대자는 그 사람은 틀림없이 아버지가 밤중에 보릿단을 가지러 오는 것이라고 생각했다. 그런데 자세히 살펴보니 그 사람은 아버지가 아니라 바실리 쿠드랴소프라는 도둑이었다. 도둑은 보릿단이 싸여 있는 밭에 이르자 그것을 수레에 옮겨 싣기 시작했다. 이것을 본 대자는 속이 상해 소리쳤다.

"아버지, 도둑이 보리를 훔쳐 가요!"

아버지는 한창 잘 자다가 벌떡 일어나더니 "보릿단을 훔쳐가는 꿈을 꾸었으니, 어디 한번 밭에 갔다 와야지"하고는 말을 달렸다. 밭에 가 보니 바실리가 보릿단을 훔치고 있는 게 보였다. 아버지는 커다란 소리로 이웃 농부들을 불렀다. 바실리는 흠씬 두들겨 맞고 붙잡혀 감옥으로 보내졌다.

이어 대모가 살고 있는 거리 쪽을 살펴보니, 대모는 마침 잠을 자고 있는 중이었다. 그러자 남편이 살그머니 일어나더니 정부에게 가려고 했다. 대자는 대모에게 소리쳐 이 사실을 가르쳐 주었다.

"대모님, 일어나세요. 주인아저씨가 나쁜 짓을 하려고 해요."

대모는 벌떡 일어나 옷을 갈아입고 남편이 간 곳을 찾아내어 한껏 망신을 준 다음, 정부를 마구 때리고 남편을 집에서 몰아냈다.

대자는 이어서 자기 어머니를 찾았다. 어머니는 집에서 자고 있었는데, 집안에 도둑이 들어 옷장의 자물쇠를 부수고 있는 중이었다. 때마침 어머니는 잠에서 깨어 그 모습을 보고 큰 소리로 외쳤다. 그것을 본 도둑은 도끼를 들어 어머니를 죽이려고 했다. 대자는 어쩔 수 없이 들고 있던 홀을 도둑에게로 던졌다. 홀이 도둑의 관자놀이를 정확하게 맞췄다. 관자놀이를 맞은 도둑은 그 자리에서 즉사하고 말았다.

# 6

대자가 도둑을 죽이자마자 사방의 벽이 생기면서 방은 다시 이전처럼 되었다. 그때 방문이 열리면서 대부가 들어왔다. 대부는 대자에게로 오더니 그의 손을 잡아 옥좌에서 내려오게 했다. 그리고는 말했다.

"너는 내가 말한 것을 지키지 않았구나. 네가 저지른 첫 번째 잘못은 금단(禁斷)의 문을 연 것이다. 두 번째 잘못은 옥좌에 올라앉아 홀에 손을 댄 것이다. 세 번째 잘못은 세상에 악을 더한 것이다. 만약 네가 한 시간만 더 옥좌에 앉아 있었다면 세상 사람들의 절반은 아마 못쓰게 만들어 놓았을 것이다."

대부는 다시 한번 대자의 손을 잡고 옥좌에 가서 홀을 들었다. 그러자 다시 한번 벽이 열리면서 무엇이나 볼 수 있게 되었다. 그러자 대부가 말했다.

　"자, 이제 네가 너의 아버지에게 어떤 잘못을 저질렀는지 보아라. 바실리는 1년 동안이나 감옥생활을 했는데, 그 동안에 온갖 나쁜 짓을 더 배워서 이제는 누구도 손댈 수 없는 악당이 되어버렸단다. 보거라, 방금 저 사내가 너희 아버지의 말을 두 필이나 훔쳐갔지만 그것으로 끝날 문제가 아니란다. 저 사내는 조금 있으면 너의 집을 아예 불태워 버리고 말 것이다. 네가 너의 아버지께 저지른 잘못은 바로 이런 것이란다."

　아버지의 집이 불에 타는 것이 보이자, 대부는 그 장면을 닫고 다른 장면을 보여주었다.

　"자, 보거라. 네 대모의 남편은 벌써 1년 전부터 아내를 버리고 딴 여자와 놀아나고 있어서 네 대모는 밤낮을 가리지 않고 술로 보내고 있단다. 대모의 남편이 사귀고 있던 여자도 아주 타락해 버리고 말았단다. 네가 너의 대모에게 한 잘못은 바로 이런 것이다."

　대부는 그 장면을 닫더니 이번엔 아래쪽을 가리켰다. 대자의 눈에 도둑의 모습이 비쳤다. 두 사람의 간수가 감옥 앞에서 그 도둑을 잡아 누르고 있었다. 대부가 말했다.

"이 사내는 아홉 명의 목숨을 빼앗았다. 자기 자신이 그 죄를 갚지 않으면 안 되었던 것이다. 그런데 네가 이 사내를 죽였기 때문에 이 사내의 죄는 모두 네가 떠맡아야 하게끔 되었다. 이제부터 너는 저 사내가 저지른 일체의 죄에 대해 책임을 져야만 한다. 너는 너 자신 스스로가 이렇게 만든 것임을 알아야 한다. 어미 곰이 처음 통나무를 건드렸을 때는 새끼 곰을 놀라게 했을 뿐이나, 두 번째로 밀어젖혔을 때는 두 살짜리 곰을 죽게 했고, 세 번째로 집어 던졌을 때는 스스로를 파멸시키는 결과를 낳고 말았다. 네가 지금 한 짓도 꼭 그와 같은 것이다. 나는 네게 지금부터 30년의 시간을 줄 것이다. 그러니 너는 세상에 나가서 그 도둑의 죄를 대신 갚도록 하여라. 만약 네가 그 일을 하지 못하면 대신 너는 도둑이 되어야 할 것이다."

대자가 물었다.

"도둑의 죄를 갚으려면 어떻게 해야 하나요?"

대부가 대답했다.

"네가 지은 만큼의 죄를 세상에 나가서 지워나가면 그때서야 비로소 너는 도둑의 죄를 갚을 수 있게 되는 것이다."

대자가 다시 물었다.

"어떻게 하면 세상에 나가 죄를 지울 수 있을까요?"

대부가 대답했다.

'악은 악 때문에 점점 커져나간다는 것을 이제 알게 되었다. 사람이 악을 행한 사람을 책하면 책할수록 더욱 더 악은 커져만 가는 것이다.'

"태양이 떠오르는 쪽을 향해 똑바로 걸어가거라. 그러면 밭이 나오고 그 밭에 많은 사람들이 있을 것이다. 그 사람들이 하는 일을 잘 보고 네가 아는 바를 가르쳐 주어라. 그리고 다시 앞으로 걸어 나가면서 눈에 띄는 일을 머리에 새겨 두어라. 나흘째 되는 날에는 숲에 당도할 것이다. 그 숲 속에는 암자가 있고, 그 암자에는 한 은사가 살고 있을 것이다. 그 은사에게 지금까지의 일을 모조리 이야기 하거라. 그러면 그 은사가 네가 해야할 일을 가르쳐 줄 것이다. 그 은사가 네게 가르쳐 주는 모든 것을 실천하게 되면 비로소 너는 속죄를 하게 되는 것이다. 도둑이 지은 죄를 모두 갚게 되는 것이지."

대부는 그렇게 말하고서는 대자를 문밖으로 내보냈다.

대자는 바로 길을 떠났다.

'대체 어떻게 이 세상의 죄를 지워나가야 한단 말인가? 세상에서는 보통 악인을 귀향 보내거나 사형에 처하는 방법으로 악을 없애는데, 다른 사람의 죄를 대신 떠맡지 않고 악을 없애려면 어떻게 해야 할까?'

대자는 아무리 생각해 보아도 그 방법을 알 수가 없었다. 그렇게 정처 없이 걸어가는 동안 보리밭에 이르렀다. 보리밭에는 수확하기 알맞게 보리가 누렇게 익어 있었다. 그런데 그 보리밭에는 송아지 한 마리가 들어가 있었다. 마을 사람들이 그 송아지를 밭에서 몰아내려고 하였다. 송아지가 밭에서 뛰어나오려고 하면 마침 거기에 다른 사람이 말을 타고 있어 송아지는 다시 밭 속으로 뛰어 들어갔다. 송아지를 쫓기 위해 전속력을 낸 사람들은 보리밭 여지저기를 짓밟았다. 그러자 밭가에 서 있던 한 여자가 울부짖었다.

"그렇게 송아지를 쫓다간 송아지가 죽고 말겠어요."

대자가 농부들에게 다가가 말했다.

"당신네들은 어찌 그렇게 송아지를 모나요? 사람들을 모두

밭에서 나오게 하세요. 그리고는 송아지 주인인 저 아주머니한 테 송아지를 불러내게 해보세요."

그 말을 들은 사람들은 모두 대자의 말대로 하기로 했다. 여 자는 밭가에 서서 송아지를 불렀다.

"누렁아, 이리 온. 누렁아, 이리 와."

송아지는 귀를 쫑긋거리더니, 이내 주인 여자를 향해 뛰어왔 다. 그리고는 그녀의 품으로 뛰어들어 하마터면 여자가 뒤로 나 자빠질 뻔했다. 이 모습을 보고 농부들도 기뻐하고 여자도 좋아 했으며, 송아지도 주인 여자 곁에서 재롱을 부리듯 뛰었다.

대자는 동네 사람들과 인사를 하고 다시 발걸음을 옮기면서 생각에 잠겼다.

'악은 악 때문에 점점 커져나간다는 것을 이제 알게 되었다. 사람이 악을 행한 사람을 책하면 책할수록 더욱 더 악은 커져만 가는 것이다. 다시 말해 악을 악으로 다스릴 수는 없는 것이다. 하지만 그것을 어떻게 없앨 수 있는지는 아직 모르겠다. 마침 송아지가 아주머니의 말을 들어주었으니 망정이지, 만약 듣지 않았다면 어떻게 송아지를 밭에서 몰아 낼 수 있었겠는가? 막 연하지 않았겠는가?'

대자는 이리저리 머리를 굴려 보았으나 결국 결론을 내지 못 하고 그냥 앞을 향해서만 걸어갔다.

# 8

그렇게 마냥 정신없이 걸어가다, 대자는 한 마을에 닿게 되었다. 마을에 있는 집 중 맨 마지막에 있는 집을 찾아가 하룻밤 잠자리를 청했다. 그러자 주인 여자가 흔쾌히 들어 주었다. 집안에는 아무도 없고 다만 주인 여자 혼자서 걸레질을 하고 있었다. 대자는 안으로 들어가 난로 옆에 서서 주인 여자가 청소하는 모습을 지켜보았다. 그녀는 방을 닦고서 이번에는 탁자를 닦기 시작했다. 탁자를 닦자 탁자에는 걸레자국이 줄무늬처럼 남겨져 있었다. 이것을 본 그녀가 걸레를 뒤집어 반대쪽으로 다시 닦았다. 그러자 먼저 나 있던 자국은 사라졌지만 새로운 자국이 생겨났다. 세로로 문질러 보았으나 역시 마찬가지였다. 더러운 걸레를 빨지 않고 훔치기 때문에 일어나는 현상이었다. 대자는 한참 동안 그 모습을 물끄러미 바라보고 있다가 이윽고 주인 여자한테 말을 걸었다.

"아주머님, 지금 무엇을 하고 계시는 것입니까?"

"당신의 눈에는 내가 무얼 하고 있는지 보이지 않소? 축제일 준비로 청소를 하고 있지 않소? 그런데 어찌된 일인지 이 탁자는 아무리 닦아도 깨끗해지지를 않으니. 아휴, 기운만 다 빠져

버렸네."

"아주머니 그러지 마시고, 그 걸레를 깨끗이 빨아서 다시 한 번 닦아보세요."

그녀가 대자의 말대로 걸레를 깨끗이 빨아서 닦자, 탁자는 금방 깨끗해졌다. 그녀가 말했다.

"가르쳐 줘서 고마워요."

날이 밝자, 대자는 주인 여자에게 작별인사를 고하고 다시 길을 떠났다. 한참을 걸어 가다보니 숲이 나왔다. 그곳에는 농부들이 모여 수레바퀴를 만들려고 나무를 휘게 하려 애쓰고 있었다. 그런데 농부들은 최선을 다해 열심히 빙빙 돌고 있었지만, 그에 비해 나무는 조금도 구부러지지 않고 있었다. 대가 꽉 고정이 되어 있지 않아서 겉돌고 있기 때문이었다. 이 광경을 한참 동안 보고 있던 대자가 농부들에게 말했다.

"당신들은 지금 무엇을 하고 있는 것입니까?"

"보면 모르오? 수레바퀴를 만들고 있는 중인데, 나무를 두 번이나 둥글게 휘게 하려 시도해보았지만 영 휘지를 않고 있어서……. 우리도 이젠 지쳤다오."

"이렇게 해 보세요. 우선 대를 꽉 고정시킨 다음에 다시 한번 해보세요. 대가 헐거워 당신들과 함께 돌고 있기 때문에 나무가 휘어지지 않는 것이에요."

농부들이 대자의 말대로 하자, 나무는 곧 휘었다. 대자는 그 곳에서 하룻밤을 지내고 다시 길을 떠났다. 하루 낮과 밤을 걸어 새벽녘에 소거간꾼들이 모여 있는 곳을 발견하고, 그 옆에 잠시 몸을 눕혔다. 누워서 바라보니 그들은 소를 매어놓고 화롯불을 만들고 있는 중이었다. 마른 가지를 주워다가 불을 붙이고 있었는데, 불이 활활 타오르기도 전에 생나무를 올려놓기 때문에 타던 밑불이 꺼지기 일쑤였다. 소거간꾼들은 다시 마른 나뭇가지들을 주워 불을 붙였으나, 또 다시 생나무를 마구 올려놓아 불을 꺼트리고 말았다. 오랜 시간을 그렇게 애를 쓰고 있었지만 불은 좀처럼 타오르지 않았다. 그것을 보고 있던 대자가 말을 했다.

"이것 보세요. 너무 성급하게 생나무를 넣지 마세요. 마른 나뭇가지에 충분히 불이 붙은 다음에, 그래서 화력이 세어진 다음에 생나무를 지펴보세요."

소거간꾼들은 대자가 시키는 대로 했다. 화력이 충분히 세어진 다음에 생나무를 올려놓자 불이 순조롭게 타오르더니, 이내 훌륭한 화롯불이 되었다. 대자는 한참 동안 그들과 함께 있다가 다시 길을 떠났다. 대자는 길을 걸으며 생각했다.

'도대체 내게 이 세 가지 일을 보게 한 이유가 무엇일까?'

그러나 아무리 골똘히 생각해 보아도 그 이유를 알 수가 없었다.

대자가 부지런히 길을 걸어가는 동안에 또 하루가 지났다. 앞에 숲이 보이고 그 숲에 다다르자, 숲 속에는 암자가 있었다. 대자가 암자로 다가가 문을 두드리자 암자 안에서 소리가 들려왔다.

"거, 뉘시오?"

"큰 죄인이옵니다. 저는 저의 죄뿐만이 아니라 다른 사람의 죄 갚음도 해야 하는 사람입니다."

문이 열리더니 안에서 은사가 나왔다.

"그래, 너는 대체 어떻게 해서 남의 죄를 짊어지게 된 것이냐?"

대자는 자기에게 세례를 해준 대부의 이야기에서부터 어미 곰의 이야기, 닫힌 방안에 있던 옥좌에 관한 이야기, 대부가 자기에게 해야 한다고 일러주었던 일, 그리고 보리밭에서 송아지를 쫓느라고 농부들이 보리를 마구 짓밟은 일, 송아지가 스스로 주인 여자에게로 돌아간 일 등을 남김없이 이야기했다.

"저는 악을 악으로 다스릴 수 없다는 것을 깨달았습니다만,

어떻게 해야 그것을 없앨 수 있는지는 아직 깨닫지 못하고 있습니다. 제게 그 가르침을 내려주십시오."

그러자 은사가 말했다.

"네가 이곳에 오는 동안에 본 일 중 아직 말하지 않은 일이 있다면 소상히 말해보도록 하거라."

그래서 대자는 오는 도중에 만났던 여자가 집안 청소를 했던 일, 농부들이 수레바퀴를 만들고 있던 일, 소거간꾼들이 화롯불을 지피고 있던 일 등을 이야기 했다. 이야기를 다 듣고 난 은사가 암자 안으로 들어가더니 이가 빠진 손도끼를 가지고 다시 나왔다.

"자, 가자."

은사는 암자에서 한 십리쯤 떨어진 곳에 이르자, 손도끼를 건네주고는 한 그루의 나무를 가리키며 말했다.

"저 나무를 찍도록 해라."

대자가 나무를 찍자 나무는 곧 쓰러졌다.

"이번에는 그 나무를 세 등분으로 나누거라."

대자는 나무를 세 토막으로 잘랐다. 그러자 은사는 다시 암자로 가서는 불을 가지고 돌아왔다.

"그 자른 세 토막의 나무를 불태우거라."

대자가 불을 피워 세 개의 나무토막을 태우고 나니, 타다 남은 그루터기가 세 개 남았다.

"그것을 각자 흙을 반쯤 파서 심도록 해라."

대자는 흙을 파고는 세 개의 그루터기를 심었다.

"저기 산이 보이지? 그 아래 물이 있단다. 그 물을 한 모금 입에 물고 와서는 첫 번째 그루터기에 뿜어주도록 하거라. 네가 주인 여자에게 가르쳐 준 것처럼 물을 주는 것이니라. 또 다음 그루터기에는 네가 농부들에게 가르쳐 준 것처럼 물을 주면 된다. 그리고 마지막 그루터기에는 네가 소거간꾼들에게 가르쳐 준 것처럼 물을 주면 되느니라. 이 세 그루터기가 모조리 뿌리를 내려 세 개의 사과나무로 자라게 되년 그때야말로 네가 어떻게 하면 인간의 악을 없앨 수 있는지를 깨닫게 되리라. 그러면 너도 그 모든 죄를 속죄하게 되는 것이다."

이렇게 말하고 은사는 암자로 돌아갔다. 대자는 은사가 한 말을 곰곰이 생각해 보았으나, 도저히 그 말뜻을 알 수가 없었다. 하지만 은사가 시킨 대로 일을 하기 시작했다.

# 10

대자는 개울에 가서 입에 한 가득 물을 머금고 와 그루터기마다 물을 뿌려주었다. 그렇게 수차례 물을 머금고 와 뿌려 주기를 반복하였다. 그러다가 그만 지칠 대로 지친 대자는 무엇이라도 먹어야했으므로 은사에게 먹을 것을 청하러 암자로 갔다. 그런데 암자에 다다라 문을 열어보니 은사는 이미 임종을 해 평상에 누워 있었다. 그는 배가 고팠으므로 먼저 빵을 찾아서 허기를 채웠다. 그런 다음에 삽을 찾아 은사의 무덤을 파기 시작했다. 그는 밤이면 입에 물을 머금고 와 그루터기에 물을 주었고, 낮이면 무덤을 팠다. 무덤을 다 파서 은사를 묻으려고 할 때 마을에서 사람들이 몰려 왔다. 은사에게 먹을 것을 주려고 가져온 것이었다. 사람들은 은사가 죽었으며 은사가 이미 대자를 축복하고 대자에 그 자리를 물려주었다는 말을 들었다. 그리하여 모두들 같이 은사의 장례를 치른 후, 대자에게 음식을 남겨놓고는 다시 오겠다는 말을 남기고 사람들은 돌아갔다. 그는 은사의 뒤를 이어 그곳에서 살았다. 그는 사람들이 가져다주는 것을 먹고살면서 지시받은 일을 계속했다. 산 아래에 있는 물을 머금어 타다 남은 그루터기에 끼얹어주는 일을 게을리 하지 않았다. 그가 이렇게 일년을 살고 있노라니, 소문을 듣고 많은 사람들이 찾아오게 되었다. 숲 속에 성자가 살고 있는데 산 아래에 있는 물을 입으로 머금어다가 타다 남은 그루터기에 끼얹어주며 도를 닦고 있다는 소문이 세상에 퍼졌기 때문이었다. 그리하여 많은 사람들이 그를 보려고 몰려들었다. 부자 상인들도 찾아와서는 많은 물건들을 놓고 갔다. 하지만 그는 자기에게 필요한 것 외에는 아무것도 갖지 않고 사람들에게 골고루 나누어주었다. 그는 하루의 반나절은 물을 머금어 그루터기에 끼얹어주는 일에 쓰고 나머지 반나절은 쉬거나 찾아오는 사람들을 만나는 일에 썼다. 그는 마음속으로 그 일이 자신이 지켜나가야 할 생활이라 여기고, 이것만이 세상의 악을 없애고 죄 갚음을 할 수 있는 유일한 길이라고 굳게 믿고 있었다. 이렇게 다시 일년을 사는 동안 대자는 하루도 그루터기에 물을 끼얹어주는 일을 거르지 않았다. 그런데도 움이 틀 기색이라고는 전혀 보이지 않았다.

그런 어느 날, 암자 안에 앉아 있으려니까 누군지 모르는 낯선 사내가 노래를 부르며 앞을 지나갔다. 대자는 대관절 누구일까, 하며 밖을 내다보았다. 그것은 건장하게 생긴 젊은이였는데, 값진 옷을 걸쳤을 뿐만 아니라 타고 있는 말과 안장도 모두 훌륭한 것이었다. 그는 사내를 불러 물었다.

"대체 어디 사는 뉘시오? 그리고 어디를 가시는 길이오?"

그러자 사내가 말을 세우더니 대답했다.

"나는 강도인데, 여기저기를 돌아다니며 사람을 죽인다. 사람을 많이 죽이면 죽일수록 기분이 좋아져서 이렇게 노래를 부르고 있는 것이지."

이 말을 들은 대자는 겁에 질려 몸을 움츠리며 생각했다.

'이런 인간 속에 깃들어 있는 악은 대체 어떤 방식으로 멸망시켜야 하는 걸까? 나를 찾아오는 사람은 모두가 자기의 죄를 뉘우치는 사람들뿐인데, 이 사람은 나쁜 짓을 저지르고도 오히려 그것을 자랑하고 있으니……'

대자는 아무 말도 하지 않고 그 살인강도 옆에서 물러나 생각을 계속 이어갔다.

'앞으로는 어떻게 살아가야할까? 이 강도가 이 근처를 돌아다니고 있으면 사람들이 겁에 질려서 이곳에 오려고 하지 않을 텐데. 그렇게 되면 그 사람들도 불편한 일이지만, 나 역시도 살아가기가 막막하지 않은가?

그래서 그는 강도에게 이렇게 말했다.

"이보오, 내 암자를 찾아오는 사람들은 당신처럼 나쁜 일을 자랑하지는 않소. 모두들 죄를 뉘우치고 속죄하려는 사람들뿐이지. 그러니 그대도 하느님이 두렵다고 생각되면 죄를 뉘우치도록 하시오. 만약 죄를 뉘우칠 수 없다면 당장 이곳을 떠나 다시는 돌아오지 말도록 하시오. 세상 사람들에게 겁을 주어 내 곁에서 떼어놓는 일일랑은 애당초 하지 말아주시오. 내 말을 듣지 않으면 당신은 반드시 천벌을 받게 될 것이오."

이 말을 들은 강도가 가소롭다는 듯이 소리 내어 껄껄 웃었다.

"나는 하느님 같은 건 두려워하지 않으니, 너 따위가 하는 말은 들을 필요도 없다. 네가 내 주인이라도 된단 말이야. 너는 하느님께 기도를 드려서 먹고 살지만 나는 강도질을 해서 먹고 산단 말이지. 사람은 저마다 먹고 살아가는 방식이 다른 법인데, 너를 찾아오는 사람들에게나 세치 혀를 놀려 설교를 하면 되지, 왜 나한테까지 잔소리를 늘어놓고 난리야. 나는 네 설교를 들을 이유가 하나도 없다. 네가 오늘 나에게 하느님의 설교를 해준 덕분으로 내일은 사람을 두 명 더 죽여야지. 지금 당장 널 죽여도 되지만 오늘은 그런 일로 손을 더럽힐 생각이 없다. 그러니까 앞으로는 어떤 일로도 내 앞에서 얼씬거리지 마라. 그때는 그 날이 네 제삿날이 될 테니까."

이렇게 으름장을 놓고서 강도는 그곳을 떠났다. 그리고는 다시 오지 않았으므로 대자는 8년 동안 평온하게 지낼 수 있었다.

# 11

어느 날, 그는 새벽녘에 타다 남은 그루터기에다 물을 준 뒤에 암자로 돌아와 사람들이 찾아올 시간에 맞춰 오솔길을 물끄러 미 바라보고 있었다. 그런데 그날은 아무도 오지 않았다. 대자 는 해질 무렵까지 우두커니 앉아 있다가, 할 일이 없자 자신의 지난 생애를 되짚어 보았다. 그러다가 문득 하느님께 기도를 드 려 먹고사는 자신의 생활 방식에 대해 말했던 강도의 말이 떠올 랐다. 그러자 대자는 이런 생각을 하기에 이르렀다.

'내가 살아가는 방식이 은사의 지시와는 다른 것 같다. 은사 는 내게 고행을 지시했는데 나는 그 고행을 나날의 곡식으로 바 꾸는 한편 세상 사람들의 칭송도 원하게 되었다. 나는 사람들이 찾아오지 않으면 어쩌나 하고 걱정하게 되었고, 사람들이 찾아 오면 모두가 나를 성자 취급하는 줄 알고 공연히 우쭐해지곤 하 였다. 나는 세상의 평판에 현혹되어 죄를 갚기는커녕 오히려 새 로운 죄를 짓고 있는 것인지도 모른다. 이런 생활 방식으로는 도저히 안 되겠다. 숲 속의 다른 자리로 옮겨가 사람들의 눈에 띄지 않도록 하자. 이미 지은 죄를 갚되 새로운 죄는 짓지 않을 수 있는 곳으로 가 혼자 살아가도록 하자.'

대자는 그렇게 생각하고는 마른 빵이 든 조그만 자루와 괭이를 집어 들고 암자를 나와 골짜기 쪽으로 내려갔다. 한적한 곳에 움막을 짓고 세상 사람들에게서 모습을 감추려는 것이었다.

그가 자루와 괭이를 들고 걸어가고 있는데, 앞쪽에서 강도가 말을 타고 달려왔다. 대자는 놀라서 도망가려고 했으나 때가 너무 늦어 강도에게 걸리고 말았다. 강도가 물었다.

"어딜 그렇게 열심히 가고 있나?"

그가 대답했다.

"세상 사람들을 피해 아무도 찾아올 수 없는 곳으로 가는 것이라오."

그러자 강도가 어처구니없다는 듯 웃으며 말했다.

"그래, 그건 좋아. 그런데 아무도 찾아오지 않으면 무엇으로 끼니를 해결하지?"

미처 거기까지는 생각을 하지 않았던 대자는 강도가 묻자 좋은 대답을 떠올렸다.

"하느님께서 내려주시는 것을 먹고 살면 되지 않겠소."

그러자 강도는 아무 말도 하지 않고 급히 그 자리를 피해서 떠났다. 대자는 그 모습을 보고 대체 어떻게 된 일일까 하면서 생각을 했다.

'나는 저 사내의 생활 수단에 대해서 아무것도 물어보지 않

'하느님께서는 인간에게 얼마나 큰 행복을 내려주셨는지 모른다. 그런데도 사람들은 공연히 자기 스스로를 괴롭히며 살아가고 있다. 얼마든지 기쁨을 간직하고 살아갈 수 있는데도 말이다.'

았다. 어쩌면 저 사내는 이번엔 회개할 지도 모르는데. 오늘은 지난번보다 한결 부드럽고 협박도 하지 않은 걸 보면 그럴지도 몰라.'

생각이 여기에 이르자 대자는 강도의 뒷모습에다 대고 커다란 소리로 외쳤다.

"아무튼 말이오. 그대는 그대의 죄를 회개하지 않으면 안 되오. 하느님의 눈을 피할 수는 없다오."

그러자 강도는 돌변하여 말머리를 휙 돌려서 달려오더니 칼로 대자를 내리치려고 했다. 대자는 그만 깜짝 놀라 숲 속으로 도망을 쳤다. 강도는 대자의 그런 모습을 보고는 더 이상 좇아오지 않았다. 강도가 소리쳤다.

"이번이 두 번째야. 이번까지는 너를 용서해 주겠지만 다음번에 걸리면 어림도 없는 줄 알아. 세 번째는 반드시 죽여 버리고 말 거야."

그렇게 말하고는 말을 몰아 자취를 감춰버렸다. 그날 밤, 그는 타다 남은 그루터기에 물을 주려고 갔다가 그 중 한 그루에서 싹이 돋아나고 있는 것을 보았다. 사과나무에서 잎이 나오기 시작한 것이었다.

# 12

그는 세상 사람의 눈앞에서 사라져 홀로 살아가기 시작했다. 마침내 마른 빵도 다 떨어져버렸다. 그는 마음속으로 생각했다.

'이제, 풀뿌리라도 캐러 가야지.'

그리고는 풀뿌리를 캐러 가려고 움막을 나서려는데, 나뭇가지에 마른 빵이 든 자루가 걸려 있는 것이 보였다. 대자는 그것을 하루하루의 양식으로 삼았다. 마른 빵이 다 떨어지면 같은 나뭇가지에 다른 빵 자루가 걸려 있었다. 이것으로 대자는 굶주리지 않고 살아갈 수 있었으나 한 가지 생각만은 떨쳐버릴 수가 없었다. 그것은 강도가 나타나지 않을까 하는 두려움이었다.

'그 강도한테 걸리는 날에는 죄 갚음도 다 하지 못하고 죽을 수 있다.'

이렇게 하여 또 10년이 지났다. 사과나무는 그때까지 한 그루만이 잎을 틔우고 자랄 뿐, 나머지는 여전히 다타 남은 상태 그대로였다. 그는 매일 아침 일찍 일어나 타다 남은 그루터기에다 물을 축여주었다. 그러던 어느 날, 그는 너무 지쳐 땅바닥에 주저앉아 쉬고 있었다. 그때 그의 머릿속에 이런저런 생각이 떠올랐다.

'나는 죄를 범하고 말았다. 그런데 죽음을 두려워하다니, 말이 되는가? 하느님의 뜻이라면 죽음으로라도 죄 갚음을 하자.'

그런 생각을 하고 있는데, 강도가 말을 타고 욕지거리를 하며 다가오는 기척이 났다. 그는 그 소리를 듣고도 하느님 이외에는 그 누구에게서도 좋은 꼴이나 나쁜 꼴을 당할 까닭이 없다며, 강도가 오는 쪽으로 걸음을 옮겼다. 강도는 혼자가 아니라 안장 뒤에 한 사내를 태우고 있었다. 사내는 양손을 묶이고 게다가 재갈마저 물려 있었다. 사내는 아무 말도 하지 않고 있었는데, 강도는 그에게 욕을 하고 있었다. 대자는 강도가 타고 있는 말의 앞으로 나서 길을 막았다.

"당신은 지금 이 사내를 어디로 데려 가는 것이오?"

"숲 속 부근으로 끌고 간다. 이놈은 상인의 아들인데 아비의 돈이 어디 있는지를 가르쳐 주지 않아서 실토할 때까지 두들겨 주려고 데리고 가는 것이다."

강도가 지나쳐가려 하자, 대자는 말고삐를 잡으며 말했다.

"이 사람을 놓아 주시오."

그러자 강도는 화가 나서 채찍을 들어올려 대자를 내리치려고 하였다.

"그래, 너도 이 꼴을 당하고 싶다 이거지. 그럼, 약속한 대로 죽여 줄 수밖에 없지."

그러나 그는 두려워하지 않았다.

"그래, 죽이시오. 난 당신 같은 건 두렵지 않아. 나는 오직 하느님만을 두려워할 뿐이오. 그런데 하느님께서는 나에게 이 고삐를 놓아서는 안 된다고 말씀하셨소. 어서 이 사람을 놓아 주시오."

강도는 미간을 찌푸리더니 채찍 대신에 칼을 빼들더니 줄을 탁 끊어버렸다. 상인의 아들을 풀어주었던 것이었다.

"에이, 재수 없는 것들. 모두들 썩 꺼져버려라. 두 번 다시 내 눈에 띄면 그땐 정말이지 용서하지 않겠어."

상인의 아들은 말에서 내리자마자 쏜살같이 줄행랑을 놓았다. 강도는 그대로 가려고 말을 돌렸지만 대자가 강도를 불러 세운 뒤 타일렀다.

"이젠 그런 어두운 생활은 집어 치우고 죄를 회개하는 것이 어떻겠소?"

강도는 우두커니 서서 그의 말을 들었다. 그런 뒤 아무 말 없이, 말을 몰아 가버렸다.

이튿날 아침, 그가 타다 남은 그루터기에 물을 주러 갔더니, 두 번째 나무에서도 싹이 트는 것이 보였다. 잎이 돋아나 사과나무가 되어 가고 있었다.

# 13

그 일이 있은 후 다시 10년의 세월이 흘렀다. 대자에게는 이제 더 이상 모자라는 것도 없었으며, 마음 속은 온통 기쁨으로 가득 차 있었다. 그래서 대자는 생각을 했다.

'하느님께서는 인간에게 얼마나 큰 행복을 내려주셨는지 모른다. 그런데도 사람들은 공연히 자기 스스로를 괴롭히며 살아가고 있다. 얼마든지 기쁨을 간직하고 살아갈 수 있는데도 말이다.'

이렇게 많은 사람들이 자신의 삶을 기쁨으로 인도하지 못하고 오히려 자신 스스로를 괴롭히며 살아가고 있음을 생각하자, 대자는 인간이 한없이 불쌍하게 여겨졌다.

'내가 이런 생활을 하고 있다는 것은 잘못이다. 세상에 나가서 내가 알고 있는 것을 사람들에게 알려주자.'

그때 어디선가 강도의 말발굽 소리가 들려왔다. 그는 그 말발굽 소리를 외면하면서 생각했다.

'저런 강도에게는 내가 알고 있는 것을 들려준다고 해도 알아듣지도 못할 거야.'

하지만 얼마 못가 대자는 마음을 고쳐먹고 큰 길로 나갔다.

강도는 그곳에서 시름에 잠긴 표정으로 땅바닥을 내려다보면서 말을 몰고 있었다. 강도의 그런 모습을 보니 가엾은 마음이 든 대자는 그에게로 달려가서 그의 무릎을 잡았다.

"오! 사랑하는 나의 형제여, 제발 자신의 영혼을 불쌍히 여기는 마음을 갖도록 하시오! 그대 안에는 하느님께서 앉아 계시오. 당신은 다른 사람을 괴롭히면서 스스로도 괴로워하는 생활을 하고 있는 것이오. 그러다보면 당신은 더 큰 괴로움을 당할 게 분명하오. 이제 하느님께서 당신을 얼마나 사랑하시고 당신을 위해 얼마나 많은 즐거움을 마련하셨는지 받아들이길 바라오. 그러면 당신은 구원받을 수 있소. 제발, 이제 스스로를 멸망시키는 짓은 그만 두시오. 당신의 생활을 바로 잡으시오."

강도는 얼굴을 찌푸리며 다른 곳을 바라보면서 말했다.

"허튼 소리 말고 비켜라."

그러자 대자는 처음보다 더 강하게 강도의 무릎에 매달리며 눈물을 흘렸다. 그리고는 계속해서 강도에게 회개할 것을 권하였다. 강도는 눈을 들어 그를 바라보았다. 얼마간을 그렇게 물끄러미 바라보고만 있더니, 이윽고 말에서 내려 그의 앞에 털썩 주저앉았다.

"아, 마침내 당신은 나를 이겼소. 나는 20년 동안 당신과 싸웠으나 오늘 나는 당신에게 졌소. 지금의 나는 이미 나 자신을 조종할 수가 없게 되었소. 아무렇게나 당신 좋을 대로 하시오. 처음에 당신이 나에게 설교를 했을 때는 공연히 머리끝까지 화가 치밀었소. 그런데 당신이 세상 사람들을 피하여 몸을 숨기려 했을 때, 나는 당신이 세상 사람들에게 아무 도움도 주지 못하고 있다는 것을 깨달았다는 것을 알고는, 그때 비로소 당신의 말을 생각하게 되었소. 그 뒤 나는 당신을 위해 마른 빵을 나뭇가지에 걸어놓게 되었던 것이오."

그러자 대자는 생각해 냈다. 그 농가의 주인 여자가 걸레를 깨끗이 빨았을 때야 비로소 탁자를 깨끗이 청소할 수 있었던 것을. 그처럼 자신의 걱정을 거두고 자기의 마음을 맑게 할 때, 타인의 마음도 맑게 할 수 있다는 것을 대자는 깨닫게 된 것이었다. 강도는 계속해서 말을 했다.

"그리고 당신이 죽음을 두려워하지 않게 되었을 때, 내 마음은 움직였소."

거기서 대자는 생각해 냈다. 농부들이 받침대를 탄탄하게 고정시켰을 때, 수레바퀴를 만드는 나무를 휘게 할 수 있었다는 것을. 그처럼 자신도 죽음을 두려워하지 않고 생활을 하느님 안에 고정시켰을 때, 좀처럼 굽히지 않던 악한 고집도 꺾이는 것임을 대자는 깨닫게 된 것이었다. 강도는 다시 말했다.

"그리고 당신이 나를 가엾게 여겨 내 앞에서 눈물을 흘렸을 때, 내 마음은 얼음이 녹 듯 녹아버리고 말았소."

대자는 진심으로 기뻐하며 타다 남은 그루터기가 있는 곳으로 강도를 데리고 갔다. 두 사람이 가까이 가보니 마지막으로 남아 있던 그루터기에서도 싹이 돋아나고 있었다. 마지막 그루터기도 드디어 사과나무가 된 것이었다.

그것을 보고 대자는 생각해 냈다. 소거간꾼들의 화롯불도 불기운이 강해졌을 때에야 생나무를 태울 수 있었던 것을. 그처럼 자기 마음이 먼저 뜨겁게 타올라야 다른 사람에게도 불을 줄 수 있는 것임을 대자는 깨닫게 된 것이었다.

이제야말로 완전히 속죄를 했다며 그는 크게 웃으며 기뻐했다. 대자는 그 이야기를 남김없이 강도에게 들려주고는 숨을 거두었다. 강도는 그의 시신을 고이 묻어주고는 그가 가르쳐 준대로 생활을 하며, 대자가 그랬던 것처럼 세상 사람들을 가르치며 살아갔다. 〈1886년 · 58세〉

# HAPPY

## 행복 · 정신 · 영혼 · 착함

해야 할 것을 하라 ―

♥ 지난날의 행위가 앞으로의 삶에 많은 부담을 줄 것이다. 그러
나 계속해서 영혼을 살찌우는데 정진하면 삶의 방향을 바꿀
수 있다.

♥ 복되게 산 사람은 현재의 순간에 만족하기 때문에 죽음 뒤를
생각하지 않는다. 혹시라도 죽음을 생각하게 될 일이 있으면
그는 자기에게 주어진 삶을 어떻게 살아갈 것인가 계획을 세
우고 죽음 뒤에도 지금처럼 모든 것이 좋아지기를 원한다. 신
이 우리 인간을 위하여 창조한 그 모든 것이 낙원의 기쁨보다
좋다고 믿는 것이 훨씬 좋다.

♥ 최상의 행복은 일년을 마무리할 때 연초 때의 자신보다 더 나아졌다고 느끼는 것이다.

♥ 해야 할 것을 하라. 모든 것은 타인의 행복을 위해서, 동시에 특히 나의 행복을 위해서이다.

♥ 행복은 인간을 이기주의자로 만든다.

♥ 영혼을 살찌우는 데에만 신경을 쓰게 될 때 우리 한 사람 한 사람은 사회의 진보에 기여하는 것이다.

♥ 정념(情念, 감정에서 생기는 생각)을 억제하면 할수록 인간은 영혼이 더욱 살찌게 되고 이웃과 신의 사랑도 더욱 받게 된다.

♥ 정성과 마음을 다하고 생각이 깊은 사람일수록 상대방에게서 정성과 진실한 마음을 더욱 더 발견하게 된다.

♥ 살림을 못하는 여자는 집에 있어도 행복하지 않으며, 집에서 행복하지 못한 여자는 어디를 가도 행복할 수 없다.

♥ 착하고 올바르게 사는데 따른 보상이 무엇일까? 그렇게 사는 가운데 기쁨을 누리는 것이 그 보상이다. 그것 이외에 다른 것을 바란다면 기쁜 마음이 없어지는 법이다.

♥ 착하고 올바른 사람이라 칭함을 받는 사람이 실수를 인정하지 않고 항상 자신을 변호하려 든다면 악하고 옳지 않은 사람이 되는 것이다.

♥ 착한 일을 행하려고 힘쓰고 애쓰는 것이 중요하다. 그러나 좋지 못한 일을 하지 않도록 힘쓰고 애쓰는 것이 더욱 중요하다.

♥ 독약은 냄새부터 좋지 않은 데 반해, 정신적인 독약은 안타까우리만큼 매혹적으로 보인다.

005

노부부의

행복

이 세상에서 가장 중요한 일은 눈으로 직접 보이는 일을 하는 것이라고 우리는 생각하는 것 같다. 그리고 눈에 보이지 않는 일 즉 정신적인 활동을 우리는 하찮게 여긴다. 그러나 우리의 영혼을 살찌우게 하는 눈에 보이지 않는 일이 무엇보다도 중요하다.

어느 마을에 일리야스라는 바슈키르 인이 살고 있었다. 그는 대단한 부자로 그 마을에서 뿐 아니라 인근 마을에까지 그의 이름을 모르는 사람이 없을 정도였다.

그러나 그가 처음부터 부자는 아니었다. 그는 아버지로부터 넉넉한 재산을 상속받지 못했다. 게다가 그가 장가를 간 지 1년 만에 아버지가 죽고 말았다. 그때 그에게 남겨진 재산은 겨우 암말 일곱 마리와 암 소 두 마리, 그리고 스무 마리의 양이 전부였다. 그러나 그에게는 근면함과 부지런함이 있었다. 그는 아내와 합심하여 아침부터 밤늦게까지 열심히 일을 하였다. 누구보다도 먼저 일어나고 제일 늦게 잠자리에 들며 일을 한 덕분에 그의 재산은 해마다 눈덩이처럼 불어났다. 그리고 그렇게 살아온 지 30년이 지나자 그는 막대한 재산을 지닌 부자가 되어 있었다.

그의 재산은 200마리의 말과 150마리의 소, 1천 200마리의 양이 있었다. 그는 남자 고용인들을 두고 말과 소, 양을 치게 하였으며 여자 고용인들에게는 가축의 젖을 짜서 버터 · 치즈 · 끄므리스(말이나 낙타의 젖으로 만든 술) 등을 만들게 하였다. 일리야스 집에는 없는 게 없을 정도로 무엇이든 있어서 근처 사람들은 모두 그의 생활을 부러워하고 있었다.

"일리야스는 행복한 사람이야. 그는 무엇이든 잔뜩 있으니 말이야. 세상은 그에겐 정말 즐거운 곳일 거야."

그가 이렇게 부자가 되자, 신분이 높은 사람들도 그와 교제를 갖는 등 하루가 다르게 많은 사람들이 그의 집을 드나들었다.

일리야스는 자신을 찾아온 사람들에게 충분히 먹을 것과 마실 것을 대접했다. 어떤 사람이 찾아오든 그는 꼭 끄므라스를 내놓고 차를 마시게 했으며, 생선스프나 양고기 등으로 만든 요리를 내어놓았다. 손님이 오면 당장 한두 마리의 양을 잡았고, 손님이 많을 때에는 암말까지도 잡아서 대접을 하였다.

일리야스는 아들 둘과 딸 하나를 두었다. 일리야스는 두 아들 모두를 장가보냈으며 딸 역시도 시집을 보냈다. 일리야스가 가난했을 때는 아들들도 그와 함께 부지런히 일을 했고 양과 소 등 가축들을 알아서 돌보았는데, 부자가 되자 점점 게을러지기 시작하더니, 큰 아들은 술을 마시며 방탕한 생활을 하기 시작했다. 결국 큰 아들은 술을 마시다 붙은 시비 끝에 맞아죽고 말았다. 둘째는 장가를 잘못 들어 거만한 아내를 맞아들이게 되었다. 그러자 아들도 아버지의 말을 잘 듣지 않게 되었고, 일리야스는 참다못해 둘째 아들을 분가시켜 내보냈다. 이때 아들에게 많은 수의 가축을 주었기 때문에 일리야스의 재산은 몰라보게 줄어들었다. 그 후 얼마 안 있어 가축들이 병이 들어 많은 수가 죽어나갔다. 게다가 엎친 데 덮친 격으로 흉년까지 들어 건초를 마련하지 못했기 때문에, 겨울이 되자 또 많은 수의 가축들이 굶어 죽었다. 그리고 가장 좋은 한 무리의 말을 키르기스인에게 빼앗겨, 가축의 수는 더욱 줄어들었다. 일리야스의 집안은 계속 기울어 이제 소생의 기미마저 보이지 않았다. 그리고 집안의 기울어감과 비례해 일리야스의 기력도 쇠약해져만 갔다. 그래서 70세가 넘었을 때, 일리야스는 모든 가축을 잃고 털가죽 외투와 양탄자, 말안장과 마차도 팔지 않으면 안 되는 신세가 되었다. 무일푼의 신세로 전락한 그들 부부는 이제 남한테 의지해 살아가지 않으면 안 되었다. 그들 부부에게 남은 것은 몸에 걸친 옷과 외투, 모자, 신발이 전부였다. 분가한 아들은 이곳에서 멀리 떨어져 있어서 도움을 청할 수 없었고, 시집간 딸은 이미 죽고 없었다. 그들을 도와 줄 피붙이는 아무도 없었다.

이웃에는 무하마드샤흐라는 사람이 살고 있었는데, 그는 부자는 아니었지만 살아가는 데는 지장이 없는 성품이 좋은 사람이었다. 그는 일리야스에게 받은 후한 대접을 기억했고, 그를 측은하게 여겨 제안을 했다.

"일리야스 씨, 어디 가실 때 없으면 우리 집에 오셔서 사세

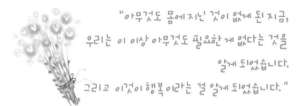

요. 부인도 같이요. 여름에는 저희 메론 밭에서 일을 하시고, 겨울에는 가축에게 먹이라도 주시면서 그렇게 사세요. 당신의 아내는 말의 젖이라도 짜며 끄므리스를 만들어주시면 되잖아요. 그냥 오셔서 몸에 무리가 가지 않게 조금씩 저의 일을 도와주시면서 지내도록 하세요. 그리고 뭐 필요한 게 있으면 말씀을 하세요. 제가 갖다 드릴 테니까요."

일리야스는 고마움의 인사를 하고는 아내와 함께 무하마드샤흐네 집으로 들어가 고용살이를 시작했다. 처음에는 이런 자신들의 처지가 괴롭게 느껴지기도 했지만, 점차 익숙해져서 안정이 되어 갔다. 주인으로서도 이런 사람들을 집에 데리고 있는 것이 도움이 되었다. 그들 자신이 고용주였던 터라 관리하는 방법을 잘 알았고, 게으름을 피우는 일도 없었을 뿐만 아니라 힘닿는 대로 일을 해주었기 때문이었다. 다만 무하마드샤흐로서는 신분이 높았던 사람들이 낮은 지위로 전락해 비참하게 살아가고 있는 모습을 보기가 그저 안타까울 뿐이었다.

한번은 이런 일이 있었다. 무하메드샤흐네 집에서 멀리 떨어져 살고 있는 친척이 회교의 승려를 데리고 무하메드샤흐를 찾아왔다. 그러자 무하메드샤흐는 일리야스에게 양을 한 마리 잡으라는 분부를 내렸고, 일리야스는 양을 잡아 가죽을 벗긴 뒤 내장을 제거한 다음 그것을 통째로 구워서 손님들의 식탁에 올려놓았다. 손님들은 양고기를 먹고, 차를 마신 뒤 끄므리스를 먹기 시작했다. 그때 마침 일을 마친 일리야스가 그들 앞을 지나가고 있었다. 그 모습을 보고 무하메드샤흐가 한 손님에게 말했다.

"손님, 손님께서는 지금 한 노인이 이 앞을 지나가는 것을 보셨는지요?"

손님이 대답했다.

"예, 보았습니다. 그런데 그걸 왜 물으시지요?"

"그 노인이 한때는 이 고장에서 제일가는 부자였던 일리야스라는 사람입니다. 혹 들어보셨는지 모르겠네요?"

그러자 손님이 호들갑스럽게 말을 했다.

"아, 저 사람이 그 사람입니까? 들어보았지요. 들어보고 말고요. 만나 본 적은 없었지만, 저 사람의 소문은 우리 마을까지 자자했지요."

"그런데 말입니다. 그런 사람이었던 그가 지금은 무일푼이 되어 우리 집에서 일을 하며 지내고 있습니다. 아내도 함께 말입니다. 그의 아내는 아마 지금쯤은 말 젖을 짜고 있을 거예요."

손님들은 잠시 깜짝 놀라는 표정을 짓더니, 이내 혀를 차며 말했다.

"거, 정말 돈이라는 건 수레바퀴처럼 돌고 도는 것인가 봅니다. 얻는 사람이 있으면 잃는 사람이 있으니까요. 그런데 어떻게들 지내고 있습니까? 노인이 슬퍼하진 않던가요?"

"글쎄, 그것은 모르지요. 아무 일도 없었다는 듯이 조용히 평화롭게 살고 있으니까요. 일도 열심히 하면서요."

그러자 손님이 말했다.

"어디 그 사람들과 얘기를 한번 해보고 싶은데 안 될까요? 어떻게 지내고 있는 지 그 사람들에게 직접 들어보고 싶네요."

"그래요, 그럼 불러드리지요."

주인은 그들 부부를 불렀다.

"일리야스 씨, 이리 오셔서 *끄므리스*라도 한잔 하세요. 부인도 같이 데려 오세요."

일리야스는 아내와 함께 들어왔고, 주인, 손님들과 인사를 주고받은 뒤 기도를 하고는 문가 쪽에 앉았다. 그의 아내는 커

튼 뒤로 들어가서 안주인과 함께 앉았다. 일리야스 앞에 끄므리스 잔이 놓여졌다. 일리야스는 손님들과 주인의 건강을 빌고 머리를 숙여 답례를 한 뒤, 한 모금 마시고는 잔을 내려놓았다. 그러자 손님 중에 한 사람이 물었다.

"그런데, 노인장 어떻습니까? 노인장께서는 우리들을 보시면 지난날 잘 살았던 생각이 나서 마음이 슬퍼질 것도 같은데요?"

일리야스가 얼굴에 웃음을 그리며 말했다.

"제가 당신들에게 행복과 불행에 대해서 진실되게 말한다고 해도 당신들은 믿지 않을 것입니다. 그러니 저보다는 차라리 제 아내에게 물어보십시오. 제 아내는 여자라서 마음에 있는 말을 그대로 할 것입니다. 그러니 이런 생활에 대한 솔직한 심정을 듣고 싶다면 제 아내한테 듣는 것이 더 나을 것입니다."

그러자 손님은 커튼 쪽을 향해서 물었다.

"그럼, 부인께서는 어떠십니까? 부인께서 지난날 잘 사셨을 때의 행복과 지금 처해 있는 슬픔에 대해서 저희에게 말씀해 주실 수 있겠습니까?"

그러자 일리야스의 아내가 말하기 시작했다.

"제 생각은 이렇습니다. 저는 남편과 함께 50년 동안을 살아왔습니다. 그 동안 저희는 행복을 찾기 위해 무던히 애를 썼지만 결국 찾아내지 못했습니다. 그런데 무일푼이 되어 남의 집 고용살이를 하게 된 지금, 우리들은 그간 그렇게 찾아서 헤매던 행복을 찾았답니다. 이 댁에 들어와 산 지 두 해가 다 되어가지만, 우리는 여기서 더 바랄 게 없습니다. 정말이지 지금으로선 부러운 것이 하나도 없습니다."

주인과 손님들 모두는 의외라는 표정을 지었다. 무하마드샤흐는 그녀의 얼굴을 보려고 무의식중에 일어나 커튼을 열어젖혔다. 그러자 그녀는 남편을 바라보며 빙긋이 웃고 있었다. 남편 역시 그녀를 바라보며 미소를 지었다. 그녀는 계속해서 말을 이었다.

"저는 사실을 말하고 있는 것입니다. 절대 거짓이 아닙니다. 지난 반세기 동안 우리는 줄곧 행복을 찾아 헤맸습니다만, 부자로 지낼 때는 그 행복을 단 한번도 느껴본 적이 없습니다. 그런데 아무것도 몸에 지닌 것이 없게 된 지금, 우리는 이 이상 아무것도 필요한 게 없다는 것을 알게 되었습니다. 그리고 이것이 행복이라는 걸 알게 되었습니다. 남의 동정을 받으며 살고 있는 지금에서야 말이지요."

"그래요? 그럼 지금 당신들이 느끼고 있는 행복이라는 것은 대체 무엇입니까?"

"말씀드리지요. 그것은 바로 이런 것들입니다. 우리는 우리가 부자란 소리를 들을 때는 우리 자신의 정신을 쉬게 할 시간을 조금도 갖지 못했습니다. 서로 얘기할 틈도, 영혼에 대해 생각할 겨를도, 하느님에게 기도 드릴 시간조차도 없었습니다. 그만큼 우리들에겐 걱정거리가 많았던 것입니다. 손님이 오시면 실례가 되지 않도록 대접을 하기 위해 신경을 써야 했고, 갈 때면 무엇을 선물로 줘야 할지에 대해 신경을 써야만 했습니다. 어디 그뿐입니까? 고용인들에게도 신경을 써야 했지요. 그들은 쉬는 것과 맛있는 것만을 먹기 바랐기 때문에, 우리는 조금도 마음을 놓지 못하고 그들을 감시해야 했지요. 그들이 일을 하지 않고 쉬고 있지는 않나, 집에 있는 물건을 훔쳐가지는 않을까, 늘 의심을 해야 했지요. 그뿐이라면 말을 하지 않겠습니다. 가축들 걱정도 해야지요. 우선 송아지나 망아지가 늑대의 밥이 되지나 않을까 해서 걱정을 하지요. 그리고 도둑이라도 들이 닥쳐 말을 끌고 가면 어쩌나 하는 걱정을 하고요. 밤이 되면 새끼 양들이 어미 양들에게 밟혀 죽으면 어쩌나 하는 걱정에, 밤중에도 몇 번이나 일어나 축사엘 나가보지요. 그리고 겨울을 앞두고는 어떻게 겨울 먹이를 장만해야 하나 걱정을 해야지요. 하지만 이 정도로 그친다며 그래도 괜찮을 것입니다. 저와 남편 사이에는 뭔가 모를 의견차이가 일어나서 아옹다옹 다투기 일쑤였는데, 그래서 죄를 많이 지으며 살아왔는데 지금은 그러지 않아도 되니 너무 좋습니다. 그러니까, 우리는 그동안 걱정에서 걱정으로 이어지는 괴로움 속에서 살아온 것이지요. 또한 죄에서 죄로 이어지는 삶을 살아온 것이지요. 그때는 정말이지 행복한 삶이라는 것은 꿈조차 꿀 수 없는 그런 생활을 해왔던 것입니다."

"그럼, 지금은 어떻습니까?"

"지금은 말입니다. 남편과 함께 일어나 아침을 맞으면 주고받는 말이 모두 의좋고 다정한 말입니다. 걱정할 일이 없기 때문에 다툴 일이 없는 것이지요. 지금 우리들이 신경을 쓰고 있는 것이 있다면 그것은 다만, 주인에게 일을 해드리는 것에 관한 것 뿐입니다. 주인에게 폐를 끼치지 않고 도울 수 있는 일만을 생각하면서 하루하루 저희들이 할 일을 즐겁게 하는 것입니다. 오전 일을 마치면 점심을 먹을 수 있고, 오후 일을 마치면 저녁을 먹을 수 있습니다. 게다가 끄므리스도 있으니……. 추우면 불을 지펴 따뜻하게 할 수 있는 건분(마소의 똥을 벽돌 모양으로 말린 연료)도 충분히 있고, 모피 외투도 있습니다. 그리고 우리끼리 이야기 할 시간도, 영혼에 대해서 생각할 시간도, 또 하느님께 기도를 드릴 시간도 있습니다. 지난 50년 동안 찾아 헤매었던 행복을 우리는 이제야 겨우 발견한 것입니다."

이 말을 듣고 손님들이 너털웃음을 웃기 시작했다. 그러자 일리야스가 나서서 말했다.

"여러분, 아무쪼록 웃지 말아주십시오. 이것은 농담으로 하는 소리가 아닙니다. 사람의 생활을 말한 것입니다. 그 동안은 저도 아내도 다 바보였던 것입니다. 저희도 처음에는 전 재산을 잃은 것이 너무 억울해 울기도 많이 울었습니다. 그러나 차츰 지난날 번거롭고 복잡한 생활 속에서 잊고 살았던 재산보다도 중요한 것을 찾아가고 있다는 생각이 들었습니다. 이것은 하느님이 우리 부부에게 보여준 진리의 길이었습니다. 지금 제가 이 말씀을 여러분께 드리는 것은 우리 자신을 위로하기 위해서가 아니라, 당신들의 행복을 위해서입니다."

그러자 그 동안 가만히 듣고만 있던 회교의 율법학자가 말했다.

"저 두 분의 말씀은 참으로 옳은 말씀입니다. 일리야스 노인과 그 아내의 말은 모두 참된 진리의 말씀입니다. 그리고 이런 말은 성경에도 그대로 쓰여 있습니다."

그러자 손님들은 모두 웃기를 그치고, 모두 깊은 생각에 잠기게 되었다.  〈1885년 · 57세〉

# ANGER

## 화(분노) · 전쟁 · 죄

화가 나면 열을 세라 ―

♥ 살인 행위는 어떤 경우든 정당화 될 수 없다. 살인이야말로 모든 종교적 가르침이나 인간의 양심에 드러나듯이 신의 법칙이 지배하는 이 세상에서 가장 못된 범죄이다.

♥ 분노를 없애려면 정말이지 아무 것도 하지 말아야 한다. 걷지도 말고 움직이지도 말고 입도 뻥긋하지 말아야 한다. 몸을 움직이거나 혀를 움직이는 순간 분노는 커질 것이기 때문이다. 화를 내면 주위의 사람들은 많은 상처를 입는다. 그러나 그것보다 더 큰 상처를 입는 사람은 바로 화를 내는 당사자이다.

♥ 분노는 한때의 광기이다. 그러므로 이 감정을 억제하지 않으면 당신은 분노에 사로잡힐 것이다.

♥ 심하게 학대를 받아 죽이고 싶은 마음이 간절하더라도 사람이란 누구 할 것 없이 신의 자녀라는 사실을 명심하라. 불쾌하게 대해준다 하더라도 그 사실을 명심하라. 불쾌하게 대해준다 하더라도 그것에 개념치 말고 형제처럼 사랑하라. 그 역시도 신의 자녀이기 때문이다.

♥ 조금 화가 나면 행동을 하기 전에, 또는 말을 하기 전에 열을 세라. 몹시 화가 났을 때는 백을 세라. 화가 나면 날 때마다 이 사실을 상기하면 숫자를 셀 필요조차 없어진다.

♥ 인간은 이성을 가진 피조물이다. 그런데 왜 인간은 사회생활을 이성이 아닌 폭력으로 하려는 것인가?

♥ 전쟁은 가장 비열하고 부패한 인간들이 그 속에서 힘과 영광을 얻게 되는 상황을 만든다.

♥ 전쟁은 지휘관들이 막을 수 있는 것이 아니라 전쟁에 이유 없이 끌려온 군인들이 막을 수 있다. 군인들이야말로 가장 자연스럽게 전쟁을 막을 수 있다. 명령에 불복종하면 되기 때문이다.

♥ 전쟁처럼 악하고 소름끼치는 일은 이 세상 어디에도 없다.

♥ 죄를 저지르는 일은 인간이 하는 일이며, 자기의 죄를 정당화하려는 것은 악마의 일이다.

♥ 언젠가는 전쟁도 없어질 것이고 군대도 없어질 것이다. 하지만 그것이 지도자들에 의해 없어지지는 않는다. 그들은 오히려 전쟁을 함으로써 많은 이익을 얻는 사람들이다. 전쟁 때문에 고통을 당하면서 전쟁과 군대야말로 가장 못되고 사악한 것이라고 완전히 이해하는 순간 전쟁은 없어지는 것이다.

♥ 죄악 가운데 가장 못된 죄악은 기쁘게 축복받고 살아가는 생활, 곧 형제를 사랑하라는 가르침을 전적으로 부인하는 것이다. 형제에게 화를 내고 심지어 미워함으로써 삶의 최고 기쁨을 파괴하는 것처럼 나쁜 죄악은 없다.

# 006

불은

처음에

꺼야 한다

진실이 진실로써 들리게 하려면 정성과 마음을 다하여

말해야만 한다. 다른 사람에게 전달한 메시지가

제대로 이해되지 않았을 때는 적어도 두 가지 가운데 하나일 것이다.

곧 거짓말을 하였던가,

아니면 정성과 마음을 다하지 않았을 것이다.

♥ 그 때에 베드로가 예수께 와서 물었다. "주님, 형제가 제게 죄를 지을 때 몇 번이나 용서해야 합니까? 일곱 번이면 되겠습니까?" 예수께서 대답하셨다. "일곱 번만이 아니라 일흔 번까지라도 용서하라. 하늘나라는 이렇게 비유할 수 있다. 어떤 왕이 자기 종들과 계산을 맞추게 되었다. 계산을 시작하자 1만 달란트를 빚진 종 하나가 앞으로 나왔다. 그런데 그는 빚을 갚을 길이 없으므로 왕은 그에게 명하여 그는 몸과 처자와 그 밖의 모든 것을 팔아 갚으라고 했다. 그러자 종이 엎드려 왕에게 절하며 "참아 주십시오. 다 갚겠습니다."하고 말했다. 왕은 그를 가엾게 여겨 놓아 보내며 빚을 탕감해 주었다. 그런데 그 종이 나가서 자기에게 백 데나리온 빚진 동료 하나를 만나자 붙들어 멱살을 잡고 "내게 진 빚을 갚으라."하고 말했다. 그 동료는 엎드려 간청했다. "참아 주게. 내가 갚겠네." 그러나 그는 듣지 않고 그 동료를 끌고 가서 빚진 돈을 갚을 때까지 옥에 갇혀 있게 했다. 다른 종들이 이 광경을 보고 매우 유감스럽게 여겨 왕에게 가서 이 일을 낱낱이 고했다. 왕이 그 종을 불러들여 "이 몹쓸 종아, 네가 간청하기에 그 많은 빚을 탕감해주지 않았느냐? 그렇다면 내가 너에게 자비를 베푼 것처럼 너도 네 동료에게 자비를 베풀어야 할 것 아니냐?"하며 몹시 노하여 그 빚을 다 갚을 때까지 그를 형 집행자에게 넘겼다. "너희가 진심으로 형제들을 서로 용서하지 않으면 하늘에 계신 아버지께서도 너희에게 이와 같이 하실 것이다." (마태복음, 제 18장 21~36절)

어느 마을에 이반 스체르바코프라는 농부가 살고 있었다. 그는 부유한데다 힘이 세고 건강하여 마을 제일의 일꾼이었다. 그리고 아들 셋도 모두 장성해 집안일을 돌보고 있었다. 큰 아들은 결혼을 했고, 둘째 아들은 결혼할 나이가 되었으며, 셋째 아들은 아직 미성년이었지만 말도 몰고 밭일도 조금씩 돕고 있었다. 이반의 아내는 영리하고 알뜰한 여자였으며 며느리 또한 얌전하고 근면했다.

이반은 그들을 거느리고 남부러울 것 없이 살아가고 있었다. 집안에서 일을 하지 않는 사람은 오직 늙고 병든 그의 아버지뿐이었다(천식으로 벌써 7년째나 투병을 하며 누워 있었다). 이반에게는 무엇이든 다 갖춰져 있었다. 말이 세 필에 망아지도 있었고, 어미소와 송아지, 그리고 양이 열세 마리나 있었다. 여자들은 집안일을 하다가 틈틈이 밭일도 거들었다. 남자들은 열심히 농사를 지었다. 그래서 해마다 추수한 보리가 다음해 햇보리를 거둬들일 때까지도 남아돌 정도였다. 세금과 그 밖의 필요한 물건은 모두 귀리로 충당하고 있었다.

만일 이웃에 살고 있는 고르데이 이바노프의 아들인 절름발이 가브리엘 호로모와 싸움만 없었더라면, 이들 가족은 언제까지나 풍족하고 안락하게 살아갔을지도 모를 일이었다.

예전 고르데이 노인이 살아 있고, 이반의 아버지가 살림을 맡아서 했을 때, 두 집안은 어느 집보다도 사이 좋은 이웃이었다. 여자들은 체나 물통이 필요할 때나, 남자들은 곡식을 넣을 부대가 필요할 때, 또는 갑자기 수레바퀴를 갈아야 할 때면 서로 빌려주고 달려가 도와주곤 했다. 간혹 송아지가 탈곡장에 뛰어들거나 해도 그것을 몰아낸 뒤, 단지 이렇게 말할 뿐이었다.

"송아지를 단속 좀 해서 이리로 오지 않게 좀 해줘. 우린 아직 곡식을 털고 있는 중이니까 말이야."

그 송아지를 탈곡장에 숨겨놓거나 욕을 해대는 일은 전혀 없었다. 아버지 때는 그토록 사이 좋게 지냈던 이웃이지만 아들들이 살림을 떠맡고부터는 형편이 아주 달라졌다.

싸움의 발단은 아주 하찮은 데서 일어났다. 이반의 며느리가 치는 닭이 이제 막 알을 낳기 시작하였다. 며느리는 부활절 때 쓰려고 달걀을 정성스럽게 모으고 있었다. 매일 닭장의 둥우리로 가서 알을 꺼내곤 했는데, 어느 날 닭이 무엇에 놀랐는지 울타리를 넘어 이웃집 마당으로 들어가 거기에다 알을 낳았다. 며느리는 암탉이 꼬꼬댁거리는 소리를 들었지만, 하던 일이 바빠 알을 꺼내러 갈 시간이 없었다. 그녀는 생각했다.

'부활절도 다가왔는데 우선 집안부터 치워야지. 달걀은 나중에 꺼내도 되니까.'

저녁때가 돼 닭장 둥우리에 가보니 달걀이 없었다. 며느리는 시어머니와 시동생에게 알을 꺼내지 않았느냐고 물어보았지만 아무도 꺼낸 사람이 없었다. 그때 막내 시동생인 타라스카가 말했다.

"형수님, 암탉은 이웃집 마당에다가 알을 낳고는 꼬꼬댁거리던데요."

며느리가 자신의 암탉을 보니 벌써 수탉과 나란히 홰에 올라앉아 졸음에 겨운 듯, 눈을 감고 있었다. 닭에게 어디서 알을 낳았느냐고 물어보고 싶은 심정이었지만, 어차피 말을 알아듣지 못할 것이므로 그만두고는 옆집으로 발걸음을 옮겼다. 그 집 할머니가 나와서 물었다.

"무슨 일인가?"

"저, 다름이 아니라 우리 집 암탉이 이리로 날아와서 알을 낳은 것 같아서요."

"그래, 나는 전혀 알지 못하는 일인 걸. 우리도 암탉이 벌써부터 알을 낳고 있었기 때문에 남의 달걀은 필요가 없는지라. 그리고 우린 남의 집 마당을 어슬렁거리며 달걀을 찾아다니지도 않지."

며느리는 화가 나서 그만 예의에 어긋난 말을 하고 말았다. 그러자 할머니도 가만 있지 않고 이자를 붙인 말을 쏟아냈다. 그러고도 부족했는지 두 아낙은 물러서지 않고 서로 욕지거리를 해대며 언성을 높여 말다툼을 했다. 이반의 아내도 물통을

이고 오다가 싸움을 말릴 생각은 하지 않고 가세를 했다. 그러자 가브리엘의 아내도 뛰어나와 그간 참고 있었던 갖가지 일을 들춰내며 욕설을 해댔다. 그래서 한바탕 소동이 벌어졌다. 모두 다 동시에 입을 놀리며 두 마디씩 지껄여댔다. 게다가 입에서 나오는 말은 하나 같이 듣기가 거북한 말들 뿐이었다. '너는 그래!' '너야말로 그래!' '너는 도둑놈이야!' '너는 몹쓸 계집이야!' '너는 시아비를 괄시하는 막돼먹은 인간이야!' '너는 아무 짝에도 쓸모없는 필요 없는 인간이야!' 등등의 막말이 오갔다.

"당신은 빌려준 남의 체에 구멍을 내놨어! 그것도 우리 집 물 통멜대지? 이리 내놔!"

그러면서 멜대를 와락 잡아당기는 바람에 물이 엎질러졌고, 머리에 두른 수건이 찢어지면서 이번에는 난투극으로 이어졌다. 거기에 들판에서 돌아오던 가브리엘이 달려들어 자기 아내의 편을 들자 이반이 아들과 함께 뛰어나와 그야말로 난장판이 벌어졌다. 이반은 건장한 남자였으므로 사람들을 사방으로 밀어젖히고 가브리엘의 턱수염을 한줌이나 뽑아버렸다. 마을 사람들이 몰려와 이들을 어렵사리 떼어놓았다.

이것이 모든 불화의 시초였다. 가브리엘은 뜯긴 턱수염을 종이에 쌌다. 그리고 진정서와 함께 주머니에 넣고는 지방법원을 찾았다.

"싸움은 모두에게 죄를 짓게 만드는 거야.
그러니 화해를 하고 싸움을 이끔에서 끝내도록 하거라.
마음에 분노를 품고 있으면 일은
점점 더 꼬이게 되는 것이니."

"이것 보시오. 곰보딱지 이반이 나의 턱수염을 이리도 무참하게 뽑아놓았소."

가브리엘의 아내는 얼마 안 있어 이반이 형을 선고받고 시베리아로 유형을 가게 될 것이라고 자랑을 하고 다녔다. 그래서 두 집안의 불화는 더욱 커졌다.

이반의 아버지는 벽돌 화덕 윗자리에 누운 채로 화해를 할 것을 가족들에게 권했지만, 식구들은 좀처럼 말을 들으려 하지 않았다. 이반의 아버지가 말했다.

"너희들은 지금 어리석은 짓들을 하고 있는 것이다. 그깟 일로 싸움을 벌이다니. 잘 생각해 보거라. 일의 시작은 달걀 하나 아니었느냐? 옆집 아이가 달걀 하나를 주웠을 수도 있을 것이다. 그게 뭐가 그리 나쁘냐? 그깟 달걀 하나가 얼마나 값이 나간다고. 신은 우리 모두에게 충분히 주시고 계시다는 걸 알아야지. 그리고 이웃이 나쁜 말을 하거든 그것을 고쳐 좋은 말을 쓸 수 있도록 해주는 게 도리 아니겠느냐? 싸움은 모두에게 죄를 짓게 만드는 거야. 그러니 화해를 하고 싸움을 이쯤에서 끝내도록 하거라. 마음에 분노를 품고 있으면 일은 점점 더 꼬이게 되는 것이니."

하지만 젊은 사람들은 그 말을 들으려 하지 않았다. 그저 망령든 노인의 잔소리쯤으로 치부해버렸다. 이반 역시도 마을 사람들에게 자신을 낮추려고 하지 않았다.

"나는 그놈의 턱수염을 뽑은 일이 없어, 기필코 말이야. 놈이 제 손으로 뽑아놓고선 딴소리를 하고 있는 거야. 하지만 그놈의 아들은 내 머리카락을 쥐어뜯어 놓고, 옷도 찢어놓았단 말이야. 자 보라고."

이반도 지방법원을 찾아가 맞고소를 했다. 두 사람은 치안판사에게도, 지방법원에서도 재판을 받았지만 서로의 주장만을 내세울 뿐이었다. 한창 소송이 벌어지고 있을 즈음에 가브리엘의 집에서 수레바퀴를 이어주는 가늘고 긴 쇠막대가 사라지는 일이 발생했다. 가브리엘의 집 여자들은 이반의 아들 짓이라고 주장했다.

"이 두 눈으로 똑똑히 보았어요. 그놈이 한밤중에 창문을 지나쳐 짐수레가 있는 쪽으로 가는 것을. 마을 사람들 중에도 그놈이 지주에게 쇠막대를 파는 것을 보았다는 사람이 있어요."

그래서 다시 소송이 벌어졌다. 날마다 입씨름 아니면 몸싸움을 벌였다. 어른들이 하는 짓을 보고는 어린아이들까지 서로 욕을 해대며 싸웠으며, 며느리들은 빨래터에서 만나면 빨래방망이보다 혓바닥을 더 열심히 놀렸다.

　처음에는 서로 트집을 잡는 정도였으나 차차 도를 더해가더니 나중에는 서로의 물건을 훔치는 사태에까지 이르렀다. 여자들이 아이들에게 그렇게 하라고 시켰기 때문이었다. 그럴수록 두 집안의 살림살이는 자꾸 기울어져 가고 있었다. 이반과 가브리엘은 마을의회와 치안판사, 지방법원을 번갈아 오가며 소송을 벌였으므로, 재판관들도 그들만 보면 손사래를 칠 정도였다. 가브리엘이 이반에게 벌금을 물리고 유치장 신세를 지게 하면 다음에는 이반이 가브리엘을 그렇게 만들어 주었다. 두 사람은 서로에게 상처를 입히면서 더욱 사납게 변해갔다. 그들은 마치 개와 같았다. 개가 싸울 때 한 마리 개가 뒤에서 건드리기만 해도 다른 개는 그 개가 자신을 물었다고 생각하고 더욱 사납게 달려드는 것처럼, 이반과 가브리엘이 꼭 그 꼴이었다. 두 사람은 서로 소송을 걸어 어느 한쪽이 벌금이나 구류처분을 받으면 당한 사람이 당하지 않은 사람을 향해 더한 복수심을 불태웠다.

　"어디 두고 보자, 이놈. 내 반드시 혼구멍을 내 주고 말 테니!"

　이렇듯 그들은 서로가 서로를 벼르는 원수지간이 되어 갔다.

소송은 6년이나 계속되었다. 오직 이반의 아버지만이 몸을 누인 채 집안 식구들에게 화해할 것을 권하고 있을 따름이었다. 그가 말했다.

"너희들은 대체 무슨 짓을 하고 있는 것이냐? 그런 싸움은 이제 제발 그만 두거라. 싸움을 하느라고 일을 등한시해서야 되겠느냐? 남을 골탕 먹이려다간 자신도 골탕을 먹게 되는 것이란다. 화는 내면 낼수록 점점 악화될 뿐이란다."

하지만 여전히 누구도 그의 말을 들으려하지 않았다.

싸움이 7년째 접어든 어느 날 이런 일이 일어났다. 마을에서 결혼식 잔치가 벌어졌는데 이반의 며느리가 가브리엘을 보고는 그에게 망신을 줬다.

"당신은 말을 훔치다가 들킨 적이 있지 않습니까?"

술까지 거나하게 취한데다가 이런 말까지 들은 가브리엘은 화가 나서 그녀를 밀쳐버리고 말았다. 그 일로 그녀는 일주일간

이나 몸져 누워 있었다. 게다가 그녀는 임신 중이었다. 이반은 신이 나서 당장 고소장을 써서 즉결재판소로 달려갔다. 그는 생각했다.

'이번에야말로 제대로 걸렸군. 이번엔 시베리아로 보낼 수 있겠어.'

하지만 이반의 고소장은 별 효력이 없었다. 즉결재판소가 소송을 기각했기 때문이었다. 며느리의 몸을 조사했는데 아무런 상처도 발견되지 않았다는 것이 기각사유였다. 이반은 불복해 치안판사를 찾아갔고, 치안판사는 그 사건을 지방법원으로 떠넘겼다. 이반은 지방법원의 원로와 서기에게 많은 술을 대접하고 가브리엘에게 태형을 선고하게 하는 데 성공했다. 지방법원 서기는 가브리엘에게 판결문을 낭독했다.

"본 법정은 이번 사건에 대해 다음과 같이 판결한다. 농부 가브리엘에게 태형 20대를 선고한다."

이반은 아주 흡족한 표정을 지으면서 가브리엘이 있는 쪽을 힐끗 쳐다봤다. 가브리엘은 판결문을 다 들은 뒤 창백해진 얼굴을 홱 돌려서는 통로로 나가버렸다. 이반도 형구를 보기 위해 그의 뒤를 따라가다가 우연히 그가 하는 소리를 듣게 되었다.

"좋아! 결국 내 등에 매질을 하게 만들었단 말이지. 내 등엔 불이 나겠지. 그런데 말이야, 이반. 너의 뭔가가 내 등에 난 불처럼 타오를 수 있다는 걸 잊지 말아야 할 거야."

이 말을 들은 이반은 그 길로 곧장 재판관에게로 달려갔다.

"공정한 재판장님, 가브리엘이 우리 집에 불을 지르겠다고 협박을 해대고 있습니다. 사람들 앞에서 한 말이니 틀림없어요."

판사가 가브리엘을 불러 물었다.

"정말, 자네가 그렇게 말했는가?"

"전혀 근거 없는 말입니다. 어서 태형이나 집행하시지요. 당신에겐 그럴 권한이 있으니까. 저놈은 아무 죄 없는 사람에게 매를 맞게 만들어놓고도 아무 탈이 없고, 나만 혼자 고통을 당해야 하나 봅니다, 그려."

가브리엘은 무슨 말인가를 더하려고 하다가 입술과 볼이 떨려서, 벽 쪽으로 돌아서 버렸다. 법원 관리들조차 그의 그런 모습을 보고 두려움을 느꼈다. 그들은 생각했다.

'저 사람은 자기 자신이나 이웃에게 어떤 짓을 저지를지도 몰라.'

그때 나이 지긋한 판사가 말했다.

"어떤가, 자네들. 이제 이쯤에서 이 자리를 통해 화해를 하는 것이. 임신한 여자를 밀친 것은 잘한 일이 아니지. 그러니 자네가 이반에게 사과를 하면 이반도 용서를 해 줄 걸세. 그러면 나도 이 판결문을 다시 쓰도록 하지."

그 말을 듣고 서기가 참견을 했다.

"그것은 안 됩니다. 형법 117조에 의해 쌍방의 합의가 이뤄지지 않아 법원에서 내려진 결정은 집행되어야 하기 때문입니다."

판사가 서기에게 말했다.

"참견하지 말게. 모든 법의 으뜸은 하느님의 말씀에 따르는 것이고, 하느님께서는 이웃과 사이 좋게 지내라고 하셨네."

판사는 다시 이반과 가브리엘을 타일렀으나 둘 다 막무가내였다. 가브리엘은 숫제 들으려고도 하지 않았다.

"저는 내년이면 쉰살입니다. 아들도 있고 며느리도 있습니다. 저는 태어난 이래로 한번도 누구한테 매를 맞아본 적이 없는데, 이번에 저 곰보딱지 이반 놈이 저를 형틀에 밀어 넣으려고 합니다. 그런데 제가 저놈에게 용서를 빌어야 합니까? 천만의 말씀입니다."

그리고는 이반을 향해 말했다.

"이반 너, 이놈, 어디 두고 보자."

가브리엘의 입술이 다시 떨리기 시작했다. 입술이 떨려 말도 계속하지 못했다. 그는 돌아서더니 그대로 나가버렸다. 지방법원에서 집까지는 11 킬로미터나 떨어져 있었기 때문에, 이반이 집으로 돌아왔을 때는 벌써 날이 저물고 있었다. 집안에는 아무도 없었다. 여자들은 소와 가축들을 몰아넣기 위해 밖으로 나갔고, 아들들은 아직 밭에서 돌아오지 않았기 때문이었다. 이반은 의자에 앉아 생각에 잠겼다. 가브리엘이 판결문을 듣고 낯빛이 변하면서 홱 하고 벽을 향해 돌아섰던 모습이 떠올랐다.

이반의 마음에 동요가 일어났다. 그는 자신이 태형을 받았으면 어땠을까, 하고 입장을 바꿔 생각해 보았다. 그러자 가브리엘이 측은하게 여겨졌다. 그때 벽돌 화덕 윗자리에서 늙은 아버지의 기침소리가 들려왔다. 그는 몸을 움직여 간신히 아래로 내려오더니 의자에 앉았다. 그는 의자까지 오는 사이에도 힘이 부쳐 기침을 했다. 이윽고 기침이 가라앉자 탁자에 턱을 괸 채 입을 열었다.

"판결이 어떻게 났느냐?"

이반이 대답했다.

"태형 20대입니다."

그의 아버지가 고개를 가로저으며 말했다.

"이반아, 너는 좋지 못한 짓을 하고 있다. 암, 좋지 못한 짓이고말고. 가브리엘이 아니라 너 자신에게 말이다. 생각해 보거라. 가브리엘이 채찍을 맞아 등이 갈라지면 네게 득이 될 게 무엇이냐? 네가 편안해지는 일이라도 있느냐?"

"앞으로는 그 놈이 나쁜 짓을 저지르지 않겠지요."

"안 한다고? 그리고 대체 가브리엘이 너에게 무엇을 그리 나쁘게 했다는 것이냐?"

이반이 대답했다.

"모르는 소리 마세요, 아버지. 그가 얼마나 행패를 많이 부렸

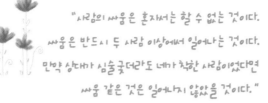

다구요. 며느리가 하마터면 죽을 뻔한데다가 이번에는 불을 지르겠다고 협박을 하고 있는 중이라구요. 그런데도 제가 그놈에게 고맙다고 인사라도 해야 하나요?"

그의 아버지가 한숨을 쉬며 말했다.

"얘야, 너는 세상을 자유로이 돌아다니고 나는 수년간 저 벽돌 화덕 위에 누워 있었다. 그래서 너는 모든 것을 볼 수 있고 나는 아무것도 볼 수 없다고 생각할지 모르지만 그렇지 않단다. 아마, 보지 못하는 것은 너일 것이다. 너는 증오심 때문에 아무것도 보지 못하고 있어. 그만큼 네 눈이 흐려져 있는 것이지. 남의 잘못은 눈앞에 훤히 보면서도 자신의 잘못은 등 뒤에 감추고 있는 꼴이지. 너는 지금 뭐라고 했느냐? 가브리엘이 나쁜 짓을 하고 있다고 했지. 그런데 그가 혼자서만 나쁜 짓을 했다면 싸움이 벌어질 리가 있었겠느냐? 사람의 싸움은 혼자서는 할 수 없는 것이다. 싸움은 반드시 두 사람 이상에서 일어나는 것이다. 너는 가브리엘의 나쁜 점은 보면서도 너의 나쁜 점은 보지 않고 있어. 만약 상대가 심술궂더라도 네가 착한 사람이었다면 싸움 같은 것은 일어나지 않았을 것이다. 가브리엘의 턱수염을 뽑은 것이 누구냐? 가브리엘의 건초더미를 망쳐 놓은 것이 누구냐? 가브리엘을 법원으로 끌고 간 사람이 누구냐? 그런데도 너는 모든 것을 가브리엘에게로 돌리고 있다. 너의 잘못된 행동으로 모든 일이 이렇게 된 것이다. 이반아, 나는 말이다, 그런 짓을 지금껏 해오지 않았고 너희들에게도 그렇게 가르치지 않았다. 나나 가브리엘의 아버지나 그렇게 살지 않았다. 나와 가브리엘 아버지와의 사이가 어땠는 줄 아느냐? 그야말로 진짜 이웃사촌이었지. 그 집에 밀가루가 떨어져 아주머니가 와서 '밀가루가 떨어져서 왔는데요?' 하면 나는 '광에서 쓰실 만큼 퍼 가시지요.' 라고 했다. 그 집에 말을 목초지로 몰고 갈 사람이 없으면 '이반아, 옆집 말 좀 몰아다 줘라.' 하고 말했다. 그리고 우리가 부족한 것이 있으면 서슴지 않고 가서 '고르데이, 이러 이러한 것이 없는데.' 하면 고르데이가 '가져가게나.' 하고 말했어. 우린 그렇게 서로를 위하며 살아왔단다. 우리가 그렇게 사이 좋게 지낼 때에는 살림도 넉넉했었는데. 하지만 지금은 어떠

하나? 바로 얼마 전에도 어떤 군인이 플레부나(1877년 발칸 전쟁 때 러시아 군이 터키 때문에 고전한 싸움)에 대해 말을 하는 것을 들었지만, 어떠냐? 지금 너희들이 하고 있는 싸움이 플레브나 전투보다 더 나쁜 싸움이라는 생각이 들지 않느냐. 도대체 이것도 사람의 생활이라고 할 수 있느냐? 이건 죄를 짓는 것이다. 너는 남자이고 한 집안의 가장이니까 네가 결정을 하지 않으면 안 된다. 너는 아내와 자식들에게 무엇을 가르치고 있는 것이냐? 감히 이것은 사람으로서는 할 수 없는 일이다. 며칠 전에도 철부지 타라스카가 아리나 아줌마에게 있을 수 없는 욕을 하고 있는 데도 어미는 그것을 보면서 웃고만 있더구나. 대체 그래도 괜찮은 것이냐? 네 책임이다. 영혼을 생각해 보거라. 그래, 그런 짓을 해도 괜찮다는 생각이 드느냐? 저쪽이 한 마디하면 이쪽은 두 마디 하고, 저쪽이 한 대 때리면 이쪽은 두 대때려서는 결코 해결될 수 없단다. 이반, 그리스도께서 세상을 두루 돌아다니면서 사람들에게 가르쳐 주신 것은 그런 것이 아니란다. 상대방이 아무리 뭐라고 해도 가만히 있으면 상대방이 가책을 받는다고 그리스도께서는 가르쳐 주셨다. 상대방이 뺨을 때리면 다른 뺨마저 내놓고 '때릴 만한 이유가 있으면 이쪽

뺨도 때리시오.' 라고 말하라고 가르치셨다. 그리스도의 가르침은 바로 이것이지, 고집이 아니란다. 왜 잠자코 있는 것이냐? 내 말이 틀렸느냐?"

이반은 조용히 듣고만 있었다. 노인은 한참을 콜록거리다가 간신히 기침을 멈추고는 말을 이었다.

"너는 그리스도가 우리에게 나쁜 일을 가르치셨다고 생각하느냐? 절대 그렇지 않단다. 모든 것을 우리를 위해 가르치셨다. 지금 현재의 네 살림살이에 대해서 생각해 보아라. 그 부질없는 싸움이 시작된 이래로 살림이 좋아졌는지, 나빠졌는지. 소송으로 얼마나 많은 돈을 써버렸는지, 마차삯과 음식값은 또 얼마나 낭비를 했는지. 아들들도 모두 자라 집안일을 돕고 있으니 형편이 좋아져야 하는데 오히려 더 나빠지지 않았느냐? 이것에 대한 원인이 어디 있다고 생각하느냐? 이도저도 아닌 다 네 고집 탓이다. 너는 자식들과 함께 들에 나가 농사를 져야 할 때에 악마의 부추김에 넘어가 법원을 들락거리며 시간과 돈을 낭비하며 다녔다. 밭을 가는 것도 씨앗을 뿌리는 것도 때를 놓치면 땅은 아무것도 돌려주지 않는다는 것을 너무나 잘 아는 사람이 말이다. 왜 올해는 귀리가 흉작이 들었느냐? 네가 밭을 갈고 귀리를 심은 시기가 언제였지? 법원에서 돌아와서다. 그래, 재판에서 이겼다만 무슨 덕을 보았느냐? 쓸데없는 짐만 짊어지게 된

것이 아니냐? 자기의 생업은 잊어버리고 이웃과의 싸움에만 열을 올리고 있다니. 이반아, 지금부터라도 농사일, 집안일을 가족들과 함께 땀 흘려가며 하거라. 그리고 혹여 누가 화나는 소리를 하더라도 하느님의 말씀을 생각하며 용서를 해주도록 하거라. 그렇게 하면 만사가 형통할 것이고 마음도 편안해질 것이다."

이반은 잠자코 있었다.

"자, 이반아. 이 늙은 아비의 말을 들어주지 않겠니? 지금 곧 마차를 몰아 법원에 가서 소송을 취하하고 오너라. 그리고 내일 아침에는 가브리엘에게로 가서 하느님의 가르침대로 화해를 하고 집으로 데려오도록 하거라. 내일은 마침 성모 마리아의 탄생 축일이니까 보드카라도 한잔 하면서 이제까지의 모든 앙금을 말끔히 씻어버리는 게 좋겠다. 이제 앞으로라도 그런 일이 없도록 며느리와 젊은 아이들도 타이르고 말이다."

이반도 한숨을 내쉬며 아버지의 말이 전적으로 옳다고 생각하고 있었다. 그러자 순간 가슴을 짓누르고 있던 무엇인가가 빠져나가는 느낌이 들었다. 하지만 어떻게 화해를 해야 할지 몰라 망설이고 있었다. 그러자 이반의 아버지는 아들의 마음을 눈치채고는 이렇게 말했다.

"이반, 어서 가거라. 더 이상 미루어서는 안 된다. 불은 처음에 끄지 않으면, 커진 뒤에는 손을 쓸 수가 없는 것이란다."

　이반의 아버지는 아직 할 말이 남은 듯 했으나, 더 할 수 없었다. 여자들이 돌아와서 참새 떼처럼 떠들었기 때문이다. 여자들은 가브리엘에게 태형의 처벌이 내려졌다는 것과 불을 지르겠다고 위협했다는 것을 이미 들어서 알고 있었다. 게다가 벌써 그녀들은 목장에서 자신들이 스스로 생각해 낸 일까지 덧붙여서, 옆집 여자들과 한바탕 하고 들어오는 길이었다. 여자들은 가브리엘의 며느리가 새로 어떻게 협박했는지 말하고 있었다. 가브리엘이 심리를 맡은 즉결재판소 판사의 마음에 들어 이제 그 판사가 모든 판결을 뒤집을 것이며, 마을 장로가 이번에는 황제에게 직접 보낼 탄원서를 쓰고 있기 때문에 이반의 농장 중 절반이 곧 자신들의 소유가 될 것이라는 말이었다. 여자들이 하는 이야기를 듣는 동안 이반의 마음은 다시 차가워졌으며 회해를 하겠다는 마음도 자취를 감추어버렸다. 농가에는 언제나 그 주인이 해야할 일이 많았다. 이반은 여자들을 상대하고만 있을 수는 없어서 훌쩍 일어나 밖으로 나갔다. 그리고는 탈곡장을 지나 곳간 쪽으로 갔다. 곳간 쪽을 대강 치우고 뒷마당으로 돌아오니 벌써 날이 저물었다. 아들들도 들일을 마치고 돌아오고 있었다. 아들들은 봄보리를 파종하기 위해 밭을 갈고 오는 길이었다. 이반은 들일이 어떻게 되어가고 있는지 물었고, 그들을 도와 모든 농기구들을 제자리에 갖다 놓았다. 그리고 수선이 필요한 말의 목사리를 한옆으로 치운 다음, 말뚝 몇 개를 헛간 안쪽으로 옮겨 놓으려다가, 날이 너무 어두워 다음날 하기로 하고 그대로 두었다. 그리고 나서 이반은 소들에게 먹이를 주고 문을 연 다음, 타라스카가 목초지로 데려갈 말들을 밖으로 몰자 다시 문을 닫고 빗장을 걸었다.

'이제 저녁을 먹고 자야겠군.'

이반은 망가진 말의 목사리를 들고 집으로 발길을 옮겼다. 이반은 그러는 동안에 가브리엘의 일도 아버지의 말도 모두 잊어버렸다. 그가 문고리를 잡아당겨 막 입구로 들어서려는 순간 울타리 너머에서 누군가를 저주하는 가브리엘의 쉰 목소리가 들려왔다.

"이 빌어먹을 놈! 그런 놈은 죽어 마땅해."

이 말을 들은 이반의 마음 속에는 또 다시 가브리엘에 대한 증오심이 불타올랐다. 가브리엘이 저주의 말을 퍼붓는 동안 이반은 가만히 듣고만 있었다. 가브리엘의 목소리가 더 이상 들리지 않자, 이반은 그때서야 방안으로 들어갔다. 방안은 등불이 밝혀져 있었다. 며느리는 한쪽 구석에서 물레를 돌려 실을 잣고 있었으며 아내는 식사준비를 하고 있었다. 큰 아들은 목피 구두의 가장자리를 꿰매고 있었고, 둘째 아들은 탁자에 앉아 책을 읽고 있었다. 셋째 아들인 타라스카는 말들을 목초지로 데려갈 채비를 하고 있었다. 그야말로 골칫거리 가브리엘만 아니라면 집안은 평온 그 자체일 것 같았다.

이반은 기분이 상한 얼굴을 하고 집안으로 들어와서 고양이를 의자 밑으로 쫓고는 오물통을 잘못 놓았다고 여자들을 꾸짖었다. 이어 그는 여전히 벌레 씹은 표정으로 망가진 말의 목사리를 손보기 시작했다. 하지만 가브리엘의 말이 머릿속을 떠나지 않았다. 법원에서 하던 얘기와 방금 들어오면서 들었던 말이 머릿속을 맴돌면서 하는 일을 어지럽혔다. 아내는 타라스카에게 저녁밥을 주고 있었다. 타라스카는 식사를 마치자 짧은 겉옷 위에 긴 외투를 겹쳐 입고 허리띠를 질끈 동여맨 다음, 빵이 담긴 자루를 들고는 말들이 있는 곳으로 갔다. 큰 아들이 동생을 배웅하려는 순간 이반이 일어나 층계로 나갔다. 그는 입구를 내려가 아들을 말에 태우고 뒤에 있는 망아지를 몰아 준 다음, 한참 동안 그 주위를 둘러보았다. 타라스카는 큰 길로 나가자 동행하는 또래의 젊은이들과 합류했다. 그는 그들의 목소리가 더 이상 들려오지 않을 때까지 문간에 서 있었다. 그렇게 서 있는 동안에도 여전히 가브리엘의 말이 머릿속을 어지럽히고 있었다.

"내 등에 매질을 하게 만들었군. 그런데 말이야, 이반. 너의 뭔가가 내 등의 불처럼 타오를 수 있다는 걸 잊지 말아야 할 거야."

이반은 생각했다.

'그의 눈엔 독기가 서려 있었어. 그 동안 가뭄이 계속됐고 바람마저 세게 불고 있어. 울타리 뒤로 들어와서 불을 지르고 줄행랑을 놓으면, 그걸 누가 알겠어. 악마 같은 놈! 어떡하든지 놈이 꼼짝할 수 없게 현장에서 붙잡아야 해. 누군가라도 붙잡아만 주면 죄를 물을 수 있을 텐데.'

생각이 여기에 미치자 그는 집안으로 들어가지 않고 곧장 길로 나가 대문 뒤에서 모퉁이로 돌았다. 가브리엘이 무슨 짓을 할지 모른다고 여긴 이반은 집 주위를 한바퀴 돌아보기로 하고 살금살금 모퉁이를 따라 걷기 시작했다. 그때 모퉁이를 돌아 울타리에 붙어서 보니, 모퉁이 저쪽에서 무엇인가가 움직이는 것 같은 느낌이 들었다. 마치 누군가가 자신의 집을 엿보다가 울타리 모퉁이로 몸을 감춘 듯 했다. 이반은 온 정신을 집중해 뚫어져라 바라보았으나, 바람이 버드나무 가지를 떨게 하고 밀짚을 바스락거리게 할 뿐, 주변은 쥐 죽은 듯이 고요했다. 그리고 누

가 다가와 눈을 뽑아가도 모를 정도로 주변은 온통 칠흑 어둠 속에 쌓여 있었다. 시간이 좀 지나자 차츰 눈이 어둠에 익숙해져 갔다. 이반의 눈에 기둥과 추녀, 그 밖의 것들이 보이기 시작했다. 한참을 그렇게 서서 물체가 움직이기를 기다렸으나, 아무런 움직임도 감지되지 않았다. 이반은 생각했다.

'내가 잘못 본 모양이군. 그래도 모르는 일이니 한바퀴 돌아봐야지.'

그는 발자국 소리가 나지 않게 조심해서 곳간을 따라 걷기 시작했다. 그는 나막신을 신고 있었고, 걸음을 살며시 옮겼으므로 소리가 나지 않았다. 그가 모퉁이까지 왔을 때쯤, 저쪽 맨 끝의 기둥 옆에서 무엇인가 번쩍하더니 다시 꺼졌다. 이반은 자신도 모르게 가슴이 철렁 내려 앉아 걸음을 멈췄다. 그런데 걸음을 멈춘 사이 다시 같은 자리에서 좀 전보다 밝은 빛이 타올랐다. 모자를 쓴 남자가 자신 쪽으로 등을 꾸부정하게 돌린 채 손에 든 짚단에 불을 붙이고 있었다. 이반의 가슴은 무섭게 뛰기 시작했다. 그는 아랫배에 힘을 주고 걸음을 떼었으나, 그 발이 땅에 닿는지 허공을 나는지 모를 정도였다. 그는 생각했다.

'좋아, 이번에야말로 놓치지 않겠어. 현행범으로 붙잡고 말테다!'

하지만 이반이 두 개의 차양이 있는 곳으로 가기도 전에 갑자

"이반아, 알았지? 누가 불을 질렀는지
결코 말을 해서는 안 된다.
다른 사람의 죄를 하나 감싸주면 하느님께서는
그가 지은 죄 둘을 용서해 주신단다."

기 그 언저리가 눈부실 정도로 밝아졌다. 이제 그 자리에는 조
그만 불이 아니라 차양 밑의 밀짚이 확 타올라 지붕으로 번지고
있었다. 그 불빛에 가브리엘의 모습이 확실하게 보였다.

'이놈 반드시 붙잡고 말 테다.'

이렇게 생각하며 종달새를 덮치는 매처럼 이반은 가브리엘
을 향해 달려들었다. 그때 가브리엘도 무슨 발소리를 들었던지
휙 뒤를 돌아보더니 어디서 그런 힘이 나왔는지, 절름거리는 발
로 토끼처럼 껑충껑충 뛰어 달아났다.

"게 섰거라!"

이반은 소리치며 가브리엘의 뒤를 쫓았다. 이반이 가브리엘
을 거의 쫓아가 멱살을 잡으려는 순간, 가브리엘은 생쥐처럼 이
반의 손아귀에서 빠져나갔다. 이반이 가브리엘의 외투 자락을
움켜잡았으나, 외투 자락이 찢어지는 바람에 그대로 고꾸라지
고 말았다. 이반은 벌떡 일어나 "저놈 잡아라!"하고 크게 외치
며 다시 뛰기 시작했다. 이반이 넘어진 틈을 이용해 가브리엘은

자기 집으로 도망쳤고, 이반은 거기까지 쫓아 들어갔다. 그리고 가브리엘을 와락 끌어안으려는 순간, 무엇인가가 그의 뒤통수를 내리쳤다. 아무래도 돌로 맞은 것 같았다. 하지만 그것은 돌이 아니라 마당에서 뒹굴고 있던 떡갈나무 막대기였다. 가브리엘이 그것을 주워들고 이반이 달려들었을 때 있는 힘껏 그의 머리를 내리쳤던 것이다. 이반은 정신이 멍해졌다. 눈에서 불이 난 듯 하더니 이내 주위가 깜깜해졌다. 정신이 아찔하며 머리가 핑 돌았다.

그가 겨우 정신을 차렸을 때는 이미 가브리엘은 온 데 간 데 없었고, 주변만이 대낮같이 환했다. 자기 집 쪽에서 마치 기계라도 운전하는 것처럼 덜커덩거리는 소리와 무엇인가 탁탁거리며 튀는 소리가 연이어 들려오고 있었다. 이반이 돌아다보니 뒷마당의 곳간이 온통 불바다를 이루고 있었고, 그 불은 다시 옆쪽에 있는 곳간으로 옮겨 붙고 있었다. 불티와 불붙은 짚이 안채 쪽으로 날아갔다. 이반은 양 주먹을 쳐들어 가슴을 마구 치며 소리쳤다.

"아이구, 이 일을 어쩐담! 아아, 지붕 밑에 불붙었던 짚단을 끌어내어 끄기만 했어도 이렇게까지는 되지 않았을 텐데. 이 일을 어쩌면 좋단 말인가!"

그는 이 말만 되풀이하고 있었다. 그는 있는 힘껏 소리쳤지만 숨이 차서 목소리가 제대로 나오지 않았다. 달려가고 싶었지만 발이 얼어붙어 잘 움직이질 않았다. 간신히 걸음을 떼었는데, 이리 비틀 저리 비틀 하더니 이내 다시 숨이 막혔다. 한참을 서서 숨을 돌린 뒤, 다시 걷기 시작했다. 겨우 곳간을 돌아 불이 난 곳에 도착했을 때는 곳간은 물론 안채와 대문까지 불이 옮겨 붙고 있었다. 도저히 집안으로는 들어갈 수 없는 형국이었다. 불길을 보고 마을 사람들이 모두 모여들었지만 이미 손 쓸 때를 놓쳐 지켜보기만 할 따름이었다. 이반의 집 근처에 있는 사람들은 서둘러 자기 집의 가재도구를 끌어내고 가축들을 다른 곳으로 몰아냈다. 불은 이반의 집을 넘어서 가브리엘의 집을 태우기 시작했다. 불은 더욱더 세어진 바람의 등을 타고 이반과 가브리엘의 집만이 아니라 다시 이웃집으로 옮겨 붙었다. 이런 식으로 불에 탄 집이 마을의 절반이나 되었다.

이반의 집은 식구들이 몸만 빠져나오기도 바빴다. 병들어 누워 있는 이반의 아버지도 간신히 구해냈을 정도였으니, 나머진 하나도 건진 것이 없었다. 가축들도 목초지로 데려간 말을 빼놓고는 몽땅 타서 죽고 말았다. 닭은 홰에 앉은 채 타 죽었으며, 마차도, 가래와 써래도, 옷궤와 곡식도 모조리 타버려 남은 것이 없었다. 가브리엘의 집은 그래도 가축을 몰아내고 이것저것

해서 조금은 챙겨 나올 수 있었다. 불은 밤새도록 타올랐다. 이
반은 한쪽 구석에 서서 멀거니 자기 집을 바라보며 이렇게 중얼
거릴 뿐이었다.

"아, 이 일을 어쩐담! 그냥 처음에 짚단을 끌어내어 비벼 껐
더라면 이렇게까지는 되지 않았을 텐데."

하지만 안채의 지붕이 무너져 내려앉는 것을 본 이반은 그 한
가운데로 뛰어들어 온통 불길에 그을린 재목을 끌어내려고 안
간힘을 썼다. 여자들이 그것을 보고 불러내려고 했지만 이반은
막무가내로 한 개의 재목을 끌어내고는 다른 재목을 끌어내려
다시 들어갔다. 하지만 그대로 비틀거리더니 불더미 속으로 쓰
러지고 말았다. 아들이 내처 뛰어 들어가 아버지를 들쳐 엎고
나왔다. 이 난동으로 인해 이반은 턱수염과 머리카락을 불에 태
웠고, 손을 데었으며 옷가지도 여기저기 구멍이 숭숭 뚫렸다.
하지만 정작 이반은 아무것도 모르고 있는 듯 보였다.

"저 사람, 비탄에 빠져 아주 정신이 나간 게 아니야?"

이렇게 사람들은 저마다 한 마디씩 했다. 불길은 차츰 잡히
고 있었지만 이반은 언제까지나 멀거니 서서 같은 말을 되풀이
하고 있었다.

"아아, 이게 어찌된 일이람. 그냥 불붙은 짚단을 끌어내기만
했으면 됐을 텐데!"

날이 밝자 마을 장로의 아들이 이반을 부르러 왔다.

"아저씨, 아저씨네 할아버님이 돌아가실 것 같아요. 그래서 아저씨를 좀 보시고 싶으시데요. 어서 가셔요."

이반은 아버지의 일을 까맣게 잊어버리고 있어서 무슨 말인지 알아듣지 못했다.

"아버지라니? 누가 누굴 부른다고 했느냐?"

"아저씨를 부르고 있어요. 돌아가시기 전에 한번 보신다구요. 할아버진 저희 집에서 지금 돌아가시려고 그래요. 그러니 어서 가셔요, 아저씨."

장로의 아들은 그를 잡아끌었다. 이반은 장로 아들의 뒤를 따라갔다.

이반의 아버지는 업혀서 나올 때 불붙은 짚이 떨어져 화상을 입었다. 그래서 멀리 떨어져 있는 장로 집으로 들쳐 업고 간 것이었다. 거기까지는 불길이 뻗치지 않았다. 이반이 아버지에게로 갔을 때 집안에는 늙은 장로의 아내와 벽돌 화덕 위의 아이들 밖에 없었다. 모두 불구경을 하러 갔던 것이다. 이반의 아버지는 촛불을 손에 들고 침대에 누워 문가 쪽을 바라보고 있었다. 아들이 들어오자 그는 몸을 조금 움직였다. 주인집 노파가 다가가 아들이 왔다고 알려주자 곁으로 가까이 오도록 해달라고 부탁했다. 이반이 곁으로 다가가자 그의 아버지가 말했다.

"어떠냐, 이반? 내가 네게 그렇게 알아듣도록 말하지 않았니. 그래, 누가 마을을 태운 것이냐?"

이반이 대답했다.

"가브리엘, 그놈이에요. 아버지. 제가 이 두 눈으로 똑똑히 봤어요. 제가 보는 앞에서 불을 붙인 짚단을 지붕 밑에 밀어 넣었어요. 저는 그냥 그 불붙은 짚단을 끌어내어 비벼 끄기만 했으면 되었는데, 그렇게 했더라면 아무 일도 없었을 텐데 그랬어요."

그의 아버지가 말했다.

"이반아, 나는 이제 죽을 때가 되었지만 너도 언젠가는 죽게 될 것이다. 그러니 이반아, 너는 이것이 누구의 죄라고 생각하느냐?"

이반은 멀거니 아버지만을 바라볼 뿐, 아무 말도 하지 않은 채 잠자코 있었다. 한 마디도 할 말이 없는 모양이었다. 그의 아버지가 다시 물었다.

"하느님 앞에 섰다고 생각하고 말을 해 보거라. 이렇게 된 것이 너는 누구의 죄라고 생각하고 있느냐? 내가 너에게 뭐라고 하였더냐?"

그때서야 이반은 잠에서 깨어난 듯한 느낌이 들면서 모든 것을 이해할 수 있었다.

"아버지, 이건 모두 다 제 잘못입니다!"

이반은 이렇게 말하고는 아버지 앞에 쓰러져 흐느끼기 시작했다.

"아버지, 용서해 주셔요. 이 못난 놈은 아버지께도, 하느님께도 할 말이 없는 놈입니다."

그의 아버지는 양손을 움직여 촛불을 왼손에 들고 오른손을 이마께로 올려 성호를 그으려고 했지만, 손이 닿지 않아 단념했다.

"주께 영광 있으라! 주께 영광 있으라!"

그는 이렇게 말하면서 아들을 다시 바라보았다.

"이반아, 얘, 이반아."

"예, 아버지?"

"그래, 앞으로 어떻게 이 일을 처리할 것이냐?"

이반은 여전히 흐느끼면서 대답했다.

"저도 잘 모르겠어요, 아버지. 이제 앞으로 어떻게 살아가야 합니까, 아버지?"

그의 아버지는 눈을 감고 온 힘을 집중하려는 듯이 입술을 움직여보고는 이어 눈을 뜨고 말했다.

"걱정할 것 없다. 살아갈 수 있으니까. 하느님과 함께 한다면 능히 살아갈 수 있으니까 말이다."

그는 잠시 입을 다물었다가 빙그레 미소를 머금고는 다시 말을 이었다.

"이반아, 알았지? 누가 불을 질렀는지 결코 말을 해서는 안 된다. 다른 사람의 죄를 하나 감싸주면 하느님께서는 그가 지은 죄를 둘 용서해 주신단다."

그는 촛불을 양손으로 받쳐 들고 그것을 가슴에 갖다 대더니 후욱 하고 숨을 내쉬었다. 그리고는 그대로 세상을 떠나고 말았다. 이반은 아버지의 유언대로 가브리엘의 소행을 발설하지 않았으므로 어떻게 해서 불이 나게 되었는지 아는 사람이 아무도 없게 되었다. 이반에게는 가브리엘을 미워하는 마음도 눈 녹듯이 사라져 있었다.

반대로 가브리엘은 이반이 자신의 악행을 다른 사람에게 말하지 않는 것을 보고는 은근히 놀라워하고 있는 중이었다. 처음 한동안은 그런 이반을 두려워하며 지냈지만 차츰 그런 마음이 사라져버렸다. 양쪽 두 집안의 어른이 싸우지 않게 되자, 나머지 식구들도 싸우지 않게 되었다.

집들을 다 지을 때까지 두 집안은 한 지붕 밑에서 살았다. 그리고 불에 탔던 온 마을의 집이 다 완성되었을 즈음에 이반과 가브리엘은 예전의 좋은 이웃으로 다시 돌아가 있었다. 이반과 가브리엘은 아버지들 때처럼 정답게 지냈다. 이반 스체르바코프는 아버지의 유훈이기도 하고 하느님의 가르침이기도 한, '불은 처음에 꺼야 한다.'는 말을 마음속 깊이 새겨두고 잊지 않았다.

만일 누군가 자신에게 해를 입히면 이제는 맞서 싸우려고 하지 않고 처음부터 문제를 바로 잡으려고 노력했다. 또 누가 자기에게 나쁜 말을 해도 두 배로 되갚으려 하지 않고 나쁜 말을 하지 말도록 그들을 타일렀다. 그리고 이것은 집안 여자들과 자식들에게도 마찬가지였다.

이반 스체르바코프는 얼마 안가 집안을 다시 일으켜 세웠으며 전보다 더 풍족한 가정을 이루게 되었다.

〈1885년 · 57세〉

이반은 아버지의 유훈이기도 하고
하느님의 가르침이기도 한, '불은 처음에 꺼야 한다.'는 말을
마음속 깊이 새겨두고 잊지 않았다.

# RELIGION

## 종교 · 신앙

가
슴
으
로

기
도
하
라 ―

♥ 참된 종교란 인간이 그들을 둘러싼 무한의 큰 생명에 대하여
  그들의 생활을 이 큰 무한에 결합시켜, 그것에 의해서 자기의
  행위를 지도한다는 관계를 확립한다는 사실이다.

♥ 어떤 종교든지 "왜 나는 존재하며 나를 둘러싸고 있는 무한한
  세계를 어떻게 바라볼 것인가?" 하는 질문에 대한 해답을 담
  고 있다. 다시 말해 고등 종교든 원시 종교든 종교는 세계를
  어떻게 바라볼 것인가 하는 인간의 마음자세를 자세히 설명하
  고 있다.

♥ 하루도 빠짐없이 기도하는 것이 좋다. 그러나 마음이 정리되지 않으면 기도하지 않는 것이 좋다. 왜냐하면 기도는 단순히 혀로 하는 것이 아니라 가슴으로 하는 것이기 때문이다.

♥ 내가 진정으로 따르는 신앙은 모든 살아있는 것들을 사랑하는 것이다.

♥ 누구에게나 신의 속성이 들어 있으며 어느 누구든 신의 속성을 파괴시킬 수 없다. 다시 말해 살인해서는 안 되는 것이다.

♥ 종교가 발전할 때만 인류는 진보했다. 종교에 발전이 있다고 하는 것은 지금까지 없던 진리를 밝혀냈다는 것이 아니라 우리들이 익히 알고 있었던 진리를 더욱 더 정련시킨 것을 말한다.

♥ 종교는 누구나 헤아릴 수 있는 삶의 기본 원리다.

♥ 종교는 마음으로 직접 가르치는 것이며, 이성으로 이해되는 단순 소박한 지혜에 불과하다.

♥ 종교도 철학적 명상을 밝혀줄 수 있으며 철학적 명상은 종교적 진리를 강화시킬 수 있다. 따라서 죽은 사람이든 산 사람이든 상관하지 말고 참되게 종교생활을 하는 사람, 그리고 진리를 참되게 추구하는 철학자와 교제하도록 애쓰고 힘써야 한다.

♥ 이 세상에 하느님을 본 사람은 한 명도 없다. 그러나 만일 우리가 서로 사랑한다면, 하느님은 우리의 가슴 속에 머무를 것이다.

♥ 이른바 학자라고 하는 사람들이 인간은 신앙 없이 살 수 있다고 주장하는데 이는 정말 그릇된 것이다.

♥ 유대인은 하느님의 이름을 크게 부르는 것을 죄로 여겼다. 맞는 말이다. 하느님은 영이며, 이름이란 구체적이며 신성하지 못하기 때문이다.

007

두 사람의

# 순례자

예수의 가르침은 어린아이도 헤아릴 수 있을 정도로 간단하고 단순하다. 실질적인 행위없이 크리스천으로 불리기를 원하는 사람이나 크리스천으로 보았으면 하는 사람들만이 예수의 단순 소박한 가르침을 헤아리지 못하는 것이다.

♥ 여인이 말했다. "주님, 제가 보니 당신은 예언자이십니다. 우리 조상은 이 산 위에서 예배를 드렸는데 당신들은 예배드릴 곳이 예루살렘에 있다고 합니다." 예수께서 말씀하셨다. "여인아, 내 말을 믿으라. 이 산 위도 아니오, 예루살렘도 아닌데서 너희가 아버지께 예배 드릴 때가 올 것이다. 너희는 알지 못하는 것에 예배하지만 우리는 아는 이에게 예배 드린다. 구원은 유대 사람에게서 온다. 참된 예배를 드리는 사람들이 영광 진리로 아버지께 예배 드릴 때가 온다. 지금이 바로 그때이다. 아버지는 이와 같은 예배 를 드릴 사람을 찾고 계시다. 하느님은 영이시다. 그러므로 그에게 예배 드리는 사람들은 영과 진리를 예배 드려야 한다.    (요한복음, 제 4장 19～24절)

1

두 노인이 예루살렘 성지 여행을 계획하고 있었다. 한 노인은 부유한 농부인 예핌 타라시치 셰베레프라이였고, 다른 노인은 풍요롭지도 가난하지도 않은 엘리사 보드로프였다. 예핌은 엄 격하고 완고한 사람이었다. 그는 술을 마시지도 담배를 피지도 코담배를 맡지도 않았다. 그는 또한 태어난 이후, 한번도 나쁜 말을 입에 올린 적이 없었다. 예핌은 마을 장로를 두 번이나 지 냈고, 그때마다 야무진 성격 덕에 1코페이카의 차이도 없이 깔

끔하게 일을 처리했다. 식구는 대가족을 이루고 있었으며, 한집에 두 아들과 장가 간 손자까지 모여 살고 있었다. 그는 나이답지 않게 허리가 꼿꼿했으며 예순살이 지나서야 서리 내린 수염이 조금 보이기 시작했다. 한마디로 그는 정정했으며 노익장을 과시했다.

엘리사는 목수 일을 하다 나이가 들자 집에서 꿀벌 치는 일을 하고 있었다. 큰 아들은 벌이를 하러 멀리 떠났고, 집안일은 둘째 아들이 맡아 하고 있었다.

엘리사는 인정 많고 활달한 노인이었다. 술과 담배도 잘 하고 노래하는 것을 즐겼으며 가족이나 이웃과도 사이좋게 지냈다. 그는 체격이 작고 얼굴빛은 거무스름했으며, 곱슬곱슬한 수염을 갖고 있었다. 게다가 그는 자신의 수호성인 '엘리사'처럼 대머리였다.

두 노인은 벌써 오래 전부터 성지 순례 여행을 떠나기로 약속했지만, 실행에 옮기지 못하고 있었다. 예핌 쪽이 언제나 분주하여서 시간을 낼 수 없었던 것이다. 그에게는 한 가지 일이 끝나면 다른 일이 연이어 생겼다. 손자의 결혼식이 끝났는가 하면 막내아들이 군대에서 돌아오는 것을 기다려야 했다. 그리고 이번에는 새로이 집을 짓고 있었다.

어느 휴일에 만난 두 노인은 나란히 통나무에 걸터앉았다.

엘리사가 말했다.

"그래, 예핌. 언제쯤 성지순례를 떠날 수 있게 되겠는가?"

그러자 예핌이 얼굴을 찡그리며 대답했다.

"글쎄, 조금 더 기다려야 되겠는 걸. 올해는 이상하게 매사가 뒤틀린단 말이야. 집을 새로이 짓기 시작했을 때는 그저 1백 루블 정도면 되겠지 했는데, 벌써 3백 루블이나 들어갔어. 그런데도 아직 끝을 보지 못하고 있어. 아무래도 여름까진 갈 모양이야. 신의 뜻이 그러하시다면 올 여름엔 꼭 떠날 수 있을 거야."

이 말을 들은 엘리사가 말했다.

"내 생각엔 말이야. 그렇게 미루기만 해서는 안 될 것 같아. 마음먹고 당장 떠나야지. 지금은 봄이라 때도 좋은데."

"때야 봄이 좋지. 하지만 짓던 집은 어떡하나? 가더라도 마무리는 짓고 가야하지 않겠나?"

"아니, 이 보게 예핌. 그래 자네 집에는 그렇게 일을 맡길 사람이 없나? 아들한테 맡기면 아들이 다 알아서 할 것 아닌가?"

"모르는 소리. 뭘 다 알아서 한단 말인가? 큰아들 놈이라고 어디 믿을 수가 있어야지. 이따금 술을 지나치게 마시거든. 내가 없으면 집을 엉뚱하게 만들어 놓을 것이 뻔하네."

"그렇지 않아. 그리고 우리는 어차피 죽을 몸인데, 이제 자식들이 알아서 해나가도록 맡겨야지. 자네 아들도 혼자서 일을 하는 법을 배우고 익혀야 하지 않겠나?"

"그 말이 맞긴 맞지만, 뭐니뭐니 해도 내 눈으로 완공을 보고 싶어서 그래."

"이보게, 예핌. 우린 우리가 해야 할 모든 일을 결코 다 끝낼 수가 없다네. 바로 얼마 전 부활절을 맞아 집안 여자들이 집안을 치운다, 빨래를 한다, 이것을 한다, 저것을 한다, 난리를 쳤지. 그때 우리 큰며느리가 이런 말을 하더군. '축제일이 우릴 기다리지 않고 빨리 다가와주는 것을 다행으로 여겨야 할지 모르겠어요. 아무리 열심히 일을 한다고 해도 절대 모든 걸 끝낼 순 없을 테니까요.' 라고. 옳은 말 아닌가?"

예핌은 생각에 잠겼다.

"그런데 나는 집을 짓는데 여간 많은 돈을 쏟아 부은 게 아닐세. 길을 떠나는데 빈손으로 갈 수야 없지 않나? 한두 푼으로는 어림도 없을 거고. 적어도 1백 루블 정도는 가져야 하지 않겠나?"

엘리사가 웃음을 터뜨렸다.

"자네가 그런 말을 하다니, 자네는 나보다 열 배는 더 부잘세. 그런 자네가 내 앞에서 돈 걱정을 하면 죄 받지. 안 그런가? 그런 걱정은 집어치우고 언제 떠날 것인가만 말을 하게. 그래야

지금은 비록 돈이 없더라도 기일에 맞춰 준비를 할 게 아닌가?"

예핌도 이 말을 듣고는 씩 웃었다.

"자네야말로 대단한 부잘세. 그래 그 돈을 어떻게 마련을 할 것인가?"

"우선 온 집안의 돈을 모조리 긁어모으면 얼마쯤은 나올 것이고, 그래도 모자라는 것은 문밖에 세워놓은 벌통 여남은 개를 옆집에 팔면 돼. 그 사람은 전부터 내 벌통을 사고 싶어 했으니까 말일세."

"팔아버린 벌통에서 수확이 좋으면 속이 상할 텐데……."

"속이 상한다구? 자네 그런 말 꿈에서라도 하지 말게. 이 세상에서 속상한 것은 죄 짓는 일밖에는 없는 걸세. 영혼보다 더 소중한 것은 없으니까 말이야."

"그야 물론 그렇지만, 그래도 역시 집안일을 돌보지 않는 건 옳지 않아."

"그럼 말일세. 우리의 영혼을 돌보지 않는 건 옳다는 말인가? 그게 더 마음을 불편하게 하는 일일세. 어떻든 약속을 한 것이니까 당장 떠나도록 하지. 예핌, 그렇게 하자구."

엘리사는 예핌을 설득시키는데 성공했다. 예핌은 밤새도록 고민한 끝에 이튿날 아침 엘리사를 찾아갔다.

"그래, 떠나도록 하세. 자네 말대로 사람이 죽고 사는 것은 다 신의 뜻이니, 이렇게 살아 있고 기운이 있을 때 갔다 오는 게 좋겠지."

일주일 후 두 노인은 출발 준비를 모두 마쳤다. 예핌은 수중에 돈이 많았으므로 1백 루블은 여행경비로 챙기고 나머지 2백 루블은 아내한테 맡겼다.

엘리사 역시 준비가 끝났다. 얼마 안 있으면 분봉을 하게 될 벌통 10개를 옆집에 팔고 70루블을 받았다. 그리고 나머지 30 루블은 온 집안 식구들이 가지고 있던 것을 모아서 마련했다. 그의 아내도 죽을 때 쓰려고 모아두었던 돈을 모두 내놓았고, 며느리 역시 가지고 있던 돈을 내놓았다.

예핌은 큰 아들에게 모든 일에 대해 시시콜콜한 것까지 지시를 내렸다. 어디서 얼마만큼의 건초를 베어야 하는지, 거름은 어디에 실어다 모아놓아야 하는지, 집 공사는 어떻게 진행하고 지붕은 어떤 식으로 올려야 하는지 일러주었다. 그는 모든 것을 생각해 냈고, 그에 맞춰 빈틈없이 지시를 내렸다.

반면 엘리사는 아내에게 옆집에 판 벌통에서 분봉하는 벌 떼들을 어떻게 분리해야 하는지만 설명해 주고, 옆집 사람에게도 있는 그대로 말해주었다. 집안일에 대해서는 일절 한마디도 하지 않았다. 무엇을 하고 어떻게 해야 하는지는 당사자가 되면 저절로 알게 되는 것이므로, 이제부터 너희들이 주인이니까 자신들을 위해 가장 좋은 방법을 찾아서 하라는 식이었다.

두 노인의 식구들은 과자를 굽고 자루를 만들고 새 각반을 마름질하고 새로 농부화도 만들었다. 노인들은 갈아 신을 나막신을 마지막으로 마련한 뒤, 집을 나섰다. 식구들은 무사히 다녀오기를 바라며 동구 밖까지 전송을 나왔다. 이로써 두 노인의 성지 순례는 시작되었다.

엘리사는 즐거운 마음으로 여행길에 올랐으며, 자기가 살던 마을을 벗어나자마자 모든 집안일을 잊었다. 그가 마음속으로 생각하는 것은 어떻게 하면 친구를 즐겁게 해줄 수 있을까, 어떻게 해야 만나는 사람에게 무례하지 않을 수 있을까, 어떻게 하면 평화와 사랑 속에 무사히 목적지에 도착했다가 집으로 돌아올 수 있을까 하는 것들 뿐이었다. 엘리사는 길을 걸으면서도 기도문을 외웠고, 자기가 알고 있는 성자의 전기를 마음속으로 더듬어 보았다. 엘리사는 여행길이 한 없이 즐겁고 기뻤지만 다

만 한 가지 그에게도 아쉬운 것이 있었다. 그것은 코담배를 끊어보려고 일부러 코담뱃갑을 집에 두고 가져오지 않았는데, 그 생각이 견딜 수 없이 간절했다. 마침 길에서 만난 어떤 남자가 조금 나누어 주었고, 엘리사는 이따금 뒤로 처져서(친구인 예핌을 유혹에 빠뜨리지 않기 위해) 코담배를 맡곤 했다.

예핌도 침착하고 힘차게 걸어갔다. 그는 천성대로 나쁜 짓은 하지 않았으며, 쓸데없는 말은 아예 입에 올리지 않았다. 하지만 마음만은 편해 보이지 않았다. 집 걱정 때문이었다. 그는 가족들이 집안일을 잘하고 있을까, 하는 걱정으로 머릿속이 채워져 있었다. 뭔가 빼먹고 일러주지 않은 것은 없는지, 아들이 일을 제대로 처리 할 수 있을지, 도중에 감자를 심거나 운반하는 사람들을 우연히 보게 되면 아들도 저렇게 하고 있을까, 하고 걱정을 하는 것이었다.

그는 그럴 때마다 당장이라도 여행을 집어치우고 집으로 돌아가 자기 손으로 일을 해버리고 싶다는 충동에 사로잡혔다.

# 3

두 노인은 쉬지 않고 달포 이상을 계속해서 걸었다. 집에서 가지고 온 목피 구두도 다 떨어져 새신을 사야 할 때쯤 소(小)러시아에 도착했다. 집을 떠난 후 그들은 먹고 자는데 돈을 지불해야 했지만, 소러시아에 도착하자 사람들이 앞 다투어 그들을 집으로 초대했다. 소러시아 사람들은 잠자리와 식사를 제공했으면서도 돈을 받지 않았다. 오히려 가는 길에 먹으라고 빵과 과자를 하나 가득 자루 속에 넣어주었다. 풍년이 들어서 그런 지 사람들의 인심이 넉넉했다.

두 노인은 8백여 킬로미터를 이런 식으로 돈을 들이지 않고 여행을 했다. 하지만 두 노인이 들어선 다음 지역은 흉년이 든 마을이었다. 이 마을에서도 잠자리만큼은 무료로 제공해 주었지만, 먹을 것은 그렇지 않았다. 심지어 돈을 주고도 빵을 살 수 없는 마을도 있었다. 돈을 지불해도 그들에게 내어줄 빵이 없었기 때문이었다. 사람들의 말로는 작년엔 완전히 흉년이 들었다고 했다. 곡식이 하나도 영글지 않아 부자도 자신들이 가진 모든 것을 팔아야 했고, 중류층 사람들은 곤궁에 빠졌으며, 원래 가난했던 사람들은 동냥질을 하거나 집에서 굶주렸다. 겨울에

이들은 밀기울과 명아주로 근근이 목숨을 연명했다.

두 노인은 저녁 때가 되어 어느 작은 마을로 들어갔다. 그곳에서 빵을 사고 하룻밤을 묵은 뒤 동이 트기 전에 출발했다. 기온이 올라가 날이 뜨거워지기 전에 조금이라도 더 걷기 위해서였다. 십여 킬로미터를 걸은 후, 개울가에 앉아 그릇에 물을 떠 빵을 축여가며 먹었다. 그리고는 잠시 쉬었는데, 엘리사는 그 틈을 이용해 코담배를 맡으려고 꺼냈다. 그것을 본 예핌이 머리를 설레설레 가로저으며 말했다.

"왜, 그렇게 좋지 않은 습관을 고치지 못하는 겐가?"

엘리사가 손을 내저으며 대답했다.

"이 나쁜 습관이 나보다 더 강하니 어쩌겠나."

두 사람은 이내 일어나 다시 길을 재촉했다. 다시 십여 킬로미터를 걸었을 때 큰 마을에 이르렀지만, 그 마을은 곧장 지나쳤다. 이제 햇볕이 뜨거워져 있었다. 엘리사는 지치고 목이 타 물이 마시고 싶어졌지만, 예핌은 걸음을 멈추지 않았다. 예핌은 엘리사보다 걸음이 빨랐기 때문에 엘리사는 예핌을 따라가는 일이 힘에 겨웠다.

"나는 물을 좀 마셔야겠는데."

"그럼, 그렇게 하게. 난 괜찮네."

"그럼 먼저 가고 있게나. 나는 저기 보이는 농가에 들렀다가 곧 뒤따라 갈 테니."

"알았네."

이렇게 말한 예핌은 혼자 큰길을 따라 걸어갔고, 엘리사는
농가가 있는 쪽을 향해 걸어갔다. 엘리사가 찾아간 농가는 진흙
으로 벽을 처바른 다음, 석회로 칠을 한 작은 집이었다. 윗부분
은 하얗게 밑 부분은 까맣게 칠을 한 집은 오래도록 손을 보지
않은 듯, 지붕은 한 귀퉁이가 뜯겨 있었다. 입구에서 집까지 마
당이 나 있었다. 엘리사는 마당 안으로 들어서서 주위를 둘러보
았다. 그러자 한 남자가 담장 아래에 누워 있는 것이 보였다. 남
자는 몸은 야위었지만, 아직 젊은 사람이었다. 처음엔 그늘을
찾아 누웠을 테지만 이제는 강한 햇볕이 그의 몸을 내리쬐고 있
었다. 남자는 잠들어 있지는 않았지만 여전히 그곳에 누워 움직
이질 않았다. 엘리사가 물을 좀 얻어 마실 수 있느냐고 물었지
만 남자는 아무 대답도 하지 않았다.

'병을 앓고 있거나 아님 무뚝뚝한 사람이군.' 엘리사가 이렇

게 생각하며 문께로 가자, 문안에서 어린애의 우는 소리가 들려왔다. 엘리사는 문의 손잡이를 잡고서 덜컹덜컹 소리를 냈다.

"누구 없소?"

아무 대답이 없었다.

"여보쇼, 안에 아무도 없소?"

엘리사는 몇 번인가를 이렇게 집안에다 대고 사람을 불렀다. 하지만 아무리 불러도 대답이 없자, 그는 돌아서 나가려고 했다. 그런데 그때 집안에서 누군가의 신음소리가 들려왔다.

'이 집 사람들에게 무슨 변고가 생긴 게 틀림없어. 들어가 봐야겠군.'

4

엘리사가 손잡이를 돌려보니 문에는 자물쇠가 걸려 있지 않았다. 엘리사가 문을 열고 복도를 따라 들어가자 방이 하나 나왔다. 방문은 열려 있었다. 오른쪽에 난로가 있었고 정면에 성상 (星像)을 받히고 있는 받침대와 탁자, 긴 의자가 놓여 있었다.

그 의자 위에 두건도 두르지 않은 얇
은 옷차림의 노파가 탁자에 머리를
떨군 채 앉아 있었다. 그 곁에는 삐쩍
말라 배만 불룩하게 나온 사내아이가
앉아서 할머니의 옷소매를 잡아당기
며 칭얼거리고 있었다. 엘리사는 방안으로 들어섰다. 방안은 숨
이 막힐 듯이 고약한 냄새로 가득했다. 냄새는 난로 뒤쪽 마룻
바닥에 쓰러져 있는 여자에게서 나고 있었다. 여자는 쓰러진 채
그냥 가래 끓는 소리만 내면서 한쪽 다리를 오므렸다 폈다 할
뿐이었다. 틀림없이 여자는 스스로 아무것도 할 수 없는 사람인
데, 그렇게 방치돼 있었다. 그때 노파가 문득 고개를 들더니 낯
선 침입자를 바라보았다.

"당신은 누구세요? 필요한 것이 있나요? 하지만 우리는 아무
것도 가진 것이 없답니다."

노파가 말했다. 엘리사는 노파가 소러시아 방언으로 말했지
만 알아들을 수 있었다.

"물 좀 얻어 마실까하고 들어왔는데요?"

"아무것도 없어요, 물을 떠서 마실 그릇도. 그러니 그냥 가세
요."

그런 노파에게 엘리사가 물었다.

"근데 어떻게 된 것입니까? 당신네 집에는 성한 사람이라곤 한 사람도 없으니……, 저 여자를 돌봐 줄 사람도 없는 건가요?"

"네, 아무도 없어요. 밖에서는 아들이 죽어가고 우린 여기서 이렇게 죽어가고 있는 중이니까요."

어린 사내아이는 낯선 사람을 보고 잠시 칭얼거림을 멈췄으나, 노파가 말하는 것을 보더니 다시 보채기 시작했다.

"빵 줘! 할머니, 빵 줘!"

엘리사가 노파에게 뭔가를 더 물으려고 하는데, 밖에 드러누워 있던 남자가 비틀거리며 안으로 들어왔다. 그리고는 벽을 의지하고 힘들게 걸음을 옮겨 의자에 앉으려고 했다. 하지만 결국 의자에 앉지 못하고 출입문 어귀에 쪼그리고 앉았다. 그리고 이내 쓰러져버리고 말았다. 남자는 일어날 생각이 없는 듯, 쓰러진 상태로 말을 했다. 남자는 말을 하다가 끊고는 숨을 몰아쉰 뒤, 다시 말하기를 반복했다.

"마을에 흉년이 든데다가 전염병마저 돌아서……, 저놈도 굶어서 다 죽게 되었지 뭐요."

남자는 사내아이를 가리키며 눈물을 흘리기 시작했다. 엘리사는 등에 지고 있던 자루를 바닥에 내려놓았다. 그리고 다시 자루를 의자 위에 올려놓고는 끈을 풀었다. 엘리사는 빵과 칼을 꺼내 빵을 한 조각 자르더니 남자에게 내밀었다. 남자는 그것을 받지 않고 사내아이와 난로 뒤에 쭈그리고 앉아 있는 여자아이를 가리켰다. 엘리사는 그 빵을 사내아이에게 주었다. 사내아이는 빵 냄새를 맡자 빵을 움켜잡더니, 입과 코를 처박고 걸신 들린 듯 먹었다. 여자아이가 난로 뒤에서 나왔고, 그 여자아이와 노파에게도 빵을 잘라 주었다. 노파는 빵을 우물거려 먹으며 말했다.

"모두가 목이 바싹 말랐어요. 오늘이던가, 아니 어제던가 하여간 물을 떠오다 그만 쓰러져 버려서 아이들에게 물을 먹이지 못했어요. 누가 가져가지 않았다면 물통이 길 어딘가에 있을 거예요."

엘리사는 우물이 어디 있는지 물었다. 그리고는 밖에서 물통을 찾아가지곤 물을 길어왔다. 그리고 사람들에게 마시게 했다. 아이들과 노파는 물을 마셔가며 빵을 더 먹었지만, 남자는 입에 대려고도 하지 않았다.

"영 위가 말을 듣지 않아서."

남자가 말했다. 여자 역시 일어날 기미를 보이지 않았다. 그

녀는 여전히 정신을 차리지 못한 채 괴로운 듯 다리를 떨고 있
었다. 엘리사는 가게에서 옥수수와 소금, 밀가루와 버터를 사다
스프와 보리죽을 만든 뒤, 온 식구에게 먹였다.

## 5

스프와 보리죽은 할머니도 먹고 빵을 먹지 못하던 남자도 먹
었다. 사내아이와 여자아이는 그릇바닥까지 싹싹 핥아먹고는
서로 껴안은 채 잠이 들었다. 남자와 노파는 이렇게 된 사연에
대해서 말을 하기 시작했다.

"우리는 원래부터 살림이 넉넉하지 않았습니다. 그런데 작년
엔 흉년이 워낙 심하게 들어 거두어들일 곡식이 없었지요. 전에
있었던 곡식으로 근근이 버텨오다가 그것이 떨어진 뒤로는 이
웃과 아는 사람들에게 도움을 받았어요. 하지만 처음엔 먹을 것
을 주던 사람들도 얼마 못가, 먹을 것을 주지 않게 되었지요. 다
른 사람들의 사정도 별반 다를 게 없었으니까요. 주고는 싶었지
만 줄 수가 없었던 것이지요. 저 역시도 손 벌리기가 민망스러

워서 그만두게 되었지요. 온 마을 사람에게서 돈과 밀가루와 빵을 꾸어다 먹었으니……."

남자는 잠시 말을 멈췄다가 숨을 고른 뒤, 다시 말을 이었다.

"저는 일을 찾아 사방팔방으로 돌아다녔지만, 일이 없었습니다. 모든 사람들이 입에 풀칠을 하기 위해 일을 찾아다니는 형편이었으니, 일은 하늘에 별 따기만큼이나 구하기 어려웠지요. 어쩌다 운 좋게 일거리를 얻었다고 해도 하루치에 불과해, 다음 날부터는 다시 일거리를 찾아 헤매야 했지요. 그래도 일거리를 구하지 못해, 결국엔 어머니와 자식들이 이웃마을로 동냥을 하러 다니게 되었는데, 거기도 흉년이 들기는 매한가지였으니 동냥인들 변변히 할 수 있었겠습니까? 하지만 그래도 굶어죽지 않을 정도로 입에 풀칠은 하였지요. 그래서 그렇게 해서라도 햇보리가 날 때까지는 버텨보려고 했는데, 글쎄 이 봄이 되자 사람들이 동냥도 주지를 않았어요. 게다가 이렇게 열병까지 번졌으니……. 하루 먹으면 이틀은 꼬박 굶었지요. 그래서 풀까지 뜯어 먹게 되었는데, 그 풀 때문인지 뭔지는 몰라도 아내가 몸져 눕고 말았습니다. 아내는 앓아누웠지만, 제게는 아무런 힘도 없고, 그저 암담할 뿐이지요."

남자가 여기까지 말하자, 노파가 말을 이었다.

"혼자 먹을 것을 찾아 정신없이 돌아다니는데 누가 먹을 것을 줘야 말이지요. 그만 지치고 힘도 떨어져 주저앉고 말았지요. 손녀딸도 몸이 많이 쇠약해진 데다 겁까지 잔뜩 집어먹고 있어서 근처로 심부름을 보내도 가지를 않으려고 해요. 난로 구석에 처박혀서는 꼼짝을 하지 않으려고 하니……. 엊그제 이웃집 여자가 무슨 볼 일이 있어서 왔다가 모두 굶어서 쓰러져 있는 것을 보고는 깜짝 놀라 뛰쳐나갔지요. 그 여자도 남편이 도망치고 없는 데다 어린아이들 역시 굶주리고 있는 판이니, 충분히 그럴 만도 하지요. 그래서 이렇게 누워서 신의 부르심을 기다리고 있던 중이었지요."

두 사람의 이야기를 들은 엘리사는 그날로 예펌을 따라가야 한다는 생각을 버리고 그 집에서 머물기로 했다.

이튿날 엘리사는 일어나자마자 마치 자기가 집주인이라도 되는 양 서둘러 일을 하기 시작했다. 노파와 둘이서 가루를 반죽한 뒤 난로에 불을 붙인 다음, 여자아이와 쓸만한 물건을 찾아보려고 근처를 돌아다녔다. 그러나 아무리 눈을 씻고 살펴보아도 쓸만한 물건은 하나도 없었다. 모조리 먹을 것과 바꾸어 버렸기 때문이었다. 심지어 입을 옷가지도 없었다. 그래서 엘리사는 꼭 필요한 물건들 중 만들 수 있는 물건은 만들고 사와야 할 것은 사왔다. 그러는 동안 엘리사는 그 집에서 사흘이나 묵게 되었다.

사내아이는 기운을 차려 심부름을 갈 정도가 되었고, 여자아이는 아주 명랑해져서 무슨 일이든 거들려고 했다. 엘리사한테서 꼭 붙어서 "할아버지, 할아버지!" 하며 졸졸 따라다녔다. 할머니도 기운을 차리고 일어나 이웃집을 드나들게 되었고, 남자도 일어나 걸을 수 있게 되었다. 이제 집에서 드러누워 있는 사람은 남자의 아내뿐이었다. 하지만 그녀도 사흘째 되는 날부터는 정신을 차리고 음식을 먹기 시작했다.

엘리사는 이제 떠날 때가 되었다고 생각했다.

'이렇게까지 오래 머물게 될 줄은 전혀 예상을 하지 못했는데, 이제 그만 떠나야겠어. 더 이상 지체해서는 안 돼.'

그가 떠나려고 한 나흘 째 되는 날은 바로 여름 단식에 뒤 따르는 축일이었다. 엘리사는 생각했다. '이 집 식구들과 단식 후 첫 음식을 나눠 먹고 내일 저녁에나 출발을 해야겠군. 가서 뭘 좀 사다가 축일 음식을 조금 장만하는 게 좋겠어.'

엘리사는 마을에 가서 밀가루와 우유, 기름을 사다가 노파와 둘이서 음식을 장만했다. 이튿날 아침 엘리사는 축일 기도식에 참여한 뒤, 집으로 돌아와서 그 집 사람들과 음식을 먹었다. 이 날은 남자의 아내도 일어나 조금씩 거닐었다. 남자는 수염을 다 듬고 깨끗한 재킷을 입고는 마을의 부자를 찾아갔다. 그리고는 저당 잡힌 목초지와 경작지를 햇보리가 날 때까지 쓰게 해달라고 간청했다. 하지만 저녁 때 돌아온 남자는 어깨를 축 늘어뜨린 채 눈물을 흘리기 시작했다. 부잣집 주인은 인정사정 봐주지 않고 돈을 가져오라고 요구했던 것이다. 엘리사는 다시 생각에 잠겼다.

'이 사람들은 장차 어떻게 살아갈 수 있을까? 이제 이들은 가만히 앉아 죽기만을 기다려야 할 처지가 되었다. 목초지와 경작지를 모두 저당 잡혔으니, 다른 사람들은 보리가 익으면 수확을 할 텐데, 이 사람들에겐 이제 아무런 낙도 없다. 내가 가 버리고 나면 이 사람들은 다시 내가 발견했을 당시로 돌아가고 말 것이다.'

엘리사는 생각이 여러 갈래로 나뉘어 그날도 떠나지 못하고 하루를 더 그 집에서 머무르게 되었다. 그는 잠을 자기 전에 마당에 나가 기도를 하고 잠자리에 들었지만 좀처럼 잠이 오지 않았다. 돈과 시간을 많이 써버린 데다가 차마 이 집 사람들을 두고 떠난다는 것이 마음에 걸렸기 때문이었다.

'모든 사람을 도울 수는 없는 것이지. 처음에는 물이나 길어다 주고 빵이나 한 조각씩 먹이려고 했던 것 뿐인데, 그것이 이렇게까지 되어 버렸으니. 이제는 목초지와 경작지도 찾아주지 않으면 안 되게 됐으니. 그것을 찾아주고 나면 아이들에게 먹일 젖소도 사줘야 하고 남자에게는 보릿단을 운반할 말과 수레도 사줘야 할 거고⋯⋯.'

이렇게 생각하던 엘리사는 속으로 자신에게 말했다.

'아, 엘리사 넌 스스로 이 혼란을 자초한 거야. 제 본분을 잊어버리고 판단을 잘못해, 혼란의 구렁텅이로 빠져들고 만거야.'

엘리사는 일어나 앉더니 베개로 삼고 있던 긴 외투를 더듬어 코담배를 꺼냈다. 코담배를 맡으며 머릿속을 개운하게 정리하려는 것이었다. 하지만 그렇게 되지 않았다. 어찌된 일인지 생각을 거듭할수록 묘안은 떠오르지 않고 꼬여만 갔다. 그는 하는 수 없이 다시 긴 외투를 둘둘 말아서 베개로 삼고는 벌렁 드러누웠다. 그러는 사이 닭 울음소리가 들렸고, 그 닭 울음소리를 들으면서 엘리사는 잠에 빠져들었다. 그런데 그때 갑자기 누가 자신을 부르는 것 같은 느낌이 들었다. 엘리사는 자루를 짊어지고 손에는 지팡이를 든 순례자가 되어 막 문을 나서려는 참이었다. 문은 활짝 열려 있었고, 그냥 걸어 나가기만 하면 되었다. 문을 막 빠져나가려고 하는데, 오른쪽 울타리에 자루가 걸렸다. 그것을 빼려고 몸을 움직이자 이번에는 왼쪽의 울타리에 각반이 걸려 다 풀어졌다. 자루를 빼내려고 잡아 당길 때 엘리사는 그것이 울타리에 걸린 게 아니라는 것을 알게 되었다. 여자아이가 자루를 붙들고 빵을 달라며 울고 있었다. 이어 풀어진 각반을 빼내 다시 감으려고 발을 보니 거기엔 사내아이가 발을 움켜쥐고 있었고, 창문으로는 할머니와 주인남자가 자신을 바라보고 있었다. 엘리사는 그만 잠이 깨고 말았다. 그리고는 혼잣말을 했다.

"날이 밝으면 목초지와 경작지를 도로 찾아 주자. 그리고 말도 사주고 햇보리가 나기까지 먹을 밀가루와 아이들이 우유를 먹을 수 있게 젖소도 사 주자. 그렇지 않으면 일껏 바다를 건너서 신을 찾아간다고 해도 정작 자기 안에 있는 신을 잃어버리게 될 거야. 그게 무슨 소용이람. 그럴려면 어려운 사람을 돕는 게 낫지."

그리고는 아침까지 단잠을 잤다. 아침 일찍 일어난 엘리사는 그 길로 곧장 부잣집을 찾아갔다. 그리고는 목초지와 경작지에

대한 대금을 치렀다. 그는 남자의 집으로 돌아가는 길에 낫마저도 팔아먹고 없다는 것을 알고는, 새 낫을 샀다. 그는 남자에게 목초지의 풀을 베도록 하고, 자기는 말을 사러 갔다. 이리저리 마을을 돌아다니다가 주막집 주인이 수레를 붙여서 말을 판다는 소문을 듣고는 값을 흥정하여 샀다. 밀가루도 한 부대 사서 수레에 실은 다음, 이번에는 젖소를 사러 갔다. 걸어가는 동안 엘리사는 두 여인의 뒤를 따르게 되었다. 그 여인들은 쉼 없이 떠들어대고 있었는데 자세히 들어보니 그들은 놀랍게도 엘리사, 자신의 이야기를 하고 있는 것이었다.

"하긴 처음에는 어떤 사람인지 전혀 몰랐데요. 그냥 지나가는 사람이라고만 생각했데요. 물을 얻어 마시려고 들어왔다가 그들의 딱한 사정을 보고는 머물게 된 것이지요. 글쎄 오늘도 내가 보니까 주막집에서 수레와 말을 사고 있더라고요. 요즘 세상에도 그런 사람이 다 있다니, 우리 거기 가서 그 사람 얼굴이라도 좀 보지 않을래요."

엘리사는 여자들이 자기를 칭찬하고 있다는 것을 알고는 젖소 사는 것을 포기하고는 그대로 주막집으로 되돌아갔다. 그리고 그곳에 있던 말과 수레를 끌고 농가로 몰고 갔다. 남자의 식구들은 말과 수레를 보고 깜짝 놀랐다. 아무래도 자신들을 위해 준비한 것임을 짐작할 수는 있었지만 감히 먼저 물을 수가 없었다. 남자가 문을 열면서 물었다.

"아니, 그 말은 다 무엇입니까?"

"샀네. 마침 싼 걸 만났기에 얼른 사 버리고 말았네. 오늘 하룻밤 잘 먹도록 풀을 듬뿍 베어서 넣어주게. 그리고 수레에 있는 밀가루 부대도 들여놓게."

남자는 말을 풀고 밀가루 부대를 광에 갖다 놓고 이어서 풀을 한 아름 베어다가 말에게 주었다. 이윽고 날이 어두워져 모두 잠이 들자, 엘리사는 집 밖으로 나왔다. 짐은 벌써 저녁 전에 꾸려 밖에 내다 놓고 있었다. 엘리사는 밖에 내다 놓았던 자기의 짐을 짊어지고는 예핌의 뒤를 따라 다시 순례길에 올랐다.

엘리사가 5 킬로미터를 걸었을 때야 동이 트기 시작했다. 엘리사는 날이 밝자 나무 밑에 앉아 자루를 펼치고 남은 경비를 세어보았다. 남아 있는 돈은 고작 17루블 20코페이카였다.

'이 돈으로 바다를 건너서 긴 여행을 한다는 것은 무리야. 신을 위한답시고 공연히 구걸을 하며 가다가 자칫 잘못이라도 저지르게 되면 큰일 아닌가? 예핌이 가서 내 대신 촛불을 밝혀주겠지. 아무래도 살아서 성지순례를 할 수 있는 복은 내겐 없나보군. 하지만 신은 모든 것을 보시고 계시니까 여기서 순례길을 멈춘다고 해도 너무 뭐라고 하시지 않을 거야.'

엘리사는 일어나 자루를 짊어지고는 되돌아서 집을 향해 걷기 시작했다. 모든 길은 왔던 길을 그대로 따라갔지만 자신이 도움을 줬던 마을만큼은 사람들의 눈에 띄지 않게 멀찌감치 돌아서 갔다. 얼마 후 엘리사는 무사히 집에 도착할 수 있었다. 성지를 향해서 갈 때는 예핌을 뒤따르기에도 힘이 부쳤는데, 집으로 돌아오는 길은 마치 신이 도와주기라도 하듯, 쉽게 돌아올 수 있었다. 엘리사가 집에 당도했을 때는 식구들도 들일을 막끝내고 집으로 돌아오는 길이었다. 가족들은 모두 엘리사의 귀가를 기뻐하며, 여행은 어떠했는지, 어째서 예핌과 떨어지게 되었는지, 왜 목적지까지 가지 않고 돌아왔는지에 대해 물었다. 엘리사는 자세히 답하지 않고 말했다.

"아마, 이번 순례길은 신의 인도가 따르지 않았던 모양이야. 도중에 그만 돈을 잃어버렸지 뭐냐. 그래서 빈털터리가 되었으니 집으로 돌아올 수밖에. 내가 간수를 잘못해서 생긴 일이니 모두들 너무 뭐라 하지 말거라."

예핌의 마음은 흔들리고 있었다. 그의 마음에서는 동행한 순례자가 자기를 속이고 있다는 마음과 만일 그가 정말로 도둑을 맞은 것이라면 자신에게는 그런 일이 일어나지 않기를 바라는 마음이 공존하고 있었다.

엘리사가 남겨 온 돈을 꺼내 아내에게 내주었다. 그리고 집 안을 둘러보니 만사가 순조롭게 진행되고 있었고, 가족들도 오 손 도손 사이좋게 지내고 있었다.

엘리사가 돌아왔다는 소식을 접한 예핌의 집에서도 자기 집 노인의 소식을 들을 양으로 찾아왔다. 그들에게도 엘리사는 비 슷하게 말했다.

"걱정하지 마세요. 저하고는 베드로 축일 사흘 전에 헤어졌 어요. 저는 친구를 뒤쫓아 가려고 했지만 여러 가지 일이 생겨 서 뒤따를 수가 없었어요. 게다가 돈까지 잃어버리는 바람에 그 만 이렇게 돌아오고 말았지요."

이 말을 들은 예핌의 가족들은 현명한 엘리사가 그렇게 어리 석게 행동했다는 것에 놀라움을 금치 못했다. 성지 순례길에 올 랐다가 목적지엔 가보지도 못하고 돈을 잃어버렸다는 말을 처 음엔 이상하게 여겼지만 모두들 곧 잊어버렸다. 당사자인 엘리 사도 그 일은 까맣게 잊어버린 듯, 자신이 해야 할 일에만 정신을 집중했다.

아들과 겨울에 쓸 땔나무를 장만하고 아내와 며느리와는 밀을 함께 빻았으며, 곳간 지붕을 손질하고 꿀벌의 월동준비를 했다. 그리고는 순례길의 경비를 마련하기 위해 옆집에 판 열개의 벌통과 그 벌통에서 분봉한 모든 벌통을 넘겨주었다. 엘리사의 아내는 얼마나 많은 벌통이 분봉되었는지 말하지 않으려고 했지만, 엘리사는 옆집에 판 벌통에서 분봉한 벌과 그렇지 않은 벌을 잘 알고 있었다. 그리하여 옆집에 넘겨 준 벌통은 열통이 아닌 열다섯 통이었다.

겨울을 나기 위한 모든 일이 끝나자 엘리사는 아들을 돈벌이에 내보내고 자기는 나막신을 만들기도 하고 새로운 꿀통을 파기도 하면서 시간을 보냈다.

8

엘리사가 병자가 있는 농가에 묵던 날, 예핌은 하루 종일 친구를 기다리고 있었다. 그는 마을에서 너무 멀리 벗어나지 않은 곳에 자리를 잡고 엘리사를 기다리고 있었다. 그는 낮잠을 자기도 하고 이런저런 생각을 하기도 하면서 엘리사를 기다렸지만, 날이 저물도록 그는 오지 않았다. 예핌은 생각했다.

'이거 내가 잠자는 사이에 모르고 그냥 지나쳐 간 거 아니야. 다리가 아프다보니 남의 수레를 얻어 타고 이곳을 지나쳤을 수도 있을 거야. 하지만 그렇다고 하더라도 나를 보지 못했을 수는 없는데, 이곳은 사방이 탁 트인 허허벌판인데. 무슨 일이 생긴 것이 아닐까? 뒤돌아 가볼까? 아니야, 그러다가 길이라도 어긋나면…… 그래 나도 가던 길로 계속 가는 게 좋겠어. 그러다보면 어디선가 만나게 되겠지.'

다음 마을에 도착한 예핌은 엘리사를 수소문해 보았지만 어디에서도 엘리사를 찾을 수가 없었다. 그래서 마을 파수꾼에게 "혹시 이런 영감이 찾아오면 내가 묵고 있는 여관으로 데려다 주시오. 사례는 톡톡히 하리다."하고 부탁을 해놓았다. 하지만 끝내 엘리사를 만나지는 못했다. 예핌은 다음날도 길을 가는 내내 만나는 사람들에게 이러이러한 대머리 영감을 보지 못했느냐고 물어보았지만 그를 보았다는 사람은 아무도 없었다. 예핌은 이상하게 생각 하면서도 성지를 향해 가는 걸음을 멈추지는 않았다.

'그래, 마을에서가 아니라면 오데사(우크라이나 남부지방의

항구 도시)에서는 만날 수 있을 거야.'

그는 오데사에 도착할 때까지 이 문제에 대해서는 더 이상 생각하지 않기로 했다. 그는 그러던 중 다른 순례자와 동행하게 되었다. 그는 법복에다 챙이 없는 법모를 쓴 성직자 복장을 하고 있었는데, 아토스 산을 갔다 왔으며 예루살렘 성지 순례는 이번이 두 번째라고 했다. 둘은 오데사에 무사히 도착했다. 하지만 두 사람은 그곳에서 배를 기다리며 사흘간을 머물러 있어야 했다. 그곳은 세상 각처에서 사람들이 모여들어 예루살렘으로 가는 배를 기다리고 있었다. 예핌은 이곳에서도 엘리사에 대해 수소문해보았지만 그를 봤다는 사람은 역시 없었다. 예핌은 외국을 갔다 올 수 있는 여행허가장을 받았고, 그 경비로 5루블을 썼다. 그리고 왕복 배 요금으로 40루블을 치른 다음 배위에서 먹을 빵과 청어 등을 샀다. 성직자 복장을 한 순례자는 예핌에게 어떻게 뱃삯을 지불하지 않고 배위에 오를 수 있는지 설명하기 시작했다. 하지만 예핌은 들으려고도 하지 않았다.

"듣기 싫소, 나는 배 삯을 준비했으니, 값을 치를 거요."

이윽고 배가 선착장에 도착해 사람들이 배위로 올랐다. 예핌과 도중에 만난 순례자도 배에 올랐다. 돛이 올려지고 배는 선착장에서 떨어져 큰 바다로 출항했다. 처음의 출항은 순조로웠는데 저녁이 되자 별안간 바람이 불고 비가 쏟아지면서 배가 흔

들렸다. 그리고는 바닷물이 파도를 일으키며 갑판 위까지 튀었
다. 그러자 배안은 수선거리기 시작했으며 울부짖는 여자도 있
었다. 남자들 중에서도 겁이 많은 사람들은 안전한 곳을 찾아서
이리 뛰고 저리 뛰었다. 예핌도 겁이 났지만 그것을 겉으로 드
러내지는 않았다. 그는 처음 배에 올라 자리 잡은 뱃마루를 그
대로 지키고 있었다. 그의 곁에는 탬포프에서 온 몇몇의 노인들
이 있었다. 그들 역시 자신의 자루를 붙들고는 그곳에서 하룻밤
과 그 이튿날을 꼬박 보냈다.

바람은 사흘째가 되어서야 잦아들었다. 그리고 오데사를 출항한지 닷새째 되는 날에 콘스탄티노플에 도착했다. 순례자들 중에서는 배에서 내리자마자 지금은 터키에 점령되어 있는 성 소피아 대성당을 구경하는 사람도 있었으나 예핌은 그대로 배 위에 있었다. 배는 그곳에서 하루 밤낮을 정박한 뒤 출항을 해서 스미르나 항과 알렉산드리아 항구에 정박했다가 최종 목적지인 야파 항에 당도했다. 그곳에서 순례자들은 모두 배에서 내렸다. 사람들은 배에서 내릴 때 또 아찔한 경험을 해야 했다. 기선의 높은 갑판에서 아래에 대기하고 있는 보트로 뛰어내려야 하는데, 보트가 계속 흔들리고 있어서 자칫 잘못하면 보트에서 바다 속으로 떨어질 판이었다. 그리고 정말로 순례자 중 두 사람은 바다 속으로 빠져 물에 빠진 생쥐 꼴이 되기도 했다. 하지만 더 이상의 사고는 일어나지 않았고, 배에서 내린 순례자들은 모두 걸어서 예루살렘을 향해 출발했다. 야파에서 예루살렘까지는 65킬로미터 정도 떨어져 있었다. 예핌은 사흘째 되는 날 점심 때쯤 예루살렘에 도착하여 변두리에 있는 러시아 숙소에 여장을 푼 다음 여행허가증을 확인받았다. 그러고는 식사를 마친 뒤 동행해서 온 순례자와 둘이서 성지순례를 떠났다. 가장 중요한 그리스도의 관(棺)은 들어갈 수 있는 시간이 아니었기 때문에 먼저 '대주교 수도원'을 참배했는데, 참배객 모두는 안으로 안내 되었다.

수도원 안은 남자와 여자의 자리가 따로 마련되어 있었다. 신을 벗고 참배객들이 둥그렇게 둘러앉자, 한 신부가 세수수건을 들고 나와 사람들의 발을 닦아주기 시작했다. 발을 닦고서는 입을 맞춘 뒤, 한 바퀴 빙 돌았다. 신부는 예핌의 발도 닦아주고 입도 맞추어 주었다. 예핌은 밤 기도와 아침 기도를 한 뒤, 성전에 촛불을 갖다 놓고 양친에 이름을 새긴 작은 책자를 바쳤다. 성전 기도식 때 이름이 불려질지도 모르기 때문이었다. '대주교수도원'에서는 성찬이 나오고 포도주도 나왔다. 다음에는 이집트의 성모가 속죄를 하기 위해 칩거했다는 암실을 찾아갔다. 그리고는 촛불을 바치고 기도문을 외웠다. 이어 '아브라함의 수도원'으로 발길을 돌려 아브라함이 신을 위해 자신의 아들을 제물로 바치려고 했던 사베크의 동산으로 올라갔다. 그런 다음 막달라 마리아에게 그리스도가 모습을 나타냈었다는 곳과 그리스도의 형제인 '야곱의 교회'에도 들렀다. 동행한 순례자는 가는 장소마다 안내를 하면서 얼마를 헌금해야 하는지도 알려주었다.

오후가 되어 그들은 숙소로 돌아와 식사를 하고 잠자리에 들

려고 할 때, 예핌과 동행했던 순례자가 자기 옷을 이리저리 뒤
지더니 투덜거렸다.

"젠장, 지갑을 도둑맞았군. 분명히 23루블이 있었는데, 10루
블 두 장에다 잔돈이 3루블이 있었는데……."

그는 길게 숨을 내쉬면서 탄식했지만, 어찌할 수 없었기 때
문에 누워서 잠을 청했다.

예핌은 잠자리에 들었지만 문뜩 의심하는 마음이 생겨났다.

'저 순례자는 돈을 도둑맞은 게 아니야. 처음부터 돈이 없었
던 게 분명해. 오늘 성지 순례를 다니는 동안에도, 어느 한곳에
서도 헌금을 한 적이 없잖아. 내게만 내라고 하면서 자기는 하
나도 내지 않았어. 아니, 그건 고사하고 내게서 1루블을 빌리기
까지 했잖아.'

예핌은 이런 생각을 하다가 자신을 꾸짖었다.

'참, 내가 그 사람을 왜 의심하는지 모르겠군. 남을 의심하는

건 죄를 짓는 일이야. 이런 쓸데없는
생각은 두 번 다시 하지 말아야지.'

　그렇게 자신의 마음을 겨우 다독
였지만, 얼마 못가 다시 순례자가 돈
에만 눈독을 들이는 것과 지갑을 도둑맞았다고 허풍스럽게 떠
드는 모습이 머리를 가득 채우는 것이었다.

　'아니야, 그는 정말로 돈이 없는 게 분명해. 지갑을 잃어버렸
다고 하는 것도 사람들 눈을 속이기 위한 기만술일 거야.'

　저녁때가 되자 사람들이 일어났고, 자정미사에 참례하기 위
해 그리스도의 성묘가 있는 '부활의 대성당'으로 향했다. 순례
자는 예핌의 곁을 떠나지 않고 어디를 가든 함께 갔다. '부활의
대성당'에 도착하자 그곳에는 수많은 순례자들이 모여 있었다.
러시안 인외에도 그리스 인과 아르메니아 인, 시리아 인과 터키
인 등 세계 각처에서 온 사람들이 운집해 있었다. 예핌은 신부
의 안내에 따라 다른 순례자들과 함께 '신성한 문'으로 들어갔
다. 터키 군인이 보초를 서는 곳을 지나 그리스도를 십자가에서
내려 상처에 기름을 칠했다는 곳으로 갔다. 그곳에는 아홉 개의
큰 촛대에 초가 점화 되어 타고 있었다. 예핌은 그곳에서 초 하
나를 바쳤다. 이어서 십자가가 세워졌던 골고다 언덕으로 향했
다. 예핌은 그곳에서 기도를 했다. 그리고 땅이 지옥까지 갈라

졌던 자리를 구경하고, 그리스도의 손과 발이 십자가에 못 박혔던 장소와 그리스도의 피가 아담의 뼈 위로 떨어진 아담의 무덤을 둘러보았다. 이어 그리스도가 가시면류관을 쓸 때 걸터앉았다는 돌과 채찍질을 당할 때 묶여 있었던 기둥, 그리스도의 발이 얹어진 두 개의 구멍이 있는 돌도 보았다.

안내를 맡은 신부가 다른 것을 보여주려고 할 때 군중은 술렁이기 시작했고, 이어서 모든 사람들이 그리스도 성묘 성당으로 서둘러 달려갔다. 예핌도 그 무리에 휩쓸려 그리스도 성묘 성당으로 들어갔다. 때마침 그곳에서는 다른 종파의 기도식이 끝나고 러시아 정교의 기도식이 시작되고 있었다.

예핌은 어떡하든 동행한 순례자와 떨어지려고 했다. 그와 함께 있으면 자꾸만 죄스러운 의심이 솟아났기 때문이었다. 그러나 순례자는 잠시도 예핌의 곁을 떠나려 하지 않았다. 그는 그리스도 성묘에서 거행되는 미사에도 같이 참여를 했다. 예핌은 될 수 있으면 성묘 가까이로 가려고 했지만 숱한 군중이 운집해 있었으므로 좀처럼 성묘 앞으로 나갈 수가 없었다. 예핌은 앞을 바라보고 서서 기도를 했다. 기도를 하면서도 그는 때때로 지갑이 있는 곳을 더듬어 안전한지를 확인했다.

예핌의 마음은 흔들리고 있었다. 그의 마음에서는 동행한 순례자가 자기를 속이고 있다는 마음과 만일 그가 정말로 도둑을 맞은 것이라면 자신에게는 그런 일이 일어나지 않기를 바라는 마음이 공존하고 있었다.

# 10

예핌은 그리스도의 성묘가 안치돼 36개의 성화가 타고 있는 작은 예배당을 황홀하게 바라보았다. 그는 꼼짝도 않고 서서 사람들의 머리 너머로 그렇게 바라보고 있다가 뭔가를 보고는 깜짝 놀랐다. 모든 사람들의 앞이자 성화가 타고 있는 등경 아래에 낡은 작업용 외투를 걸친 엘리사를 꼭 닮은 노인이 있었기 때문이었다.

'아니, 엘리사와 똑같잖아. 하지만 엘리사일 리가 없지. 그가 나보다 먼저 당도했을 리가 없지. 앞의 배는 일주일이나 먼저 출항했으니까, 그 친구가 나보다 일찍 왔을 리는 없어. 그리고 그는 내가 탔던 배에도 분명 없었어. 나는 그를 찾으려고 순례자들을 모두 일일이 살펴보았으니까. 그럼 어떻게 된 거지.'

그는 이렇게 생각을 하고 있었다. 그가 생각을 하고 있는 동안 자그마한 노인은 기도를 하기 시작했고, 세 번 머리를 조아렸다. 한 번은 정면의 신위에게, 다음 두 번은 좌우에 있는 러시아 정교 사람들을 위해서 절을 했다. 노인이 오른쪽으로 얼굴을 돌렸을 때 예핌은 또렷이 그 얼굴을 분간할 수 있었다. 분명 그는 엘리사였다. 거무스름하고 곱슬곱슬한 턱수염, 눈썹과 코, 게다가 벗겨진 머리까지 하나에서 열까지 엘리사가 틀림없었다. 친구를 보자 그는 반가워서 어쩔 줄 몰랐다. 하지만 어떻게 그가 자신보다 먼저 이곳에 도착을 할 수 있었는지에 대해서는 여전히 이해를 하지 못했다.

'엘리사, 이 친구. 어떻게 앞으로 잘도 나갔군. 아마 누군가 그럴 만한 사람과 친해져서 앞으로 안내를 받았겠지. 가만 있자. 나가는 출구에서 저 친구를 만난 다음에 동행한 순례자를 따돌려야겠군. 그리고 엘리사와 같이 다녀야겠군. 그러면 나도 저 앞쪽으로 갈 수 있을지도 몰라.'

그는 이렇게 생각하면서 혹시라도 엘리사를 놓칠까봐 눈을 떼지 않고 있었다. 하지만 미사가 끝난 뒤 군중들이 술렁거리기 시작한 데다 십자가의 입맞춤마저 시작되자 사람들은 서로 밀고 당기고 하였다. 예핌도 밀고 당기고 하다가 옆으로 밀려나고 말았다. 순간 예핌은 잘못하다간 지갑을 도둑맞을지도 모른다는 생각이 솟구쳐 올랐다. 그래서 그는 한쪽 손으로 열심히 지

"우리들은 지금도 그 분이 사람이었는지 천사였는지
모르고 있답니다. 온 식구들을 가엾이 여겨
살뜰히 보살펴주다가 말없이 떠나버렸으니 말입니다."

갑을 더듬어 잡고는 조금이라도 덜 붐비는 곳으로 가려고 사람들 속을 헤집기 시작했다. 천신만고 끝에 덜 혼잡한 곳으로 빠져나온 예핌은 엘리사를 찾기 시작했다. 성당 안에서는 각양각색의 사람들이 음식을 먹거나 포도주를 마시며 책을 읽었다. 성당 안에서는 엘리사를 찾을 수 없었다. 결국 예핌은 숙소로 돌아왔다. 숙소에도 엘리사는 없었고, 게다가 동행했던 순례자마저도 돌아오지 않았다. 예핌에게 빌린 돈을 갚지도 않고 순례자는 자취를 감추어버렸다. 예핌은 졸지에 외톨이가 되어 버렸다.

이튿날 예핌은 다시 그리스도의 성묘를 참배하려고 배에서 만났던 담보프에서 온 노인과 동행을 했다. 성당에 도착한 그는 어떻게든 앞으로 나가려고 했지만 여전히 힘에 부쳐 기둥 밑으로 밀려나고 말았다. 그는 할 수 없이 기둥 밑에 서서 기도를 했다. 그런데 어제와 같이 성화 아래 맨 앞쪽에 엘리사가 신부처럼 두 팔을 벌리고 머리에는 환한 빛을 받으며 서 있는 것이 보였다. 예핌은 속으로 말했다.

'오늘은 반드시 놓치지 말아야지.'

예핌은 사람들을 필사적으로 헤치며 앞으로 나갔다. 하지만 그가 앞으로 나갔을 때 엘리사는 그곳에 없었다. 그 사이에 돌아간 모양이라고 예핌은 생각하며 안타까워했다.

사흘째 되는 날, 예핌은 다시 성당을 찾았고 눈에 가장 잘 띄는 그리스도의 성묘에 엘리사가 우뚝 서 있는 모습이 보였다. 그는 두 팔을 벌리고 마치 머리 위를 무엇이 보이기라도 하는 것처럼 우러러보고 있었다. 그의 머리는 환한 빛으로 빛나고 있었다. 예핌은 이번에도 속으로 중얼거렸다.

'절대로 놓치지 말아야지. 이번엔 출구로 가서 기다려야지. 거기라면 어긋날 수가 없을 테니까.'

예핌은 사람들 속을 빠져 나와 문 앞에 서서 엘리사가 나오기를 반나절이나 지키고 있었다. 하지만 흩어지는 군중 속 그 어디에서도 엘리사를 볼 수는 없었다. 예핌은 예루살렘에 머무는 6주 동안 베들레헴, 베다니, 요단강 등 모든 곳을 둘러보았다.

그리스도 성묘 옆에서 죽을 때 수의로 입을 새 재킷에 도장을 받았고 요단강에서는 조그만 병에 강물을 담았다. 예루살렘에서는 흙을 봉지에 담았으며, 성화로 쓰였던 초를 얻기도 하고, 여덟 군데에 기원의 대상이 되는 이름을 써넣었다. 이제 남은 돈은 집으로 돌아 갈 여비밖에 없었다. 그래서 그는 귀로에 올랐다. 야파에서 오데사까지는 배를 타고, 그 다음부터는 걸어서 집으로 향했다.

예삠은 혼자서 왔던 길을 되짚어 걸어갔다. 집이 점점 가까워 지자 그는 또다시 이전의 걱정들이 되살아나기 시작했다.

'1년이나 지났으니 많이 달라져 있겠지. 집안을 풍족하게 만들기 위해서는 평생이 걸리지만 허무는 데는 그리 오랜 시간이 걸리지 않는 건데. 내가 없는 동안 아들은 집안일을 어떻게 처리했을까? 봄인데 농사일은 시작했을까? 소와 말들은 겨울을 무사히 넘겼을까? 새로 짓던 집은 내가 말한 대로 완성을 시켰을까?'

그는 이렇게 일일이 집안일을 걱정하며 길을 걸었다. 그러던 중 예삠은 지난해에 엘리사와 헤어진 마을 근처에 이르게 되었다. 그 마을 사람들은 작년과는 몰라보게 달라져 있었다. 작년 이 맘 때는 먹을 것이 없어 누구나 곤란을 겪고 있었는데, 지금은 모두 다 부족한 것 없이 살고 있었다. 저녁무렵이 되어 엘리사가 물을 마시러 들렀던 마을에 이르게 되었다. 그러자 흰 재킷을 입은 여자아이가 어떤 집에서 튀어나오더니 말했다.

"할아버지! 할아버지! 우리 집에 들렀다 가세요."

예핌은 그냥 지나쳐 가려고 했지만 여자아이가 웃으며 옷자락을 잡고서는 자기 집으로 끌고 갔다. 여자아이를 따라서 갔더니, 입구 층계에 사내아이를 데리고 나와 있던 여인이 예핌을 보더니 말했다.

"아저씨, 저희 집에 들르셔서 식사를 하고 가세요. 잠을 잘 때가 없다면 주무시고 가셔도 좋아요."

예핌은 그 집에서 하루 묵어 가기로 했다.

'이왕 이 집에 들어왔으니 엘리사에 대해서 물어볼까? 그때 엘리사가 물을 마신다고 들른 집이 아마 이쯤에 있는 집이었는데.'

예핌이 방안으로 들어가자, 여자는 어깨에 지었던 짐을 푸는 일을 도와주고, 얼굴과 손을 씻을 물도 준비해 주었다. 그리고는 식탁으로 안내한 뒤 우유와 빵, 보리죽을 내왔다. 예핌은 가족들에게 깍듯이 대접해 줘서 고맙다고 인사를 했다. 그러자 여자가 고개를 가로저으며 말했다.

"우리가 순례길에 나선 분들을 기쁘게 돕는 데는 그럴만한 충분한 이유가 있어요. 우리가 세상을 어떻게 살아가야 하는지를 가르쳐 주신 분이 바로 순례자였으니까요. 우리는 지난 날 신을 잊고 살다가 벌을 받았어요. 우리 가족은 작년 여름에 모두 병들고 굶주려 죽을 뻔했지요. 그때 만약 신께서 할아버님 같은 순례자 분을 저희에게 보내주시지 않았다면, 지금 우리는 이렇게 살아 있지 못했을 거예요. 그 분은 물을 얻어 마시러 들어왔다가 저희 가족이 몽땅 죽어가고 있는 모습을 보고는, 며칠간 머물며 빵과 먹을 것을 만들어 주었지요. 그 덕분에 우리는 다시 건강을 회복할 수 있었지요. 더욱이 그 분은 우리에게 땅과 수레와 말을 사 주시고는 말도 없이 훌쩍 떠나버리셨어요.”

이때 밖에서 들어오던 노파가 여자의 말을 가로챘다.

“우리들은 지금도 그 분이 사람이었는지 천사였는지 모르고 있답니다. 온 식구들을 가엾이 여겨 살뜰히 보살펴주다가 말없이 떠나버렸으니 말입니다. 지금도 그때 일이 눈에 선합니다. 나는 탁자 위에 머리를 대고 신의 부름을 기다리고 있었지요. 그런데 문득 고개를 들어보니 평범한 인상의 머리가 벗겨진 노인이 물을 마시러 들어와 있는 거예요. 그래서 나는 저 늙은이도 죄 많은 인간이군. 하필 이럴 때에 여길 찾아오다니, 하고 생각했지요. 헌데, 그 분은 우리 가족이 처한 모습을 보더니 이 자리에 자루를 내려놓고 풀었어요.”

그때 자신을 집으로 끌고 왔던 여자아이가 말참견을 했다.

"아니에요, 할머니. 먼저 여기 방에다 내려놓았다가 다시 의자에 올려놓으셨어요."

식구들은 서로 말을 가로채면서 그 노인이 해준 말과 행동을 들려주기에 바빴다. 그가 어디에 앉았었는지, 어디에서 잤는지, 무엇을 어떻게 했는지, 무슨 말을 했는지까지 그들의 노인에 대한 말은 끝이 없었다.

밤이 되어 말을 타고 돌아온 남자도 역시 엘리사에 대한 말을 빼놓지 않았다.

"만약에 그 분이 오시지 않았다면 저희는 모두 죽었을 것입니다. 그때 우리는 절망한 채 신과 사람들을 원망하면서 죽어가고 있었습니다. 그런데 그 분이 오셔서 우리를 살려주셨기 때문에 비로소 우리는 신과 인간에게 선(善)이 있다는 것을 믿게 되었습니다. 우리 가족 모두는 그 분에게 신의 가호가 있기를 바라고 있습니다. 그 분은 짐승이나 다를 바 없던 우리를 사람으로 만들어주셨습니다."

그들은 예핌에게 마실 것과 먹을 것을 대접한 다음 잠자리를 마련해 준 뒤, 그들도 잠자리에 들었다. 예핌은 잠자리에 들었지만 좀처럼 잠을 이룰 수 없었다. 엘리사의 일이, 예루살렘에서 엘리사를 세 번 보았을 때 맨 앞자리에 서 있던 모습이 떠올랐기 때문이다.

'그거였구나. 그는 벌써 여기서부터 나를 앞질러 갔던 거야. 신께서 내 정성은 받아주셨는지는 몰라도 엘리사의 정성은 받아주신 거야.'

다음날 아침 예핌은 식구들과 작별을 했고, 식구들은 가는 도중에 먹으라고 음식을 자루 속에 넣어주었다. 식구들은 밭일을 하러 갔고, 예핌은 집을 향해 출발했다.

12

예핌은 꼭 1년 만에 성지순례를 마치고 집으로 돌아왔고, 봄이었다. 그는 저녁 무렵에 집에 당도했는데, 아들은 술타령을 하느라 집을 비우고 있었다. 아들은 거나하게 취해서 다 늦은 저녁에야 집으로 돌아왔다. 예핌은 그런 아들에게 여러 가지를 묻기 시작했다. 모든 정황이 그 동안 아들이 착실하지 않았음을 보여주고 있었다. 일은 뒷전으로 밀려나 있었고, 돈은 허튼 짓을 하는데 쓰고 있었다. 예핌이 아들을 책망하기 시작하자 아들이 버릇없이 대답했다.

"그럼, 아버지께서 성지순례를 가지 말고 다 맡아서 하셨으면 되었잖아요. 아버지는 성지순례를 간다는 핑계로 돈을 잔뜩 가지고 가셨으면서, 제가 조금 쓴 걸 가지고서는 왜 그리 책망을 하시는 거예요."

이 말을 들은 예핌은 아들의 뺨을 때렸다. 다음날 아침, 예핌은 마을 장로를 찾아가 아들의 일을 하소연하였다. 그리고 돌아오던 중에 엘리사의 집을 지나게 되었는데, 그를 발견한 엘리사의 아내가 현관 층계에 서서 인사를 했다.

"안녕하세요, 영감님. 무사히 돌아오셨군요!"

예핌도 발길을 멈췄다.

"덕분에 무사히 마치고 돌아올 수 있었습니다. 가던 중에 댁의 영감님하고 헤어졌는데, 듣자하니 벌써 돌아와 있다고요?"

엘리사의 아내는 수다스러운 편이었다.

"돌아왔고 말구요. 벌써 집에 온지 한참 되었습니다. 성모승천제가 지난 뒤 금방 왔지 뭡니까? 신의 덕택으로 무사히 돌아올 수 있어서, 온 집안 식구가 무슨 경사라도 난 듯이 기뻐했지요. 그이가 없으면 집안이 왠지 텅 빈 듯하고 쓸쓸해지거든요. 이제는 나이가 들어 힘든 일은 하지 못하지만, 그래도 한 집안의 어른이니까 모두가 의지하고 따르는 것이지요. 글쎄 영감이

"몸만 갔다 오고 정작 영혼은 갔다 오지 못한
사람이 있는가 하면, 몸은 가지 못했어도 영혼이 갔다 온
사람도 있는 것 같네"

돌아오자 가장 반색을 하고 반긴 것은 우리 아들이었지요. 아버지가 계시지 않으니까 삶의 빛이 꺼진 것 같다면서 말이에요. 아들만이 아니라 우리 모두는 그이를 사랑하고 존경한답니다. 정말이지 그이가 집을 비우는 날이면 온 집안이 그렇게 쓸쓸해 보일 수 없답니다."

"그래요, 지금 집에 있나요?"

"있지요. 지금 집에서 벌을 벌통에 모으고 있는 중이에요. 올해는 벌 농사가 좋을 것 같데요. 모두가 다 하느님 덕분이지요. 우리가 죄를 짓지 않고 사니까 하느님이 굽어 살펴 주신 것 같아요. 어디가시는 지는 모르겠지만 바쁘지 않으시면 들어왔다 가세요. 남편이 영감님을 보시면 무척 반가워 할 거예요."

이 말을 들은 예핌은 엘리사의 집으로 들어갔다. 복도를 지나 뒷문께로 나가서 벌을 모으고 있는 엘리사에게로 갔다. 엘리사는 벌을 다루고 있으면서도 그물을 쓰지 않고, 장갑도 끼지 않고 있었다. 그는 그런 모습으로 자작나무 밑에 서서 양팔을 벌린 채

위를 올려다보고 있었는데, 그것은 흡사 예루살렘의 그리스도 성묘 앞에 서 있던 모습을 연상케 하였다. 그의 머리 주변으로는 금빛 꿀벌들이 관(冠) 모양으로 떼 지어 날아다니고 있었지만, 그를 쏘지는 않았다. 엘리사의 아내가 남편을 불렀다.

"여보, 예핌 영감님이 오셨어요."

엘리사가 예핌을 보더니 반가운 표정을 지으며 다가왔다. 그러면서 손으로 턱수염 속에 달라붙어 있던 꿀벌을 살그머니 집어냈다.

"어서 오게나, 친구. 그래, 잘 다녀왔어?"

"몸만 갔다 왔지. 자네에게 줄 선물로는 요단강 물을 가지고 왔네. 언제 우리 집에 와서 가지고 가게. 한데 신께서 내 정성을 받아들이셨는지, 어쨌는지 모르겠네. 어쩐지……."

"아무튼 무사히 돌아왔으니, 경사스러운 일일세. 언제나 신의 가호가 함께 하기를 바라겠네."

이 말을 듣고 잠시 잠자코 있던 예핌이 입을 열었다.

"몸만 갔다 오고 정작 영혼은 갔다 오지 못한 사람이 있는가 하면, 몸은 가지 못했어도 영혼이 갔다 온 사람도 있는 것 같네."

"무슨 일이고 간에 다 신의 뜻이라네. 그렇지 않은가, 예핌?"

"음 그런 것 같네. 그리고 돌아오는 길에 자네가 물 마시러 들렀던, 바로 그 집에 들렀었는데……."

그러자 엘리사는 허둥지둥 손을 내저으며 말했다.

"만사가 하느님의 뜻일세, 예핌. 암 하느님의 뜻이고말구. 우리 이러지 말고 안으로 들어가세. 내 꿀을 가지고 갈 테니 먼저 안으로 들어가 있게."

엘리사는 예핌이 더 이상 그 얘기를 하지 못하게 얼버무리며 얼른 집안일로 말머리를 돌렸다. 예핌도 한숨을 내쉬고는 더 이상 그 농가에 대한 이야기도, 예루살렘에서 경험했던 이야기도 하지 않았다. 그는 깨달았던 것이다. 신의 뜻을 이행하는 가장 좋은 방법은 사람들이 살아가는 동안 서로 다른 사람을 사랑하고 선행을 베푸는 것이란 것을.

〈1885년 · 57세〉

# MEN

## 사람 · 인류 · 벗

말은 사상의 표현이다 —

♥ 사람은 누구할 것 없이 자신만의 짐을 지니고 살아가나 다른 사람의 도움을 받지 않고는 살아갈 수 없다. 따라서 우리는 위로와 충고로 다른 사람을 도와주어야 한다.

♥ 사람은 모름지기 세계와 신에 대한 태도를 자신이 결정해야 한다.

♥ 사람은 벌하고 싶은 욕구는 가장 저질적인 동물적 감정이라는 것을 기억해야 한다. 그 감정의 욕구대로 움직인다는 것은 슬기로운 행동이 아니라 스스로를 타락시키는 행동이다.

♥ 사람은 죽기 마련이나 사는 동안에 체득한 지혜는 죽음과 함께 사라지지 않는다. 인류는 계속해서 지혜를 보존했고 후손들은 먼저 산 사람들의 지혜를 활용하며 살아가고 있으며 살아갈 것이다.

♥ 사람의 눈은 속일지라도 신의 눈은 속이지 못하는 법이다.

♥ 사람의 인품은 그 사람의 장점을 통해서 판단해서는 안 되며 그 사람이 그 사람의 장점을 어떻게 운용하고 있는가를 판단해야 한다.

♥ 사람이 깊은 지혜를 갖고 있으면 있을수록 자기의 생각을 나타내는 그의 말은 더욱 더 단순하게 되는 것이다. 말은 사상의 표현이다.

♥ 좋은 인간이란 자기의 죄는 언제까지나 잊지 않고 자기의 선행은 이내 잊는 자이다. 나쁜 인간이란 그 반대로 자기의 선행을 언제까지나 잊지 않고 죄는 잊는 자이다.

♥ 인간은 서로 도우면서 살아간다. 곧 도움을 주기도 하고 도움을 받기도 한다. 그러나 세상은 어찌된 노릇인지 도움을 주는 사람이 있는가 하면 도움을 받기만 하는 사람도 있다.

♥ 원하건 원치 않건 인간은 다른 사람들과 연관을 맺지 않을 수 없다. 인간은 생업 활동을 하면서, 그리고 지식과 예술 작품을 나누면서 연결되어 있고, 무엇보다도 도덕적 의무로 연결되어 있다.

♥ 인간을 자유롭게 할 수 있는 것은 오직 이성뿐이다.

♥ 인간은 서로 도와주어야만 한다. 친구나 형제로부터 도움을 받은 사람은 물질로서 뿐만 아니라 사랑과 존경심과 감사하는 마음으로 되돌려 주어야만 한다.

♥ 인간이 만든 법률을 따르는 것은 우리를 노예로 만드는 것이고, 신이 만든 법칙에 따르는 것은 우리를 자유롭게 하는 것이다.

♥ 다정한 벗을 찾기 위해서라면 천리 길도 멀지 않다.

008

에멜리안과
*
빈 *북

지혜는 정신적인 상황, 곧 자신과의 외로운 교감을
통해서 얻어질 뿐만 아니라 남들과의 교통을 통해서 얻어지기도 한다.

에멜리안은 어느 집에서 머슴을 살고 있는 사람이었다.

어느 날 밭으로 일을 하러 가다가 자신의 앞에서 폴짝거리며 뛰고 있는 개구리를 보았다. 잘못했으면 개구리를 밟을 뻔한 그는 거의 반사적으로 개구리를 뛰어 넘었다. 그때 뒤에서 누군가 자신을 부르는 소리가 들렸다.

"에멜리안!"

에멜리안이 고개를 돌려보니 거기에 웬 아리따운 아가씨가 서 있었다. 그녀가 물었다.

"에멜리안, 당신은 왜 장가를 가지 않고 있나요?"

에멜리안이 풀 죽은 목소리로 대답했다.

"저 같은 게 어떻게 장가를 갈 수 있겠어요. 저는 아무것도 가진 게 없답니다. 가진 것이라곤 이 몸뚱이밖에 없으니……."

"그럼, 제가 시집을 가면 안 될까요?"

그녀가 제안했다.

"그렇게 해준다면이야, 저야 좋죠! 하지만, 어디에다 어떻게 살림을 차리지요?"

그는 아가씨가 맘에 들었지만, 또다시 이런 걱정을 하며 말

꼬리를 흐렸다.

"그것은 걱정할 것 없어요. 잠을 적게 자면서 부지런히 일을 하면, 어디를 가도 먹고 살 수 있어요."

"하긴 그래요, 그렇다면 우리 결혼합시다. 그럼 어디로 가서 살까요?"

"우리, 읍으로 나가서 살아요."

에멜리안과 아가씨는 읍으로 나갔다. 그녀는 그를 변두리에 있는 작은 집으로 데리고 갔다. 두 사람은 그곳에서 식을 올리고 새로운 삶을 시작했다.

그러던 어느 날 임금이 마차를 타고 이 읍내를 행차하게 되었다. 에멜리안의 아내는 임금의 행차를 보려고 밖으로 나왔다. 그녀를 본 임금은 그녀의 아름다움에 빠져 속으로 중얼거렸다.

'세상에 저렇게 아름다운 여인이 또 있을까? 어쩜 저렇게 아름다울 수가 있을까?'

임금은 마차를 세우고 에멜리안의 아내를 불러서 물었다.

"너는 누구이냐?"

"저는 농부 에멜리안의 아내입니다."

"어허, 너 같이 아름다운 여인이 어찌 농사꾼의 아내가 되었단 말이야. 왕비가 될 수도 있었을 텐데."

"임금님의 말씀은 황공하오나, 저는 농부의 아내로서도 만족하고 있습니다."

그녀와 말을 주고받은 임금은 다시 마차를 출발시켰다. 궁전으로 돌아온 임금은 한시도 그녀를 잊지 못하고 있었다. 임금은 급기야 어떻게 하면 농부의 아내를 빼앗을 수 있을까를 궁리하기 시작했다. 하지만 묘책이 떠오르지 않았다. 임금은 신하들을 불러 자초지종을 얘기하고, 방법을 강구하라고 명령을 내렸다. 한동안 머리를 맞대고 있던 신하들이 임금에게 말했다.

"좋은 방법이 있습니다. 에멜리안을 궁으로 불러, 그 놈에게 감당하지 못할 일을 주고는 혹독하게 시키는 것입니다. 그러면 그는 분명 지쳐서 죽고 말 것입니다. 그때 임금께서 과부가 된 그의 아내를 차지하신다면 별 탈이 없을 것이옵니다."

임금은 좋은 묘책이라는 생각이 들어 사자를 불러 에멜리안에게 궁전에 나와 정원사로 일을 할 것과 아내도 궁전에 들어와 함께 살 것을 전하도록 했다. 사자가 임금의 명령을 받고는 한달음에 달려와 에멜리안에게 그 말을 전했다. 그 말을 듣고 에멜리안이 아내의 얼굴을 쳐다보자, 아내가 말했다.

"걱정할 것 없으니까 다녀오도록 하세요. 낮엔 궁에 가서 일을 하고 밤이면 집으로 돌아오세요."

에멜리안은 사자를 따라 집을 나섰다. 그가 궁에 당도하자, 임금의 집사가 물었다.

"분명 아내와 함께 오라고 했는데, 어찌 너 혼자서만 온 것이냐?"

"저희에게도 집이 있는데, 무엇 때문에 아내를 데려온단 말입니까?"

궁전의 집사는 에멜리안에게 두 사람 몫의 일거리를 주었다. 에멜리안도 그날로 일을 끝내고 집으로 돌아가기는 글렀다고 생각하고 있었다. 그런데 일을 하다보니 저녁때도 되기 전에 일이 끝나버리고 말았다. 그 모습을 본 집사는 다음날은 네 배나 많은 일을 하라고 시켰다.

에멜리안은 집사가 시킨 일을 생각하며 집으로 돌아왔다. 집 안은 말끔하게 정리정돈이 잘 돼 있었다. 난로에는 훈훈하게 불이 지펴 있었고, 식사 준비도 다 되어 있었다. 아내는 식탁 앞에 앉아 바느질을 하며 남편을 기다리고 있었다. 아내는 남편을 반갑게 맞이하고 식탁을 차린 후에 오늘 무슨 일이 있었는지 물어보았다. 남편이 대답했다.

"일의 양이 너무 많아. 도저히 배겨낼 수 없을 정도야. 저들은 나를 지치게 해 죽일 모양인가 봐."

"걱정할 것 없어요. 당신은 그냥 일만 하세요. 어느 정도 했을까? 얼마나 남았을까? 이런 생각일랑은 하지 마시고 그저 묵묵히 일만 하세요. 뒤를 돌아보지도 말고 앞을 내다보지도 말고요. 그러면 시간 내에 일을 끝낼 수 있을 거예요."

에멜리안은 아내의 말을 듣고는 잠자리에 들었다. 다음날 아침, 그는 일을 하러 궁으로 들어갔다. 그는 아내의 말대로 뒤를 돌아보지도, 앞을 내다보지도 않고 묵묵히 일만 했다. 일은 시간 내에 끝났다.

에멜리안은 아무리 많은 일거리를 주어도 시간 내에 끝내고는 집으로 돌아갔다. 그렇게 일주일이 흘렀다. 이 모습을 지켜보고 있던 신하들은 그에게 더 힘든 일을 맡기기로 했다. 하지만 그것 역시 소용이 없었다. 그것이 목수 일이든, 석수 일이든, 미장이 일이든, 무슨 일이든 그는 시간 내에 척척 끝내놓고는 저녁이면 아내가 있는 집으로 유유히 돌아갔다. 그렇게 또 일주일이 지났다. 임금이 신하들을 모이게 한 뒤 말했다.

"그대들은 언제까지 공밥을 먹으려 하는 것이냐? 벌써 두 주일이 지났는데 아무런 효과가 없으니, 대체 어찌 된 노릇이냐? 그 자를 혹사시켜 죽이겠다고 너희들은 말하였는데 일을 끝낸 그자는 콧노래까지 흥얼거리며 집으로 돌아가고 있으니, 지금 너희들이 나를 가지고 노는 것이냐? 무엇이냐?"

임금의 노함을 들은 신하들은 당황하여 변명을 늘어놓기에 급급했다.

"임금님께 말씀드린 대로 저희들은 그 자에게 중노동을 시켜 죽게 하려고 했으나, 아무리 많은 일을 주어도 시간 내에 말끔히 끝내고 집으로 돌아가는 것이었습니다. 도저히 지치는 기색을 보이지 않았습니다. 그래서 저희들은 그 자에게 더 힘들고 어려운 일도 시켜보았습니다만, 그것 역시 아무런 소용이 없었습니다. 어찌 된 영문인지 힘 하나 들이지 않고 깨끗하게 해치워 버리는 것이었습니다. 저희들도 이제 그 자에게는 지쳤습니다. 저희는 그와 그의 아내가 마술을 부리는 것이 아닌가 하는 생각을 가지고 있습니다. 그렇지 않다면 그 많은 일을 시간 내에 해치울 수는 없을 것이옵니다. 그래서 이번엔 그에게 하루만에 큰 가람을 지어보라고 할 생각입니다. 그러니 임금님께서

도 에멜리안을 부르시어, 궁 앞 광장에다 하루 만에 큰 가람을 지으라고 명령을 내려주시기 바랍니다. 그리하여 만약 그가 하루 만에 큰 가람을 완성하지 못하면, 그 죄를 물어 그의 목을 치시면 될 것입니다."

그러자 임금은 다시 사자를 보내어 에멜리안을 불러오게 했다. 임금이 말했다.

"에멜리안, 너에게 한 가지 명할 것이 있다. 이 궁 앞 광장에 새로이 크고 멋진 가람을 짓도록 하거라. 시간은 단 하루를 줄 테니, 내일 안에 그것을 완성시키도록 하라. 네가 그것을 하루 안에 완성시키면 후한 상을 내릴 것이나, 그렇지 못하면 대신 너를 사형에 처할 것이다."

에멜리안은 곧장 집으로 달려와서는 아내에게 이 사실을 알렸다. 그리고는 허둥거리며 말했다.

"이제 최후의 날이 온 것 같아. 아무 곳으로라도 도망을 가야겠어. 이렇게 가만히 앉아 있다가 아무 죄도 없이 죽을 순 없잖아."

그러자 아내가 침착하게 말했다.

"도망을 가다니요? 어째서 도망을 가야 하는데요? 그리고 뭐가 그렇게 무섭나요?"

"어떻게 무서워하지 않을 수 있겠어. 임금께서 내일 하루 동

"사람이 자기 부모의 말보다 더 잘 듣게 되는 것이
나타나면 그것이 바로 네가 찾는 물건이란다.
그러니, 그걸 찾아 임금님에게로 가지고 가도록 하거라."

안에 큰 가람을 지어내라고 하더군. 그렇지 못하는 날에는 내 목을 치겠다고 하는데, 어찌 무서워하지 않을 수 있겠어? 그러니 이제는 달리 방법이 없어. 시간이 있는 동안에 줄행랑을 놓는 수밖에."

하지만 아내는 그의 말에 동의하지 않았다.

"그렇지만 임금은 군대가 있기 때문에 어디로 도망을 치던 붙잡힐 수밖에 없어요. 그러니 힘 닿는 데까지 명령을 따라야 해요."

"하지만 그런 당치도 않은 명령을 어떻게 따른단 말이오?"

"그런 걱정으로 힘 빼지 마시고, 어서 식사나 하고 주무시기나 하세요. 그리고 내일은 다른 때보다 조금 일찍 일어나기나 해요. 그러면 모든 게 순리대로 될 테니까요."

에멜리안은 아내의 충고를 듣고 잠자리에 들었다. 다음날 아침이 되자 아내가 그를 깨웠다.

"어서 가서 일을 하세요. 그래야 일을 마치고 저녁에 돌아올 수 있을 것 아니에요. 자, 여기 망치와 못이 있어요. 일터에 가면 당신이 할 하루치 일밖에 남아 있지 않을 거예요."

에멜리안은 궁으로 갔다. 그곳에 가보니, 과연 광장 한복판에 새로운 사원이 세워져 있었는데, 끝손질 할 일만 조금 남아 있을 뿐이었다. 에멜리안은 조금 남아 있던 일을 마무리하고는 저녁때가 되어 집으로 돌아갔다.

임금이 궁전에서 보니 광장 한 가운데 큰 가람이 서 있는 것이 보였다. 임금은 가람을 보고도 전혀 기뻐하지 않았다. 에멜리안을 처벌할 수 있는 구실이 사라졌기 때문이었다. 그는 이번에도 그의 아내를 빼앗아오지 못한 것에 분노가 머리끝까지 치밀어 올랐다. 임금은 또다시 신하들을 불러들였다.

"에멜리안은 이번에도 일을 훌륭히 해냈어. 이래서는 그 놈을 처벌할 수가 없어. 이번 일도 그 놈에게는 너무나 쉬웠던 게야. 그러니 더 어려운 일을 맡길 수 있도록 이번에는 제대로 좀 생각해봐. 그렇지 않으면 이젠 그 놈이 아니라 너희들에게 엄벌을 내리고 말거야."

그러자 다급해진 신하들은 임금에게 이번엔 강을 만들게 하자고 건의했다. 궁전 둘레를 흐르면서 큰 배가 드나들 수 있는 그런 강을 만들게 하자는 것이었다. 왕은 에멜리안을 불러서 강을 만들라고 명령했다.

"너는 하루 만에 큰 가람을 지은 사람이니, 이번 일도 그리 어렵진 않을 게야. 이번에도 하루의 시간을 주겠다. 내일 안에 완성을 시키면 후한 상이 그대에게 내려질 것이고, 그렇지 않으면 너의 목을 벨 것이다."

에멜리안은 거의 울상이 되어 집으로 돌아왔다. 아내가 그 모습을 보고 물었다.

"왜 그렇게 슬픈 얼굴을 하고 계세요? 임금께서 당신에게 또 무슨 어려운 일을 분부하신 모양이군요?"

"궁전 둘레로 강을 만들라고 하는데, 게다가 큰 배가 드나들 수 있도록 만들어야 한다는데. 이번에는 세상없어도 도망치는 수밖에 없어."

"그 숱한 군대를 벗어나 도망칠 수는 없어요. 어디로 가나 결국엔 붙잡히고 말 거예요. 그러니 이번에도 역시 분부대로 일을 하는 수밖에는 없어요."

"하지만 내가 어떻게 그 일을 해낼 수 있단 말이오?"

"그건 걱정 하지 마시고 저녁 식사를 한 다음에 잠자리에 들기나 해요. 그리고 내일은 조금만 더 일찍 일어나도록 하세요."

그래서 그는 잠자리에 들었는데, 아침이 되자 아내가 그를 흔들어 깨웠다.

"어서 궁으로 가 보세요. 모든 일이 다 돼 있을 거예요. 다만 궁전 정면에 흙덩이가 조금 남아 있을 테니 삽으로 그것을 고르기만 하세요."

에멜리안은 삽을 들고 궁으로 향했다. 궁에 도착해보니 궁전 둘레에는 강이 흐르고 있었고, 그 강으로 큰 배들도 왕래하고 있었다. 에멜리안은 아내가 시킨 대로 궁 정면에 있는 흙더미를 판판하게 고르는 일을 했다. 임금이 나가 궁전 아래를 내려다보니 궁 둘레에는 강이 흐르고 있었고, 큰 배들도 왕래하고 있었다. 그리고 에멜리안은 흙더미를 판판하게 펴서 평탄하게 고르는 일을 하고 있었다. 이 모습을 보고 임금이 미간을 찌푸렸다. 임금은 에멜리안을 처벌할 수 없게 된 것만이 몹시 분하고 아쉬워 견딜 수가 없었다.

'저 놈은 할 수 없는 일이 없는 모양이구나. 대체 어떻게 해야 저 놈을 죽이고 그의 아내를 빼앗아 올 수 있단 말인가?'

임금은 다시 신하들을 모아놓고 말했다.

"이런 못난 것들. 이번에는 결단코 저 놈이 해낼 수 없는 일을 생각해 내도록 하거라. 무슨 일을 시켜도 저 놈이 척척해내고 있으니, 저 놈의 아내를 빼앗아 올 수 없지 않느냐?"

신하들은 모여서 머리를 싸매고 묘책을 떠올리려 무척 애를 썼다. 얼마를 그러고 있었을까. 심사숙고를 거듭한 끝에 신하들은 묘책을 떠올릴 수 있었다. 그래서 임금에게로 가서 말했다.

"에멜리안을 부르시어 이번엔 이렇게 말씀해 보십시오. 어딘지도 모르는 곳에 가서 무엇인지도 모르는 것을 가지고 오라고 말입니다. 이거라면 제 놈도 어쩔 수 없을 것이옵니다. 그 놈이 어디를 갔던지 임금님께서 행선지가 틀리다고만 하시면 그만이고, 그 놈이 무엇을 가지고 오던 임금님께서 분부한 것이 아니라고만 하면 되는 것이옵니다. 그러시면 그 놈을 처벌할 수 있으니, 그 놈의 아내를 빼앗는 것도 이제는 시간문제일 뿐입니다."

이 말을 듣고 임금은 크게 기뻐하였다.

"이번에는 너희들이 아주 좋은 생각을 해냈구나."

임금은 에멜리안을 불러들여 명령을 내렸다.

"어딘지 알지 못하는 곳에 가서 무엇인지 알 수 없는 것을 가지고 오도록 하거라. 만일 가지고 오지 못하는 날에는 네 목이 성하지 않을 테니 그리 알거라."

에멜리안은 득달같이 집으로 달려와서는 아내에게 임금의 분부를 전했다. 아내도 이번에는 전과는 달리 깊은 생각에 잠겼다.

"이것은 당신을 죽이기 위해 신하들이 임금에게 알려준 방법이 틀림없어요. 이번에는 정말 잘 하지 않고서는 안 되겠는데요."

이렇게 말한 아내는 다시 한동안 생각에 잠겼다가, 이윽고
남편을 향해 말했다.

"좀 먼 곳이긴 하지만 당신은 어떤 할머니에게로 가서 도움
을 청해야 해요. 그녀는 군인의 어머니이기도 하지요. 그래서
할머니가 어떤 물건을 주거든, 그것을 가지고 곧장 궁으로 오세
요. 그때 쯤이면 저도 궁에 있을 거예요. 그들은 저도 가만두지
않을 거예요. 그들은 저를 완력을 동원해 강제로 끌고 갈 것이
지만 걱정할 필요는 없어요. 당신이 그 할머니가 시키는 대로
모든 것을 잘 해내면, 곧 저를 구해낼 수 있을 테니까 말이에
요."

아내는 남편에게 길 떠날 채비를 시키고, 그에게 자루와 물
레가락을 주었다.

"이것을 그 할머니에게 드리세요. 이것을 보여드리면 할머니
께서 당신이 제 남편이라는 것을 알게 될 거예요."

아내는 남편에게 길을 가르쳐 주었다. 에멜리안은 아내가 가
르쳐 준대로 읍을 벗어나 한참을 걸어가다 보니, 군인들이 훈련
하는 모습이 눈에 들어왔다. 에멜리안은 군인들이 훈련을 끝내
기를 기다리고 있다가 쉬는 시간을 이용해 그들 곁으로 갔다.
그리고 물었다.

"이 봐요, 말 좀 물을 게요. 혹여 당신들은 어딘지 모르는 곳으로 가려면 어디로 가야 하는지 알고 들 계시오? 그리고 무엇인지도 모르는 것을 가져오려면 어떻게 해야 하는지 아시오?"

군인들은 그 말을 듣더니 놀라는 표정을 지었다. 군인들이 그에게 물었다.

"대체 누가 당신한테 그런 명령을 내렸소?"

"누구긴 누굽니까? 임금님이지요."

"사실 우리도 군인이 된 이후에 줄곧 어딘지도 모르는 곳에 가려고 하였으나, 그 곳에 갈 수가 없었어요, 또 무엇인지 모르는 것을 찾아 헤매었지만 지금까지도 찾지 못하고 있는 중이라오."

에멜리안은 그 곳에서 잠시 쉬었다가 다시 길을 떠났다. 얼마를 그렇게 걸었을까, 그의 앞에 숲이 나타났다. 숲 속에는 조그마한 집이 한 채 있었다. 집안에는 아내가 말한 것처럼 군인의 어머니인 늙은 할머니가 앉아서 삼을 삼고 있었다. 할머니는 손가락을 침으로 축이지 않고 눈물로 축이고 있었다. 할머니는 에멜리안을 발견하고는 큰 소리로 물었다.

"너는 뭣 때문에 여기에 온 것이냐?"

에멜리안은 그녀에게 다가가 물레가락을 내놓으며 그것의 주인이 자신의 아내라고 말했다. 그리고 그녀가 보내서 이곳에 오게 되었다고 덧붙였다. 그러자 할머니는 마음을 누그러뜨리고 그를 집으로 들였다. 집으로 들어간 에멜리안은 할머니에게 여기에 오게 된 자초지종을 모두 말하였다. 아내와 어떻게 결혼했는지부터 읍에 가서 살게 된 이유, 궁으로 불려가게 된 사연과 그곳에서 무슨 일을 했는지에 대해서 말을 했다. 가람을 짓고 강을 판 사연도 빠뜨리지 않았다. 이어서 이곳에 오게 된 이유를 밝혔다.

"임금님이 어딘지 모르는 곳에 가서 무엇인지 모르는 것을 가지고 오라고 하니, 난감하기 그지없습니다."

할머니는 에멜리안의 말을 듣고는 눈물을 거두었다. 그리고 말했다.

"드디어 때가 온 모양이군. 아참, 우선 식사부터 해야지."

할머니는 에멜리안에게 식사를 차려주었다. 에멜리안이 식사를 끝내자 할머니가 말했다.

"자, 여기 실 뭉치가 있다. 이것을 던져서 굴러가는 쪽으로 따라가 보거라. 아주 멀리 바닷가까지 가야만 한다. 바닷가에 도착하면 거기 큰 마을이 하나 있을 것이다. 마을에 들어서거든 맨 첫 집에 들어가서 하룻밤 재워달라고 청을 하거라. 네가 필요로 하는 것은 그 곳에 가야만 찾을 수 있다."

"하지만 할머니, 제가 그 곳에서 물건을 어떻게 찾아야 하나

요?"

"사람이 자기 부모의 말보다 더 잘 듣게 되는 것이 나타나면 그것이 바로 네가 찾는 물건이란다. 그러니, 그걸 찾아 임금님에게로 가지고 가도록 하거라. 임금님에게 그것을 가지고 가면 임금님은 틀림없이 그것이 아니라고 말을 할 것이다. 그러면 너는 이렇게 말하거라. '만일 이것이 아니라면 이 자리에서 이것을 부셔버려야 합니다.' 그리고는 그걸 두드리면서 강 쪽으로 가서는 산산조각을 낸 뒤, 물속으로 던져 버리거라. 그러면 너는 아내를 되찾게 되고 눈물 또한 마르게 될 것이다."

에멜리안은 할머니에게 작별인사를 하고 그 집을 나와 실 뭉치를 던졌다. 그리고 굴러가는 실 뭉치를 따라 부지런히 발걸음을 옮겼다. 마침내 바닷가에 닿은 그는 주위를 둘러보았다. 그곳에는 할머니의 말대로 큰 마을이 하나 있었다. 맨 처음에 만난 집은 높고 커다란 집이었다. 그는 그곳에 들어가 하룻밤 재워줄 것을 청했다. 주인은 흔쾌히 수락하고 그를 안내해 잠자리를 만들어주었다. 다음날 아침에 눈을 뜨니, 주인 남자가 아들을 깨워 나무를 해오라고 말하는 소리가 들려왔다. 그러나 아들은 그 말을 듣지 않고 있었다.

"아직 너무 일러요. 좀더 있다가 하러 갈게요."

이번에는 난로 쪽에서 어머니의 목소리가 들려왔다.

"애야, 어서 갔다 오거라. 몸이 아프신 아버지가 가셔야겠니? 지금 때가 어느 땐데, 이르다고 하는 것이냐?"

그러나 아들은 중얼거리면서 다시 누웠다. 그런데 그가 눕자마자 큰길에서 요란한 소리가 나기 시작했다. 아들은 그 소리를 듣더니만 옷도 바꿔 입는 둥 마는 둥 하고는 큰길로 뛰쳐나갔다. 에멜리안도 후닥닥 일어나서 아들의 뒤를 따랐다. 무엇이 그런 소릴 내는지, 부모의 말보다도 더욱 그를 따르게 하는 것이 무엇인지 확인하기 위해서였다. 에멜리안이 아들을 따라가 보니, 어떤 사람이 배에다가 무엇인지 둥그런 것을 차고는, 그것을 나무방망이로 치면서 큰길을 걸어가고 있었다. 그 요란한 소리를 따라서 아이들이 모여드는 것이었다. 에멜리안은 얼른 그 사람의 곁으로 다가가 그것을 찬찬히 살펴보았다. 그것은 대야같이 둥글었는데, 양편에 가죽이 붙여져 있었다. 그는 소리를 내며 걷는 사람에게 물었다.

"대체 이게 뭡니까?"

"북입니다."

이 말을 들은 에멜리안은 속으로 생각했다.

'북이라고. 그럼 북을 가지고 오라는 것이었군.'

에멜리안이 다시 물었다.

"이건 속이 비었나요?"

"맞소."

에멜리안은 적잖이 놀랐다.

"이 보시오, 사정이 급해서 그러니 그 북을 나에게 줄 수 없소."

하지만 그 사람은 사정을 해도 북을 내어주려 하지 않았다. 할 수 없이 그의 꽁무니를 하루 종일 따라다니다가 그가 잠든 틈을 이용해 그것을 훔쳐서는 줄행랑을 놓았다. 그는 부지런히 달리고 또 달려서 자신의 살던 읍으로 돌아왔지만, 아내는 없었다. 임금의 명령에 의해서 궁으로 끌려갔기 때문이었다.

에멜리안은 그 길로 궁으로 뛰어가, 임금님을 만나게 해줄 것을 청했다.

"임금님의 분부대로 어딘지 모르는 곳에 가서 무엇인지 모르는 물건을 가지고 왔으니, 속히 임금님을 만나게 해주십시오."

집사는 그 말을 임금에게 전했다. 임금은 내일 다시 오라고 명령을 하였다. 그러자 에멜리안도 물러서지 않고 거듭 임금을 만나게 해달라고 청했다.

"제가 오늘 부득불 입궐한 것은 원하시던 물건을 가져왔기 때문이니, 아무쪼록 임금님께서는 밖으로 나와 저를 만나 주시기 바랍니다. 그렇지 않으면 제가 직접 임금님께로 가겠습니다."

임금은 귀찮은 표정을 지으며 나와 물었다.

"그래, 너는 어디를 갔다 왔느냐?"

에멜리안이 자신이 갔다 온 곳을 그대로 말했다. 그러자 임금이 예상대로 틀렸다고 말했다.

"그렇다면 틀렸다. 그곳은 내가 갔다 오라고 한 곳이 아니다. 그래 그건 그렇고, 그럼 가지고 온 물건은 무엇이냐?"

에멜리안은 북을 가리켰으나 임금은 그것을 외면하고 있었다.

"북을 가지고 왔습니다."

"그래, 그렇다면 물건도 틀리게 가지고 왔군."

그러자 에멜리안이 벌떡 일어나더니 말했다.

"임금님께서 틀리게 가지고 왔다고 말씀하시니, 그럼 이 물건은 두들겨 부숴 버리겠습니다."

에멜리안은 궁전을 나서면서 북을 마구 두들기기 시작했다. 그러자 임금의 모든 군사들이 에멜리안에게로 모여들더니 경례를 붙인 뒤, 그의 명령이 내려지기만을 기다리고 있었다. 창문을 통해서 이 광경을 본 임금은 자신의 군사들에게 에멜리안을 쫓아가지 말라고 소리를 쳤다. 그러나 군사들은 임금의 말을 들지 않고 모두들 에멜리안을 쫓아갔다. 그것을 보고는 임금이 놀라 황급히 에멜리안을 향해서 제안을 하였다.

"여보게, 내 자네의 아내를 돌려 줄 터이니, 그 북을 이리로 가져오게."

"그렇게 할 수는 없습니다. 저는 이 북을 산산이 부수어서 강 속에 내던지라는 말을 들었습니다."

그는 북을 두드리면서 계속 강가를 향해서 갔고, 군사들도 여전히 그의 뒤를 따랐다. 에멜리안은 강가에 다다르자 북을 산산이 부순 뒤 강물 속에 던져 버렸다. 그러자 군사들이 한 사람도 남김없이 달아났다.

에멜리안은 아내를 데리고 집으로 돌아갔고, 임금도 더 이상은 그들 부부를 괴롭히지 않았다. 에멜리안과 아내는 행복하게 잘 살았다.

〈1887년 · 59세〉

# MONEY

## 돈 · 부(재산)

돈보다 귀한 마음 —

♥ 하늘과 땅, 그리고 대기는 우리 모두의 것이다. 그것은 소유의 대상이 될 수 없는 것이다.

♥ 이 세상에는 부당하고 잘못된 일이 있다. 그것은 부자들이 가난한 사람에게 은혜를 베풀고 있다고 생각하는 것인데, 사실은 부자들이란 가난한 사람들의 노동으로 배부르게 먹고 고급 옷을 입고 사치스럽게 살아가는 사람들일 따름이다.

♥ 돈 속에, 돈 자체 속에, 그리고 돈을 취득하고 소유한다는 그 속에 무엇인가 비도덕적인 점이 있다.

♥ 돈이 없는 것은 슬픈 일이다. 하지만 남아도는 것은 그 두 배나 슬픈 일이다.

♥ 부란 분뇨와 같아서 그것이 축적되면 악취를 내고, 뿌려지게 되면 땅을 비옥하게 한다.

♥ 부자가 가장 악랄하게 자신을 드러내는 방법은 인정이 많은 사람처럼 보이기 위해 기를 쓰는 것이다.

♥ 부자들이 즐기는 쾌락은 가난한 자의 눈물로 얻어지는 법이다.

♥ 부자라는 사람들은 인정이라곤 눈을 씻고 보아도 없다. 그가 정말로 인정이 많은 사람이라면 그는 곧바로 부를 잃을 것이기 때문이다.

♥ 자기 식구를 먹여 살릴 정도 이상의 많은 땅을 가진 사람은 수많은 가난한 사람을 만든 죄인으로 다루어야 한다.

♥ 우리의 행위는 우리를 둘러싸고 있는 사람들의 욕망에 의해 결정할 것이 아니라 모든 인류의 필요에 의해 결정해야만 한다.

♥ 우리는 가난을 예찬(禮讚)하지는 않는다. 다만 가난에 굴하지 않는 사람을 예찬할 뿐이다.

♥ 아, 돈이여! 돈 때문에 얼마나 많은 슬픈 일이 이 세상에서 일어나고 있는가.

형제와

# 금화

예수 그리스도께서는 "하늘의 아버지처럼 자신을 온전히 버리라"라고 했다. 이 말은 예수가 우리에게 하느님처럼 온전하게 행하라고 요구하는 것이 아니라 온전하게 우리에게 열심히 살라고 요구하는 것이다.

옛날하고도 아주 오랜 옛날에, 예루살렘에서 그리 멀지 않은 곳에 형 아파나시와 동생 요한이 살고 있었다. 그들은 읍내에서 그리 멀지 않은 산에 살면서 사람들이 주는 것으로 살아가고 있었다. 하지만 그들은 놀고먹으면서 적선을 받는 것이 아니라, 매일같이 열심히 몸으로 노동을 하면서 적선을 받는 사람들이었다. 그들은 자신들의 일을 하는 것이 아니라 가난한 사람들의 일을 도와주는 일을 하고 있었다. 일을 못해 곤란을 겪는 사람이라든지, 병자나 고아, 과부들을 도와주고 있었다. 두 형제는 이들이 있는 곳이라면 어디든 가리지 않고 찾아가서 품삯도 받지 않고 일을 해주었다. 이렇게 두 형제는 일주일 동안은 각자 맡은 곳에서 일을 하다가, 토요일 밤이면 집으로 돌아와 만남을 가졌다.

그리고 일요일만은 하루 종일 집에 있으면서 기도를 드리기도 하고 이것저것에 대해 서로 의논을 하기도 하면서 시간을 보냈다.

그리고 다시 월요일이 되면 이들은 자기들이 가야할 곳을 찾아서 각자의 길을 갔다. 형제는 벌써 여러 해를 이렇게 생활해

오고 있는 중이었다. 그러는 동안에 하늘에 있는 천사도 주말이면 매주 둘이 있는 집에 내려와서 형제를 축복해주고는 다시 하늘로 올라갔다.

그런 어느 월요일이었다. 형제가 일하러 가기 위해 집을 나와 각자 가야할 곳으로 헤어져 갔다. 그러다가 형인 아파나시는 갑자기 동생과 헤어져 가는 것이 아쉽게 느껴져 걸음을 멈추고 뒤를 돌아다보았다. 그런데 자신과는 달리 동생 요한은 머리를 숙이고 자신의 길만을 갈 뿐 뒤를 돌아보지 않았다. 그러던 요한이 갑자기 발길을 멈추더니, 한곳을 뚫어지게 바라보았다. 그리고는 그 곳을 향해서 다가갔다가 흠칫 놀라며 물러섰다. 그리고는 마치 맹수에게 쫓기는 것처럼 산기슭을 향해 급히 뛰어가는 것이었다. 아파나시는 무슨 일인가 하고 동생이 서 있던 쪽으로 가서, 동생을 그렇게 놀라게 한 것이 무엇인가 찾아보았다. 그때 무엇인가가 햇빛에 반짝이며 빛을 냈다. 그것을 향해 가까이 다가가보니, 그 곳에는 누가 일부러 쏟아놓기나 한 것처럼 금화가 한 무더기 풀밭에 쌓여 있었다. 아파나시는 금화를 보고 놀랐지만 그것보다 더 놀란 것은 동생이 금화를 보고 놀라서 도망을 갔다는 것이었다.

"도대체 동생은 금화를 보고 무엇 때문에 놀라 그렇게 도망을 갔던 것일까?"

아파나시는 이렇게 물으며 생각을 하기 시작했다.

'금화에 무슨 죄가 있겠느냐? 죄는 사람에게 있는 것이다. 금화는 악을 행할 수도, 선을 행할 수도 있다. 이 금화만 있다면 더 많은 고아와 과부들을 어려움 속에서 구해 낼 수 있을 것이다. 또 헐벗고 굶주리고 있는 더 많은 사람들에게 옷과 양식을 구해다 줄 수도 있을 것이다. 그리고 많은 병자와 다친 사람들의 병을 고쳐주고 약을 사 줄 수도 있을 것이다. 지금 우리 형제는 어려운 사람들을 위해 일을 하고 있지만, 몸으로 하는 일이란 극히 적은 일부분의 사람들에게만 도움을 줄 수 있다. 그러나 이 정도의 금화라면 우리는 세상 사람들에게 더 많은 도움을 줄 수 있다.'

아파나시는 생각이 여기에 이르자, 자신의 생각을 동생에게 말하려고 동생을 불렀다. 하지만 요한은 이미 목소리를 들을 수 없는 먼 곳까지 갔기 때문에, 모습만이 무당벌레처럼 작게 보이고 있었다.

그래서 아파나시는 자신의 웃옷을 벗어, 거기에다 가지고 갈 수 있을 만큼의 금화를 싸서는 읍내로 갔다. 그는 여인숙이 보이자 그곳에 들러 주인에게 금화를 맡기고는 다시 남아 있는 금화를 가지러 원래의 장소로 왔다. 그렇게 금화를 전부 옮기고 난 아파나시는 이번엔 상인을 찾아가서 읍내에 있는 땅을 사고,

그곳에다 돌과 재목을 사들여 세 채의 집을 지었다. 아파나시는 집을 짓는 석 달 동안, 읍내에 머물러 있었다. 아파나시가 지은 세 채의 집 용도는, 한 채는 고아와 과부들을 위한 보육원이었고, 다른 한 채는 병자와 불구자들을 위한 병원이었으며, 나머지 한 채는 순례자나 거지들을 위한 수용소였다. 그리고 아파나시는 신앙심이 깊은 세 사람의 노인을 뽑아서 한 사람은 보육원, 또 한 사람은 병원, 마지막 사람에게는 수용소를 감독하게 하였다.

그렇게 공사를 벌렸는데도 아파  나시의 수중에는 아직 3천 개의 금화가 남아 있었다. 그래서 그는 그 돈을 세 명의 노인에게 똑같이 천 개씩 나누어 주고는, 그것을 다시 가난한 사람들에게 나누어주도록 했다.

곧 세 채의 집에는 사람들로 가득 찼고, 사람들은 곧 아파나시가 한 모든 일에 대해서 칭찬을 하기 시작했다. 아파나시도 그런 소리를 듣는 것이 기뻐서 읍내를 떠날 생각을 하지 않고 있었다. 하지만 아파나시는 동생을 사랑하고 있었기 때문에 사람들에게 이별을 고하고, 자신은 한 푼의 금화도 챙기지 않은 채 자기가 살던 집을 향해서 발걸음을 옮겼다. 아파나시는 자기 집이 있는 산에 이르자 이런 생각이 들었다.

'동생이 금화를 보고 질겁해서 멀리 달아난 것은 잘못된 행동이다. 내가 한 행동이 정당한 행동인 것이다.'

아파나시가 이런 생각을 하면서 걷다가 우연히 앞을 보니, 언제나 그들을 축복해주던 천사가 길 앞에 서서 자신을 나무라는 듯한 눈길로 바라보고 있는 것이 보였다. 그것을 본 아파나시는 정신이 혼미해져서 천사에게 물었다.

"왜 그러시는 것입니까?"

천사가 대답했다.

"너는 여기서 떠나거라. 너는 동생과 살 자격이 없다. 너의 동생이 금화를 보고 놀라서 뛰어간 것은 네가 금화를 가지고 한 행동보다 몇 십, 몇 백배나 존귀한 행동인 것이다."

그 말을 들은 아파나시는 천사에게 그간 자신이 한 일을 설명하기 시작했다. 우선 자기가 얼마나 많은 가난한 사람과 순례자를 도왔는지에 대해서, 그리고 얼마나 많은 고아와 과부들을 돌보아주었는지에 대해서, 그리고 얼마나 많은 병자와 불구자들을 고쳐주었는지에 대해서 일일이 설명을 하였다.

그러자 그 말을 들은 천사가 말했다.

"그 말은 너를 유혹하기 위해서 그곳에 금화를 갖다놓은 마귀가 너에게 가르쳐 준 말에 불과한 것이다."

아파나시는 천사의 말을 듣는 순간, 자신의 양심이 자신의 죄를 인정하고 있음을 깨달을 수 있었다. 그래서 그는 자기가 한 짓이 결코 신을 위한 행동이 아님을 알고 울기 시작했다. 그는 마음 속 깊이 회개하고 뉘우쳤다.

그러자 그 모습을 본 천사는 자진해서 조용히 길을 열어주었다. 천사가 길을 열어주자, 그 곳에는 자신을 기다리고 있는 동생이 반갑게 웃으며 서 있었다.

그런 일이 있은 후, 아파나시는 금화를 뿌려주는 마귀의 유혹에 두 번 다시 지지 않으려고, 무척이나 애를 쓰고 노력했다. 그는 생각했다. 사람들에게 봉사하는 것은 돈에 의해서가 아니라, 순수하게 노동으로만 해야 한다는 것을.

그래서 두 형제는 그전처럼 몸으로 일하며 남을 돕는 생활을 기쁜 마음으로 계속해 나갔다.

*〈1885년 · 57세〉*

# G O D

## 신

신은 곧 사랑이다 ―

♥ 다른 사람에게 벌벌 떨고 살지 않으려면 자신을 신께 맡겨야
한다. 신의 권능 안에 있는 자신을 알게 되면 남들은 그대에게
아무런 짓도 하지 않을 것이다.

♥ 신을 두려워해야만 한다는 말이 있다. 사실은 그렇지 않다. 신
을 사랑해야만 한다. 그런데 두려워하는 것을 어떻게 사랑할
수 있을까? 신은 곧 사랑이다. 그렇다면 무엇 때문에 사랑을
두려워한단 말인가? 신을 두려워하지 말고 사랑해야 한다. 사
랑하게 되면 신을 두려워하지 않을 것이며 나아가 세상의 어
떤 것도 두려워하지 않을 것이다.

♥ 다른 사람에게 자신이 믿고 따르는 가치관과 종교를 믿도록 강요하는 사람이 있는가 하면 자기가 결정하기보다는 다른 사람의 말을 맹목적으로 믿고 그들에게 선택을 맡기는 사람들이 있다. 전자의 사람이나 후자의 사람이나 똑같은 잘못을 저지르고 있는 것이다.

♥ 다른 사람을 두려워하는 사람은 신을 두려워하지 않고, 신을 두려워하는 사람은 다른 사람을 두려워하지 않는다.

♥ 신은 우리 각자의 마음속에 살아 있다. 그 사실을 떠올리면 우리는 더럽고 못된 것을 떨쳐내고 착하고 올바르게 살 수 있다.

♥ 신은 인간에게 먹을 것을 보냈고, 악마는 요리사를 보냈다.

♥ 순간마다 신의 존재를 의심하지 않는 신자는 없을 것이다. 사실 의심하는 것은 나쁜 것이 아니다. 오히려 그와는 달리 그렇게 함으로써 우리는 신을 더욱더 헤아리게 된다.

♥ 신을 믿으면 믿을수록 인간은 다른 사람을 두려워하지 않는 법이다.

♥ 신을 사랑하는 것, 그것이 바로 사랑의 본질이며 사랑을 위한 사랑이다. 이같이 사랑할 때 최고의 기쁨을 누릴 것이다. 아무리 하찮은 미물이라 하여도 사랑으로 대하지 않으면 안 된다. 혹시 한 명이라도 사랑하지 않는 사람이 있다면 곧바로 신의 사랑과 축복을 잃게 되는 것이다.

♥ 신을 사랑하지 않으면서 이웃을 사랑한다고 하는 것은 뿌리 없는 나무와 같다. 모름지기 신을 사랑해야만 한다. 이 사랑이야말로 견고하며 진정한 것이며, 그렇게 사랑하는 사람은 많은 축복과 기쁨을 누릴 것이다.

♥ 신을 섬기고자 한다면 편견과 싸우면서, 그리고 종교를 좀더 명확하고 순수하게 이해하면서 살아야 한다.

♥ 신의 뜻을 좇아 사는 사람은 세상 사람의 판단을 개의치 않는다.

010

# 사랑이 있는 곳에 신도 있다*
있는 곳에
있다

신앙이 상호 보완적이고 세대에서 세대로 전달되지 않는다고 생각하는 것은 큰 오류이다. 인류가 지상에서 오랫동안 살면 살수록 그만큼 신앙은 단순해지며 강력해질 것이다. 그리고 신앙이 단순해지고 강력해질수록 우리 인류의 삶은 좋아질 것이다.

어떤 마을에 구두수선공이 살고 있었다. 그의 이름은 마르틴 아브데이치였다. 창문이 하나밖에 없는 반지하의 작은 방이 그의 거처였다. 다행히도 창문은 밖을 내다볼 수 있도록 큰길 쪽을 향해 뚫려 있었다. 창을 통해서는 지나가는 사람들의 발만을 볼 수 있었지만, 마르틴은 신발로 사람들을 알아보았다. 마르틴은 이곳에서 오래 살았고, 아는 사람들이 많았다. 인근에 사는 사람들의 구두는 거의 한두 번은 그의 손을 거쳤기 때문에, 창을 통해 마르틴은 어렵지 않게 자신이 수선해 준 구두를 볼 수 있었다. 구두창을 갈아 준 신발, 해진 곳을 기워준 신발, 둘레를 다시 꿰맨 신발, 아예 가죽 전체를 갈아 댄 신발도 있었다. 마르틴은 일이 떨어질 날이 없었다. 그것은 마르틴의 손재주가 좋고 정성을 다하는 데다 질 좋은 재료만을 쓰기 때문이었다. 게다가 수선비가 저렴하고 약속한 기일은 어김없이 지켰으므로 주문이 몰려드는 것은 어쩌면 당연한 일이었다. 그는 손님이 원하는 기한 내에 해 줄 수 있는 일은 맡고, 그렇지 못한 일은 처음부터 솔직히 말하고 거절을 했다. 따라서 마르틴은 유명해졌고, 일거리가 떨어지지 않았다.

마르틴은 천성이 착했지만 노년에 이르러 자신의 영혼에 대해 더 많이 생각하고 신에게 더 가까이 가기 시작했다. 마르틴에게는 아내가 있었으나, 불행하게도 그가 주인 밑에서 견습공으로 일하고 있을 때 죽고 말았다. 그래서 자신과 세 살배기 아들만이 세상에 남겨지게 되었다. 그 전에 낳았던 아이들은 모두 죽고 없었다. 그는 아내가 죽자 세 살배기 아들을 시골에 있는 누이에게 맡기려고 했지만, 막상 아들을 떠나보내려고 하니 마음이 아팠다. '안되겠어, 내가 키워야지. 낯선 사람들 속에서 자란다는 것은 내 어린 아들에게도 힘든 일일 테니 말이야.'

마르틴은 주인 밑을 떠나 아이와 둘이서 셋방살이를 시작했다. 배운 기술로 구둣방을 내고 아들과 함께 성실하게 살았다. 그렇게 몇 해가 꿈결 같이 흘러 아들은 심부름도 곧잘 할만큼 자랐다. 그리고 구둣방도 안정이 되어 벌이도 괜찮았다. 그러나 마르틴에게는 가족이 주는 행복은 허락되지 않았는지, 별안간 아들이 병으로 앓아누워 고열에 시달리다가 일주일 만에 죽어버렸다. 그는 아들의 장례를 치르고 나자 완전히 삶의 의욕을 잃어버리고 실의에 빠져 하루하루를 보냈다. 그런 나머지 신을 원망하면서, 자기를 죽게 해달라고 빌고 또 빌었다. 나이든 자신은 살려두고 나이 어린 아들을 데려간 신에 대한 원망은 좀체 가시지 않았다. 마르틴은 예배당도 가지 않고 발길을 뚝 끊었다.

그러던 어느 날, 그의 고향 사람이자 벌써 8년 동안이나 순례자로 살아온 노인이 그를 찾아왔다. 그 노인은 '트로이차 수도원'을 참배하고 가는 길에 그의 집에 들른 것이었다. 마르틴은 그 노인에게 마음의 문을 열고 자신의 비탄에 대해서 말하기 시작했다.

"저는 이제 산다는 게 귀찮아졌습니다. 그저 죽고 싶은 마음뿐입니다. 그래서 제가 신께 청하는 것 역시 빨리 죽게 해달라는 것뿐이지요. 이제 저는 아무 희망도 가지지 못한 인간이 되어버렸습니다."

그러자 노인이 말했다.

"마르틴, 그건 잘못된 생각이야. 우리는 신께서 하시는 일을 이러쿵저러쿵 비판해서는 안 되네. 무슨 일이든 사람의 생각대로 되는 것이 아니라 신의 재량으로 결정되는 것이기 때문이지. 자네의 아들은 죽었다 하더라도 자네는 살아야 하네. 그것이 신의 뜻이라네. 아들이 죽은 것을 괴롭게 생각하는 것은 자네가 자네의 즐거움만을 위해서 살기를 바라기 때문이란 걸 알아야 하네."

마르틴이 노인에게 물었다.

"자신의 즐거움을 위해 살지 않으면, 그럼 대체 무엇을 위해 살아야 한단 말이오?"

'누가 뺨을 치거든 다른 뺨도 돌려대며, 누가 겉옷을 빼앗거든 속옷마저도 내어주라. 구하는 사람에게는 주고, 빼앗는 사람에게는 돌려 받으려마라. 너희는 남에게서 받고자 하는 대로 남을 대접하라.'

노인이 대답했다.

"신을 위해 살아야 해. 신께서 허락해 주신 목숨이니까 말이야. 신을 위해서 살면 아무 걱정도 없고 무슨 일이든 편안하게만 생각될 것이네."

마르틴은 한참을 생각하다가 입을 열었다.

"그럼, 어떻게 사는 것이 신을 위해서 사는 것입니까?"

노인이 대답했다.

"어떻게 해야만 신을 위해서 살 수 있느냐 하는 것은 그리스도께서 다 가르쳐 주실 걸세. 그래, 글은 읽을 줄 아는가? 글을 읽을 줄 알면 성경을 사서 읽어 보게. 그러면 어떻게 하는 것이 신을 위해 사는 것인지 알게 될 것일세. 거기엔 무엇이든지 다 있으니까 말일세."

노인의 말은 마르틴의 마음을 돌리기에 충분했다. 마르틴은 그날로 당장 커다란 활자로 된 성경을 사서 읽기 시작했다.

마르틴은 처음엔 휴일이나 축제일에만 성경을 읽을 생각이었으나 한번 읽은 뒤 마음이 편안해지는 것을 느끼고는 날마다 읽게 되었다. 어떤 때는 너무 골몰해 읽다가 램프에 기름이 떨어지는 것도 모를 정도였다. 성경을 읽으면 읽을수록 신께서 하시고자 하는 말씀이 무엇인지, 또 신을 위해 산다는 것이 무엇인지를 깨닫게 되었으므로 마음은 점점 가벼워졌다. 지난날에는 잠자리에 누워서도 아들의 일만을 떠올리며 한숨을 쉬기 일쑤였는데, 이제는 신을 위해 기도를 드리며 편하게 잠을 청했다. 그는 신께 이렇게 기도를 드렸다.

"하느님이시어, 감사하옵니다. 모든 일을 당신의 뜻에 맡기오니 주관해 주시기 바라옵니다!"

마르틴의 생활은 완전히 180도 바뀌었다. 지난날에는 축제일 같은 때는 빈둥빈둥 놀러 다니거나 음식점에 들어가 차나 보드카를 마시며 보냈는데, 그러다가 얼큰해지면 사람들에게 공연히 쓸데없는 소리를 지껄이거나 주사를 부리기도 했는데, 이제는 그런 일하고는 담을 쌓고 지냈다. 조용하고 만족스러운 날들만이 그의 일상 속을 채워주었다. 아침부터 일을 시작해 정해진 시간이 되면 일을 마치고 램프를 걸쇠에서 벗겨 탁자 위에 놓은 다음, 벽장에서 성경을 꺼내 읽기 시작했다. 읽으면 읽을수록 그 뜻을 알게 되어 그만큼 마음도 편안해졌다.

그런 어느 날이었다. 그날도 마르틴은 여느 때와 마찬가지로 밤이 늦도록 성경을 읽고 있었다. 마침 '누가복음'을 읽고 있었는데, 6장 27절에 이런 글귀가 쓰여 있었다.

'누가 뺨을 치거든 다른 뺨도 돌려대며, 누가 겉옷을 빼앗거든 속옷마저도 내어주라. 구하는 사람에게는 주고, 빼앗는 사람에게는 돌려받으려 하지 마라. 너희는 남에게서 받고자 하는 대로 남을 대접 하라.'

이 구절을 마음에 담은 마르틴은 계속해서 다음 구절을 읽었다.

'나더러 "주여! 주여!" 하면서 왜 내가 일러주는 것은 행하지 않는 것이냐. 내게 와서 내 말을 듣고 그대로 행하는 사람은 무엇과 같은 것인지 보여주마. 그는 땅을 깊이 파서 주춧돌을 반석 위에 고인 뒤 집을 지은 사람과 같다. 홍수가 나서 물살이 그 집을 들이치더라도 그 집은 무너지지 않을 것이다. 잘 지은 집이기 때문이다. 하지만 내 말을 듣기만 하고 행하지 않은 사람은 주춧돌 없이 땅 위에 집을 지은 사람과 같다. 물살이 들이치면 곧 집이 무너질 것인데, 그 무너지는 소리가 대단할 것이다.'

이 구절을 읽은 마르틴은 마음 속에서 더욱 큰 기쁨이 넘쳐나는 것을 느꼈다. 안경을 벗어 책 위에 놓고 탁자 위에 팔꿈치를 고이고는 생각에 잠겼다.

'내 집은 어떤가? 반석 위에 서 있는 집인가, 모래 위에 서 있는 집인가? 반석 위에 서 있다면 얼마나 좋을까. 누구나 여기에 앉아 있는 동안은 홀가분한 마음으로 모든 일을 신의 지시대로 할 수 있을 것 같은 마음이 드는데, 생활을 하다보면 어쩔 수 없이 죄를 짓게 되고 마니. 그래도 난 참고 견딜 거야. 그것은 즐거움을 가져다주니까. 신이시어! 저에게 힘을 주시옵소서!'

마르틴은 이렇게 생각을 하고는 잠자리에 들려다가 말고 다시 성경책을 펼쳐들고 제 7장을 읽었다. 백인대장과 과부의 아들 이야기를 읽고, 요한이 제자들에게 대답한 대목을 읽고, 이어서 부자 바리새인이 그리스도를 자기 집으로 초대한 부분에 이르렀다. 마르틴은 죄 많은 여자가 어떻게 그리스도의 머리에 기름을 바르고 그리스도의 발을 눈물로 적셨으며, 그리스도가 어떻게 그녀의 죄를 용서했는가 하는 부분도 읽었다. 44절에 이런 글귀가 있었다.

"여인을 돌아보시며 시몬에게 말씀을 계속하셨다. '이 여인을 보아라. 내가 네 집에 들어왔을 때 너는 내게 발 씻을 물도  주지 않았지만 이 여인은 눈물로 내 발을 적시고 머리카락으로 닦아주었다. 너는 내 얼굴에도 입 맞추지 않았으나 이 여인은 내가 들어온 때부터 내 발에 입 맞추고 있다. 너는 내 머리에 기름을 발라주지 않았으나 이 여인은 내 발에 향유를 발라주었다.'"

이 구절을 읽고나서 마르틴은 생각했다.

'그 사람은 발 씻을 물도 주지 않고 입맞춤도 하지 않고 머리에 기름도 발라 주지 않았어.'

마르틴은 다시 한번 안경을 벗어 성경 위에 놓은 다음, 다시 생각에 잠겼다.

'아무래도 내가 그 바리새 사람, 시몬 같아. 오로지 나 자신만을 생각해 온……. 차를 마시고 싶다든지, 따뜻하고 깨끗한 옷을 걸치고 싶다든지 하는 나 자신을 위한 것들에만 신경을 썼을 뿐, 손님을 위해서는 별로 신경을 쓰지 않았어. 나 자신은 돌보면서도 손님을 위해서는 아무것도 하지 않은 거야. 그런데 손님은 누구인가? 다름 아닌 그리스도 아니신가? 만약 나를 찾아오신다면 나는 어떻게 행동했을 것인가?

마르틴은 탁자 위에 두 팔을 괴었고, 깜빡 잠이 들고 말았다. 그때 문득 등 뒤에서 자신의 이름을 부르는 소리가 들려왔다.

"마르틴!"

마르틴은 깜짝 놀라서 깨어났다. 마르틴은 주변을 둘러보고 문 쪽을 바라보았다. 그곳엔 아무도 없었다. 그때 다시 뚜렷하고 분명한 목소리가 들려왔다.

"마르틴! 마르틴! 내일 내가 갈 것이니, 거리를 내다 보거라."

마르틴은 정신을 차리고 일어나 눈을 비비기 시작했다. 꿈에서 들은 말인지, 생시에서 들은 말인지 잘 분간할 수가 없었다. 그는 잠시 방을 한바퀴 둘러본 뒤, 불을 끄고는 잠자리에 들었다.

이튿날 아침, 마르틴은 아직 날이 새기도 전에 일어나서 신께 기도를 드리고 벽돌 화덕에 불을 지펴 국과 보리죽을 끓이고, 주전자를 준비한 뒤, 앞치마를 두르고는 창가에 앉아 일을 시작했다. 마르틴은 일을 하면서도 줄곧 어젯밤 일을 생각했다. 그 일이 꿈인 것 같기도 했고, 실제로 일어났던 일 같기도 했다. 그는 생각했다.

'뭐, 이런 일은 흔한 일이잖아.'

그는 일을 하는 시간보다 창밖을 내다보는 시간이 더 많았다. 그러다가 누군가 낯선 신발을 신고 지나가면 몸을 굽혀 위를 올려다보았다. 새로 지은 장화를 신은 정원사가 지나갔고, 그 뒤를 지게를 진 일꾼도 지나갔다. 이어 니꼴라이 치세 때의 늙은 군인이 삽을 들고 창가로 다가왔다. 마르틴은 다 낡은 가죽으로 덧댄 장화만 보고도 그가 누구인지 알 수 있었다. 그는 스테파니치로, 옆집 상인이 인정상 데리고 있는 사람이었다. 그는 정원사의 일을 돕고 있었는데 오늘은 하얗게 내려쌓인 눈을 치우고 있었다. 한참동안 그 모습을 바라보고 있던 마르틴은 다시 일감으로 눈길을 옮겼다. 그리고는 얼굴에 미소를 그리며 말했다.

"아무래도 이젠 나도 노망이 들려나 봐. 스테파니치가 눈을 치우는 것을 보고 그리스도가 내게 오신 게 아닐까, 하고 생각을 했으니 말이야."

그는 구두를 잡고 몇 바늘 꿰매지도 않았는데 다시 창밖으로 눈길을 주고 있었다. 창 너머로 보이는 스테파니치는 눈을 치우던 삽을 벽에 기대어 놓고 볕을 쬐면서 쉬고 있었다. 마르틴은 그의 모습을 보고는 생각했다.

'이제 늙어서 눈을 치울 기력도 없는 모양이야. 저 사람에게 차라도 한 잔 대접을 해야겠어. 마침 주전자의 물도 끓고 있으니, 잘 됐네.'

마르틴은 들고 있던 일감에다 바늘을 꽂고는 주전자를 탁자 위에 올려놓은 다음, 차를 준비해서는 손가락으로 창문을 똑똑 두드렸다. 스테파니치가 그 소리를 듣고는 창가로 다가왔다. 마르틴이 창문을 열고는 말했다.

"들어와서 차나 한 잔 마시면서 몸 좀 녹여. 몸이 꽤 얼어 보이는데."

"아이구, 고맙네. 그렇잖아도 온 몸의 뼈마디가 쑤시던 중인데."

스테파니치는 들어오자 눈을 털고는 마루바닥에 자국이 나지 않도록 발을 닦았다. 그러다가 그는 비틀거리면서 하마터면 넘어질 뻔했다.

"수고스럽게 그럴 필요 없네. 바닥은 닦지 않아도 되네. 그건 내가 늘 하는 일이니까, 자네는 이쪽으로 와서 차나 마시며 몸이나 녹이도록 하게."

그리고는 스테파니치를 끌어당겨 의자에 앉혔다. 그리고는 차를 두 잔 준비해 한 잔은 그에게 건네주고 나머지 한 잔은 자신이 마셨다. 스테파니치는 차를 다 마시고는 잔을 탁자 위에 내려놓으면서 잘 마셨다며 고마워했다. 그런데 그의 표정이 뭔가 부족함을 담고 있었다.

"차는 얼마든지 있으니, 우리 한 잔씩 더 하는 게 어때?"

그러면서 마르틴은 자신의 잔과 그의 잔에 다시 차를 따랐다. 그러면서도 마르틴은 자주 큰길 쪽을 바라보았다. 그러자 그가 물었다.

"자네, 누구라도 기다리는 사람이 있나?"

"누굴 기다리는 사람이 있느냐고? 말하기가 부끄럽군. 얼핏 들은 말이라서 누굴 기다린다고 할 수도 없으니. 또 꿈이었는

지, 생시였는지 지금도 구분이 가지 않고 있으니. 그러니까 무슨 말인가 하면 어젯밤에 나는 성경을 읽고 있었는데, 그리스도가 이 세상을 돌아다니시며 고생한 부분이었어. 자네도 아마 들었거나 읽었을 수도 있었을 거야."

"듣기는 들었지. 하지만 나는 워낙 까막눈이라 글을 읽을줄 몰라서."

"음, 그러면 내 말 좀 들어 봐. 나는 어제 그리스도가 이 세상을 돌아다니시며 고생한 이야기를 읽고 있었어. 그리스도가 바리새인의 집에 들른 이야기였지. '그리스도가 바리새인의 집에 들렀는데도 바리세인은 변변한 대접도 하지 않았다.' 라는 구절이었는데, 그 구절을 읽고는 생각에 잠겼지. '그리스도를 대접하지 않다니, 이게 될 말인가?' 그러면서 '혹여 나도 그런 사람이 아닐까?' 하는 생각에 이르게 된 거야. 그런 생각을 하면서 깜빡 잠이 들었는데, 그때 어디선가 나를 부르는 소리가 들리는 게 아니겠어. 일어나 둘러보니 아무도 없는데, 분명 누군가가 '기다려라. 내일 갈 테니.' 하고 말을 하는 거야. 그것도 두 번이나 되풀이해서 말이야. 그냥 지나가는 소리이려니 하고 여기면서도 자꾸 이렇게 그리스도의 방문이 기다려지니……."

스테파니치는 말없이 고개를 흔들었고, 차를 마시고는 잔을 옆으로 뉘어놓았다. 하지만 마르틴이 다시 잔을 세우더니 차를

'너희가 여기 있는 형제 중에
가장 보잘것 없는 사람에게 대접하는 것이
바로 나에게 대접하는 것이다.'

가득 따랐다.

"자, 한 잔 더 마시고 기운을 내게나. 나는 그리스도가 이 세상에 계실 때는 아무도 멸시하지 않고 가난하고 신분이 낮은 사람들을 더 보살펴 주셨다는 것을 생각했네. 그 분은 언제나 평민들을 상대했고, 제자들 또한 우리들처럼 죄 많은 사람들 속에서 취하셨지. '마음이 교만한 자는 오히려 아래로 떨어지고, 자기를 낮추는 자는 위로 올라가리라.'고 그 분은 말씀하셨지. '누구든 나를 주(主)라고 부르면 내 너희들의 발을 씻겨 주리라', '우두머리가 되고 싶은 사람은 먼저 모든 사람의 종이 되라.'고도 말씀하셨네. 그러면서 '가난하고 비천하고 온유하고 자비로운 사람에게 복이 있나니.'라는 축언도 빼놓지 않으셨네."

스테파니치는 차 마시는 것도 잊고서, 그의 말을 듣고만 있었다. 가만히 살펴보니 그의 두 볼엔 눈물이 흐르고 있었다. 그는 조용히 가슴에다 성호를 긋더니 자리에서 일어났다. 그리고는 말했다.

"고맙네, 마르틴. 정말 잘 마셨고, 덕분에 마음까지 또한 훈훈해졌네."

"종종 들려주게나. 나는 사람이 찾아오는 걸 좋아하니까."

스테파니치가 나가자 그는 남아 있던 차를 마저 마시고는 다시 일감을 잡고 바느질을 하기 시작했다. 그러면서도 틈틈이 창밖을 바라보며 그리스도의 왕림을 고대하고 있었다. 머릿속에는 그리스도가 한 말이 꽉 들어차 사라지지 않고 있었다. 창밖으로 두 사람의 군인이 지나가는 것이 그의 눈에 들어왔다. 한 사람은 군화를 신고 있었고, 다른 한 사람은 신사화를 신고 있었다. 뒤 이어 이웃집에 살고 있는 주인이 반짝반짝 윤이 나는 방한용 덧신을 신고 지나갔고, 그 뒤를 바구니를 옆에 낀 빵 가게 사람이 지나갔다.

그런데 이때 털실로 짠 긴 양말에 낡은 신발을 신은 여자가 창가로 오더니 멈추어 섰다. 마르틴이 창을 통해 올려다보니 이 마을 사람이 아닌 처음 보는 낯선 사람이었다. 그녀는 겨울옷이 아닌 얇고 허름한 여름옷을 입고 있었다. 게다가 그녀는 아기를 안고 있었는데, 아기를 감싸 줄 덮개 하나 없었다. 그녀는 바람을 등지고 서서 아기가 춥지 않게 하려고 온갖 애를 다 쓰고 있었다. 하지만 아기는 그런 엄마의 마음도 모르고 날씨가 추워서 그런지 울음을 터트렸다. 아기는 울음을 그치지 않고 엄마를 보채며 울고 있었다. 마르틴은 문을 열고 나가 돌층계에 서서 애기 엄마를 불렀다.

"아주머니! 아주머니!"

여자가 부르는 소리를 듣고 고개를 돌렸다. 마르틴이 들어오라는 손짓을 하며 말했다.

"아니, 이런 추위에 어찌 그렇게 하고 서 있어요? 아기를 울리지 말고 이리로 들어오시오. 따뜻한 곳에서 아기를 달래는 것이 더 낫지 않겠소?"

여자는 놀란 표정을 짓더니 이내 고마운 표정을 지으며 마르틴이 부르는 곳으로 갔다. 안으로 들어가자 마르틴은 여자를 침대로 안내했다.

"자, 아주머니, 이리로 앉아요. 난로 가까이 편히 앉아서 아기에게 젖을 물리도록 하세요."

"젖이 나지를 않아요. 제가 새벽부터 아무것도 먹지를 못했거든요."

여자는 그러면서도 계속해서 아기에게 젖을 물렸다. 마르틴은 그 모습을 보고는 주방 쪽으로 갔다. 그리고 그릇을 꺼내 빵과 스프를 담은 뒤, 보리죽이 든 항아리를 열었다. 하지만 아직

덜 물러 있어서 다시 닫고는, 빵과 스프만을 식탁에 올려놓았다. 그런 뒤 여인에게 말했다.

"아주머니, 우선 이것부터 들어요. 아기는 내가 안고 있을 테니 먼저 식사부터 편하게 해요. 나도 예전에 아기를 길러본 적이 있어 아기를 곧잘 돌본다오."

여자는 식탁에 앉더니, 가슴에 성호를 긋고는 음식을 먹기 시작했다. 그 동안 마르틴은 아기가 있는 침대에 걸터앉아 열심히 입술을 오므려 소리를 내보려고 하였다. 하지만 이가 없어서 소리가 잘 나지를 않았고, 아기는 여전히 울어대고 있었다. 마르틴은 어떡하든 아기를 달래보려고 입가에 손가락을 갖다 대고는 이리저리 움직여보았다. 하지만 손가락을 입술에 갖다 대지는 않았다. 아교 같은 것이 묻어 있었기 때문이었다. 아기는 손가락 움직이는 것을 바라보더니 울음을 그치고 이내 웃기까지 하였다. 마르틴도 그 모습을 보자 저절로 웃음이 나왔다. 여인은 식사를 하면서 자기에 대한 신세타령을 하기 시작했다.

"제 남편은 군인입니다. 그런데 8개월 전 이곳에서 꽤나 멀리 떨어진 어딘지 모를 곳으로 전속이 되어 갔습니다. 그리고는 소식이 끊기고 말았지요. 저는 그때 임신 중이었는데, 돈이 없어서 어느 집 하녀로 들어갔다가 그 곳에서 아기를 낳았지요. 그러자 주인은 아기가 있어 일을 제대로 못한다며 저를 쫓아내고 말았어요. 그 뒤로 저는 석 달째나 일을 하지 못하고 이렇게 지내고 있답니다. 가재도구는 물론 입고 있던 옷가지까지 이젠 다 팔았기 때문에 유모로라도 들어가고 싶지만, 그런 자리도 잘 나지를 않습니다. 젖이 말라서 잘 나오지 않을 거라는 이유 때문이지요. 지금은 어느 상인의 집엘 갔다 오는 길이랍니다. 그 집에 저희 마을 여자가 들어가 있는데, 저를 써주겠다고 약속을 했거든요. 그래서 저는 주인과 이야기가 다 된 줄 알고 찾아갔더니, 다음주에 다시 오라고 하는군요. 그런데 그 집이 어찌나 멀던지, 하마터면 지쳐서 도중에 쓰러질 뻔했지 뭐예요. 그나마 다행스럽게도 지금 세 들어 사는 주인 아주머니가 신을 믿고, 우리 모자를 불쌍히 여기어주셨길 망정이지, 그렇지 않았다면 이 추운 겨울에 집도 절도 없이 떠돌아다니다가 벌써 변을 당하고도 남았을 거예요."

마르틴은 그녀의 말을 듣고는 긴 한숨을 내쉬면서 말했다.

"그래, 따뜻하게 입을 옷은 없소?"

"좀 전에 말씀드렸듯이 모두 다 저당 잡히고는 마지막으로 가지고 있던 목도리마저 어제 20코페이카를 받고는 처분하고 말았지요."

식사를 끝낸 그녀는 침대로 돌아와 아기를 안았다. 마르틴은 벽께로 가더니 한참을 부스럭거리며 무엇인가를 찾았다. 그러더니 소매 없는 낡은 외투를 들고 나왔다.

"이거라도 입으시오. 비록 다 낡았지만 아기를 감쌀 만은 할 게요."

여자는 소매 없는 외투를 받아들고는, 노인을 바라보더니 이내 울음을 터트렸다. 마르틴은 그 모습을 못 본 채 하고는 침대 밑으로 들어가 옷궤를 끌어냈다. 그런 그에게 그녀가 말했다.

"정말로 고맙습니다. 신께서 당신에게 복을 내려주실 거예요. 아무리 생각해보아도 그리스도께서 저를 당신의 창가로 인도하신 것 같아요. 그렇지 않았으면 이 아이는 아마 얼어 죽었을지도 몰라요. 제가 집을 나설 때는 따뜻했는데, 갑자기 이렇게 추워졌어요. 분명 그리스도께서 당신을 창밖으로 내다보게 해 저희 모자를 돌보게 한 것이 틀림없어요."

그 말을 들은 마르틴은 빙그레 미소를 지으며 말했다.

"맞는 말이오. 그리스도가 나를 거기에 앉게 한 뒤 창문 밖을 바라보게 하였소."

그러면서 마르틴은 그녀에게도 신이 들려줬던 소리와 오늘 자기에게로 오기로 했다는 말을 들려주었다.

"모든 일은 가능한 것이니, 혹시 모르잖아요."

여자가 말했다. 여자는 일어나 소매 없는 외투를 걸치더니 그 속에다 아기를 감싸 안았다. 그리고는 허리를 굽혀 마르틴에

게 감사의 인사를 했다. 마르틴은 그런 그녀에게 20코페이카를
내주며 말했다.

"이것은 그리스도의 이름으로 주는 것이니, 이것으로 목도리
를 다시 찾도록 해요."

여자는 성호를 그었다. 마르틴도 성호를 그으며 여자를 배웅
하였다. 여자가 가자, 마르틴도 스프를 먹고는 탁자를 깨끗이
치웠다. 그리고 다시 일감을 붙잡았다. 그는 여전히 일을 하면
서 밖을 내다보는 일을 멈추지 않았다. 창문이 그늘지면 얼른
밖을 바라보며 누가 지나가나 쳐다보았다. 그때 문득 바라보니

마르틴의 창문 바로 앞에 사과장수인 노파가 서 있었다. 사과는 거의 다 판 듯 몇 알 남아 있지 않았다. 그 대신 나무 부스러기가 든 자루를 어깨에 메고 있었다. 아마 어느 공사장에서 주워 집으로 가져가는 모양이었다. 그런데 어깨가 아픈지 나무 부스러기를 바닥에 내려놓더니, 이어 사과 바구니를 말뚝에 걸어 놓았다. 나무 부스러기를 다른 어깨로 바꿔 매려는 것이었다. 그때 어디서 나타났는지 찢어진 모자를 눌러 쓴 사내아이가 바구니에 들어 있는 사과 한 개를 훔쳐서 달아나려고 했다. 헌데 재빨리 노파가 그 아이의 옷소매를 움켜잡고 놓지 않았다. 사내아이는 발버둥치며 노파의 손을 뿌리치고 달아나려고 했지만, 노파는 사내아이의 모자를 벗기더니 머리를 움켜잡았다. 마르틴은 바늘을 어디다 찔러 놓을 겨를도 없이 마룻바닥에다 팽개치고는 밖으로 뛰어나갔다. 너무 급하게 뛰어나가는 바람에 층계에 발이 걸려 안경이 벗겨지고 말았다. 마르틴이 큰길로 뛰어나갔을 때 노파는 사내아이의 머리를 움켜잡고 욕설을 퍼부으면서 경찰서로 끌고 가려고 했다. 사내아이는 죽을 힘을 다해 발버둥치면서 소리치고 있었다.

"난 훔치지 않았어요. 훔치지 않았단 말이에요. 때리지 말고 이거 놔요."

마르틴이 그런 사내아이의 손을 잡고 노파에게 말했다.

"아이를 놓아주세요. 부디 이 아이를 용서해 주시구려."

"아니요, 경찰에게 넘기겠어요. 그래서 일년 동안 잊지 않게 혼쭐을 내주겠어요. 못된 녀석 같으니라고."

"그러지 말고 놓아주시구려. 다신 그러지 않을 거예요."

마르틴이 거듭 부탁을 하자 노파가 사내아이의 손을 놓았다. 순간 사내아이가 도망을 치려는 것을 마르틴이 얼른 붙잡아 세우며 말했다.

"어서, 할머니께 잘못했다고 용서를 빌어라. 이제 다시 이런 나쁜 짓을 하지 않겠다고 얼른 용서를 구하거라."

그러자 사내아이는 훌쩍훌쩍 울면서 노파에게 용서를 빌었다. 그 모습을 보고 마르틴이 사과 하나를 집어 사내아이에게 주며 말했다.

"이젠 됐다. 이것을 가지고 집으로 돌아가거라."

그리고 노파에게도 말했다.

"이 사과 값은 제가 치르지요."

그러자 노파가 말했다.

"공연한 짓을 해서 아이들의 버릇을 그르치지 말아요. 저런 애들은 다시는 이런 짓을 하지 못하도록 일주일 동안 흠씬 두들겨 패줘야 해요."

"아니에요, 할머니. 그건 신의 뜻이 아니거든요. 사과 한 알 때문에 아이들을 때려야 한다면 죄 많은 우리 어른들은 도대체 어떤 벌을 받아야 하나요?"

그러자 노파는 잠자코 아무 말이 없었다. 마르틴은 노파에게 성경에 나오는 비유담을 들려주었다. 어떤 주인이 종의 많은 빚을 탕감해 주었는데, 그 종이 밖에 나가서 그에게 빚진 사람의 멱살을 잡더라는 이야기였다. 노파는 귀 기울여 듣고 있었고, 사내아이도 경청했다. 마르틴은 말을 계속 이었다.

"신께서는 죄를 용서하라고 말씀하셨어요. 그렇지 않으면 우리도 용서받을 수 없다고 하셨지요. 그 누구라도 용서해 주어야 하는 것인데, 하물며 어린아이라면 더욱 더 그렇지요."

노파는 여기까지 말을 듣더니 긴 한숨을 내쉬었다.

"그야 맞는 말입니다만, 어린아이들은 너무나 버릇이 없어서 말이에요."

"그러니 우리 늙은이들이 바른 길로 인도해야지요."

"하긴, 그래요. 나도 일곱이나 아이를 낳았지만 지금은 딸 하나밖에 남아 있지 않지요."

이렇게 말을 시작한 노파는 자신이 딸과 함께 어디에서 어떻게 살고 있으며, 손자 손녀가 몇 명이나 되는지도 말했다.

"기운이 없는데도 내가 이렇게 일을 하는 것은, 다 어린 손자들 때문이지요. 손자들이 가여워서 하는 것이지요. 그들은 모두 착하고 귀엽답니다. 내가 집에 들어가면 아이들이 죽 나와서 마중을 한답니다. 한 아이는 '할머니, 사랑하는 할머니, 소중한 할머니.' 하면서 내 곁을 떠나려고 하지 않지요."

노파는 이제 손자손녀 생각으로 마음이 완전히 풀려 있었다. 노파는 자애가 가득한 눈으로 사내아이를 바라보더니 이렇게 말했다.

"단지 철이 없어서 그랬던 거예요. 가엾게도."

그리고는 머리를 쓰다듬어 준 뒤, 나무 부스러기가 든 자루를 들어올리려고 하였다. 그러자 사내아이가 앞으로 나서며 말했다.

"제가 들어다 드릴게요, 할머니. 저도 그쪽으로 가는 길이거든요."

노파는 고개를 끄덕였고, 자루를 사내아이의 어깨에 올려주었다. 두 사람은 어깨를 나란히 하고 보기 좋게 길을 걸어갔고, 노파는 마르틴에게 사과 값을 받아야 한다는 것을 완전히 잊어버렸다. 마르틴은 그 자리에 서서 그들이 걸어가는 모습을 지켜보았다. 집으로 들어오는 길에 층계에 떨어져 있던 안경을 주워 가지고 들어왔는데, 다행히도 깨진 곳은 없었다. 그는 바늘을

찾아들고서는 다시 일을 하기 시작했다. 그가 일에 골몰하는 동
안 날은 어느새 어두워져 바늘구멍이 잘 보이지 않을 정도가 되
었다. 밖에는 벌써 점등부가 불을 밝히려 돌아다니고 있었다.

'아무래도 불을 밝혀야 하겠군.'

마르틴은 이렇게 생각을 하고는 램프에 불을 붙인 뒤 다시 일
에 열중하였다. 얼마쯤 지나 한쪽 장화 짓는 일을 끝내고, 실과
바늘 등 도구를 챙긴 다음 가죽부스러기를 말끔히 청소하였다.
그리고는 램프를 걸쇠에서 떼어 탁자로 옮긴 뒤, 성경을 꺼내들
었다. 마르틴이 성경을 펼쳐들자, 어젯밤의 꿈이 떠올랐다. 그와
동시에 무엇인가 부스럭거리는 소리가 들려왔다. 마르틴이 고
개를 돌려 소리 나는 곳을 바라보니, 어두컴컴한 구석에 사람이
하나 서 있었다. 그런데 확실히 사람인 것은 분명한데 누구인지
는 알 수가 없었다. 그곳에서 나지막한 소리가 들려왔다.

"마르틴, 나야, 나."

"대체 누구십니까?"

마르틴이 물었다. 그러자 이때 어둠 속에서 낮에 눈 치우던
스테파니치 노인이 나타나서 빙긋이 웃고는 사라졌다. 뒤이어
"저예요" 하는 소리가 들리더니 여자가 아기를 안고 나타나 미
소를 짓고는 사라졌다. 조금 후에 "나요, 저예요." 하며 사과장
수 할머니와 사내아이가 빙긋이 웃으며 나타났다가 사라졌다.

그리고 마지막으로 이런 목소리가 들려왔다.

"이들은 모두 나였다."

마르틴의 영혼은 기쁨으로 충만했다. 그는 너무 신기하기도 하고 기쁘기도 해서 성호를 그은 뒤 안경을 끼고는 성경을 집어 들었다. 그리고는 성경의 펼쳐져 있던 페이지를 그냥 읽기 시작했는데, 거기에는 이런 구절이 씌어 있었다.

'너희는 내가 굶주렸을 때 먹을 것을 주었고, 목마를 때 마실 것을 주었으며 나그네 되었을 때 따뜻하게 맞이하였다. 또 헐벗었을 때는 입을 것을 주었으며, 병들었을 때는 돌보아 주었고, 감옥에 갇혔을 때는 찾아주었다.'

마르틴은 그 장의 마지막 구절을 보았다.

'너희가 여기 있는 형제 중에 가장 보잘 것 없는 사람에게 대접하는 것이 바로 나에게 대접하는 것이다.'

그리하여 마르틴은 느낄 수 있었다. 꿈은 정말이었고, 오늘 어김없이 그리스도가 왔다갔음을. 그리고 자신이 그를 대접했음을.　　　　　　　　　　　　　　　　〈1885년 · 57세〉

# TRUTH

## 진리 · 현명함 · 이성 · 배움 · 예절(친절) · 예술

진리는 폭력보다 강하다 ―

♥ 진리대로 사는 게 편안하면 진리를 숨기기보다는 받아들이는 것이 좋다. 우리의 삶은 변하나 진리는 결코 변하지 않는 법이다. 그것은 항상 진리로 남아 우리를 드러낼 것이다.

♥ 예술 작품에 대하여 이렇다 저렇다 말하는 것은 정말이지 쓸데없이 시간을 보내는 것이다. 예술은 오직 자신만의 언어로 말하며 따라서 예술에 대해 말하는 것은 쓸모없다는 것을 알고 있는 사람이야말로 진실로 예술 작품을 이해하고 헤아리는 사람이다.

♥ 진리란 기쁨일 뿐만 아니라 폭력보다도 강하다.

♥ 진리의 삶을 추구하라. 그것은 항상 우리가 당연히 할 일과 당연히 하지 말아야 할 일, 그리고 하던 가운데도 그쳐야만 할 일을 보여준다.

♥ 세상에는 배울 것이 수없이 많다. 하지만 인생의 의미와 사회에 유익이 없으면 모든 학문과 예술은 쓸모없게 될 뿐만 아니라 인생에 해만 끼치는 오락거리로 전락하게 된다.

♥ 현명하고자 한다면 현명하게 질문을 하는 방법, 주의 깊게 듣는 태도, 그리고 더 이상 할 말이 없을 때 말을 그치는 방법을 알아야만 한다.

♥ 현명한 사람은 자신이 결코 현명하다고 생각하는 법이 없으며, 나아가 자신에게 신의 모습이 드러난다 하더라도 자신을 드러내지 않는다.

♥ 평범한 지식을 산더미처럼 쌓는 것보다 삶에 필요한 지식을 조금 아는 것이 현명한 것이다.

♥ 우리는 이성을 통하여 모든 것을 안다. 그런 사실을 믿지 않는 사람들, 그리고 이성을 따라서는 안 된다고 말하는 사람들은 어두운 길을 밝혀주는 등불을 집어던지라고 하는 사람과 똑같은 것이다.

♥ 우리는 정념(情念)에 뜻을 굽히고 이성이 발휘되지 못할 정도로 다른 사람의 감정에 뜻을 굽히는 등 자유롭지 못하다. 진정으로 우리가 자유롭기를 원한다면 오직 이성으로서만 가능하다.

♥ 학자란 모름지기 공부를 많이 한 사람이다. 교양 있는 사람은 지식뿐만 아니라 예절을 겸비한 사람이다. 남을 일깨워주는 사람은 인생의 의미와 목적을 완전히 깨달은 사람이다.

♥ 친절은 세상을 아름답게 한다. 모든 비난을 해결한다. 얽힌 것을 풀어헤치고, 곤란한 일을 수월하게 하며, 암담한 것을 즐거움으로 바꾼다.

011

달�걀만한

씨앗

자연은 단순 소박하며, 지혜 역시 단순 소박하다.

그것들 모두 사랑과 존경을 불러 일으킨다.

어느 날 산골짜기에서 어린애들이 가운데에 줄이 든 달걀만 한 씨앗 같은 물건을 발견했다. 마침 그 곳을 지나가던 나그네가 어린애들이 가지고 있는 물건을 보고 6코페이카에 샀다. 그는 그 물건이 진귀한 것이라며 황제에게 팔았다.

황제는 현인들을 불러 모아 그것이 무슨 물건인지 알아보라고 일렀다. 현인들은 생각하고 또 생각했으나 그것이 무슨 물건인지 도통 알 수가 없었다.

그런 어느 날 물건을 창틀에 놓아두었는데 암탉이 한 마리 날아 들어와 구멍이 날 때까지 쪼아 먹었다. 그것을 본 현인들은 그것이 곡물의 씨앗이라는 것을 알게 되었다. 그들은 황제에게 아뢰었다.

"이것은 곡물의 씨앗입니다."

황제는 크게 놀랐다. 황제는 다시 현인들에게 이 씨앗이 언제 어디서 생겼는지를 알아보라고 명령을 내렸다. 현인들은 생각을 거듭하고 온갖 책을 뒤져보았지만 어떤 단서도 찾을 수가 없었다. 그래서 그들은 어전에 나와 이렇게 아뢰었다.

"대답을 드릴 수 없습니다. 책 어디에도 이 씨앗에 관해서 쓰여 있지 않았습니다. 그런즉 농부들에게 물어보는 것이 좋을 듯합니다. 이런 씨앗이 언제 어디서 자랐었는지를 아는 농부들이 아마 있을 것입니다."

그리하여 황제는 파발을 보내어 늙은 농부 한 사람을 데려오게 했다. 나이 많은 노인이 황제에게로 불려 왔다. 그 농부는 벌써 이도 다 빠지고 등이 굽었으며 얼굴도 쭈글쭈글했다. 그는 양손에 지팡이를 짚고 비실거리며 간신히 궁으로 들어섰다. 황제는 그에게 씨앗을 보여줬다. 노인은 시력이 거의 없었으나 두손으로 그것을 더듬어 살폈다. 황제가 그에게 물었다.

"노인장, 이런 씨앗이 어디에서 자라는지 아시오? 이러한 씨앗을 심어보았거나 구입해 본 적이 있소?"

늙은이는 귀까지 멀어 간신히 알아듣고 겨우 이해했다. 노인이 대답하기 시작했다.

"네, 소인은 밭에다 이런 곡식을 심은 일도, 거두어들인 일도, 구입해 본 적도 없습니다. 소인이 사서 밭에 뿌렸던 곡식은 씨알이 작았습니다. 한번 소인의 아버지에게 물어보십시오. 저의 아버지라면 어디서 그런 씨앗을 보았는지도 모를 테니까요."

황제는 노인의 아버지한테로 파발을 보내어 데려오게 했다. 노인의 아버지가 황제에게로 불려왔다. 그는 하나의 지팡이만을 짚고 있었다. 황제는 그에게 씨앗을 보여줬다. 그는 아직 시력이 살아 있었으므로 씨앗을 물끄러미 바라보았다. 황제가 그에게 물었다.

"노인장, 혹 이런 씨앗이 어디서 자라고 있는지 알고 있소? 이러한 씨앗을 심어보았거나 구입해 본 적이 있소?"

노인은 귀가 다소 멀기는 했지만 아들보다는 훨씬 잘 알아들었다. 그가 대답했다.

"소인은 밭에다 이런 씨앗을 뿌려본 일도, 거두어들여 본 적도 없습니다. 물론 사본 일도 없고요. 소인이 젊었을 적에는 아직 돈이 없었던 시절입니다. 모든 사람들이 자급자족을 하던 시절이었지요. 부족하면 서로 나누며 살았고요. 물론 소인네가 살던 시절의 씨앗은 요즘 것보다는 더 크고 소출도 많긴 했습니다. 하지만 이런 씨앗은 저도 난생 처음입니다. 그런데 소인의 아버지가 살던 시절에는 소인네 시절보다 더 크고 소출도 많은 씨앗으로 농사를 졌다는 말을 들은 적이 있습니다. 한번 소인의 아버지에게 물어보시는 것이 어떻겠습니까?"

그리하여 황제는 다시 이 노인의 아버지를 데리러 파발을 보냈다. 그가 황제에게로 불려왔다. 그는 지팡이를 짚고 있지 않았다. 그는 발걸음이 가벼워보였고, 눈과 귀도 밝았으며 말도 잘했다. 황제가 그에게 씨앗을 보여줬다. 노인은 그것을 이리저리 살펴보기도 하고, 이렇게 저렇게 뜯어보기도 하였다.

"이렇게 좋은 낟알을 본 것은 참으로 오랜만입니다."

이렇게 말한 노인은 씨앗을 조금 물어뜯어 자근자근 깨물어 보았다. 그가 말했다.

"이것은 옛날에 심어졌던 곡식입니다."

"그래요. 그럼 노인장, 어디 한 번 말해 보시오. 이런 씨앗이 언제 어디에서 자랐소? 이런 씨앗을 구입했거나 밭에 심어 본 적이 있었소?"

노인은 대답했다.

"이런 곡식은 소인이 농사짓던 시절에는 어디서나 자라고 있었습니다. 저와 다른 사람들은 모두 이런 곡식을 먹고 살아왔습니다. 그 시절 사람들이 심고 거두었던 곡식들은 모두 이와 같은 곡식들이었습니다."

그러자 황제가 물었다.

"노인장, 그럼 그걸 어디에서 샀소? 아니면 직접 농사를 지었소?"

노인이 웃으며 대답했다.

"소인이 농사짓던 시절에는 곡식을 사고파는 일은 꿈도 꾸지 못한 일이었지요. 또 돈이란 것도 몰랐고요. 누구나 먹고살 수 있는 곡식은 가지고 있었습니다."

황제는 거듭해 물었다.

"노인장, 그럼 어디 말해 보시오. 노인의 밭은 어디에 있었고, 이런 곡식을 심은 곳은 어디요?"

노인이 대답했다.

"소인의 밭은 신의 땅이었습니다. 쟁기질을 해 경작을 한 땅이 바로 소인의 밭이었습니다. 땅은 누구의 소유물도 아니었고, 누구나 이용할 수 있었습니다. 사람들이 제 것이라고 부를 수 있었던 것은 오직 자신의 노동뿐이었습니다."

"그럼 두 가지만 더 물어보겠소. 한 가지는 옛날에는 이런 씨

"옛날 사람들은 그렇게 살지 않았습니다. 그들은 신의 뜻에 따라 살았습니다. 제 것을 가질 뿐이고 남의 것을 탐내지 않고 살았던 것입니다."

앗이 자랐는데 어째서 지금은 자라지 않나 하는 것이고, 다른 한 가지는 그대의 손자는 두 자루의 지팡이를 짚고 다니고 그대의 아들 역시 한 자루의 지팡이를 짚고 다니는데 어찌 그대만이 지팡이 없이 그리 가뿐히 다닐 수 있는가 하는 것이오? 그리고 그대는 눈과 귀는 밝고 치아는 튼실하며 말도 또렷하게 잘하던데, 그 비결이 대체 무엇이오?"

그러자 노인이 대답했다.

"그것은 아주 간단합니다. 그런 현상이 생기게 된 원인은 사람들이 자신의 노동으로 살지 않고 타인의 노동에 의지해 살아가게 되었기 때문입니다. 옛날 사람들은 그렇게 살지 않았습니다. 그들은 신의 뜻에 따라 살았습니다. 제 것을 가질 뿐이고 남의 것을 탐내지 않고 살았던 것입니다."

*〈1886년 · 58세〉*

# WORK

## 일 · 성공 · 근면 · 노력

이마에 땀을 흘려라 ―

♥ 참으로 중요한 일에 종사하고 있는 사람은 모두 그 생활에 있어서 단순하다. 왜냐하면 그들은 쓸데없는 일에 마음을 쓸 겨를이 없기 때문이다.

♥ 쉴 새 없이 보다 나은 사람이 되기 위해 노력하자. 여기에 인생의 참된 의미가 포함되어 있다. 어떻게 계속해서 앞으로만 나아갈 것인가. 그것은 오직 노력에 의해서 가능하다. 노력 없이는 결코 나은 사람이 될 수 없다. 신의 왕국은 노력에 의하여 파악된다. 이것은 결국 악으로부터 벗어나 선인이 되기 위하여 노력이 필요하다는 것을 의미한다.

♥ 부지런히 일하여 손에 굳은살이 박힌 사람은 식탁의 제일 윗자리에 앉아서 따뜻한 밥을 먼저 먹을 자격이 있지만, 그렇지 않은 사람은 식탁의 제일 아랫자리에 앉아서 먹다 남은 찬밥을 맨 나중에 먹어야 한다. 이것이 이 사회의 법률이요, 도덕이요, 철학이다. 열심히 일한 후의 식사야말로 참으로 귀한 것이다.

♥ 비록 하루도 빠지지 않고 일을 할 필요가 없다고 하더라도 하루라도 일하지 않는 것은 죄악이다.

♥ 참으로 실패하는 것은 눈에 보이지 않는다. 눈에 보이는 것은 그림자에 불과하다.

♥ 절제란 단 한번에 이루어지지 않고 꾸준한 노력에 의해서만 가능하다. 이런 노력을 하는 사람은 정욕을 생활에서 줄이기보다는 정욕을 완전히 떨쳐내려는 쪽으로 향해야 한다. 인내심을 가지고 꾸준히 해나가야 결국 정욕을 완전히 떨쳐낼 것이다.

♥ 일과 오락이 규칙적으로 교대하면서 서로 조화가 이루어진다면 생활은 즐거운 것이다. 그러나 어떤 특정한 일이나 오락만으로는 그렇게 될 수 없다.

♥ 이름을 널리 알리려면 자화자찬하지 말며 칭찬하는 소리도 들으려 하지 말아야 한다.

♥ 육체를 쓰지 않으면 인간이나 짐승이나 살아갈 수 없다. 육체를 씀으로써 우리는 만족하고 기쁨을 누릴 것이며 나아가 건강이 좋아질 것이다. 또한 그것이 다른 사람을 섬기고 봉사하는 최고의 길이다.

♥ 어떤 일에 있어서나 성공을 결정하는 첫째이며 유일한 조건은 참는 일이다. 그리고 모든 일의 가장 큰 장애가 되는 것은, 공연한 참견이다. 이 사실을 깊이 명심해야 한다.

♥ 이마에 땀을 흘리며 그날의 빵을 구하라.

♥ 일은 인간생활의 피할 수 없는 조건이며, 인간 복지의 참된 근원이다.

012

바보

이반

일처럼 사람을 고상하게 만드는 것은 없다. 일을 하지 않으면 인간은 존엄하지 않다. 이에 반해 게으른 사람은 주로 겉으로 보이는 것에만 신경을 쓴다. 겉으로 보이는 것이 없으면 다른 사람들이 자신을 경멸하고 깔본다는 것을 잘 알고 있기 때문이다.

# 1

옛날, 어느 나라에 부유한 농부가 살고 있었다. 그에게는 무관 세몬, 배불뚝이 따라스, 바보 이반이란 세 아들과 귀머거리이자 벙어리인 딸 마르다가 있었다.

무관 세몬은 전쟁터에 나가 임금을 섬겼고, 배불뚝이 따라스는 도시로 나가 상인에게서 장사를 배우고 있었고, 바보 이반은 누이와 함께 집에 남아 농사를 짓고 있었다. 무관 세몬은 높은 벼슬과 사전(私田)을 얻고 귀족의 딸과 결혼을 했다. 하지만 많은 급료와 전답에도 불구하고 매양 수지타산이 맞지 않았다. 남편이 벌어들이기 바쁘게 아내가 귀족행세를 위해 모두 써버리기 때문이었다. 그래서 무관 세몬은 세를 받으려고 자신의 농장으로 갔다. 그러자 마름이 말했다.

"세는 드릴 수가 없습니다. 먼저 농기구와 소와 말을 갖추어 주셔야 합니다. 그래야만 이것들을 가지고 농사를 져 수익을 내야만 세를 드릴 수 있는 것입니다."

그래서 무관인 세몬은 아버지에게 갔다.

"아버지, 아버지는 부자이면서도 저에게 아무것도 주시지 않았습니다. 저에게 땅을 3분의 1만 나눠 주십시오. 제 땅으로 이

전 하겠습니다."

"그렇게 말하는 너는 집에다 보태 준 것이 하나라도 있느냐. 뭣 때문에 너에게 땅을 3분의 1이나 준단 말이냐? 그러는 날엔 이반과 네 누이가 못마땅해 할 것이다."

그러자 세몬이 말했다.

"이반은 바보 입니다. 그리고 마르다도 귀머거리에 벙어리이 고요. 그런 애들한테 땅이 뭐가 필요하겠어요."

이 말을 들은 아버지는 "이반이 뭐라고 하는지 어디 그 애한 테 물어보도록 하자."고 제안했다.

이반이 말했다.

"형이 원하는 것을 주세요."

이렇게 해서 무관인 세몬은 집에서 3분의 1의 땅을 얻어 그 땅을 제 소유로 이전하고 난 후 다시 임금을 섬기러 떠났다.

배불뚝이 따라스도 돈을 많이 모아 상인의 딸과 결혼을 했다. 그래도 그는 불만이었다. 그래서 아버지에게 찾아와 말했다.

"저에게도 제 몫을 나눠 주십시오."

아버지는 따라스에게 땅을 나눠 주고 싶지 않았다. 그가 말 했다.

"너는 우리들에게 보태준 게 아무것도 없다. 그리고 지금 집 에 있는 것은 모두 이반이 벌어들인 것 뿐이다. 나는 그 애하고 딸을 섭섭하게 할 수는 없다."

"저런 녀석에게 재산이 뭐가 필요합니까? 저 녀석은 바보예요. 저 녀석은 장가도 갈 수 없습니다. 누가 시집을 오겠어요. 벙어리인 누이도 그렇지요. 역시 필요한 것이라고는 아무것도 없습니다."

그리고 이반을 향해 말했다.

"그렇잖아, 이반? 나한테 곡식을 절반만 다오. 그리고 난 연장 따위 갖지 않을 테니까 가축 중에서 저 잿빛 숫말이나 한 마리 갖겠다. 저건 네가 밭을 가는 데 도움이 되는 것도 아닐 테고 하니 말이다."

이반이 웃으며 말했다.

"뭐 가져가세요. 전 또 잡아 오면 되니까요."

배불뚝이 따라스도 제 몫의 곡식과 숫말을 챙겨서는 자신의 집으로 돌아갔다.

그리고 이반은 예나 다름없이 늙어빠진 암말 한 마리로 농사를 지어 아버지와 어머니를 봉양하며 지냈다.

**큰 도깨비가** 이 모습을 보았다. 큰 도깨비는 형제들이 재산을 분배함에 있어 다툼을 벌이지 않고 의좋게 헤어진 것이 못마땅했다. 그는 꼬마 도깨비 셋을 큰 소리로 불러낸 뒤 다음과 같이 말했다.

"저기를 보거라. 세 형제가 살고 있지. 무관 세몬과 배불뚝이 따라스, 그리고 이반이란 바보 녀석이지. 나는 말이야, 저 녀석들이 싸움을 하길 바랬는데 의좋게 살고 있지 뭐냐? 서로가 너 먹어라, 하고 지내고 있거든. 저 이반이란 바보 녀석이 내 일을 깡그리 망쳐 놓았지 뭐냐. 이제부터 너희 셋이서 모두 나가 저 세 녀석들에게 눌러 붙어 싸움을 하도록 만들어 의를 끊어 놓도록 하거라. 어때, 할 수 있겠지?"

꼬마 도깨비들이 대답했다.

"할 수 있다마다요."

"너희들은 어떻게 그 일을 처리할 셈이냐?"

"이렇게 할 작정이에요. 먼저 저 녀석들이 먹을 게 하나도 없도록 쪽박을 차게 만든 다음 세 녀석을 한 곳에다 모아 놓는 겁니다. 그러면 저 녀석들도 필시 서로 치고 받으며 싸우게 될 겁니다."

큰 도깨비가 말했다.

"그래, 너희들은 할 일들을 잘 알고 있는 것 같구나. 가거라. 절대 저 녀석들의 사이를 떼놓기 전에는 나한테 돌아와서는 안 돼. 만약 실패를 하게 되면 대신에 너희 세 놈의 가죽을 몽땅 벗겨버리고 말 테니 그리 알고 실수 없이 처리하거라."

꼬마 도깨비들은 늪 속으로 들어가 어떻게 일에 착수할 것인지를 상의했다. 그리고 저마다 조금이라도 더 수월한 상대를 맡으려고 오랫동안 궁리한 끝에 심지를 뽑아서 정하기로 했다. 그리고 일을 먼저 끝낸 도깨비가 다른 도깨비를 도와주기로 약속을 했다.

꼬마 도깨비들은 심지를 뽑아 상대를 결정했다. 그리고 다시 모일 날짜를 정하고, 그날 만나서 일이 끝난 사람이 누구를 도와줘야할지를 의논하기로 했다. 이야기를 끝낸 도깨비들은 자기가 맡은 상대를 찾아서 출발했다.

약속한 날이 되자 꼬마 도깨비들은 늪으로 모였다. 그리고 각자 일이 어떻게 진행되었는지 말하기 시작했다. 무관 세몬한 테서 돌아온 첫 번째 꼬마 도깨비가 입을 열었다.

"내 일은 말이야, 잘 돼 나가고 있어. 내가 맡은 시몬은 내일 틀림없이 아버지한테로 갈 거야."

나머지 꼬마 도깨비들이 물었다.

"그래, 어떤 방법을 썼는데?"

첫 번째 꼬마 도깨비가 말했다.

"나는 우선 세몬에게 용기를 잔뜩 불어 넣어 주었지. 그랬더니 녀석은 제 임금에게 온 세계를 정복해 보이겠다고 약속을 하는 게 아니겠어. 그러자 임금은 세몬을 대장으로 임명하여 인도 왕을 치러 보낸 거야. 나는 세몬이 인도 왕을 치러 가기 전날 밤 그가 지휘하는 군사들의 화약을 모조리 적셔 놓았지. 그리고 인도 왕에게로 가서는 짚으로 군사들을 무수히 만들어 놓게 하였지. 세몬의 군사는 사방팔방에서 지푸라기 군사들이 몰려오는 것을 보고는 잔뜩 겁을 집어 먹었지. 세몬은 '쏴라' 하고 명령을 내렸지만 대포고 총이고 간에 나가야 말이지. 그러자 세몬의 군사들은 사색이 되어 줄행랑을 쳤어. 마치 양떼처럼 말이야. 그러자 인도 왕은 그들을 뒤쫓아 쳐부숴버리고 말았지. 톡톡히 망신을 당한 세몬은 사전을 몽땅 몰수당한 데다 내일은 사형을 당할 참이야. 나에겐 이제 꼭 하루 일감이 남아있을 따름이야. 말하자면 그 놈이 집으로 내빼도록 옥에서 그 놈을 빼내주는 일만 남은 것이지. 그러면 내 일은 완전히 끝나는 것이니까 둘 중에 누가 내 도움이 필요한지, 말해 봐."

따라스에게서 돌아온 두 번째 꼬마 도깨비가 말하기 시작했다.

"나는 말이야, 도움 따윈 필요 없어. 내 일도 아주 잘 돼 나가고 있으니까. 따라스란 녀석도 이제 일주일 이상을 지탱하지 못할 거야. 나는 말이야, 먼저 그 녀석 배를 잔뜩 불려 욕심꾸러기가 되게 했지. 그랬더니 녀석은 남의 재산을 끝없이 탐하게 되어 듣도 보도 못한 물건까지 닥치는 대로 물건을 사들였지. 있는 돈을 모조리 털어서 말이야. 그래도 모자라 빚까지 내서 물건을 사들였으니. 이제는 너무 긁어모아 어떻게 처치해야 할지 몰라 안절부절 못하고 있지. 일주일 뒤에는 빌린 돈을 갚아야 할 기한이 닥치는데, 그 안에 나는 녀석의 물건들을 깡그리 거름으로 만들어 못쓰게 만들어 놓을 작정이야. 그러면 녀석은 필시 갚지 못하고 이내 제 애비한테로 달려가게 될 거야."

말을 마친 두 꼬마 도깨비는 이반에게서 돌아온 세 번째 꼬마 도깨비에게 물었다.

"네 일은 어떻게 됐지?"

세 번째 꼬마 도깨비가 시무룩한 표정으로 말하기 시작했다.

"그런데 말이야, 실은 내 일은 잘 되어 나가지 못하고 있어. 나는 녀석을 배탈 나게 할 양으로 끄아바스를 담는 병 속에다 침을 잔뜩 뱉어 놓았지. 그리고는 녀석의 밭으로 가서 녀석이 꼼짝 못하게 땅바닥을 돌처럼 굳혀 놓았지. 그래놓고는 이 정도

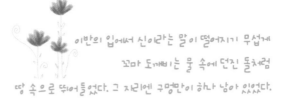

이반의 입에서 신이라는 말이 떨어지기 무섭게 꼬마 도깨비는 물 속에 던진 돌처럼 땅 속으로 뛰어들었다. 그 자리엔 구멍만이 하나 남아 있었다.

면 녀석이 땅을 절대 갈아엎지 못할 것이라고 마음을 푹 놓고 있는데, 아 글쎄, 그 바보 녀석이 쟁기를 가지고 와서는 땅을 갈아 젖히는 게 아니겠어. 배가 아파 끙끙거리면서도 말이야. 그래서 나는 그 녀석의 쟁기를 부수어 놓았지. 그랬더니 녀석은 집에서 딴 보습을 가져와선 성에를 몇 갠가 덧대고는 다시 갈기 시작하는 거야. 그래서 나는 땅 밑으로 기어들어가 보습을 붙잡아보려고 했지만, 도저히 붙잡을 수가 없었네. 녀석이 쟁기를 누르는 데다 보습까지 날카로워서 손만 베이고 말았지. 거의 다 갈아 버리고 이제 겨우 한 두둑밖에는 남지 않았어. 그러니까 여보게들, 와서 좀 도와주게나. 우리가 그 녀석을 때려잡지 못하는 날엔 우리의 가죽이 벗겨지고 말 거야. 어떡하든 바보 녀석이 농사를 짓지 못하게 막아야 하네. 녀석이 농사를 짓게 되면 녀석들은 별 어려움 없이 살아갈 수 있을 걸세. 바보 녀석이 틀림없이 두 형들을 먹여 살릴 테니 말이야."

무관 세몬을 맡고 있는 작은 도깨비가 내일 도우러 가겠다고 약속했다. 작은 도깨비들은 그것으로 일단 헤어졌다.

이반은 밭을 다 갈고 이제는 한 두둑만 남겨 놓고 있었다. 이반은 그것을 갈아버리려고 다시 들로 나왔다. 배가 아팠지만, 마저 밭을 갈아야 했다. 이반은 고삐의 줄을 틀어쥐고 쟁기를 돌려 갈기 시작했다. 한 고랑을 판 뒤 되돌아오려고 하는데, 쟁기가 나무뿌리에 걸리기라도 한 듯 꼼짝을 하지 않았다. 꼬마 도깨비가 쟁기에 매달려 두 발로 쟁기를 꽉 누르고 있었다. 이반은 생각했다.

'별 이상한 일도 다 있네. 아까만 해도 나무뿌리 같은 것은 없었는데. 그래도 혹시 모르지. 내가 못 본 나무뿌리가 있었는지.'

이반은 땅 속으로 손을 집어넣었다. 무엇인가 부드러운 것이 뭉클 손에 잡혔다. 그는 그것을 밖으로 끄집어냈다. 나무뿌리처

럼 새까만 것이었는데, 꿈틀거리며 움직였다. 자세히 보니 그것
은 꼬마 도깨비였다.

"아니, 이게 뭐야? 정말 징글맞게 생겼군."

이반은 꼬마 도깨비를 번쩍 치켜들었다가 땅바닥에 내동댕
이치려 했다. 그러자 꼬마 도깨비가 소리를 내면서 말했다.

"제발 죽이지만 말아주십시오. 원하는 것을 해드릴 테니."

"그래, 무엇을 해줄 수 있는데?"

"무엇을 원하시는지 말씀만 해주십시오."

이반이 머리를 긁적이며 말했다.

"배가 몹시 아픈데, 낫게 해주면 좋겠어."

"낫게 해드리고말고요."

"그럼, 어디 낫게 해 봐."

꼬마 도깨비는 고랑 안에 몸을 구
부리고 여기저기 손톱으
로 긁으며 무엇인
가를 찾았다.
이윽고 꼬

마 도깨비는 작은 뿌리 세 개를 들고 나와 이반에게 건넸다.

"여기 있습니다. 이것을 한 뿌리만 드시면 천하에 없는 아픔도 금방 사라지고 맙니다."

이반은 세 뿌리 중 한 뿌리를 삼켰다. 그러자 정말 거짓말 같이 복통이 싹 가셨다. 꼬마 도깨비가 사정했다.

"약속을 지켰으니, 이제 저를 놓아주십시오. 저는 땅 속으로 들어가 다시는 나오지 않겠습니다."

이반이 말했다.

"좋아, 약속은 약속이니. 신이 함께 하기를!"

이반의 입에서 신이라는 말이 떨어지기 무섭게 꼬마 도깨비는 물 속에 던진 돌처럼 땅 속으로 뛰어들었다. 그 자리엔 구멍만이 하나 남아 있었다.

이반은 나머지 뿌리 두 개를 모자 속에 넣고 쟁기질을 시작했다. 그는 밭을 다 간 뒤 쟁기를 뒤집어 흙을 털고 정리를 한 다음 집으로 돌아왔다. 말을 풀어놓고 오두막 안으로 들어가자 맏형인 무관 세몬이 그의 아내와 함께 저녁을 먹고 있었다. 그는 전답을 몰수당하고 사형이 집행되기 전 가까스로 탈출에 성공해 아버지에게 얹혀 살 요량으로 온 것이었다. 세몬이 이반에게 말했다.

"난 여기서 살려고 왔다. 새 일자리가 날 때까지 나하고 집 사람 좀 먹여다오."

"예, 그렇게 하세요. 염려마시고 여기서 사시도록 하세요."

이반은 흔쾌히 허락했다. 이반이 식탁에 앉자, 그에게서 나는 흙냄새가 귀부인의 코끝을 찡그리게 했다. 그녀가 세몬에게 말했다.

"난 정말이지, 못 견디겠어요. 고약한 냄새가 나는 농사꾼과는 함께 밥을 먹을 수가 없어요."

세몬이 이반에게 말했다.

"네 형수가 너에게서 나는 냄새가 싫다고 하니 너는 문간에서 식사를 하도록 해라."

"아, 그래요. 그럼, 그렇게 하지요."

이반은 싫은 기색도 없이 흔쾌히 따랐다. 그가 빵과 외투를 집어 들고 일어서며 말했다.

"그렇잖아도 밖에서 밤을 보내야 하거든요. 방목장 순찰을 돌아야 해서요. 또 말 먹이도 줘야 하고요."

무관 세몫을 맡은 꼬마 도깨비는 자신의 일을 무사히 마치고 약속대로 이반을 맡은 꼬마 도깨비를 찾아왔다. 밭으로 와서 한참 동안 동료를 찾아 헤맸으나 어디에서도 찾을 수 없었다. 그러다 고랑에 구멍이 하나 뚫려 있는 것을 발견했다. 꼬마 도깨비가 생각했다.

'이거 아무래도 동료 신상에 좋지 않은 일이 생긴 모양인데. 그렇다면 내가 동료의 복수를 해줘야지. 밭은 다 갈았으니, 목초지에서 바보를 골려 줘야겠군.'

꼬마 도깨비는 목초지로 가 이반의 건초용 풀밭에 큰물이 흘러들게 해 놓았다. 목초지는 온통 진흙바닥이 돼 버렸다.

이반은 새벽녘에 방목장 순찰에서 돌아와 큰 낫을 들고 풀을 베러 목초지로 향했다. 이반은 도착하자마자 풀을 베기 시작했다. 그런데 한두 번 풀을 베고 나자 낫날이 무뎌져 잘 베이지 않았다. 이반은 여러 방법을 써보다가 중얼거렸다.

"안 되겠군. 집에 가서 숫돌을 가져와야겠어. 그 참에 빵도 가져오고. 비록 일주일이 걸리는 한이 있더라도 다 베기 전에는 돌아가지 않겠어."

꼬마 도깨비는 이 말을 듣고는 속으로 생각했다.

'이 바보 녀석은 쉬운 상대가 아니야. 지금의 방법으로는 안 되겠어. 다른 방법을 찾아야지.'

이반은 돌아와서 낫을 갈아 다시 풀을 베기 시작했다. 꼬마 도깨비는 물속으로 기어들어가 낫등을 잡아 그 날을 땅속에 박히도록 했다. 이반은 일이 매우 힘이 들었지만 습지에 있는 작은 풀밭을 빼고 나머지 목초지의 풀들을 모조리 베어냈다. 꼬마 도깨비가 습지로 들어가며 생각했다.

'이번만은 비록 손가락이 잘리는 한이 있더라도 풀을 베지 못하게 해야 해.'

이반은 습지로 왔다. 풀이 굵어보이지도 않는데 베어지지를 않았다. 이반은 바짝 약이 올라 있는 힘껏 낫을 휘두르기 시작했다. 무지막지한 낫질에 꼬마 도깨비는 도저히 견딜 재간이 없었다. 게다가 이반이 피할 사이도 없이 낫을 휘둘렀기 때문에, 꼬마 도깨비는 무작정 덤불 속으로 뛰어들고 말았다. 순간 이반이 휘둘러대는 큰 낫에 꼬마 도깨비의 꼬리가 반쯤 잘려 나갔다. 이반은 풀을 다 베고 난 뒤, 누이에게 그것을 긁어모으라고 일러놓았다. 그는 호밀을 베러 호밀 밭으로 갔다.

호밀 밭은 이미 꼬마 도깨비가 엉망진창으로 만들어 놓은 뒤라 큰 낫으로는 벨 수가 없었다. 집으로 돌아온 이반은 보통 낫을 챙겨 다시 호밀 밭으로 가서는 호밀을 베기 시작했다. 호밀 밭도 얼마 안 가 이반의 발밑에 무릎을 꿇었다.

"그럼, 이번에는 귀리를 베러 가 볼까."

꼬리 잘린 꼬마 도깨비는 이 말을 듣자 속으로 중얼거렸다.

'이번에야말로 저 바보 녀석을 골려줘야지. 어디, 내일 아침 까지만 두고 보아라.'

이튿날 아침, 꼬마 도깨비가 귀리 밭으로 달려갔을 땐 귀리 는 이미 다 베어져 있었다. 귀리의 낟알이 적게 떨어지게 하기 위해 이반이 밤새 그것을 말끔히 베어 놓은 것이었다. 꼬마 도 깨비는 약이 바짝 올라 중얼거렸다.

"바보 녀석이 내 꼬리를 잘라놓은 것도 모자라 번번이 나를 골탕 먹이고 있어. 이것은 전쟁보다 더 좋질 않아. 바보 녀석은 밤에도 잠을 자지 않으니 도무지 당해낼 방법이 없군. 하지만 이번만은 다를 거야. 호밀가리 속으로 들어가 호밀을 모조리 썩 혀 버리고 말 테다."

꼬마 도깨비는 호밀가리 속으로 들어가 호밀단을 썩히기 시 작했다. 하지만 노곤해져 잠이 들고 말았다.

이반이 암말에게 수레를 끌려 누이와 함께 호밀단을 나르러

왔다. 호밀가리의 호밀단을 수레에 싣기 시작했다. 두어 단 가량 던져 올려놓고 갈퀴로 찔렀다. 그 갈퀴에 꼬마 도깨비의 등짝이 찔리고 말았다. 이반이 갈퀴를 들어올리자 꼬리가 잘린 꼬마 도깨비가 버둥거리고 있었다.

"아니, 요 놈 보게. 너 지난번에 그렇게 혼나고도 또 나온 게로구나?"

꼬마 도깨비가 말했다.

"아니에요, 앞서 왔던 도깨비는 제가 아닙니다. 제 형제였어요. 저는 당신의 형님인 세몬한테 있었던 놈입니다."

"네가 어떤 놈이건 상관없어. 나는 똑같이 혼을 낼 것이니까."

이반이 밭두렁에다 꼬마 도깨비를 내동댕이치려 번쩍 치켜들었다. 꼬마 도깨비가 사정을 했다.

"한번만 살려 주세요. 다시는 나오지 않겠습니다. 살려주시기만 하면 당신이 원하는 것은 무엇이든지 해드리겠습니다."

"그래, 무엇을 해 줄 수 있는데?"

"원하신다면 무엇이라도 해드릴 수 있습니다. 군사라도 만들어 드릴 수 있습니다."

"그렇지만 그까짓 게 무슨 소용이 있겠어?"

"왜 소용이 없습니까? 어디에나 쓸 수 있지요. 그들은 당신의 명령에 무조건 복종할 것입니다."

"노래를 부를 수도 있단 말이지?"

"그럼요."

"그럼 어디 한번 만들어 보거라."

이반이 명령하자 꼬마 도깨비가 말했다.

"이 호밀단을 잡은 뒤 땅바닥에 똑바로 떨어뜨리면서 이렇게 말하기만 하면 됩니다. 내 종에게 명하노니, 호밀짚의 수만큼 군사가 되게 하여라."

이반은 호밀단을 들고 그것을 똑바로 땅에다 떨어뜨리면서 꼬마 도깨비가 일러준 대로 주문을 외었다.

그러자 호밀단이 산산이 흩어져 많은 군사가 되고, 고수와 나팔수가 신나게 북을 치며 나팔을 부는 것이었다. 이반이 웃음을 터트렸다.

"거참, 네 놈의 솜씨가 보통이 아니구나. 이걸 여자애들이 보면 정말 좋아할 거야."

"그럼, 이제 놓아주세요."

"안 돼. 저 군인들을 먼저 원래대로 해 놓아야 해. 그렇지 않으며 아직 털지도 않은 곡식을 모두 버려야 하잖아. 다시 호밀단으로 변하게 하는 방법을 알려줘. 난 거기에 달린 낟알을 털어야 하니까."

꼬마 도깨비가 말했다.

"그건 이렇게 말씀하시면 됩니다. 내 종에게 명하노니, 군사의 수만큼 호밀짚이 되게 하여라."

이반이 가르쳐 준대로 말하자 군사들은 다시 호밀단이 되었다. 꼬마 도깨비는 다시 사정하기 시작했다.

"이제 놓아주세요."

"그래야지. 그렇게 해 줄 게."

이반이 꼬마 도깨비를 갈퀴에서 빼주었다. 그리고는 말했다.

"신이 함께 하기를."

그가 이 말을 하기 무섭게 꼬마 도깨비는 물 속에 던진 돌처럼 금방 땅 속으로 뛰어들었다. 그 자리에는 구멍만이 하나 남아 있었다.

이반은 집으로 돌아오자, 그의 둘째 형인 따라스가 아내와 함께 저녁을 먹고 있었다. 배불뚝이 따라스는 돈을 갚지 못해 파산을 하고 도망쳐 온 것이었다. 그가 이반에게 말했다.

"이반, 내가 다시 장사를 시작할 때까지 나와 네 형수를 좀 먹여 살려 줘야겠다."

"그러세요, 그게 뭐 어려운 일인가요."

이반이 외투를 벗고 식탁에 앉았다. 그러자 형수가 남편에게 말했다.

"나는 바보와 같이 밥을 먹을 수가 없어요. 땀 냄새가 너무 지독하게 나서 말이에요."

따라스가 이반게 말했다.

"이반, 너에게서 좋지 않은 냄새가 나는구나. 저기 문간에 가서 먹어라."

"그럼 그렇게 하지요."

이반은 군말 않고 일서섰다. 그리고는 제 몫의 빵과 외투를 들고 밖으로 나가며 말했다.

"그렇지 않아도 마침 방목장 순찰을 나갈 참이었어요. 말에게도 먹이를 줘야 하고요."

5

따라스에게 있던 꼬마 도깨비는 자신의 일이 끝나자 약속대로 동료를 도와주기 위해 이반이 있는 곳으로 왔다. 밭으로 가서 이곳저곳 동료들을 찾아보았으나 찾을 수가 없었다. 그저 땅속으로 뚫려 있는 구멍 하나를 발견했을 뿐이었다. 그래서 목초지로 가서 동료들을 찾다가 동료의 잘린 꼬리를 보게 되었다. 그리고 근처 호밀밭에서 좀 전에 본 것과 같은 구멍을 발견했다. 꼬마 도깨비가 생각했다.

'아무래도 이거, 동료들의 신상에 좋지 않은 일이 생긴 것 같군. 그들을 대신해서 내가 바보 녀석을 혼내줘야겠군.'

꼬마 도깨비는 이반을 찾으러 타작마당으로 갔다. 이반은 벌써 타작을 마치고 숲에서 나무를 베고 있는 중이었다. 두 형들은 모두 모여 사는 것이 옹색하게만 느껴졌다. 그래서 나무를 베어다가 자기네가 살 집을 지어 달라고 이반에게 이른 것이었다.

꼬마 도깨비는 나뭇가지로 기어 올라가 이반이 나무를 베는 것을 방해하기 시작했다. 이반은 쓰러뜨리기 좋게끔 나무의 밑둥을 쳐놓고 빈터 쪽으로 쓰러뜨리려고 했다. 하지만 나무는 이상하게 뒤틀리더니 다른 방향으로 쓰러져 거기 있는 나무에 걸리고 말았다. 이반은 지렛대를 이용해 겨우 나무를 쓰러뜨릴 수 있었다. 이반은 다른 나무를 베기 시작했다. 그런데 이번 나무도 마찬가지로 다른 나무에 걸렸고, 이번에도 지렛대를 이용해 나무를 쓰러뜨려야만 했다. 그는 쉬지도 않고 세 번째 나무를

베기 시작했다. 이번 나무도 역시 마찬가지였다.

이반은 쉰 그루의 나무는 무난히 벨 것으로 생각했는데, 열 그루도 베기 전에 날이 어두워지고 있었다. 이반은 지칠 대로 지쳐 있었다. 그의 몸에서는 김이 모락모락 나 마치 안개처럼 퍼지고 있었지만 일을 멈추지 않았다. 또 한 그루의 나무를 베어 눕히려고 할 때, 견딜 수 없이 등짝이 쑤셔와 도끼를 나무에 박아놓고는 잠시 앉아 쉬었다. 꼬마 도깨비는 이반이 일을 멈춘 것을 알고 기쁨의 미소를 지었다. 그리고 생각했다.

'녹초가 돼 큰 대자로 자빠진 것이 분명해. 이제 일을 완전히 포기한 걸 거야. 그럼 나도 이제 좀 쉬어볼까.'

꼬마 도깨비는 나뭇가지에 걸터앉아 고소해 하고 있었다. 그런데 이반이 별안간 벌떡 일어나더니 도끼를 쳐들어 나무의 반대쪽을 냅다 내리쳤다. 그러자 나무는 그대로 쓰러져버렸다. 꼬마 도깨비는 워낙 갑작스럽게 당한 일이라 미처 손을 쓰지 못하고 쓰러진 나무 사이에 발이 끼고 말았다. 이반이 꼬마 도깨비를 보더니 말했다.

"아니, 요 망할 것을 봤나. 이 놈이 정신을 차리지 못하고 또 나왔네?"

"아닙니다, 저번에 왔던 것은 제가 아닙니다. 저는 당신의 형님이신 따라스한테 있던 놈입니다."

"난 네가 어떤 놈이건 상관이 없어."

이반은 도끼 등으로 내리쳐 죽이려 도끼를 번쩍 쳐들었다. 꼬마 도깨비가 두 손을 싹싹 비비며 말했다.

"제발 내리치지만 말아주십시오. 원하는 것이 있으면 무엇이든지 말씀만 하십시오. 그러면 제가 들어드리겠습니다."

"그래, 도대체 네가 무엇을 할 수 있는데?"

"저는 당신에게 당신이 원하는 만큼의 돈을 만

들어 드릴 수가 있습니다."

"그래, 그렇다면 어디 한번 만들어 보렴."

꼬마 도깨비가 이반에게 말했다.

"이 떡갈나무 잎을 들고 손으로 비비세요. 그러면 금화가 생길 것입니다."

이반은 떡갈나무 잎을 들고 가르쳐 준대로 비벼 보았다. 그러자 누런 금화가 우수수 쏟아져 내렸다.

"거 좋겠는 걸. 축일 놀이에 쓰기엔 안성맞춤이야."

"그럼, 이제 저를 놓아주시는 거지요?"

"그래, 그렇게 하지."

이반은 지렛대를 사용해 꼬마 도깨비를 빼내 주었다. 이반이 말했다.

"신이 함께 하기를."

이반의 말이 끝나기가 무섭게 작은 도깨비는 물 속에 던져진 돌처럼 땅속으로 뛰어들었다. 그 자리에는 구멍만이 하나 남아 있었다.

# 6

형제들은 집을 지어 따로 살기 시작했다. 이반은 수확을 마치고는 맥주를 만들어 축일 날 두 형들을 잔치에 초대했다. 그러나 형들은 이반의 초대에 응하지 않았다. 그들이 말했다.

"우리는 농부들의 잔치엔 관심이 없어."

그래서 이반은 농부와 그 아내들을 초대하여 잔치를 베풀었고 즐기며 취기가 오를만큼 마셨다. 그런 다음 그는 여자들이 모여 춤을 추고 있는 거리로 나갔다. 그는 여자들에게 자신을 위해 노래를 불러달라고 말했다.

"그러면 저는 여러분이 한번도 구경해보지 못한 것을 드릴 테니까요."

여자들은 웃으면서 이반을 위해 노래를 불렀고, 노래를 끝낸 뒤 말했다.

"자, 이제 말한 것을 주세요."

"금방 가지고 올 게요."

이반은 씨앗 상자를 들고 숲 쪽으로 뛰어갔다. 여자들은 그런 이반을 보며 말했다.

"어머, 저 바보 좀 보게."

그리고 다시 춤을 추기에 열중했다. 얼마 후 이반이 씨앗상자에 무엇인가를 가득 채워서는 돌아왔다. 이반이 물었다.

"나누어 드릴까요?"

"그래, 무엇인지 어디 나눠줘 봐요."

이반은 금화를 한 주먹 쥐어 여자들을 향해 뿌렸다. 그러자 금화를 줍기 위해 몰려든 여자들로 인해 한바탕 소란이 벌어졌다. 술을 마시고 있던 남자들도 달려와서 합세를 했다. 그러는 통에 어떤 한 노파는 그만 깔려 죽을 뻔했다. 이반이 껄껄 웃어대며 말했다.

"서로들 밀치지는 말아요. 할머니를 깔고 앉으면 어떡해요. 조용히 하면 더 드릴 게요."

이반은 사람들을 향해 다시 금화를 뿌렸다. 많은 사람들이 떼지어 몰려들었고, 이반은 상자에 있던 모든 금화를 그들에게 뿌려주었다. 사람들은 금화를 더 달라고 아우성이었다. 이반이 그들에게 말했다.

"이제 하나도 남은 게 없어요. 다음에 또 드릴 테니까, 이젠 다시 춤을 추고 노래를 부르며 즐겨요."

여자들은 노래를 부르기 시작했다. 이반이 말했다.

"당신들의 노래는 좋지가 않아요."

그러자 여자들이 물었다.

"그럼 더 좋은 노래가 어디에 있지요?"

"내가 곧 보여줄 게요."

그는 헛간으로 가 호밀단을 한 단 빼들었다. 그리고 낟알을 떨어낸 뒤, 그것을 똑바로 떨어뜨리며 주문을 외웠다.

"내 종에게 명하노니, 호밀짚의 수만큼의 군사가 되게 하여라."

그러자 호밀단은 산산이 흩어져 군사가 되었고, 북과 나팔을 쿵작거리기 시작했다. 이반은 군사들에게 노래를 부르라고 이르고 그들과 함께 길로 나갔다. 사람들은 깜짝 놀랐다. 군사들이 춤을 추고 노래를 불렀다. 이반은 아무도 따라오지 못하게 한 뒤, 군사들을 헛간으로 데리고 가 원래의 호밀단으로 바꿔놓았다. 그리고 집으로 돌아가 마구간에 누워 잠을 청했다.

# 7

날이 밝자 무관 세몬이 득달같이 이반을 찾아왔다.

"너 나한테 모두 말하렴. 대체 너는 군사를 어디서 데려왔다, 어디로 데려간 것이냐? 어서 말을 하거라."

"그걸 알아서 뭐하시려구요?"

"뭐라고? 나는 뭐든지 할 수 있단 말이다. 나라를 얻을 수도 있어."

이반은 깜짝 놀랐다.

"왜 진작 말씀하시지 않았어요? 얼마든지 원하시는 대로 만들어 드릴게요. 마침 호밀단을 잔뜩 장만해 놓았으니까요."

이반은 형을 헛간으로 데리고 갔다.

"그럼 군사를 만들어 드릴 테니 반드시 데리고 가셔야 해요. 그렇지 않으면 그들이 하루 만에 온 동네에 있는 곡식을 거덜 내고 말 테니까요."

"걱정 마라. 군사를 모두 데리고 떠날 테니, 어서 군사나 만들어 내거라."

세몬의 약속을 받아낸 이반은 호밀단을 똑바로 떨어뜨리며 주문을 외웠다. 그러자 단숨에 일개 중대의 군사가 만들어졌다.

이반은 반복해 호밀단을 떨어뜨리며 주문을 외웠다. 군사들이 온 들판을 메우고 있었다.

"어떻습니까? 이 정도면 충분하겠습니까?"

"그래, 이제 됐다. 고맙다, 이반."

"뭘요. 만일 더 필요하시거든 언제든지 오세요. 얼마든지 더 만들어 드릴 게요. 요새는 호밀짚이 얼마든지 있으니까요."

무관 세몬은 곧 군사들에게 대오를 갖추게 한 뒤, 전쟁을 하러 출발했다. 무관 세몬이 출발하자, 배불뚝이 따라스가 이반을 찾아왔다. 그가 이반에게 말했다.

"숨기지 말고 말해 보렴. 그래, 너는 어디서 금화를 구했지? 만일 나한테 그런 금화가 있다면 온 세상의 돈을 모두 긁어모을 수 있을 텐데 말이야."

이반은 깜짝 놀라며 말했다.

"그래요, 그렇다면 미리 말씀을 하시지 그랬어요. 형님께서 원하시는 만큼 금화를 만들어 드리지요."

따라스는 크게 기뻐했다.

"나는 씨앗상자로 세 상자만 있으면 된다."

"그럼 그렇게 하세요. 그러면 우선 숲 속으로 가지요. 그런데 말을 데리고 가야 해요. 날라 오기가 힘들 테니까요."

둘은 말을 타고 숲 속으로 갔다. 그리고 이반은 떡갈나무에서 잎을 떼어 비비기 시작했다. 그러자 금화가 쏟아져 산더미처럼 쌓였다.

"어때요, 이만하면?"

따라스는 입이 벌어진 채 다물 줄을 몰랐다.

"지금 당장은 이만큼이면 충분하다. 고맙다, 이반."

"뭘요, 더 필요하시거든 언제든지 오세요. 더 만들어 드릴 테니까요. 떡갈나무 잎사귀는 얼마든지 있으니까 말이에요."

배불뚝이 따라스는 수레에 금화를 가득 싣고 장사를 하러 떠났다. 또 다시 두 형들은 각자의 길을 향해 집을 떠났다. 세몬은 전쟁을 시작하고 따라스는 장사를 시작했다. 무관 세몬은 두 나라를 정복하고 배불뚝이 따라스는 막대한 돈을 벌었다.

어느 날 세몬과 따라스는 한 자리에서 만나 서로 대화를 주고받았다. 세몬은 군대를 얻은 경위에 대해서, 그리고 따라스는 돈을 모으게 된 경위에 대해서.

무관 세몬이 배불뚝이 따라스에게 말했다.

"나는 말이야. 나라를 정복해서 잘 지내고 있기는 한데, 부족한 것이 있다면 돈이 넉넉하지 못하다는 거야. 군대를 유지하기 위한 돈 말이야."

그러자 따라스가 말했다.

"저는 말이에요. 돈은 어지간히 있는데 그저 한 가지 부족한 게 있다면, 그것을 지키게 할 군사가 한 명도 없다는 것이에요."

무관 세몬이 말했다.

"이반에게 찾아가보도록 하자. 나는 그 녀석에게 군사를 더 만들게 하여 네 돈을 지키게 할 테니까, 너는 그 군대를 먹여 살릴 만큼의 돈을 만들어 달라고 그 녀석에게 말하란 말이야."

둘은 이반을 찾아갔다. 세몬이 먼저 말했다.

"이반, 내겐 군사가 더 필요해. 그러니까 군사를 좀 더 만들어 다오."

이반이 고개를 저었다.

"형님에게는 이제 더 이상 군사를 만들어 드리지 않겠습니다."

"아니, 이반 왜 그래. 전에 너는 나에게 약속을 했잖아?"

"물론 약속은 했었지요. 하지만 이제 더는 군사를 만들지 않겠습니다."

"아니, 어째서 만들지 않겠다는 거야? 이 바보 녀석아."

"형님의 군사가 사람을 죽였기 때문이에요. 얼마 전의 일인데 말이에요. 제가 길가의 밭을 갈고 있는데 한 여자가 널을 지고 가면서 대성통곡을 하고 있지 뭐예요. 그래서 물어보았지요. '누가 돌아가셨습니까? 하고. 그러자 그 여자가 '세몬의 군사

가 전쟁터에서 내 남편을 죽였어요' 하고 말하는 것이 아니겠어
요. 저는 군대란 춤을 추고 노래를 부르는 것으로만 알고 있었
는데 사람을 죽였다잖아요, 글쎄. 그래서 저는 이제 군사를 만
들지 않기로 했어요."

이반은 세몬의 설득에도 불구하고 군사를 만들어내지 않았
다. 이번엔 배불뚝이 따라스가 이반에게 금화를 더 만들어 달라
고 사정했다. 이반은 이번에도 고개를 저었다.

"안 돼요. 이제는 더 이상 금화를 만들지 않을 거예요."

"이유가 뭐냐? 그리고 무엇보다도 너는 나하고 약속을 하지
않았니?"

"그야, 약속은 했지요. 하지만 이제는 더 이상 만들지 않을
거예요."

"어째서 만들지 않겠다는 거야, 이 바보 같은 녀석아."

"형님의 금화가 미하일로브나에게서 암소를 빼앗아 갔기 때
문이에요."

"어째서 빼앗겼다고 하든?"

"꼭 그것을 내입으로 말해야 하나요? 미하일로브나한테 암
소가 한 마리 있어서 어린애들이 우유를 마시고 있었대요. 그런
데 어느 날 그 애들이 저한테 와서는 별안간 우유를 달라고 하
는 거예요. 그래서 저는 그 애들한테 자초지종을 물어봤지요.

'너희 집 암소는 어디 있지?' 하고. 그랬더니 끌려가버렸다는 거예요. '어떤 놈이 끌고 갔는데?' 했더니 배불뚝이 따라스네 마름이 엄마에게 금화를 세 닢 주고 끌고 갔다는 것이에요. 그 애들은 이제 마실 것이라곤 하나도 없다며 올먹이더군요. 저는 형님이 금화를 노리개로 삼고 있는 줄로만 알고 있었지, 어린애들한테서 암소를 빼앗아 갈 줄은 몰랐어요. 저는 이제 형님에게는 금화 따윈 만들어 드리지 않을 거예요."

바보 이반은 고집을 부리며 더 이상 금화를 만들어 주지 않았다. 그래서 두 형제들은 허탕을 친 채 돌아가게 되었다. 세몬과 따라스는 귀로에 올랐고, 가는 길에 서로 도울 수 있는 방법을 의논했다. 세몬이 말했다.

"그럼 이렇게 하는 것이 어떻겠니? 내가 네게 군사 절반을 줄 테니, 너는 내게 군사를 먹일 돈을 대 주는 것이."

"좋습니다, 형님."

따라스의 동의로 계약은 성립되었다. 두 형제는 가지고 있는 것을 서로 나누어 가졌다. 그리고 둘 다 부자가 되었으며, 임금이 되었다.

8

이반은 누이와 함께 고향 집에서 부모를 봉양하고 들일을 하며 지냈다.

그런 어느 날 집의 늙은 개가 병이 들어 죽게 되었다. 이반은 그것을 가엾게 여겨 누이에게 빵을 얻어 모자 속에 넣은 뒤, 개에게 가서 던져주었다. 그런데 모자에 구멍이 뚫려 있어 빵과 함께 꼬마 도깨비가 준 뿌리가 한 개 굴러 떨어졌다. 늙은 개는 빵과 함께 그것을 주워 먹어 버렸다. 뿌리를 먹은 개는 금방 씻은 듯이 병이 나 생기를 되찾고 장난을 쳐대는 것이었다. 부모들은 그것을 보고 놀라워하며 말했다.

"너는 무엇으로 개를 낫게 한 것이냐?"

이반이 대답했다.

"저는 어떤 병이든 낫게 할 수 있는 풀뿌리를 가지고 있었는데, 그 뿌리 중 하나를 개가 먹은 거예요."

이 무렵, 임금의 딸이 병을 앓고 있었다. 임금은 전국 방방곡곡 도시와 촌락을 가리지 않고 방을 써 붙였다. 방에는 누구라도 좋으니, 공주의 병을 낫게 해주는 자에게는 크게 포상을 내리고, 만약 그 사람이 독신이라면 공주와 혼인을 하게 하여 임금의 사위로 삼겠다는 내용의 글이 담겨 있었다. 이반의 마을에도 방문(榜文)이 나붙었다. 아버지와 어머니가 이반을 불러놓고 말했다.

"너도 임금님의 방문이 어떤 것이라는 걸 들어서 잘 알고 있겠지? 너는 만병통치의 풀뿌리를 가지고 있으니, 그 풀뿌리를 가지고 가서 공주님의 병을 고쳐주려무나. 그러면 너는 평생 행복을 누리게 될 거야."

"그럼, 그렇게 하지요."

그는 떠날 채비를 하였다. 부모님들이 나들이옷을 챙겨 주었다. 이반은 나들이옷으로 갈아입고 길을 떠났다. 이반이 막 문앞을 나서려는데 손이 굽은 여자 거지가 그곳에 서 있었다. 여자 거지가 말했다.

"당신은 무슨 병이든 낫게 할 수 있다면서요? 그럼, 어디 내 손도 좀 낫게 해주시구려. 손이 이래서 신발도 신을 수 없으니, 좀 고쳐주시구려."

"그렇게 하지요."

이반은 풀뿌리를 꺼내 여자 거지에게 주고 그는 그것을 삼키게 했다. 여자 거지는 그 자리에서 손을 맘대로 움직이게 되었다. 그의 부모는 이반을 임금에게로 데리고 가려고 나왔다가 이반이 하나밖에 남지 않은 풀뿌리를 여자 거지에게 준 것을 알고 똑똑한 사람은 모두 이반의 나라를 떠났고 이반의 나라엔 바보들만 남았다. 돈은 없었다. 그들 모두는 일을 해 제힘으로 먹고 살았으며, 다른 이들을 도와주었다.

는 입을 모아 욕을 해댔다.

"그래, 거지 따위는 가여워 보이고 공주는 그런 생각이 들지 않디? 이 멍청이 바보 녀석아."

이반은 공주가 가여워졌다. 그는 말에 수레를 얹힌 뒤, 부랴부랴 짚을 쌓고 자리를 잡은 다음 출발하려고 했다.

"바보 녀석아, 너는 지금 어디를 가려고 하는 것이냐?"

"공주님을 낫게 해드리려고요."

"네겐 공주님을 낫게 해드릴 게 아무것도 없지 않느냐?"

"걱정하시지 마세요."

이반이 궁궐로 말을 몰았다. 이반이 궁궐에 도착해 안으로 들어가자, 공주의 병도 말끔히 나았다. 임금은 크게 기뻐하며 이반을 자기에게로 불러서, 훌륭한 옷을 차려 입혔다. 그리고 말했다.

"이제부터 그대는 짐의 부마다."

"황공하옵니다."

이반은 공주와 결혼했다. 얼마 지나지 않아 임금이 죽자, 이반이 그 자리를 물려받았다. 이반마저 임금이 되었으므로, 세 형제는 모두 임금의 자리에 앉게 되었다.

세 형제는 저마다의 나라를 다스리고 있었다. 맏형인 무관 세몬은 참으로 잘 살고 있었다. 그는 짚으로 만든 군사를 바탕으로 진짜 군대를 모집했다. 그는 온 나라에다 열 집에서 한 명씩의 군사를 내되, 그 군사는 키가 크고 살갗이 희며, 얼굴이 깨끗해야 한다는 조건을 달았다. 그는 이런 군사를 잔뜩 모집해 훈련을 잘 시켜 놓았다. 그리고 자신에게 거스르는 자가 있으면 군사를 보내 그의 뜻대로 처벌을 집행하였다. 그는 점점 모든 사람들이 두려워하는 사람이 되어 갔다. 그의 생활은 훌륭한 것이었다. 그는 마음만 먹으면 무엇이든 할 수 있었다. 군대만 풀어 놓으면 그가 필요로 하는 것은, 그것이 무엇이든 빼앗아오거나 데려왔다.

배불뚝이 따라스의 생활 역시 화려했다. 그는 이반에게서 얻은 돈을 낭비하지 않고 그것을 밑천 삼아 거액의 돈을 모았다. 그 역시 자기의 나라에서 그럴싸한 제도를 만들어 시행했다. 그는 제 돈은 금고 속에 넣어두고 백성들에게서는 수단과 방법을 가리지 않고 돈을 우려냈다. 인두세, 통행세, 거마세, 짚신세, 감발세, 옷끈세 등 온갖 세금을 만들어 내어 백성들의 돈을 짜내었다. 이제 그에게는 입으로 말할 수 있는 물건 중엔 없는 것이 없었다. 백성들은 돈이 없었으므로 무슨 물건이든 그에게 가져 왔고, 일을 하기 위해 몰려들었다.

바보 이반의 생활도 그다지 나쁘지 않았다. 장인의 장례를 치르기 무섭게 그는 임금의 의대를 벗어, 왕비로 하여금 옷장에 넣도록 했다. 그는 다시 작업복에 나막신을 신고 일을 하러 나섰다.

"나는 이런 생활은 도무지 답답해 못 견디겠어. 살만 찔 뿐, 입맛도 없고 잠도 오지 않아."

그는 부모와 벙어리 누이를 궁궐로 불러들여 농기구를 들고 예전의 생활로 들어갔다. 사람들이 그에게 말했다.

"하지만 당신은 임금님이십니다."

이반이 대답했다.

"맞아요. 하지만 임금도 먹어야 하지 않나요?"

어느 날 대신이 들어와 진언을 했다.

"전하, 녹봉을 치를 국고의 돈이 없사옵니다."

"그래요? 그러면 치르지 마세요."

"그럼, 그들은 모두 근무를 하지 않을 것이옵니다."

"그래요? 그럼 그렇게 하라고들 하세요. 그럼 사람들에게 일할 시간이 더 많아질 거 아니에요. 그들에게 거름이나 나르게 하세요. 거름으로 쓸 수 있는 음식 찌꺼기들이 궁 안에 많으니까요."

어느 날 사람들이 이반에게 재판을 하러 왔다. 한 사람이 말했다.

"임금님, 저자가 소인의 돈을 훔쳤습니다."

이반이 말했다.

"그래요? 그 돈을 갖고 싶었나 보지요."

이리하여 사람들은 모두 이반이 바보라는 것을 알게 되었다. 그의 아내가 말했다.

"사람들이 모두 당신보고 바보래요."

이반이 대답했다.

"그래요? 신경 쓸 것 없어요."

이반의 아내는 생각하고 또 생각했지만, 그녀 또한 바보였으므로 생각의 결론은 다음과 같았다.

'내가 어찌 남편의 뜻을 거스를 수 있겠어. 실은 바늘 가는

대로 따라가는 것 아니겠어.'

　그녀 역시 왕비의 옷을 벗어 옷장 속에 집어넣은 뒤, 시누이에게로 농사일을 배우러 갔다. 그리고 남편의 일을 돕기 시작했다.

　똑똑한 사람은 모두 이반의 나라를 떠났고, 이반의 나라엔 바보들만 남았다. 돈은 없었다. 그들 모두는 일을 해 제힘으로 먹고 살았으며, 다른 이들을 도와주었다.

# 10

큰 도깨비는 꼬마 도깨비들이 세 형제를 파멸시켰다는 소식을 눈이 빠지게 기다리고 있었다. 하지만 아무런 소식도 없자, 직접 찾아볼 양으로 길을 나섰다. 큰 도깨비는 이곳저곳을 찾아보 았지만, 그가 찾아낸 것이라곤 세 개의 구멍뿐이었다.

'아무래도 당한 것 같군. 그렇다면 내가 손수 나서서 처리할 수밖에.'

그는 이반의 형제들이 살던 옛집으로 그들을 찾으러 갔으나, 그림자도 볼 수 없었다. 그는 세 형제가 각기 다른 나라에 있다 는 것을 알게 되었다. 큰 도깨비는 세 형제가 모두 임금이 되어 잘 살고 있는 것을 보고는 배가 아파 견딜 수가 없었다. 그는 혼 잣말로 중얼거렸다.

"이제 나의 위력을 보여 줄 때가 되었군. 내 반드시 너희 형 제들을 파멸시키고야 말겠다."

그는 먼저 무관인 세몬의 나라로 갔다. 그는 자신의 모습을 장수로 둔갑한 뒤, 세몬의 앞으로 가서 말했다.

"세몬 임금님께서는 위대한 군인이라고 들었습니다. 저는 그 런 임금을 모시고 싶어 지금껏 찾아 헤매었는데, 이제야 제가 찾던 임금님을 찾은 듯 하옵니다. 저는 전하를 섬기고 싶습니다."

세몬은 그에게 이것저것을 물어보고 나서 그가 현명한 사람임을 깨닫고 그를 장수로 삼았다. 그는 강력한 군대를 모으는 방법을 세몬에게 진언했다.

"우선 더 많은 군사를 모아야 할 줄로 사료됩니다. 현재 전하의 나라에는 일이 없는 사람들이 너무나 많기 때문입니다. 젊은 남자들은 가릴 것 없이 모두 징집해야 할 것입니다. 그리고 이어 신식 총과 대포를 만들어야 할 것입니다. 신이 한번에 백발의 총알이 나가는 총을 만들어 올리겠습니다. 그리고 사람이고 말이고 성벽이고 할 것 없이 무엇이든 불태워 없앨 수 있는 고성능 대포도 만들어 올리겠습니다. 그 대포만 있으면 모든 것을 깡그리 태워 없앨 수 있을 것입니다."

세몬은 이 말을 받아들였다. 그리하여 젊은이는 모조리 군대로 징집할 것을 명령하고, 새로운 공장을 지어 신식 총과 대포를 만들어내자, 위협을 느낀 이웃나라의 임금이 먼저 선제공격을 해왔다. 그러나 싸움은 얼마 안 가 싱겁게 끝나고 말았다. 세몬은 적군의 군사를 만나면 무조건 총포를 마구 쏘라고 명령했다. 순식간에 적군은 군사의 절반을 잃었으며 나라가 불탔다. 기겁을 한 이웃나라 임금은 나라를 세몬에게 바치고 항복을 했다. 세몬은 한껏 고무되어 자신 있게 말했다.

"이참에 인도 왕도 정복하고 말아야지."

하지만 인도 왕은 이미 세몬의 전략을 간파하고 있었다. 그리고 자신의 전략을 덧붙여 만반의 준비를 갖추고 있었다. 인도 왕은 모든 젊은 남자들을 군대에 징집하고, 독신 여성 또한 징집했다. 그리하여 그의 군대는 세몬의 군대보다 더 큰 군대가되었다. 게다가 그는 세몬의 소총과 대포를 그대로 따라서 만들었다. 그리고 공중을 날아 머리 위에서 포탄을 던지는 새로운방법까지 고안해 냈다.

드디어 세몬이 인도 왕에게 싸움을 걸어왔다. 세몬은 지난번의 전쟁과 마찬가지로 자신들의 군대가 쉽게 이길 것으로 생각하고 있었다. 그러나 그렇게 잘 들던 전차 날이 이미 무뎌져있었다.

인도 왕은 세몬의 군대를 착탄거리(着彈距離)까지 들어오도록 내버려두지 않았다. 여군들을 공중으로 보내어 적군의 머리위에서 포탄을 던지게 했다. 여군들은 마치 진딧물 위에다 약을뿌리듯 세몬의 군대에 무차별 포탄세례를 퍼부었다. 불시의 기습을 당한 세몬의 군대는 모두 혼비백산하여 사방으로 도망을쳤다. 남은 군사는 오직 세몬, 자신뿐이었다.

인도 왕은 세몬의 나라를 접수했다. 나라를 잃은 세몬은 발길가는 대로 도망을 쳤다.

큰 도깨비는 이번에는 따라스의 나라로 갔다. 그는 이번엔 상인으로 둔갑을 했다. 따라스의 나라에 자리를 잡은 그는 선심을 베풀기도 하면서 돈을 아끼지 않고 썼다. 그는 무슨 물건이든 값을 후하게 쳐주었다. 그러자 백성들은 돈을 벌기 위해 모두 그에게로 몰려들었다. 얼마 안 가 백성들의 호주머니는 넉넉해졌고, 그 돈으로 밀린 체납금은 물론 어떤 세금이든 기일 내에 내게 되었다. 따라스는 이 모습을 보고 매우 기뻐했다. 그리고 생각했다.

'으흠, 그 상인이 참으로 고맙군.'

그에게는 자꾸자꾸 더 많은 돈이 생겼고 살기가 더욱 좋아졌다. 그리하여 따라스는 그 돈으로 새로운 궁전을 짓기로 했다. 백성들에게 재목

과 돌을 자신에게로 가지고 오라고 명령을 내린 뒤, 그는 모든 일에 후한 품삯을 매겼다. 따라스는 전과 마찬가지로 백성들이 자신의 돈을 보고 몰려올 것으로 생각하고 있었다. 헌데, 그의 생각과는 달리 백성들은 재목과 돌은 물론 다른 모든 것을 상인에게로 가지고 가는 것이었다. 따라스는 물건값과 품삯을 더 올렸다. 그러자 상인 역시 더 많은 돈을 물건값과 품삯으로 주었

다. 따라스도 많은 돈을 가지고 있었지만 그는 그보다 더 많은 돈을 가지고 있었다. 그래서 따라스가 물건값과 품삯을 올리면 그는 그보다 더 많은 돈을 물건값과 품삯으로 백성들에게 지급했다. 궁전은 착공만 했을 뿐, 좀체 진전되지 않았다. 그런데도 따라스는 새로이 정원을 만들 계획을 세웠다. 가을이 오자 따라스는 백성들에게 정원을 만들러 오라고 명령을 내렸다. 하지만 백성들은 그의 말을 따르지 않고, 상인의 연못을 파러 갔다. 그러는 사이 겨울이 왔다. 따라스는 새 모피외투를 짓기 위해 검은 담비가죽을 사오라고 집사를 보냈다. 얼마 후 집사가 빈손으로 돌아와 말했다.

"검정 담비가죽은 하나도 없었습니다. 최고의 가격을 주고 그 상인이 모조리 사들였기 때문입니다. 그는 그 가죽을 사들여 융단을 만들었다고 합니다."

따라스는 어쩔 수 없이 포기하고 이번에는 종마를 사기 위해 집사를 보냈다. 집사가 다시 빈손으로 돌아와 말했다.

"좋은 종마는 모두 그 상인이 사들여서 연못에 채울 물을 나르는데 쓰고 있다고 하옵니다."

백성들은 모두 임금의 일이라면 아무것도 하지 않았지만 상인의 일이라면 어떠한 일이라도 마다하지 않았다. 단지 백성들은 상인에게서 번 돈을 가지고 와서 그에게 세금만을 낼 뿐이었다. 그렇게 되자 임금에게는 돈이 넘쳐나서 그것을 어디에다 두어야할지 모를 정도가 되었다. 그런데 이상한 것은 돈은 넘쳐날수록 생활은 점점 곤란해지고 있다는 것이었다. 임금도 이제는 모든 계획을 중단하고 어떻게든지 살아갈 방법을 생각하지 않으면 안 되었다. 하지만 시간이 흐를수록 모든 것이 옹색해지기만 했다. 요리사도, 여자도, 신하들도 모두 그에게서 상인 쪽으로 빠져나갔다. 게다가 당장 먹고 살아야 할 식료품까지 모자라기 시작했다. 시장으로 물건을 사러 가 보아도 번번이 아무것도 없었다. 식료품 역시 상인이 한꺼번에 모아서 사들였기 때문이었다. 그는 세금으로 돈만을 받고 있었으므로, 돈은 더욱 쌓여만 갔다. 참다못한 따라스는 화가 머리 끝까지 나서 그 상인을 국외로 추방해버렸다. 하지만 상인은 멀리 가지 않고 국경에 자리를 잡고 앉아, 역시 똑같은 일을 반복했다. 백성들은 변함없이 상인의 돈을 보고 그에게로만 몰려들었다. 임금의 사정은 완전히 악화되고 말았다. 며칠씩 먹지도 못한 적이 있는가 하면, 상인이 임금 자리를 사려고 한다는 풍문까지 돌았다. 따라서 왕은 주눅이 들다 못해, 이제 어찌할 바를 모르게 되었다.

그런 어느 날 무관 세몬이 그에게로 찾아왔다.

"이봐 따라스. 날 좀 도와줘야 겠어. 나는 인도 왕과의 전쟁
에서 패하고 말았어."

하지만 배불뚝이 따라스도 지금 누굴 도와줄 형편이 아니었
다.

"저도 벌써 꼬박 이틀이나 굶었습니다."

## 11

두 형제를 거덜 낸 큰 도깨비는 마지막으로 이반을 찾아 갔
다. 큰 도깨비는 장수로 둔갑하고 이반에게 군대를 만들 것을
권했다.

"임금님께서 군대가 없이 지내신다는 것은 백성들에게 체통
이 서지 않는다는 생각이 듭니다. 명령을 내리시기만 한다면 신
이 임금님의 백성들 가운데서 군사를 뽑아 훌륭한 군대를 만들
어 올리도록 하겠습니다."

이반이 말했다.

"그래, 그것도 좋은 말이오. 그럼, 어디 한번 만들어 보도록

하시오. 그리고 그들이 노래를 잘 부를 수 있도록 가르치도록 하시오. 나는 그것을 좋아하니까 말이오."

큰 도깨비는 이반의 나라를 돌아다니면서 지원병을 모집하기 시작했는데, 군대에 지원하는 모든 사람에게는 보드카 한 병과 빨간 모자를 주겠다고 선전을 했다. 바보들이 코웃음을 쳤다.

"술 따위는 우리에게 얼마든지 있단 말이야. 우리들은 모두 각자가 술을 빚고 있으니까 말이야. 그리고 모자도 아내들이 어떤 것이건 갖고 싶은 걸 만들어 주는걸, 얼룩덜룩 무늬가 있는 것이든 아니면 술이 늘어진 모 자까지도 말이 야."

이리하여 어느 누구도 군대에 지원하는 사람이 없었다. 큰 도깨비는 이반을 찾아갔다.

"이 나라의 바보들은 자진해서 군사가 되려고 하지 않사옵니다. 그러니 그들을 권력으로 다스려야 할 줄로 아뢰옵니다."

"응, 그것도 좋겠는데. 그럼 어디 한번 권력으로 그들을 다스려 보도록 하시오."

큰 도깨비가 포고령을 내렸다.

"백성들은 누구나 군사가 되어야 하며 만일 거역하는 자가 있으면 이반 왕께서 참형을 내릴 것이니라."

이 말을 들은 백성들은 장수에게 찾아와서 물었다.

"당신은 만일 우리들이 군사가 되지 않으면 임금님께서 참형을 내린다고 말씀하시는데 군사가 되면 어떻게 된다는 것은 말씀하지 않고 계십니다. 군대에 나가면 목숨을 잃는다는 말도 있던데 말이오."

"물론 그런 일이 있기도 하지."

그 말을 들은 바보들은 고집불통이 돼버렸다.

"그럼 우리들은 나가지 않겠습니다. 차라리 집에서 죽지 뭣하러 전쟁을 하다가 죽습니까. 이리 죽으나 저리 죽으나 어차피 죽어야 한다면 우리는 집에서 죽겠습니다."

"너희들은 바보로군. 이 바보 녀석들아, 군사가 됐다고 해서

다 죽는 게 아니야. 그렇지만 군사가 되지 않으면 그건 틀림없이 죽게 되는 거라구."

바보들은 곰곰이 생각하다가 임금인 바보 이반에게로 갔다.

"한 장군이 우리들 모두에게 군사가 되라고 명령하고 있습니다. 군대에 나가면 죽음을 당할지, 당하지 않을지는 모르겠지만 나가지 않으면 임금님께서 꼭 참형을 내리실 것이라고 말하고 있는데, 그 말이 정말입니까?"

이반은 껄껄 웃었다.

"그게 말이나 되는 소리요? 내가 어떻게 혼자서 백성들을 모두 죽일 수 있단 말이오. 내가 바보가 아니었다면 어떻게든 이해가 되도록 설명을 했으련만, 나 자신도 뭐가 뭔지 통 모르겠으니 말이오."

"그렇다면 저희들은 군대에 나가지 않겠습니다."

"그래요. 하고 싶은 대로 하세요."

바보들은 장수에게로 가서 군사가 되는 것을 정식으로 거절했다. 큰 도깨비는 자신의 방법이 아무 소용이 없다는 것을 알고는 이반의 나라를 떠나 이웃나라로 가서 타라칸 왕의 비위를 맞췄다.

"이번에 이반 왕에게 싸움을 걸어 그 나라를 접수하시는 게 어떻겠습니까? 그 나라는 비록 돈은 없지만 곡식이며, 가축이며 그 밖의 모든 것은 풍부한 나라니까요."

큰 도깨비의 부추김에 넘어간 타라칸 왕은 전쟁을 하기로 했다. 먼저 대군을 모으고 총과 대포를 갖춘 뒤, 이반의 나라를 침공했다. 사람들이 이반에게로 달려와 말했다.

"임금님, 타라칸 왕이 쳐들어 왔습니다."

"뭐, 무슨 일이 있겠어요. 그대로 내버려 두세요."

타라칸 왕은 국경을 넘자 이반의 군대에 대한 동향을 살피기 위해 척후병을 보냈다. 척후병은 여기저기를 돌아다녔지만 군대의 그림자도 보지 못하였다. 그는 군대에 관한 말은 어디에서도 듣지를 못했다. 싸우고 싶어도 상대할 군대가 없었던 것이다. 타라칸 왕은 군사를 보내어 마을을 점령하게 했다. 군사들은 명령이 떨어지기 무섭게 금방 마을을 점령해 버렸다. 그러자 남녀바보들이 뛰어 나와 군사들을 미심쩍은 눈으로 바라보았다. 군사들은 바보들에게서 곡식이며 가축들을 약탈했다. 바보들은 저항하지 않고 무엇이든지 순순히 내주었다. 어느 누구도 자신의 재산을 지키려하기는커녕 오히려 여기 와서 살라고 하는 것이었다. 군사들은 다른 마을로 가보았지만 거기도 마찬가지였다.

군사들은 그날도 이튿날도 이곳저곳을 온종일 돌아다녀보았지만 이르는 곳 어디나 처음의 마을과 다르지 않았다. 있는 것

"어찌하여 당신들은 우리들을 괴롭히는 것이오? 당신들은 어찌하여 우리에게 해를 입히는 것이오? 필요한 것이 있다면 그것을 가져가면 되지 않겠소."

을 다 털어 내주었고, 어느 누구도 재산을 지키려고 하지 않았다. 오히려 그들은 이렇게 말할 뿐이었다.

"그렇게 당신네 나라에서 먹고 살기가 어려우면 모두 우리나라에 와서 살도록 하세요."

군사들은 온 나라를 헤매고 돌아다녀보았지만 어디에도 군사는 없었고, 백성들은 모두 제 힘으로 일을 하면서 서로를 도우며 살고 있었다. 제 한 목숨을 지키려고 하지 않고 오히려 군사들에게 여기 와서 함께 살 것을 권하는 따뜻한 마음을 지닌 사람들이었다. 군사들은 지루해졌다. 그래서 타라칸 왕에게로 돌아가 말했다.

"저희들은 전쟁을 수행할 수가 없습니다. 소신들을 다른 나라로 보내주십시오. 전쟁이라도 하면 좀 견뎌볼 수도 있겠는데, 이건 영 선하고 약한 사람들만 못살게 구는 것 같아서……. 저희는 이제 이 나라에서는 더 이상 싸울 수가 없습니다. 그러니 저희들을 다른 나라로 보내주십시오."

타라칸 왕은 화가 머리끝까지 치밀었다. 그리하여 군사들에게 온 나라를 돌아다니며 집과 곡식을 불사르고 가축을 죽여 버리라고 명령했다. 한 마디로 쑥대밭을 만들어 놓으라고 명령했다.

"만일 내 명령에 따르지 않으면, 그 자가 누구든 살아남지 못할 것이다."

군사들은 왕의 명령에 깜짝 놀라 명령대로 따랐다. 그들은 집이며 곡식을 가리지 않고 불태우고 가축을 죽였으며 나라를 어지럽혔다. 그런데도 바보들은 어느 누구하나 저항하지 않고 그냥 울고 있을 뿐이었다.

"어찌하여 당신들은 우리들을 괴롭히는 것이오? 당신들은 어찌하여 우리에게 해를 입히는 것이오? 필요한 것이 있다면 그것을 가져가면 되지 않겠소."

백성들의 항변에 군사들은 왠지 마음이 착잡하고 우울해졌다. 그래서 약탈하는 것을 그만두고는 모두 어딘가로 사라지고 말았다.

## 12

군대의 힘으로도 이반을 어찌할 수 없음을 안 큰 도깨비는 이번엔 말쑥한 신사로 변하여 이반의 나라로 왔다. 배불뚝이 따라스에게 했던 것처럼 돈으로 이반을 굴복시키려는 심산이었다.

"저는 훌륭한 지식을 여러분에게 전해주고 싶습니다. 먼저 이곳에다 집을 지은 뒤, 거래를 시작하도록 하겠습니다."

"좋습니다. 여기서 살기를 원한다면 그렇게 하세요."

한 벼슬아치가 신사에게 살 집을 마련해 주었다. 이튿날 아침, 그는 금화가 들어 있는 커다란 자루와 종이를 가지고 광장으로 나가 이렇게 말했다.

"당신네는 모두 돼지처럼 살고 있습니다. 그래서 저는 당신들이 인간답게 살 수 있는 방법을 가르쳐 주고자 합니다. 먼저 이 도면처럼 집을 지으십시오. 당신들은 일만 하면 됩니다. 지시는 제가 내리도록 하겠습니다. 그러면 답례로 이 금화를 드리겠습니다."

그는 사람들에게 금화를 보여주었다. 바보들은 금화를 바라보며 고개를 갸웃했다. 그들의 관습에는 돈이라는 게 없었다. 대신에 서로 물건과 물건을 바꿔 쓰고, 품앗이를 해주며 살았다. 그들은 금화를 바라보며 서로에게 말했다.

"저거, 다른 것은 몰라도 장난감으로 쓰면 좋겠는데."

큰 도깨비는 따라스의 나라에서 했던 것처럼 싯누런 금화를 마구 뿌려대기 시작했다. 반응은 예상대로였다. 사람들은 금화를 얻기 위해 물건과 일을 하러 몰려들었다. 큰 도깨비는 흐뭇해져서 속으로 말했다.

'일이 생각보다 순조롭게 진행되어 나가는군. 이번에야말로 이 바보 녀석을 따라스처럼 엉망진창으로 만들어놓고 말겠어.'

그런데 바보들은 금화를 손에 넣자마자 목걸이용으로 여자들에게 나누어 주기도 하고 처녀들의 머리에 달아주기도 했다. 이제는 어린애들까지 길에서 금화를 놀이용으로 가지고 놀게 되었다. 모든 사람들은 얼마간의 금화가 생기게 되자, 더 이상 얻으려고 하지 않았다.

하지만 말쑥한 신사는 짓던 집이 아직 절반도 지어지지 않은 데다 곡식이며 가축은 일년 치도 비축되어 있지 않았다. 그래서 신사는 공고를 냈다.

'우리 집으로 일들을 하러 오라. 곡식이며 가축도 가지고 오라. 어떤 물건이건 최고의 값을 쳐주겠다.'

그러나 누구 하나 일하러 가는 사람도 물건을 팔려고 하는 사람도 없었다. 간혹 어린애들이 뛰어와서 달걀과 금화를 바꾸거나, 금화를 받고 물건을 날라다 주는 것이 고작이었다. 다른 일로 찾아오는 사람은 한 사람도 없었다.

결국 말쑥한 신사는 먹을 것이 떨어지게 되었고, 시장기가 돈 그는 먹을 것을 구하기 위해 마을을 돌아다녔다. 하지만 물건을 파는 시장은 없었다. 할 수 없이 그는 어느 집으로 들어가 암탉을 팔라며 금화를 내밀었다. 안주인이 금화를 받지 않으며 말했다.

"그런 것은 우리 집에도 숱하게 있답니다."

그는 비옷을 사려고 날품팔이꾼 집으로 들어가 금화를 내밀자, 날품팔이꾼 역시 이렇게 말했다.

"우리 집엔 이제 그것이 필요 없습니다. 어린애들이 없어서 아무도 그것을 가지고 놀 사람이 없답니다. 게다가 저도 세 닢이나 가지고 있지요."

큰 도깨비는 다음엔 빵을 사려고 어느 농부의 집으로 들어갔다. 역시나 농부도 금화를 받지 않았다.

"우리 집엔 더 이상 그것이 필요 없습니다. 하지만 당신이 신의 이름으로 간청하는 것이라면 아내에게 말해 제가 빵을 좀 드리겠습니다."

그러자 큰 도깨비는 침을 뱉고는 냅다 농부의 집에서 줄행랑을 놓았다. 신의 이름으로 뭔가를 얻는 것은 고사하고 그 말을 듣는 것만으로도 칼로 찌르는 것보다 더 아팠기 때문이었다. 그래서 빵도 얻지 못하고 말았다. 사람들은 모두 금화를 충분히 손에 넣고 있었다. 그리하여 큰 도깨비가 어디를 가던 누구 하나 금화를 보고는 어떤 것도 주려고 하지 않았다. 그러면서 모두 이렇게 말들을 했다.

"무엇인가 딴 것을 가지고 오거나, 일을 하러 오거나 하세요. 그렇지 않으면 신의 이름으로 구걸을 하러 오던지요."

그러나 큰 도깨비는 금화밖에는 아무것도 가진 게 없었다. 그런데다가 일은 하기 싫었고, 게다가 신분상 신의 이름으로 구걸을 할 수도 없는 노릇이었다. 큰 도깨비는 화가 머리끝까지 잔뜩 치밀어 올랐다.

"언제 당신들에게 금화를 주어야 하나? 당신네는 금화가 얼마나 유용한지 모르는군. 금화만 있으면 무엇이든지 살 수 있고 어떤 일꾼이든지 부릴 수 있을 텐데 말이야."

그러나 바보들은 그의 이런 말을 듣는 둥 마는 둥 했다.

"아니죠. 그런 것은 필요 없습니다. 여기선 지불을 한다거나 세금을 낸다거나 하는 일은 없으니까요. 그러니 그런 것은 가지고 있어봤자 아무 짝에도 쓸모가 없어요."

큰 도깨비는 저녁도 먹지 않은 채 잠자리에 들었다. 이 일이 바보 이반에게도 들어갔다. 백성들이 찾아와서 이렇게 물었기 때문이었다.

"도대체 우리들은 어찌해야 하옵니까? 우리들한테 말쑥하게 차려 입은 신사가 한 명 나타났습니다. 그는 맛있는 음식과 좋은 술만을 즐기고, 한편으로는 깨끗한 옷을 입고 돌아다니면서 일은 숫제 하지 않고 있습니다. 게다가 동냥질도 하지 않으면서 금화라는 것만을 우리에게 내밀 뿐입니다. 마을에 금화가 있기 전에는 금화를 받고 모두들 그에게 무엇이나 주었는데, 이제는 그 어떤 것도 주려는 사람이 없습니다. 이 신사를 어떻게 해야 하겠습니까? 굶어 죽지는 않아야 할 텐데 말입니다."

이반은 다 듣고 나서 말했다.

"아무렴, 그렇지요. 죽게 내버려 둘 수는 없지요. 그 신사를 양치는 사람처럼 집집을 돌아다니며 묵게 하세요."

큰 도깨비는 이집 저집을 돌아다니며 살게 되었다. 큰 도깨비가 점심을 먹으러 갔을 때 이반의 궁궐에서는 벙어리 여동생이 점심을 차리고 있었다. 그녀는 지금까지 줄곧 게으름뱅이에게 속아왔다. 게으름뱅이는 일도 하지 않는 주제에 꼭 맨 먼저 밥을 먹어 치우는 것이었다. 그래서 벙어리 누이는 손만 보고도 게으름뱅이를 곧잘 분간할 수 있었다. 손에 못이 박힌 사람은 식탁에 앉게 했지만 못이 박히지 않은 사람에게는 먹다 남은 찌꺼기를 먹게 했다. 큰 도깨비가 식탁에 앉자, 벙어리 누이는 얼른 그 손을 들여다보았다. 손은 못이 박히지 않은 데다 깨끗하고 매끈하며 손톱도 길게 자라 있었다. 벙어리 누이는 무엇이라고 외치더니 도깨비를 식탁에서 끌어내렸다. 그러자 이반의 아내가 그에게 말했다.

"너무 뭐라고 하지 마세요. 우리 아가씨는 손에 못이 박히지 않은 사람은 식탁에 앉히지 않으니까요. 그럼, 잠깐 기다리세요. 곧 다른 사람들이 식사를 마치면 그때 남은 찌꺼기를 드릴 테니까요."

이 말을 들은 큰 도깨비는 은근히 화가 났다.

'임금의 궁궐에서는 나에게 돼지에게 주는 것을 먹이려고 하는구나.'

그가 이반을 찾아가 말했다.

"전하, 모든 사람이 자신의 손으로 일을 해야 한다는 것은 어리석은 법률입니다. 그것은 사람들이 어리석기 때문에 생겨난 법입니다. 현명한 사람들은 무엇으로 일을 하는지 아십니까?"

"바보인 우리가 어찌 그런 것을 알겠소? 우리들은 무엇이나 손과 등을 이용해 일을 하지요."

"바로 그것이 여러분들이 바보라고 불리는 이유입니다. 그럼 제가 머리로 일을 하는 방법을 가르쳐 드리겠습니다. 그러면 여러분도 아시게 될 것입니다. 손보다 머리로 일을 하는 편이 이롭다는 것을."

이반은 놀랐다.

"음, 말을 듣고 보니, 그럼 우리가 바보로 불리는데도 이유가 있는 것이군요."

그러자 큰 도깨비가 신이 나서 말을 했다.

"그러나 머리로 일을 한다는 것도 결코 쉽지 않습니다. 제 손에 못이 박히지 않았다고 해서, 지금도 여러분은 저에게 먹을 것을 주시지 않고 있습니다. 이것은 제가 머리로 일을 한다는 것을 모르기 때문에 일어난 일입니다. 사실 머리로 일을 하는 것이 손으로 일을 하는 것보다 백 갑절이나 어렵습니다. 어떤 땐 머리가 빠개지는 수도 있으니까요."

이반은 곰곰이 생각했다.

"그렇다면 그대는 어째서 자신을 그렇게 괴롭히는가요? 머리가 빠개지는 수도 있다니, 과연 쉬운 일은 아닐 듯 싶군요. 그보다는 차라리 손과 등을 쓰는 쉬운 일을 하는 것이 좋지 않겠소?"

큰 도깨비가 말했다.

"소신이 저를 괴롭히는 것은 바보인 여러분을 불쌍히 여겨서입니다. 만일 소신이 저 자신을 괴롭히지 않는다면 여러분들은 영원히 바보로 살아가게 될 것입니다. 저는 줄곧 머리로 일을 해왔기 때문에 지금 그것을 가르쳐 드릴 수 있습니다."

이반이 놀라며 말했다.

"우리에게 그것을 가르쳐 주시오. 그럼 손에 경련이 일어났을 때 대신 머리를 쓸 수 있지 않겠소."

큰 도깨비는 그것을 가르쳐 주겠다고 약속했다. 이반은 온 나라에 방을 붙였다.

'훌륭한 신사가 여러분에게 머리로 일을 하는 방법을 가르쳐 준다고 하니 배우러 나오시오. 머리로 일하는 것이 손으로 일하는 것보다 훨씬 더 많은 벌이를 할 수가 있다고 하니 모두 나와서 배우도록 하시오.'

이반의 나라에는 높은 망대가 세워지고 거기에 반듯한 사다리를 걸친 다음, 그 위에 단을 마련하였다. 이반은 신사의 모습이 잘 보이도록 그곳으로 안내를 했다. 그 망대에 오른 신사는 입을 열어 말을 하기 시작했고, 바보 백성들은 그 모습을 구경하려고 꾸역꾸역 모여들었다. 바보들은 손을 쓰지 않고 머리로 일을 하려면 어떻게 해야 하는지를, 신사가 실연을 통해 보여줄 것으로 기대하고 있었다. 그러나 큰 도깨비는 말로만 떠들 뿐 행동으로는 보여주지 않았다. 말로만 떠들고 있으니 바보들은 통 뭐가 뭔지 이해를 할 수가 없었다. 그래서 잠시 그 자리를

"아하, 저거였군. 언젠가 저 신사가 머리가 빠지는 수도 있다고 한 적이 있는데, 그 말이 정말이었군. 그런데 이건 다른데 문제가 있는 것이 아니라 자꾸 머리로 일을 하다가는 하루도 머리가 성한 날이 없겠는걸."

지키고 있다가 모두들 제 할 일을 하러 뿔뿔이 흩어져 버렸다. 큰 도깨비는 온 종일 망대 위에 서 있었다. 이튿날에도 내내 그곳에 서 있었다. 그리고는 누가 듣든 말든 줄곧 떠들어대고 있었다. 그러면서 그는 무엇이라도 좀 먹었으면 하는 생각을 했다. 하지만 바보들은 신사가 손보다 머리로 훨씬 더 일을 잘 할 수 있다면 머리로 제가 먹을 빵쯤은 실컷 만들 수 있을 거라는 생각에 아무도 그에게 빵을 가져다주지 않았다. 큰 도깨비는 그 다음날도 망대에 올라 쉼 없이 떠들어댔다. 그러나 사람들은 잠시 와서 지켜보다가는 이내 흩어져 버렸다. 이반은 이따금 사람들에게 물었다.

"그래, 그 신사는 머리로 일을 하기 시작했소?"

"아니옵니다. 여전히 입으로만 떠들어대고 있을 뿐, 일은 하지 않고 있습니다."

큰 도깨비는 그날도 하루 종일 망대에 서서 떠들어댔다. 그렇게 며칠이 지나자 그도 많이 쇠약해져 있었다. 그는 약간 비틀거리다가 이내 등불을 걸어놓은 기둥에다 머리를 부딪쳤다. 누군가 그 모습을 보고 이반의 아내에게 알리자, 그녀는 들에서 일하고 있는 남편에게로 달려가 이 사실을 알렸다.

"그가 드디어 머리로 일을 하기 시작했습니다. 어서 가 보시지요."

"그게 정말이오?"

이반은 말을 타고 망대로 갔다. 망대에 도착했을 때 큰 도깨비, 즉 신사는 굶주리다 못해 이제 완전히 쇠약해져 비틀거리며 연신 머리를 기둥에 박고 있었다. 그러다가 이반이 도착한 순간 신사는 푹 쓰러지더니 우당탕 요란한 소리를 내며 사닥다리를 따라 거꾸로 떨어져 내렸다. 마치 한 층 한 층 발판을 머리로 세기라도 하듯이 머리로 쿵쿵 발판을 들이받으면서.

이반은 머리를 긁적이며 말했다.

"아하, 저거였군. 언젠가 저 신사가 머리가 빠개지는 수도 있다고 한 적이 있었는데, 그 말이 정말이었군. 그런데 이건 다른데 문제가 있는 것이 아니라 저렇게 머리로 일을 하다가는 하루도 머리가 성한 날이 없겠는걸."

큰 도깨비는 사다리 밑으로 굴러 떨어지자 땅 속에 머리를 쳐 박고 말았다. 신사가 얼마나 많은 일을 했는지 살펴 볼 양으로 이반이 가까이 다가가려 하자, 별안간 땅바닥이 쫙 갈라졌다. 갈라진 땅 사이로 큰 도깨비가 떨어졌다. 그 자리에는 구멍 하나만이 남아 있을 뿐이었다. 이반은 머리를 긁적이며 말했다.

"이런 징글맞은 놈을 다 봤나. 그놈이었잖아. 모든 도깨비들의 우두머리가 틀림없어."

이반은 여전히 잘 살고 있으며 모든 사람들이 그의 나라로 몰려들고 있다. 두 형들도 그와 살기 위해 찾아왔으며, 이반은 그들에게도 먹을 것을 주고 있다. 누구라도 그의 나라를 찾아와서 "우리들을 먹여 주시오."하고 말하면 "그렇게 하세요. 우리와 함께 사세요. 여기엔 없는 것 없이 모든 게 풍족하니까요."하고 말을 한다.

그러나 이 나라에는 변하지 않는 하나의 특별한 관습이 있다. 그것은 손에 못이 박힌 사람은 식탁에 앉아 식사를 하게 되지만, 손에 못이 박히지 않은 사람은 남이 먹다 남은 찌꺼기를 먹어야 한다는 것이다. 〈*1885년 · 57세*〉

# F O O D

## 음식 · 진실 · 희생 · 양심 · 자유

양심에 맞는 옷을 입어라 —

♥ 사람이 나아졌다고 하는 판단은 그 사람이 정신적으로 어느 정도 자유로운가에 달려 있다. 자신을 고집하지 않으면 않을 수록 그 사람은 그만큼 자유를 가지게 되는 것이다.

♥ 다른 사람에 대한 죄악이 있고 자신에 대한 죄악이 있다. 다른 사람들의 마음에서 신의 정신을 존중하지 못하면 다른 사람에게 죄를 짓는 것이고 자신의 마음에서 신의 정신을 존중하지 못하면 자신에게 죄를 짓는 것이다. 그런데 자신에 대한 죄 가운데 가장 보편적인 죄는 바로 과식과 폭식이다. 과식을 하게 되면 게으르게 되고, 게으르면 성적인 욕망을 다스리지 못하게 된다. 바로 그런 이유로 정신과 마음을 다스리는 가르침은 식욕을 억제하는 데서 출발하는 것이다.

♥ 육체에 꼭 맞는 옷을 입기보다는 양심에 꼭 맞는 옷을 입는 것이 좋은 것이다.

♥ 진실되고 올바른 믿음을 전파해야 세계가 진보되는 것이다.

♥ 자기희생을 하는 사람들에 의해서만 인류 사회는 개선될 수 있다.

♥ 우리는 각자의 마음 속에, 그리고 이 세계 속에 있는 선함이 실현될 것이라고 믿어야만 한다. 믿음이야말로 선함이 실현될 수 있는 최고의 조건이기 때문이다.

♥ 뉘우치고 회개한다는 말은 모든 사람에게 자신이 악하며 약하다는 것을 말한다. 또한 자기가 지은 모든 잘못된 행위를 인정하고 영혼을 깨끗이 하며 신성(神性)을 받아들일 준비를 하는 것이다.

♥ 책망 받고 고쳐야 될 것은 없을까? 있으리라 받아들이고 자신이 직접 찾아내도록 노력해야 한다.

♥ 남과 사이가 좋지 못하거나 그 사람이 당신과 있는 것을 싫어하거나 당신이 옳은데도 그 사람이 동조하지 않으면, 그 사람이 책망 받을 것이 아니라 정작 책망 받아야 할 사람은 바로 당신이다. 왜냐하면 당신이 그 사람에게 마음과 정성을 다하지 않았기 때문이다.

♥ 다른 사람들과 무리지어 있을 때는 홀로 생각해야 한다는 사실을 명심하고 홀로 생각에 잠겨 있을 때는 다른 사람들과 의견을 나누어야 한다는 사실을 명심해야 한다.

♥ 우리들 앞에 놓여 있는 가장 중요한 문제는 다음과 같다. 우리는 올바르게 살고 있을까? 우리가 삶이라고 부르는 이 짧은 시간에 우리는 우리를 세상에 보낸 힘의 의지에 순종하며 행동하고 있을까? 우리는 올바르게 살고 있을까?

♥ 음식을 과도하게 먹는 것은 보통 죄악으로 여겨지지 않는다. 그 해악이 눈에 띄지 않기 때문이다. 그러나 인간의 존엄성을 훼손하는 까닭에 죄악이다. 음식을 과도하게 먹는 것도 이러한 죄악 중 하나다.

013

신은

**진실**을 아나
나타내지 않는다

우리들에게 삶을 부여해주는 것은 오직 한 분, 신밖에 없다.

신의 의지에 더욱 더 합치되면 될수록 그만큼 자신 있게

행동하는 법이다.

블라디미르에 악쇼노프라는 젊은 상인이 살고 있었다. 그에게는 두 채의 가게와 한 채의 집이 있었다. 악쇼노프는 잘 생긴 외모에 금발 곱슬머리였고, 언제나 유쾌하게 생활했으며, 노래를 즐겨 불렀다. 한창 때는 술을 좋아해 과음을 하며 소동을 일으키기도 했지만, 결혼을 하고는 술을 멀리하고 어쩌다가 마시게 되더라도 아주 조금만 마셨다.

어느 여름 날, 악쇼노프가 '니즈니 장터'로 가려고 가족들에게 인사를 할 때 그의 아내가 말했다.

"오늘은 당신이 장에 가지 않았으면 좋겠어요. 당신에 대한 좋지 않은 꿈을 꾸었어요."

악쇼노프가 웃으며 말했다.

"참, 당신도……, 별 걱정을 다하고 있군 그래. 당신은 내가 장에 가서 술이라도 마시고 무슨 사고라도 칠까 봐 그러는가 본데, 걱정하지 말라구."

아내가 여전히 걱정스러운 표정으로 말했다.

"저도 제가 무엇을 걱정하는지는 모르겠지만 정말로 꿈자리가 사나웠기 때문에 그러는 거예요. 글쎄 당신이 외출을 했다가 돌아와서는 모자를 벗었는데, 머리가 하얗게 세어 있는 게 아니 겠어요."

악쇼노프가 껄껄 웃었다.

"그건 내가 돈을 많이 벌 것이라는 길몽이구려! 내가 장사를 잘 해서 돈을 많이 벌면 당신에게 줄 좋은 선물을 잔뜩 사가지 고 올 테니, 편히 지내고 있구려."

그는 갔다 오겠다는 말을 남기고는 집을 나섰다. 장터 가는 길 중간쯤에서 그는 안면이 있는 상인을 만났고, 그날 밤 같은 여인숙에 머물 자리를 정했다. 그들은 함께 차를 마신 다음 나 란히 이웃한 방으로 들어가 잠자리에 들었다. 악쇼노프는 일찍 잠자리에 드는 버릇이 있었고, 날이 서늘할 때 편하게 길을 갈 요량으로 한밤중에 일어나 마부를 깨워 떠날 채비를 하라고 시 켰다. 그리고는 주인에게로 가 숙박비를 계산하고는 여인숙을 나섰다. 그렇게 40여 킬로미터를 갔을 때, 시장기를 달래기 위 해 걸음을 멈췄다. 악쇼노프는 하인에게 말에게 먹이를 주도록 시키고 여인숙 통로에서 잠시 쉬었다. 그런 다음 현관 계단으로 성큼성큼 들어가 차를 주문하고는 기타를 꺼내 연주하기 시작 했다. 그때 갑자기 방울이 울리며 삼두마차가 여인숙으로 들이 닥쳤다. 두 사람의 군인을 거느린 관리가 악쇼노프에게로 다가 오더니 물었다.

"당신은 어디서 왔습니까? 그리고 무엇을 하는 사람인가요?"

악쇼노프는 자신의 신분을 순순히 밝힌 뒤, 관리에게 말했다.

"저와 차라도 한 잔 같이 하시겠습니까?"

그러나 관리는 들은 채도 하지 않은 채 꼬치꼬치 캐물었다.

"어제는 어디서 잤습니까? 혼자였습니까, 아니면 다른 사람과 함께였습니까? 아침에 그 사람을 보았습니까? 어째서 그렇게 일찍 여인숙을 떠난 것입니까?"

악쇼노프는 이들이 무엇 때문에 자신에게 그런 질문을 하는 것인지 의아해 하면서도 묻는 대로 대답해주었다. 그리고 관리에게 물었다.

"당신은 대체 누구요? 누군데 내가 무슨 강도나 도둑이나 되는 것처럼 심문을 하는 건가요? 보시다시피 나는 장사를 위해서 길을 떠난 상인일 따름입니다. 그런 저에게 구태여 그런 것을 묻는 이유가 무엇입니까?"

그러자 그 관리가 대답했다.

"나는 이 지역 치안을 담당하는 경관입니다. 내가 여러 가지 질문을 했던 것은 어젯밤 당신과 같이 여인숙에 들었던 상인이 살해되었기 때문이오. 우선 당신 짐부터 살펴봐야겠소."

경관과 군인들은 안으로 들어갔다. 그들은 악쇼노프의 짐을 샅샅이 뒤지기 시작했다. 그때 별안간 관리가 그의 짐에서 칼을 꺼내 들며 소리쳤다.

"이건 누구의 칼이오? 어째서 칼에 피가 묻어 있는 것입니까?"

악쇼노프는 그것을 보고는 깜짝 놀랐다. 말을 하려고 했으나 입이 얼어붙어 잘 나오지 않았다. 그가 더듬거리며 말했다.

"저, 저는 모르겠어요. 저 칼은… 제… 칼이 아니거… 든요. 모르는 칼……"

그때 경관이 말을 잘랐다.

"아침에 그 상인은 피투성이가 돼 죽은 채 침대 아래에서 발견되었습니다. 당신밖에는 그런 일을 저지를 사람이 없습니다. 여인숙은 안에서 문이 잠겨 있었고, 그 안에는 당신밖에는 없었으니까요. 그리고 이렇게 피가 묻은 칼도 당신 짐 속에서 나왔고, 그리고 무엇보다도 당신의 말과 행동이 당신이 했다는 것을 증명해 주고 있소. 그러니 어서 순순히 자백하시오. 그 상인을 어떻게 죽였고, 돈은 얼마나 훔쳤습니까?"

악쇼노프는 자신은 아니라고 결백을 주장했다. 그 상인과는 어제 길에서 우연히 만나 동행을 하게 되었고, 차를 함께 나눠 마시고 각자의 방에 들어가 잠자리에 든 이후에는 한 번도 본 적이 없다며 결백을 주장한 뒤, 돈도 자기가 가지고 온 8천 루블이 전부이고 칼도 자기 것이 아니라며, 절대 거짓이 아님을 맹세까지 했다. 하지만 그의 몸은 마치 죄를 지은 사람처럼 부들부들 떨고 있었고, 얼굴은 창백해졌으며 말 또한 더듬었다. 경관은 군인들에게 그를 묶어 짐마차에 태우라고 명령했다. 그는 두 다리가 묶여 짐마차에 태워졌다. 그는 울음을 터트리며 성호를 그었다. 악쇼노프는 소지품과 돈을 빼앗긴 채 근처에 있는 감옥으로 압송되었다. 경관은 악쇼노프가 어떤 사람인지 알아보기 위해 그가 살고 있는 블라디미르로 군인을 급파했다. 주민들은 악쇼노프가 젊었을 때는 술도 마시고 도박을 즐기기도 했지만 인간성만큼은 좋은 사람이었다고 증언해 주었다. 하지만 그는 무혐의로 풀려나지 않고 재판을 받게 되었다. 그의 혐의는 랴잔의 상인을 죽이고 2만 루블의 돈을 훔쳤다는 것이었다. 그의 아내는 절망했고, 무엇을 믿어야 할지 몰랐다. 아이들은 아직 어렸고, 젖먹이도 하나 있었다. 그녀는 아직 어린자식들을 모두 데리고 남편이 수감되어 있는 감옥으로 갔다. 처음엔 만나는 것이 허락되지 않았지만 여기저기 수없이 간청을 한 후에 간신히 남편을 만날 수 있었다.

죄수복을 입고 발목에 쇠사슬이 묶여 진짜 강도들과 함께 수

감되어 있는 남편을 보자 그녀는 정신을 잃고는 땅바닥으로 쓰러졌다. 그리고는 꽤 오랫동안 정신을 차리지 못했다. 가까스로 정신을 차린 그녀는 남편에게 그간 집에서 일어났던 이야기를 해준 뒤, 이어서 남편에게 일어났던 일을 소상히 묻기 시작했다. 그는 모든 것을 아내에게 말해 주었다. 아내가 물었다.

"그럼, 지금부턴 어떻게 하는 게 좋을까요?"

"폐하께 탄원을 하는 수밖에 없어. 내가 저지르지 않은 일로 신세를 망칠 수는 없으니까."

아내는 자기가 벌써 여러 번 황제에게 탄원서를 냈지만, 번번이 묵살되고 말았다는 것을 남편에게 밝혔다. 그 말을 들은 남편은 한 마디도 하지 않고 단지 머리를 숙일 뿐이었다. 그때 아내가 말했다.

"당신도 기억하고 있을지 모르겠네요. 당신이 장사를 떠나던 날 아침에 당신의 머리가 하얗게 세었다는 꿈 얘기를 해준 것을. 역시 보통 꿈이 아니었던 것 같아요. 벌써 이렇게 당신의 머리는 고통과 슬픔으로 희어지기 시작했어요. 역시 그때 길을 떠나지 말았어야 했어요."

그녀는 남편의 흐트러진 머릿결을 쓰다듬어 올리면서 말을 이었다.

"여보, 저는 당신을 사랑해요. 그리고 당신도 저를 사랑하시지요? 그러니 저에게만은 사실대로 말씀해 주세요. 그건 정말 당신이 한 일이 아니지요?"

남편이 언성을 높이며 대답했다.

"그럼, 당신까지 나를 의심하고 있단 말이오?"

악쇼노프는 절망스러움으로 두 손으로 얼굴을 가리면서 울기 시작했다. 그때 옥지기가 다가와서는 아내와 자식들에게 그만 가야 한다고 말을 했다. 악쇼노프는 이것으로 가족과 마지막

이별을 나누었다.

아내와 자식들이 간 후, 악쇼노프는 아내와 주고받았던 말을 다시 한번 새겨 보았다. 아내까지 자신을 의심해서 당신이 상인을 죽인 것이 아니냐는 말을 떠올리고는 그는 속으로 말했다.

'역시 신외에는 아무도 진실을 믿어주는 사람이 없어. 이제 남은 것은 오로지 신께 기도를 드리고 자비를 베풀어 주실 때까지 기다리는 수밖엔 없어.'

그 후부터 악쇼노프는 탄원서를 내는 것을 단념하고 또 다른 것에 희망을 거는 일도 포기한 채 오직 신에게 기도만을 드렸다. 그는 재판부에 의해 태형과 징역형을 판결 받았다. 판결은 신속하게 집행되었다. 가죽 채찍으로 매를 맞은 뒤 상처가 다 아물기도 전에 다른 죄수들과 함께 시베리아 유형지로 추방되었다. 그곳에서 그는 26년 동안이나 징역을 살았다. 그의 머리는 그러는 동안 눈처럼 하얗게 세어 버렸고 턱에서는 길고 가는 잿빛 수염이 자라났다. 타고난 천성인 쾌활함은 완전히 사라졌고, 허리는 구부러졌으며 걸음걸이도 조용해졌다. 말수 또한 줄었고 결코 소리 내어 웃는 법이 없었다. 하지만 기도만은 빼놓지 않고 했다. 감옥에서 그는 장화 짓는 기술을 배웠는데, 그 일을 해서 번 돈으로 성인들의 이야기를 엮은 '순교전'이라는 책을 샀다. 그는 감방 안이 밝은 때를 이용해 그 책을 읽었다. 축제일에는 교회에 나가서 '사도행전'이란 책도 읽었으며 성가대에 나가 성가를 부르기도 했다. 그의 목소리는 여전히 아름다웠다. 형무소 관리도 악쇼노프의 온순한 성격을 좋아했고, 죄수들도 그를 존경해 '노인장' 아니면 '신의 사도'라고 불렀다. 형무소에 무슨 청원할 일이 있으면 죄수들은 언제나 그를 형무소 관리에게 보냈고, 죄수들 간에 다툼이라도 벌어지면 언제나 그에게 시시비비를 가려달라고 요청했다. 집에서는 아무도 그에게 소식을 보내는 사람이 없었으므로, 그는 아내와 자식들이 살았는지, 죽었는지도 모르고 있었다.

어느 날 새로운 한 무리의 죄수들이 형무소로 들어왔다. 저녁이 되자 기존의 죄수들이 새로 입소한 죄수들 주변으로 모여들었다. 그리고 그들에게 어느 도시와 마을에서 왔는지, 무슨 형을 선고받았는지를 물었다. 악쇼노프도 새로 입소한 죄수들 가까이에 앉아서 무표정한 얼굴로 그들의 이야기를 듣고 있었다.

새로 입소한 죄수 중 한 사람은 나이가 60세 전후였는데 잿빛 턱수염을 짧게 깎고 있었다. 그는 키가 컸을 뿐만 아니라 나이답지 않게 단단한 몸집을 자랑하고 있었다. 그는 한창 자기가 붙잡힌 경위에 대해서 말하고 있었다.

"나는 그저 썰매에 묶여 있던 말을 가져갔을 뿐인데, 붙잡혀

절도죄로 고발됐지 뭐예요. 나는 집에 좀 더 일찍 가기 위해 말을 가져갔고, 그 다음에 놓아줬다고 말했지요. 게다가 썰매 주인은 내 친구였거든요. 그래서 내가 '뭐 이런 일을 가지고 그러시오.' 했더니, 사람들이 모두 '아니야, 네놈이 훔친 거야 하고 우겨대더군요. 그놈들은 내가 어디서 어떻게 말을 훔쳤는지도 알지 못하는 놈들인데, 그러더라구요. 하기사 나는 오래 전에 죄를 지어서 벌써 이곳에 왔어야 할 몸이지만, 그때는 들키지 않고 무사했어요. 그런데 이번엔 이렇게 아무 죄도 없이 이곳에 오게 됐지 뭡니까?"

기존 죄수가 그에게 물었다.

"그런데 당신은 어디서 왔소?"

"블라디미르에서요. 그곳에 가족이 살고 있지요. 내 이름은 마카르인데, 세미요니치라고도 불리고 있지요."

악쇼노프가 고개를 들고 그에게 물었다.

"세미요니치 씨, 블라디미르에 살았다니 내 한 가지만 물읍시다. 혹, 악쇼노프라는 상인의 가족에 대해서 알고 있습니까? 잘 지내고 있나요?"

"물론 알고 있지요. 악쇼노프의 가족들은 부유하게 잘 살고 있습니다. 그의 아버지가 우리처럼 죄인의 몸으로 시베리아에 있지만요. 그런데 노인장은 어떻게 이곳에 들어오시게 되었습니까?"

악쇼노프는 자기의 불행에 대해서 이야기 하는 것을 좋아하지 않았다. 그래서 한숨을 내쉬고는 다만 이렇게 말했다.

"내가 지은 죄의 업보로 벌써 26년째 이곳에 썩고 있다오."

마카르 세미요니치가 궁금한 듯 물었다.

"무슨 죄를 지었길래?"

"난 죄 값을 받을만 했어요."

그는 이렇게만 말하고 더 이상 아무 말도 하지 않았다. 하지만 다른 죄수들이 악쇼노프가 이곳에 오게 된 배경에 대해서 그에게 말해주었다.

그들은 누군가 상인을 죽이고 그 피 묻은 칼을 그의 자루에 넣었다는 것과 그 일로 인해서 이렇게 억울한 옥살이를 하고 있다는 것을 말해 주었다. 그런데 그 말을 듣는 마카르 세미요니치의 얼굴이 놀라는 기색으로 역력했다. 그는 자신의 무릎을 탁 치며 소리쳤다.

"놀랍구려, 놀라워! 노인장, 당신도 많이 늙었구려."

사람들이 그에게 물었다. 뭐가 그리 놀라우며, 전에 어디서 악쇼노프를 만난 적이 있었는지에 대해서. 하지만 그는 대답 대신에 이렇게 말을 했다.

"세상 참 좁구려. 우리가 이곳에서 만나게 될 줄이야."

이 말을 듣고 악쇼노프는 이 사내가 상인을 죽인 범인이 누구인지 알고 있는 것은 아닌가, 하는 생각이 들었다.

"세미요니치 씨, 당신은 이 사건에 대해 알고 있거나, 아니면 전에 날 본 적이 있었군요?"

"어떻게 모를 수 있겠소? 세상을 떠돌고 있는 것이 온통 소문인데. 하지만 하도 오래전 일이라 잘 기억이 나지 않는군요."

"그래도 혹시 누가 상인을 죽였는지 듣지 못했는지요?"

악쇼노프가 물었다. 마카르 세미요니치가 웃으며 대답했다.

"칼이 발견된 보따리 임자가 범인이 틀림없겠지요! 만약 다른 누군가가 그 보따리에 칼을 숨겼다면 그는 잡힐 때까지는 범인이 아니지요. 누가 감히 당신 머리맡에 있는 보따리에 칼을 집어넣을 수 있었겠어요. 그러다간 분명 당신을 깨우고 말았을 텐데 말이오."

이 말을 들었을 때 악쇼노프는 이 자가 상인을 죽인 범인이 틀림없다고 확신했다. 그는 조용히 일어나 한쪽 구석으로 가 자리를 잡고 누웠다. 그날 밤 그는 한잠도 자지 못했다. 지독히 운이 없다고 여겨졌고, 온갖 잡다한 생각들이 그의 머릿속으로 떠올랐다. 장터로 떠나면서 헤어질 때의 아내 모습이 떠올랐다. 마치 자신의 앞에 있는 것처럼 아내의 얼굴과 눈이 또렷하게 되살아났고, 아내의 말과 웃음소리가 들렸다. 그리고 당시의 어린 자식들의 모습이 보였다. 한 아이는 털가죽 외투를 입고 있었고, 다른 아이는 제 어미의 품속에 안겨 있었다. 그런 다음 그는 자신의 쾌활하고 명랑했던 젊은 시절의 모습을 떠올렸다. 그 당시 자신이 얼마나 자유롭고 걱정 없이 살았는지를 생각해냈다. 이어 자기가 여인숙 계단에 앉아서 기타를 치다가 붙잡힌 일, 재판을 받던 일, 태형을 받던 장소와 형 집행자들, 주위에 서 있던 사람들, 쇠사슬, 죄수들, 26년 간의 옥살이, 너무 늙어버린 자신의 모습이 주마등처럼 스치고 지나갔다. 그 모든 것들을 생각하자 그는 금방이라도 죽어버리고 싶을 만큼 비참해졌다.

'모든 게 다 저 악당 놈 때문이야!'

그는 마카르 세미요니치가 진범이라는 단정을 내렸다. 그러자 그에게는 참을 수 없는 증오심이 생겨났고, 자신의 몸을 망치는 한이 있더라도 복수를 해야겠다는 생각이 강하게 치솟았다. 그는 밤새도록 마음을 가라앉히려고 기도를 올렸지만 모두다 헛수고였다. 좀처럼 마음이 가라앉지 않았다. 그는 마카르 세미요니치 곁에는 가까이 가지도, 그를 바라보지도 않았다. 그런 시간이 두 주일이나 흘렀지만 여전히 악쇼노프는 잠을 이루지 못하고 있었다. 몸을 어떻게 주체해야 할지 모를 정도로 울적한 기분은 좀처럼 가시지 않았다.

어느 날 그가 한밤중에 감방 속을 거닐고 있는데, 죄수들이 자고 있는 나무 침대 아래서 흙이 굴러 떨어지는 듯한 소리가 들렸다. 그는 그것이 무엇인지 알아보려고 멈춰 섰다. 그때 갑자기 나무 침대 아래서 마카르 세미요니치가 기어 나오다가 놀란 눈을 하고는 악쇼노프를 올려다보았다. 악쇼노프는 그를 못 본 체 지나쳐가려고 했다. 그러자 별안간 마카르 세미요니치가 그의 손을 잡았다. 그리고 사정을 했다.

"나는 매일 같이 벽 밑의 흙을 판 뒤 목인 긴 장화 속에 넣어서 광산으로 작업을 하러 나갈 때마다 길에다 버리고 있는 중이오. 그러니 노인장, 부디 모른 척만 해주시오. 그러면 내 탈출할 때 당신도 함께 데려가리다. 당신이 고자질을 하면 나는 채찍을 맞겠지만, 그전에 당신을 먼저 죽이게 될 것이오."

악쇼노프는 자신의 앞에 서 있는 원수를 보자 참고 있던 노여움 때문에 전신이 부들부들 떨렸다. 그는 잡힌 손을 뿌리치며 말했다.

"나는 탈출할 필요도 없고, 그리고 당신 또한 나를 죽일 필요도 없을 것이오. 당신은 이미 옛날에 나를 죽였기 때문이오. 그리고 지금 당신이 한 일을 밀고하고 하지 않는 것은 오직 신만이 결정하실 일이오."

이튿날 죄수들을 작업장으로 인솔하던 군인들은 죄수들 중 누군가가 장화에다 흙을 담아다가 길에 버린다는 것을 눈치 챘다. 그들은 감방 안을 샅샅이 수색한 끝에 작은 구멍 하나를 찾아냈다. 소장이 구멍 판 자를 알아내기 위해 죄수들을 심문하기 시작했다. 하지만 그들은 모든 사실을 숨기고는 말을 하지 않았다. 그 누구도 마카르 세미요니치를 고자질 하지 않았다. 그들은 모두 이것이 탄로나면 거의 초죽음이 되도록 마카르 세미요니치가 태형을 맞아야 한다는 것을 잘 알고 있었다. 그러자 소

장은 악쇼노프에게 얼굴을 돌렸다. 그는 그가 정직한 사람이라는 것을 익히 알고 있었다. 소장이 물었다.

"노인장, 당신은 정직한 사람이니, 신 앞이라고 생각하고 내게 사실대로 말해 주시오. 대체 누구의 짓이오?"

마카르 세미요니치는 아무 일도 없다는 듯이 태연스럽게 소장만을 바라보고 있을 뿐, 악쇼노프 쪽은 힐끔거리지도 않았다.

악쇼노프의 두 손과 입술이 떨리고 있었지만, 한동안 그는 아무 말도 하지 않고 생각에 잠겨 있었다.

'이 놈을 감싸줘야 하나? 이 놈은 내 인생을 이렇게 만들어 놓은 놈인데, 내가 뭣 때문에 이 놈을 감싸줘야 하나? 내가 받은 고통을 보상받기 위해서라도 이 놈이 고통을 받도록 해야 하는 것이 아닌가? 하지만 내가 의심하고 있는 것이 틀렸다면 그땐 어떻게 해야 하는가? 그리고 이 놈이 태형을 맞는다고 해서 내가 겪은 일들을 보상받을 수 있을까?'

소장이 다시 물었다.

"자, 속히 사실을 말해 주시오. 이 구멍을 판 자가 누구요?"

악쇼노프는 마카르 세미요니치를 한번 홀쩍 보고는 말했다.

"저는 보지를 못해서 그가 누구인지 모릅니다."

이렇게 해서 구멍을 누가 팠는지는 끝내 숨겨지게 되었다.

그날 밤 악쇼노프가 자기의 나무침대에 누워서 막 잠을 청하려고 하는데, 누군가가 다가와 침대 위에 앉는 것을 보았다. 그는 어둠 속에서도 그가 마카르 세미요니치임을 알 수 있었다. 그가 조용히 물었다.

"나에게 무슨 볼 일이 있소? 무엇 때문에 온 것이오?"

마카르 세미요니치는 아무 말도 하지 않고 잠자코 있었다. 그러자 악쇼노프가 몸을 일으켜 세우며 말했다.

"용무가 없으면 돌아가시오. 그렇지 않으면 간수를 부르겠소."

그가 악쇼노프에게 몸을 숙이고 속삭이듯 말했다.

"부디, 나를 용서해 주시오!"

"그게 무슨 소리요?"

"상인을 죽인 것은 바로 나요. 나는 당신도 죽이고 당신의 돈도 훔치려고 했는데, 밖에서 무슨 소리가 나는 바람에 당신의 자루에다 칼을 집어넣고는 창문으로 달아나버렸던 것이오."

악쇼노프는 아무 말도 하지 않았다. 무슨 말을 어찌해야 할지 몰랐기 때문이었다. 마카르 세미요니치는 침대에서 내려가 바닥에 무릎을 꿇었다.

"부디, 나를 용서해 주시오. 나는 상인을 죽인 것을 자백할 생각이오. 그러면 당신은 풀려날 수 있을 것이오. 당신은 집으로 돌아갈 수 있을 것이오."

그제서야 악쇼노프가 입을 열었다.

"당신이 그렇게 말하는 것은 쉬운 일이지만, 나는 무려 26년간을 고통 속에 살아왔소. 지금 내게 돌아갈 곳이 어디 있단 말이오? 아내는 죽었고, 자식들은 나를 잊어버린지 오래요. 내게는 이제 돌아갈 곳이 아무 데도 없소."

마카르 세미요니치는 일어나지 못하고 머리를 마구 땅바닥에 짓찧으면서 말했다.

"아아, 용서해 주시오. 차라리 일전에 구멍을 판 일로 채찍을 맞았다면 더 좋았을 것이오. 이렇게 당신의 얼굴을 보는 것보다는 그게 훨씬 편했을 거라는 생각이 드오. 그런데 그때도 당신은 나 같은 놈을 위해서 아무 말도 하지 않았소. 나를 용서해 주오. 아무쪼록 이 죄 많은 놈을, 이 악인을 용서해 주시오."

그는 흐느껴 울기 시작했다. 악쇼노프는 그의 울음소리를 듣자 자신도 눈물을 흘리면서 말했다.

"신께서는 당신을 용서해 주실 것이오. 아니 어쩌면 내가 당신보다 백배나 더 나쁜 사람일지도 모르오!"

이렇게 말하자 그를 억누르고 있던 돌덩이 같은 슬픔이 모두 빠져나가고는 마음이 한없이 가벼워졌다. 그리고 집에 대한 갈망도 사라져버렸다. 그는 감옥을 떠나지 않았고, 최후의 날이 오기만을 기다리고 있었다.

마카르 세미요니치는 악쇼노프의 만류에도 불구하고 소장을 찾아가 자기가 상인을 죽인 범인임을 자백하고 말았다. 그리하여 악쇼노프에게 집으로 돌아가도 좋다는 허가장이 떨어졌지만 그때는 이미 그가 하늘나라로 떠난 뒤였다.

〈1872년 · 44세〉

# ONE SELF

## 나(자신) · 자아

자신을 훈련시켜라 —

♥ 자기 자신과 모든 살아있는 것들이 특별한 관계를 가지고 있
다는 생각을 방해하는 모든 것들을 자신 속에서 추방시켜야만
한다.

♥ 좋지 않은 행동을 숨기는 것은 좋지 않다. 그러나 그것을 만천
하에 알리고 자랑하는 것은 더욱 좋지 못하다. 많은 사람들 틈
에서 부끄러움을 느끼는 것은 좋은 것이다. 그러나 홀로 있을
때 부끄러움을 느끼는 것이 더욱 좋은 것이다.

♥ 내가 '무엇을 할 것인가' 라는 문제에 대하여 발견한 대답은 다음과 같다. 첫째, 자기 자신에게 거짓말을 하지 말 것. 만일 나의 지금의 생활이 이성이 계시하는 참다운 길에서 멀리 떨어져 있다 하더라도 진리를 두려워하지 말 것. 둘째, 다른 사람에 대한 나의 정의, 우월, 특권을 거부하고 자신이 유죄임을 인정할 것, 셋째, 자기의 전존재를 움직임으로써 의심할 수 없는 영원불멸의 인간의 계율을 실행할 것. 어떠한 노동도 부끄러워하지 않고 자기와 다른 사람의 생명을 유지하기 위하여 싸울 것.

♥ 독불장군이 되면 될수록 그만큼 자신의 위치가 흔들리는 법이며, 자신을 낮게 하면 할수록 위치는 견고하게 되는 법이다.

♥ 자유롭고자 한다면 자기의 욕망을 누를 수 있도록 자신을 훈련시켜라.

♥ 육체가 아무리 가까이 있더라도 육체란 결국 남의 것이고, 영혼만이 자기의 것이다.

♥ 우리가 날씨를 변화시키고 구름을 없애지 못하는 것처럼 이 세상의 악을 멸절(滅絶)시키는 것은 불가능하다. 다른 사람을 가르치기보다는 우리 자신을 향상시킨다면 이 세상에 악은 줄어들 것이고 모든 사람들이 더욱 더 나은 생활을 하게 될 것이다.

♥ 자신을 완성시키려면 정신적으로는 물론 다른 사람과의 관계도 잘 맺어야만 한다. 다른 사람들과 교제를 맺지 않고 또한 다른 사람에게 영향을 미치거나 영향을 받지 않고서는 자신을 살찌워나갈 수 없기 때문이다.

♥ 잘못된 사회를 치유하는 유일한 방법이 있다. 그것은 사람들을 계도하고 단련시키는 것이다. 사람들을 계도하고 단련시키기 위한 유일한 방법이 있다. 그것은 자신을 더욱 단련시키는 것이다.

♥ 하늘과 땅은 영원하다. 그것들은 자신만을 위해서 존재하지 않기에 영원한 것이다. 이와 마찬가지로 진실로 거룩한 사람은 자신만을 위하여 살지 않는다. 따라서 그는 영원할 준비가 되어 있어야 한다는 것이다.

♥ 절망으로부터의 유일한 피난처는, 세상에 자아를 포기하는 것이다.

♥ 이 무한한 세계에서 자신은 유한한 존재라는 의식, 그리고 죄의식은 영원히 존재할 것이다.

014

작은 악마와

빵 조각

신분이나 재산으로 사람을 존경해서는 안 된다. 그 사람이 하고 있는 일을 보고 사람을 존경해야만 한다. 그 일이 유익한 일이면 그럴수록 그 사람을 존경해야 한다. 그런데 세상은 그 반대다. 늘 놀고만 있는 부자를 존경하고, 모든 사람을 위해 극히 유익한 일을 하고 있는 사람을 존경하지 않는다.

어느 가난한 농부가 아침 일찍 밭을 갈러 나섰다. 일을 하다가 아침으로 먹을 빵 한 조각도 챙겼다. 농부는 수레에서 쟁기를 내린 뒤, 수레를 덤불 밑으로 밀어놓았다. 그런 다음 수레 위에 빵을 놓고 외투로 덮었다. 한참을 밭을 갈다보니 말도 지쳤고, 농부도 뱃속에서 시장기가 느껴졌다. 농부는 쟁기를 밭에다 풀러놓고 말이 풀을 먹을 수 있도록 해준 다음 빵을 먹으려고 수레가 있는 곳으로 갔다. 그리고 빵을 먹으려고 덮어놓았던 외투를 들쳤다. 그런데 빵이 감쪽같이 사라지고 없었다. 그는 부근을 찾아보고 외투를 뒤집어 털어보기도 했지만, 빵은 어디에도 없었다. 농부는 의아함을 감추지 못했다. 그는 생각했다.

'분명 아무도 온 사람이 없었는데, 누가 빵을 가지고 간 것일까?'

범인은 작은 악마였다. 작은 악마는 농부가 밭을 갈고 있는 동안 빵을 훔쳐 덤불 속으로 숨어든 뒤, 그 동태를 살피고 있었다. 그는 농부가 화가 나서 마구 욕을 퍼 대기를 학수고대하고 있는 중이었다. 그래서 대악마를 기쁘게 해주려는 것이 작은 악마가 빵을 훔친 동기였다. 농부는 약간 실망스러운 표정을 짓긴 했지만 작은 악마가 기대하는 행동은 하지 않았다. 그는 말했다.

"할 수 없지 뭐. 설마 하니 굶어죽기야 하겠어. 아마 빵을 훔쳐간 사람이 누군지는 몰라도 나보다 더 배가 고픈 사람인 것만은 틀림없을 거야. 그래 이왕 이렇게 된 거 아무나 먹게 내버려두자."

농부는 우물에 가서 물을 잔뜩 들이키고는 심호흡을 한번 한 뒤, 다시 밭을 갈기 시작했다. 농부로 하여금 화를 내게 해서 죄를 짓도록 하려던 악마의 계획은 보기 좋게 수포로 돌아갔다. 그는 당황한 기색을 감추지 못하고 대 악마에게로 달려가 이 사실을 고했다.

"저는 농부의 빵을 훔친 뒤 그의 화를 돋우어 욕을 하게 하려고 했습니다. 하지만 그는 빵을 도난당했는데도 오히려 자기보다 더 배고픈 사람이 먹었으려니 하며 복 받을 말만을 골라서 하는 것이었습니다."

작은 악마의 두목인 대 악마는 노발대발했다.

"농부가 너를 이겼다면 그것은 모두 너의 잘못이다. 네가 썼던 방법이 나빴기 때문이야. 만약에 농부와 농부의 아내까지 그런 생활태도를 갖게 된다면 우리들이 할 일도 없어지게 될 것이다. 그러면 우리들도 사라지고 말겠지. 어떻게 해서든 그것만은 막아야 한다. 너는 한 번 더 그 농부에게로 가서 그 빵 조각의 보상을 하고 오너라. 만약 네가 3년 동안 그 농부를 이기지 못한다면, 나는 너를 성수(聖水) 속에 쳐 박아 놓고 말 것이다. 그러니 차질 없도록 일을 마무리 짓고 오도록 해라."

작은 악마는 그 말을 듣고는 몸을 떨면서 대 악마 앞을 물러나왔다. 그리고는 어떻게 하면 자신이 저지른 잘못을 보상할 수 있을까를 고민하기 시작했다. 그때 좋은 묘책이 떠올랐다. 그는 곧 성실한 사람으로 둔갑을 해 농부네 집 머슴으로 들어갔다. 그는 머슴으로 들어가자마자 여름에 가뭄이 들 것이니, 농부에게 습지에 씨를 뿌리라고 일러주었다. 농부는 머슴의 말을 따라 습지에 씨를 부렸다. 머슴의 말대로 여름에 가뭄이 들어 다른 농부의 농작물은 모두 말라죽었는데, 그 농부의 농작물만은 잘 자라 풍작이 들었다. 농부의 곳간은 다음 추수 때까지 먹고도 남을 정도의 곡식들로 가득 했다.

이듬해 봄, 머슴은 언덕 위에다 씨를 뿌릴 것을 농부에게 권했다. 그랬더니 그해 여름에는 비가 너무 많이 내려 홍수가 졌다. 다른 농부들의 농작물은 물에 쓸려내려 가거나 썩어서 제대로 영글지 못했는데, 그 농부네 곡식만은 아주 잘 영글었다. 농부의 곳간은 곡식들로 메워 터졌다. 곡식이 너무 많아 그것을 처분하는데 애를 먹을 정도였다. 그래서 머슴은 농부에게 밀을 빻아서 술을 담그라고 일러주었다. 농부는 독한 술을 담가서 자신도 마시고 이웃 사람들에게도 나누어 주기 시작했다.

작은 악마는 두목인 대 악마에게로 가서는 빵 조각을 보상하고 왔다고 자랑스럽게 말을 했다. 대 악마는 작은 악마의 말을 듣고 그가 한 일을 살펴보러 나섰다. 그가 농부네 집에 가서 보니, 농부는 부자 이웃들을 초대하여 술대접을 하고 있었고, 그의 아내는 손님들의 술시중을 들고 있었다. 그런데 탁자 모서리를 돌다가 그녀의 옷이 그만 탁자에 걸려 잔을 쓰러뜨리고 말았다. 이 모습을 보고 농부는 자신의 아내를 마구 꾸짖었다.

"조심해야지! 못난 것 같으니, 이런 좋은 술을 엎지르다니. 이게 뭐 구정물인 줄 알아. 다리가 삐었어?"

작은 악마는 팔꿈치로 대 악마를 쿡쿡 찔렀다.

"보십시오. 저 자가 바로 자신의 빵 조각을 아까워하지 않던 그 농부랍니다. 그런 자가 이제 빵 조각을 아까워하고 있습니다."

아내에게 마구 호통을 친 농부는 손수 돌아다니며 손님들의 술시중을 들기 시작했다. 그때 들일을 마치고 돌아가던 가난한 농부가 초대도 하지 않았는데 그 집으로 들어왔다. 그 농부는 인사를 하고는 자리를 잡고 앉았다. 다른 사람들이 술을 마시고 있었기 때문에 자신도 한 잔 얻어 마시고 싶은 생각이 들어 들어왔던 것이었다. 들일을 하느라 잔뜩 지쳐 있었기 때문에 목이 더욱 탔다. 그는 연신 군침을 삼키며 자리에 앉아 있었으나, 주인은 그 사람은 거들떠보지도 않았다. 주인이 말했다.

"아무에게나 마구 술을 퍼 먹일 수는 없지. 암 그렇구말구."

이 말을 들은 대 악마는 매우 흡족한 표정을 지었다. 그러자 작은 악마가 킬킬거리며 말했다.

"더 두고 보십시오. 이것은 시작에 불과하니까요."

부유한 농부들은 술을 주거니 받거니 하며 마셔댔다. 얼큰히 술이 들어간 그들은 서로에게 듣기 좋은 소리들을 늘어놓기 시작했다. 이를 귀 기울여 듣던 대 악마는 작은 악마를 칭찬했다. 그리고는 말했다.

"만약 저들이 술을 먹고 교활해져서 서로가 서로를 속이게 된다면, 그땐 우리 손아귀에 완전히 들어오게 되는 것이냐."

작은 악마가 자신에 찬 목소리로 대답했다.

"좀더 두고 보십시오. 아직도 멀었습니다. 저놈들에게 한 잔만 더 먹여 보겠습니다. 저놈들은 지금은 꼬리를 흔들며 서로에게 아첨을 일삼는 여우처럼 굴고 있지만, 곧 심술 사나운 이리가 될 것입니다."

사람들은 술을 한 잔씩 더 마셨다. 그러자 그들의 목청은 점점 커지더니 이내 거칠어졌다. 귀 간지러운 아첨 대신에 그들은 서로에게 욕설을 퍼붓기 시작했다. 그러다가 이내 멱살을 잡고는 싸움판을 벌였다. 주인도 싸움판에 끼어들었다가 호되게 얻어맞기만 했다. 대 악마는 그 모습을 가만히 지켜보고만 있었다. 이어 그가 흥에 겨운 소리로 말했다.

"거 무척 재미있군, 그래."

작은 악마가 기다렸다는 듯이 대답했다.

"이것 역시 시작에 불과합니다. 저놈들에게 한 잔을 더 먹여 보겠습니다. 지금은 이리처럼 씨근대고 있지만 한 잔을 더 먹고 나면 당장 돼지처럼 되어버릴 것입니다."

사람들은 술을 한잔 더 마셨다. 그러자 이번에는 완전히 취해서 흐느적거렸다. 그들은 무슨 말인지 알아들을 수 없는 말을 중얼거리고 소리 질렀다. 남의 말은 들으려고도 하지 않았다.

어느덧 술자리가 끝나가고 있었다. 사람들은 한 사람, 혹은 두 사람, 아니면 세 사람씩 떼를 지어 그 집을 나와 거리를 비틀거리며 걷기 시작했다. 손님을 배웅하러 밖으로 나왔던 주인은 물웅덩이에 빠지고 말았다. 온 몸에 더러운 물을 뒤집어 쓴 그는 씩씩거리며 누워 있었다. 이것은 대 악마의 마음을 더욱더 기쁘게 해주었다.

"거 참, 너는 아주 좋은 음료수를 발견했구나. 이것으로 훌륭하게 빵 조각은 보상이 되었다. 헌데 너는 어떤 방법으로 이런 음료수를 만든 것이지? 아마 틀림없이 넌 그 속에다 여우의 피를 넣었을 거야. 그래서 사람들이 여우처럼 교활해진 게 틀림없어. 그 다음에 너는 이리의 피를 넣었을 거야. 그래서 사람들이 이리처럼 난폭해진 걸 거야. 그리고 마지막으로 너는 그 속에다 돼지의 피를 넣었을 거야. 그래서 저놈들이 돼지처럼 된 것이 아니냐?"

작은 악마가 머리를 가로저으며 대답했다.

"아니요, 저는 그런 짓은 하지 않습니다. 저는 단지 그 자에게 여분의 곡식이 생기도록 해주었을 뿐입니다. 그 짐승의 피는 항상 그 자에게 내재되어 있었던 것이지만, 그 자가 필요한 만큼의 곡식을 마련할 동안은 그 피가 분출할 수 있는 출구를 찾지 못하고 있었던 것입니다. 가난했을 때는 한 개뿐인 빵 조각도 아끼지 않았었는데, 곡식에 여유가 생기고 나니 무슨 좋은 위안거리가 없을까, 하고 딴 궁리를 하게 된 것이지요. 그래서 제가 하나의 위안거리로 술을 가르쳐 줬던 것입니다. 그 자가 하느님의 하사품인 곡식을 가지고 자기의 위안거리가 될 술을 담그자 그의 몸속에 항상 내재되어 있던 여우와 이리, 그리고 돼지의 피가 솟아났던 것입니다. 그래서 그는 이제 술만 마시면 언제나 짐승이 되어버리는 것입니다."

대 악마는 작은 악마를 칭찬하고 빵 조각의 실패를 용서한 다음, 그를 작은 악마를 다스리는 우두머리로 삼았다.

〈1886년 · 58세〉

# WISE

## 지식 · 지혜

지혜로운 사람이 되라 —

♥ 지혜는 헤아릴 수 없다. 지혜에 가까이 가면 갈수록 지혜는 더욱 삶에 중요하게 다가오기 때문이다. 지혜로운 우리의 삶은 시시각각 좋은 모습으로 변하는 것이다.

♥ 진리를 받아들이고 우리의 죄를 뉘우치는 순간 우리는 살아가면서 어느 누구도 특권을 가질 수 없다는 것을 깨닫게 된다. 우리의 의무에는 한계가 없다. 우리에게 주어진 가장 중요하고 우선되는 의무는 우리의 삶과 다른 사람의 삶을 위하여 살아가는 것이다.

♥ 단순히 암기해서 얻은 지식은 지식이 아니며, 부단히 노력해서 얻은 지식만이 진정한
지식이다.

♥ 진정한 지혜는 모든 것에 대한 지식이 아니라 살아가는데 가장 필요한 지식과 불필요
한 지식, 알 필요가 없는 지식을 구별하는 것이다. 곧 필요한 지식이란 되도록 나쁜 짓
을 하지 않고 훌륭하게 살아가는 방법이 무엇인가 아는 것이다. 그런데 안타깝게도 요
즘 사람들은 사는데 가장 필요하고 소중한 지식을 연구하기보다는 쓸모없는 학문을
연구하고 있다.

♥ 지혜는 순수하기 이를 데 없는 것이다. 지혜를 얻게 되면 영혼이 평안함을 느낄 것이다.

♥ 인생의 목적과 그것을 성취하는 방법을 깨닫는 것이 바로 지혜다.

♥ 인류가 어디를 향해 가고 있는가, 우리 인간은 알 수 없다. 따라서 자신이 가야만 할
길 곧 자기완성을 향하여 가는 길임을 아는 사람이야말로 가장 지혜로운 사람이다.

♥ 사상은 자유로우며, 그 어떤 것에도 영향을 받지 않는 듯이 보인다. 그러나 우리 인간
의 내부에는 사상보다 강하고 사상을 지배하는 그 무엇이 있다.

♥ 인생의 참된 목적은 영원한 생명을 깨닫는데 있다.

♥ 지식은 계속해서 변하기 때문에 시간이 지남에 따라 믿음은 변할 수 있지만 사랑은 영
원하기 때문에 결코 변하지 않는 법이다.

♥ 지식은 기억력에 의해서가 아니라, 자기 사상의 노력에 의해서 획득되었을 때에만 지
식일 수 있다.

♥ 지식이 무조건 좋은 것이라고 한다면 지식을 추구하는 것은 유익한 것일 게다. 그러나
잘못된 수많은 지식이 좋게 포장되어 유익한 지식처럼 보인다. 따라서 필요로 하는 지
식을 신중하고도 꼼꼼하게 헤아려야만 한다.

015

세 아들

지혜의 속성 가운데 현자의 지혜가

무지한 자에게 가는 것이 있다면, 그 보다 좋은 일은 없을

것이다. 그러나 문제는 지혜는 스스로 헤아려야 한다는

것이다. 곧 지혜란 스스로 애쓰고 얻어지는 것이다.

세 아들을 둔 아버지가 있었다.

그는 어느 날 큰 아들에게 재산과 토지를 나누어 주며 말했다.

"내가 살았던 것처럼 살아라. 그러면 행복하게 될 것이다."

자기의 몫을 받은 큰 아들은 아버지 곁을 떠나면서 혼잣말을 했다.

"아버지께서 자신처럼 살아가라고 말씀하셨으니, 그렇게 해야지. 아버지께서는 유쾌하게 살아오셨으니 그것을 본 받으면 될 거야."

이렇게 살기 시작한 큰 아들은 20년이 지나자, 재산을 모두 탕진하고 말았다. 빈털터리 신세가 된 큰 아들은 아버지에게 돌아와 간청을 했다.

"아버지 한번만 도와주십시오. 제발 부탁드리겠습니다."

하지만 아버지는 큰 아들의 간청을 들어주지 않았다. 그러자 큰 아들은 아버지의 환심을 사기 위해 자기가 가지고 있는 물건 중 가장 좋은 것을 선물로 드리며 애원을 멈추지 않았다.

"아버지, 이번만 도와주시면 두 번 다시는 아버지께 손을 벌리지 않겠습니다. 그러니 더도 말고 이번 한번만 저를 도와주십시오."

그래도 아버지는 눈썹 하나 까딱하지 않았다. 그러자 아들은 지난날 자신이 아버지를 화나게 했던 일이 있으면 용서해 달라고까지 하면서 사정을 했다. 하지만 아버지는 처음처럼 조금의 미동도 보이지 않았다. 이에 격분한 아들은 아버지를 향해 막말을 해대었다.

"지금 제게 아무것도 주시지 않을 요량이었으면 그때 왜 제 몫을 나누어 주셨으며, 그것이면 한 평생 풍족하게 잘 살 수 있을 것이라고 말씀을 하신 것입니까? 지금까지 제가 맛본 즐거움과 기쁨은 지금 제가 겪고 있는 고통에 비하면 아무것도 아니었습니다. 저는 금방 죽을 것만 같은 심정입니다. 건강은 날로 나빠져만 가고 있습니다. 지금 제가 겪어야 하는 이 불행의 원인은 무엇입니까? 바로 아버지 아니십니까? 제가 살기로 했던 방식이 저에게 해를 끼치는 것이라는 것을 아버지께서는 알고 계셨으면서도, 그것에 대해 제게 어떤 주의도 주시지 않았습니다. 그냥 '내가 살았던 것처럼 살아라. 그러면 행복하게 될 것이다.'라고만 하셨습니다. 저는 아버지께서 유쾌하게 사셨으므로 저도 그렇게 쾌락을 추구하며 살았는데, 그 결과가 지금의 제 모습입니다. 아버지는 그렇게 사셨는데도 여전히 부자시고, 저만 쪽박을 찬 것은 아버지께서는 그렇게 사셔도 될 만큼 충분한 돈이 있었지만 저는 그렇게 많은 돈을 가지고 있지 않았기 때문입니다. 아버지는 저를 속이셨던 것입니다. 아버지는 거짓말쟁이십니다. 저는 저를 속인 아버지를 저주합니다. 아버지의 얼굴을 두 번 다시는 보지 않겠습니다. 아버지를 증오할 것입니다."

어느 날 아버지는 둘째 아들에게도 큰 아들과 똑같은 재산과 토지를 나누어 주며 말했다.

"내가 살았던 것처럼 살아라. 그러면 행복하게 될 수 있다."

제몫의 재산과 토지를 물려받은 둘째 아들은 형처럼 기뻐하지 않았다. 그것은 이미 형이 어찌되었는지 보았기 때문이었다. 그래서 그는 다짐했다.

'어떠한 일이 있더라도 형처럼 거지나 다름없는 신세는 되지 않겠어.'

그리고 그는 생각했다.

'형은 "내가 살았던 것처럼 살아라." 하신 아버지의 말씀을 잘못 받아들였던 거야.'

둘째 아들은 형을 통해 쾌락만을 추구하는 생활을 해서는 안 된다는 것을 분명히 알게 되었다. 그는 나누어 받은 재산을 어떻게 탕진하지 않고 더 늘릴 수 있을까, 하는 생각으로 밤낮을 골몰했다. 하지만 방법이 떠오르지 않았다.

하루는 둘째 아들이 아버지를 찾아가 그 방법을 물었지만 아버지는 아무 말도 하지 않았다. 그러자 둘째 아들은 어쩌면 아버지가 행복하게 사는 방법을 전수해주기 싫어서 그럴지도 모른다는 생각에, 어떡하든 그 방법을 알아내기 위해 팔방으로 노력했다.

그러면서 둘째 아들은 돈을 모으기로 마음을 먹었다. 하지만 아무리 노력을 해도 돈은 좀처럼 모이지 않았다. 일이 그렇게 되자, 그는 자신의 탐욕스러움을 인정하고 싶지 않은 마음에 대신 아버지를 비난하기 시작했다.

아버지는 한평생 쭉 옹색스럽게 살면서 다른 사람에게는 무엇 하나 나누어 주지 않았으며, 다른 사람들이 그렇게 살았다면 같은 세월에 더 많은 재산을 모았을 것이라는 소문을 퍼트리고 다녔다.

이렇게 말하며 지내는 동안 아버지에게서 나누어 받은 재산과 토지는 다 없어지고 말았다. 둘째 아들은 생각했다.

'빈털터리가 되어 버렸으니, 이제 죽을 수밖에 없구나.'

결국 그는 자살해 버리고 말았다.


셋째 아들에게도 아버지는 두 아들에게 준 것만큼 재산을 나누어 주고 똑같은 말만을 되풀이 했다.

"내가 살았던 것처럼 살아라. 그러면 행복하게 될 것이다."

자기 몫을 받은 셋째 아들은 매우 기뻐하며 집을 나갔다. 하지만 두 형의 말로를 보아서 잘 아는 그는 아버지의 말을 곰곰이 되새겨 보았다. 셋째 아들은 아버지 말에 대해 이렇게도 생각해보고 저렇게도 생각해 보았다.

'큰 형은 아버지처럼 산다는 것이 쾌락을 추구하는 일로 잘못 받아들였고, 그 때문에 가지고 있던 돈을 모두 탕진해버리고 말았다. 둘째 형 역시 아버지의 말씀을 이해하지 못하고 파멸의 구렁텅이로 빠지고 말았다. 그러면 아버지께서 '내가 살았던 것처럼 살아라.' 라고 말씀 하신 말의 뜻은 대체 무엇이란 말인가?'

그쯤에서 셋째 아들은 자기가 알고 있는 아버지가 살아온 모든 생애를 떠올리기 시작했다. 그렇게 여러 가지 일을 생각해내는 동안 아들은 한 가지 중요한 사실을 알게 되었다. 그것은 바로 자신이 태어나기 전까지 아버지는 자신을 위해 아무것도 준비한 것이 없었다는 것과 자신 역시 존재하지 않았다는 것이었다. 아버지는 자기라는 것을 만들고 키우면서 이 땅의 모든 행복을 맛보라는 것이었다.

셋째 아들은 아버지가 두 형을 위해서도 마찬가지 일을 했다는 것을 알고 있었으므로, 그 속에 아버지에게서 본받을 것이 있을 거라는 생각을 하게 되었다. 아버지에 대해 알고 있는 일체의 것은 자기와 두 형에게 좋은 일을 베풀어 주었다는 것 뿐이었다. 그와 동시에 셋째 아들은 '나처럼 살아라.' 고 한 아버지의 말씀이 무엇을 의미하는지 깨닫게 되었다. 그것은 남에게 좋은 일을 하라는 것이었다.

그때 아버지가 다가오더니 말했다.

"이제야말로 우리는 다시 함께 살면서 행복을 누리게 되었다. 어서 내가 사랑하는 젊은이들에게 가서 나를 본받는 자는 정말로 행복하게 된다는 것을 일러주고 오너라."

셋째 아들은 젊은이들을 찾아다니며 아버지에게서 들은 이야기를 전해 주었다. 그 뒤부터 자식들은 재산을 상속받았을 때 많이 받은 것에 대해서가 아니라 아버지처럼 살면 행복하게 된다는 것에 대해 기뻐하게 되었다.


여기서 아버지란 신이고 아들들은 인간, 행복은 우리들의 생활을 가리킨다. 인간은 신 따위는 없어도 자기 힘으로 살아갈 수 있다고 생각한다. 어떤 자는 인생이란 끊이지 않는 쾌락의 연속이라고 생각하고 방탕한 생활을 즐기고 있으나 마침내 죽을 때가 오면 무엇 때문에 이 세상을 살았는지, 죽음의 고통으로 인생을 끝내며, 행복이 무엇인지 전혀 알지 못하게 되는 것이다. 이와 같은 사람은 하느님을 저주하면서 죽어가고 신을 부정한다. 이런 사람이 바로 큰 아들인 것이다. 또 어떤 사람은 생의 목적은 자아의식이고 자기완성이라고 믿어 자신을 위해 새롭고 보다 좋은 생활을 만들기에 전력을 다하나 지상의 생활을 완성시키고 있는 동안 그것을 잃어버리고 조금씩 그것에서 멀어져 가게 된다. 이런 사람이 바로 둘째 아들인 것이다.

마지막으로 셋째 아들과 같은 사람들은 이렇게 말한다.

"우리가 신에 대해 알고 있는 일체의 것은, 신은 인간에게서 선을 베풀고 남에게도 그 같이 하라고 말씀하신다는 것 뿐이다. 그러므로 우리는 신을 본받아 우리의 이웃에게 선을 베풀며 살아야 한다."

인간이 이 생각에 이르면 신은 그들을 찾아와 이렇게 말씀하신다.

"이것이야말로 내가 너희에게 바랬던 것이다. 내가 하는 대로 하여라. 너희도 나처럼 살게 될 터이니."

*〈1887년 · 59세〉*

# Tolstoy

+ 1828년 - 8월 28일(신력 9월 9일) 톨스토이 백작의 넷째 아들로 야스나야 폴리야나에서 출생.

+ 1830(2세) - 3월 7일 어머니가 딸 마리야 니콜라예브나를 낳다가 다섯 자녀를 남겨 놓고 죽음.

+ 1836(8세) - 푸쉬킨의 시 〈바다에〉 및 〈나폴레옹〉을 낭독하여 부친을 놀라게 함.

+ 1837(9세) - 아버지가 뇌일혈로 졸도, 그대로 죽음. 고아가 된 다섯 남매는 큰 고모 댁에서 부양됨.

+ 1841(13세) - 큰 고모의 죽음으로 작은 고모 까자니의 집으로 옮김.

+ 1844(16세) - 8월, 까자니 대학교 동양학 대학 아랍 터키어 문과 입학. 첫 학년 시험에 떨어짐.

+ 1845(17세) - 법과 대학으로 옮김. 이 때를 전후하여 루소의 저술을 읽음. 철학적 명상에 잠김.

+ 1847(19세) - 4월 17일부터 일기를 쓰기 시작. 4월 12일 카잔 대학교 중퇴, 야스나야 폴리야나로 돌아와 새 농사관리, 농민생활의 개선 등에 힘썼으나 실패.

+ 1849(21세) - 페테스부르크 대학교에서 학사검정고시를 치러 민법 및 형법 통과. 농민 자제를 위한 학교를 열다.

+ 1851(23세) - 4월 맏형을 따라 카프카즈로 떠남. 5월 스타로그라도프스크의 카자크 촌에 도착. 육군 사관후보생 합격, 제 20여단 제 4 포병중대 근무. 처녀작 장편 〈유년 시절(幼年時節)〉 기고.

✤ 1852(24세) − 3월 단편 〈습격〉기고. 7월 장편 〈유년시절, Childhood〉 탈고. 9월 〈유년 시절〉을 페테스부르크의 '현대인' 9월호에 발표. 중편 〈지주의 아침, A Morning of a Landowner〉 기고. 12월 〈습격, A Raid〉 탈고. 이내 중편 〈카자크 사람들〉 기고.

✤ 1853(25세) − 3월 '현대인' 3월호에 〈습격〉 발표. 4월 단편 〈크리스마스 날밤〉 〈일명 사랑은 어떻게 망하는가〉 착수. 6월 단편 〈숲을 치다〉 기고. 9월 〈당구 기록원의 수기〉 창작. 10월 크리미아 전쟁 발발. 각지 전전.

✤ 1854(26세) − 1월 장교 승진. 11월 세바스토폴 도착. 군사 잡지 〈병사소식〉 발행계획. 〈소년시절(少年時節),Boyhood〉 진중 집필.

✤ 1855(27세) − 1월 '현대인' 1월호에 〈당구 기록원의 수기, Notes of a Billiard Marker〉 발표. 3월 장편 〈청년시절(靑年時節,Youth)〉 기고. 6월 〈1854년 12월의 세바스토폴, Sebastopol〉를 '현대인' 에 발표. 9월 〈숲을 치다, The Cutting of the Forest〉 '현대인' 에 발표. 11월 싸움터에서 페테스부르크로 옴. 투르게니에프, 네크라소프, 곤차로프, 쥬트체프, 체르노이쉐프스키, 살티코프, 쉬체드린, 오스트로프스키 등 '현대인' 동인들과 친교. 투르게니에프와의 불화.

✤ 1856(28세) − 1월 〈1855년 8월의 세바스또뽈리〉를 '현대인' 동월호에 발표. 3월 러시아 터키 화평 체결. 11월 제대. 〈눈보라, The Snowstorm〉 〈두 경기병, Two Hussars〉 〈지주(地主)의 아침〉 〈모스크바의 한 친지와 진중에 만남, An Encounter〉 등을 발표.

✤ 1857(29세) − 1월 첫 유럽 여행을 떠남. 8월 야스나야 포리야나에 돌아와 농사에 힘씀. 〈루체론, Lucerne〉 〈청년시절〉 발표.

✤ 1858(30세) − 모스크바에 음악 협회 설립. 〈알리베트, Albert〉 발표

# Tolstoy

+ 1859(31세) – 2월 러시아 모스크바 러시아문학 애호가 협회 회원. 교육활동의 첫발. 농민의 아들에게 야학식 교육. 단편 〈세 죽음, Three Deaths〉〈결혼의 행복, Family Happiness〉 발표.

+ 1860(32세) – 3월 교육 분야의 첫 활동. 국민 보통교육 초안 기초. 7월 두 번째 서유럽 여행. 9월 20일 맏형 니콜라이 죽음. 〈국민교육론〉 기초. 〈목가〉〈치혼과 말라니야 (미완성)〉 창작.

+ 1861(33세) – 1~2월 파리에서 투르게니에프와 만남. 런던에서 게르센과 사귐. 3~5월 단편 〈폴리쿠시카, Polikushka〉 창작. 4월 페테스부르크로 돌아옴. 크라피벤스키 군 제 4구 농사 중재 재판소원에 임명됨. 〈야스나야 폴리야나〉 농민학교 세움. 교육잡지 〈야스나야 뽈리야나〉 발행. 투르게니에프와 절교.

+ 1862(34세) – 〈국민교육론〉〈읽기와 쓰기를 어떻게 가르칠 것인가〉〈훈육과 교육〉〈누가 누구에게서 쓰기를 배워야 할 것인가〉 등의 여러 논문들을 발표. 5월 농사중재 재판소원직을 사퇴. 사마라 현으로 감. 8월 야스나야 폴리야나로 돌아옴. 9월 모스크바의 의사 베르스씨네의 둘째딸 소피야 안드레예브나와 결혼. 그 때 신부의 나이 18세.

+ 1863(35세) – 6월 맏아들 세르게이의 출생. 〈진보와 교육의 정의〉〈코사크 사람들〉〈폴리쿠시카〉 발표.

+ 1864(36세) – 9월 〈전쟁과 평화(War and Peace)〉 기고. '첫 톨스토이 저작집' 제1, 제2권 나옴. 장녀 타치야나 출생.

+ 1865(37세) – 〈전쟁과 평화〉의 첫 부분(1–26장)을 '러시아 통보'에 발표. 11월 1일 이후 13년 동안 일기를 중단.

+ 1866(38세) – 〈전쟁과 평화〉 제 2권 발표. 차남 일이야 출생.

✦ 1867(39세) – 〈전쟁과 평화〉가 처음으로 단행본이 되어 나옴(3권).

✦ 1868(40세) – 3월 〈전쟁과 평화〉에 대하여'를 '러시아의 기록' 제 3호에 발표.

✦ 1869(41세) – 〈전쟁과 평화〉전 4권 완성 발표. 3남 레프 탄생. 쇼펜하우어와 칸트에 심취.

✦ 1870(42세) – 그리스어 연구, 그리스 고전 탐독.

✦ 1872(44세) – 〈초등 교화서〉 발행. 〈카프카즈의 포로〉〈신은 진실을 아나 나타내지 않
는다〉 발표.

✦ 1873(45세) – 3월 최대 걸작 〈안나 카레니나, Anna Karenina〉 기고. 5～9월 화백 크
람스코이에 의하여 처음으로 톨스토이의 초상이 야스나야 폴리아나에서 제작됨. 11월
톨스토이 저작집(1～8권) 나옴. 12월 아카데미 회원으로 뽑힘.

✦ 1874(46세) – 〈국민 교육론〉 발표.

✦ 1875(47세) – 1월 〈안나 카레니나〉를 '러시아 통보'에 발표하기 시작. 7월 〈새 초등 교
과서〉 제1, 제2, 제3권 발행.

✦ 1876(48세) – 이른바 '내적 위기', 즉 정신적 전환의 시작. 차이코프스키와 친교.

✦ 1877(49세) – 9월 〈안나 카레니나〉 제 8편이 단행본으로 출간.

✦ 1878(50세) – 4월 다시 일기를 쓰기 시작. 〈나의 고백〉을 씀. 〈안나 카레니나〉가 단행
본으로 세상에 나옴 (제2판).

✦ 1879(51세) – 〈나의 고백, A Confession〉의 첫 부분이 발표되었으나 판금 당함. 〈전쟁
과 평화〉의 프랑스 역 나옴.

# Tolstoy

✦ 1880(52세) – 4월 〈교리적 신학의 비판, A Criticism of Dogmatic Theology〉 발표.

✦ 1881(53세) – 〈사람은 무엇으로 사는가, What People are Living By〉 〈4개 복음서의 합일과 번역, The Four Gospels Unified and Translated〉 〈요약 복음서, Gospel In Brief〉 발표. 도스토예프스키 사망.

✦ 1882(54세) – 〈나의 고백〉 완성, '러시아 사상' 5월호에 발표, 판금 당함. 〈모스크바 민세조사에 대하여, The Census of Moscow〉 〈악을 악으로 갚지 말라〉 〈교회와 국가, Church and State.〉 등 발표.

✦ 1883(55세) – 〈내 신앙의 귀결〉 발표.

✦ 1884(56세) – 6월 첫 가출 시도. 18일 막내딸 사쉬아 출생. 11월 출판기관 '중재인' 사를 세움. 〈나는 무엇을 믿는가, What I Believe〉를 발표했으나 발행 금지, 젊었을 때부터 좋아하던 사냥을 중단.

✦ 1885(57세) – 2월, 헨리 조오지의 토지 국유론을 읽음. '중재인'에서 처음으로 그의 저작 출간됨(〈사람은 무엇으로 사는가, What People are Living By〉 〈신은 진실을 아나 나타내지 않는다〉 〈카프카즈의 포로〉). 10월 저작권을 아내의 소유로 돌림. 〈그러면 우리들은 무엇을 할 것인가〉 발표되기 시작. 소피야 부인이 '톨스토이 저작집' 전 12권 간행. 민화 〈형제와 황금〉 〈사랑이 있는 곳에 신도 있다, Where Love is, There is God〉 〈양초, The Candle〉 〈두 사람의 순례자, Two Old Men〉 〈바보 이반, Ivan the Fool〉 등을 창작.

✦ 1886(58세) – 1월 18일 막내아들 알료쉬아 죽음. 2월 〈그러면 우리들은 무엇을 해야할 것인가, What Then Must We Do〉 완결. 10월 탈고한 희곡 〈암흑의 힘〉의 발행과 상연이 금지됨. 〈이반 일리이치의 죽음, The Death of Iyan Ilyitch〉 발표. 〈부인론에 대한 반박, On Women〉 〈국민 독본과 과학서에 대하여〉 〈달걀만한 씨앗〉 〈사람은 얼마나 많은 땅이 필요한가, Does a Man Require Much Land〉 〈세 은사(隱士), The

Three Hermits〉〈대자(代子), The Godson〉〈회개한 죄인, The Repenting Sinner〉
등 상재.

✚ 1887(59세) - 1월 〈일력〉을 냄. 1~2월, 중편 〈빛이 있는 동안 빛 속을 걸어라, Walk
in the Light While the Light is With You〉 씀. 2월 〈암흑의 힘〉의 저작권 포기. 칸트
의 〈실천이성 비판〉 읽음. 12월 〈인생에 대하여, On Life〉를 씀, 판금 당함. 〈최초의 양
조자, The First Distiller〉〈에멜리얀과 빈 북, The Empty Drum〉〈세 아들〉 등을 발
표. 음주 반대 동맹을 일으킴.

✚ 1888(60세) - 2월 〈암흑의 힘, The Power of Darkness〉이 파리의 자유극장에서 상
연됨. 담배를 끊음. 3월 막내아들 바니치까 출생. 초등학교 교사가 되기 위하여 원서
를 제출하였으나 당국으로부터 거절당함.

✚ 1889(61세) - 11월 〈악마〉를 씀. 12월 〈크로이체르 소나타, The Kreutzer Sonata〉 탈
고. 〈부활(復活), Resurrection〉의 창작에 힘씀. 〈각성할 때이다, The Fruits of
Enlightenment〉〈손의 노동과 지적 노동, Mental Activity and Manual Labour〉 등
을 씀. 〈예술이란 무엇인가〉 쓰기 시작.

✚ 1890(62세) - 1~2월 〈어째서 사람은 제 스스로를 마비시키는가〉를 씀. 12월 가출할
마음을 가짐.

✚ 1891(63세)- 2월 〈문명의 열매, Culture's Feast〉가 모스크바에서 초연됨. 7월 〈첫발
〉을 씀. 〈굶주림에 우는 농민의 구제 방법에 대하여〉를 씀. 뢰벤펠트 감수 독역 '톨스
토이 전집' 간행됨.

✚ 1893(65세) - 〈하나님의 나라는 너희 안에 있다, The Kingdom of God is Within
You〉를 탈고. 7~8월 〈무위, Non-Activity〉를 씀. 8~10월 〈종교와 국가〉를 씀. 10월
노자의 번역에 힘씀. 〈하나님의 왕국은 너희들 안에 있다〉 발표.

# Tolstoy

+ 1894(66세) − 1월 모스크바 심리학회 대회 명예회원으로 뽑힘. 11월 〈이성과 종교, Reason and Religion〉를 탈고. 12월 〈종교와 도덕, Religion and Morality〉 완성. 〈신의 고찰〉 발표. 〈주인과 하인, Master and Servant〉 쓰기 시작.

+ 1895(67세) − 3월 〈주인과 하인〉 탈고. 막내아들 바니치까 죽음. 최초의 유언장을 씀. 〈부끄러워하라〉를 발표. 〈열 두 사도에 의해서 전해진 주의 가르침〉 등을 저술.

+ 1896(68세) − 〈암흑의 힘〉이 황제실 부속 극장에서 상연이 허가됨. 〈그리스도의 가르침, Christian Teaching〉 〈복음서는 어떻게 읽을 것인가, How to Read the Gospels〉 〈현대의 사회 조직에 대하여〉 〈애국심과 평화, Patriotism and Peace〉 등을 씀.

+ 1897(69세) − 〈예술이란 무엇인가, What is Art〉 탈고. 〈하지 무라트, Hadji Murat〉 쓰기 시작.

+ 1898(70세) − 7월 두호 보르교드 원조자금에 충당할 양으로 미완의 구작 〈신부 세르게이, Father Sergius〉와 〈부활〉 완성에 착수. 파스체르나크가 야스나야 폴리야나에서 〈부활〉의 삽화 제작.

+ 1899(71세) − 3월 〈부활〉이 '나바' 지상에 발표됨. 작가적 정열을 증명.

+ 1900(72세) − 1월 아카데미 예술부원 피선. 예술 극장에서 체홉의 연극 〈바냐 외숙〉을 관람한 뒤 희곡 〈산송장, The Corpse〉을 씀. 2~5월 〈애국심과 정부〉 〈죽이지 말라, Thou Shalt Not Kill〉를 씀.

+ 1901(73세) − 2월 정부의 어용기관인 종무원(宗務院)이 톨스토이를 그리스 정교회에서 파문함. 3~4월 〈파문의 명령에 대하여 보내는 회답, Reply to the Holy Synod〉 기초. 9월 전가족 크리미아에 감. 여기에서 그는 티푸스와 폐렴을 앓아 중태에 빠짐. 〈하지 무라드〉 〈나의 종교, What is Religion 〉를 씀.

✚ 1902(74세) — 2월 〈나의 종교〉를 탈고.. 5~6월 〈노동 대중에게〉를 씀. 6월 야스나야 쫄리야나로 돌아옴.

✚ 1903(75세) — 4월 〈아시리아왕 에사르하돈, Esarheddon〉을 씀. 단편 〈무도회가 끝나고 나서, After the Ball〉 탈고. 9월 〈셰익스피어와 희곡에 대하여〉를 씀. 〈노동과 죽음과 병, Work, Death and Sickness〉〈세 가지 의문, Three Questions〉〈그것은 너다〉〈정신적 본원의 의의〉〈인생의 의의에 대하여〉〈사회개혁자들에게, Letter to a Revolutionist〉〈노동 대중에 대한 후언〉을 발표.

✚ 1904(76세) — 5월 〈회개하라〉를 발표. 6월 〈유년시절의 추억〉 탈고. 비류꼬프의 역저 〈대 톨스토이전〉의 원고를 교열.

✚ 1905(77세) — 12월 당원들의 수기와 게르센의 작품을 읽음. 체호프의 단편 〈사랑스러운 여자〉의 발문 집필. 〈러시아의 사회운동〉〈푸른 지팡이〉〈꼬르네이 바실리예프, Korney Vasilyeff〉〈알리시아 코르시카〉〈딸기, Berries〉〈표도르 쿠즈미치옹의 사후의 수기〉〈기도, A Prayer〉〈부처〉〈대죄악, The Great Sin〉〈세기의 종말〉 등을 씀.

✚ 1906(78세) — 8월 소피야 안드레예브나 중병. 10월 〈인생독본(人生讀本)〉 간행됨. 11월 〈꿈을 꾸었던 일〉을 씀. 〈셰익스피어와 희곡에 대하여〉를 '러시아의 말' 제 2272-282, 285호에 나누어 실음. 그와 전후하여 〈유년시절의 추억〉〈신의 짓과 사람의 짓, The Divine and the Human〉〈라므네〉〈파스칼〉〈러시아 혁명의 의의〉〈국민에게〉〈병역의무에 대하여〉〈러시아인에게 부치는 공개장〉〈죽이지 말라, Do Not Kill〉〈이루어진 것이 무엇인가〉〈서로 사랑하라, Love Each Other〉 등을 발표.

✚ 1907(79세) — 〈너희 자신을 믿어라〉〈진정한 자유를 인정하라〉〈우리들의 인생관, An Appeal to Youth〉을 발표.

✚ 1908(80세) — 3월 〈폭력의 법칙과 사랑의 법칙〉을 씀. 5월 〈침묵할 수 없다, I Cannot be Silent〉를 써서 사형집행의 옳지 않음을 말함. 〈어린이들을 위하여 쓰인

# Tolstoy

그리스도의 가르침〉〈보스니아와 헤르체고비나의 병합에 대하여, The Annexation of Bosnia and Herzegovina〉발표.〈인생독본〉의 개정 증보에 힘씀.

✤ 1909(81세) – 3~7월,〈불가피한 혁명, The Inevitable Revolution〉을 씀. 5월〈세상에 죄인은 없다〉를 씀. 11월 처음으로 사후에 관한 유언장이 만들어짐.〈사형과 기독교〉1 월,〈신문의 1호〉2월,〈유일한 계율, The Only Command〉7월,〈누가 살인자냐〉〈고 골리론〉〈나그네와의 대화〉〈마을의 노래, Singing in the Village〉〈돌〉〈큰곰 좌〉〈나 그네와 농부〉〈오를로프의 앨범, Orloff's Album〉등을 저술.

✤ 1910(82세) – 2월〈호드인까〉창작. 3월 희곡〈모든 것의 근원〉완성. 단편〈모르는 사 이에〉〈마을의 나흘 동안, Four Days in the Village〉〈뜻밖에〉탈고. 7월 22일 최후 의 정식 유언장 만들어짐. 8~9월〈세상에 죄인은 없다〉개작 이루어짐. 10월 28일 새벽, 아내 소피야 안르레예브나에게 최후의 쪽지를 적어 놓고 의사 마코비스키를 데 리고 가출. 10월 26~29일 최후의 저작인〈유효한 수단, An Efficient Remedy〉을 탈 고, 10월 31일 여행 도중 병이 위중해져 랴자니 우랄선 중간의 한 시골역 아스타포보 에서 차를 내림. 11월 3일 일기에서 마지막 감상을 적음. 11월 7일(신력 20일) 오전 6 시 5분 역장 집에서 눈을 감음. 11월 9일 뽈리야나에 묻힘.